HET DORP VAN DE WEDUWEN

literatura latina

James Cañón

Het dorp van de weduwen

ROMAN

Vertaald door Ernst de Boer en Ankie Klootwijk

J.M. MEULENHOFF

Dit boek is voor mijn moeder, mijn grootmoeder, en alle vrouwen van de wereld.

Oorspronkelijke titel *Tales from the Town of Widows*
Copyright © 2006 James Cañón. Published by arrangement
with William Morrow, an imprint of HarperCollins Publishers
Copyright Nederlandse vertaling © 2006 Ernst de Boer,
Ankie Klootwijk en J.M. Meulenhoff bv, Amsterdam
Vormgeving binnenwerk Adriaan de Jonge
Vormgeving omslag Studio Marlies Visser
Foto voorzijde omslag 'El Fulgor', Josephine Sacabo,
courtesy of the John Stevenson Gallery, New York
Foto achterzijde omslag Neilson Barnard

www.literaturalatina.nl
www.meulenhoff.nl

ISBN 90 290 7845 6 / NUR 302

De dag zal komen dat mannen vrouwen als hun gelijke zullen zien, niet alleen voor het haardvuur, maar ook in staatsaangelegenheden. Pas dan, en niet eerder, zal er volmaakte kameraadschap zijn, de ideale een-wording tussen de seksen die zal leiden tot de hoogste ontwikkeling van de menselijke soort.

Susan B. Anthony

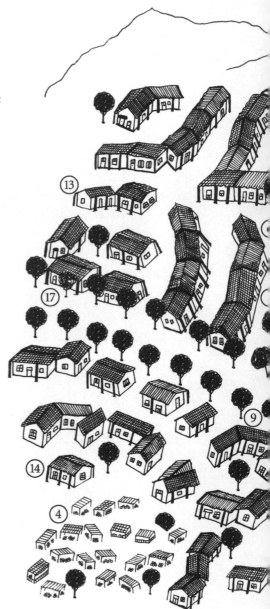

HOOFDSTUK 1

De dag dat de mannen verdwenen

Mariquita, 15 november 1992

De dag waarop de mannen verdwenen, begon als een gewone zondag-ochtend in Mariquita: de hanen vergaten de dag aan te kondigen, de koster versliep zich, de kerkklokken riepen de gelovigen niet op voor de vroegmis, en net als alle zondagen van de afgelopen tien jaar, kwam er maar één persoon opdagen voor de mis van zes uur: doña Victoria *viuda* de Morales, de weduwe Morales. De weduwe was aan deze routine gewend, net als *el padre* Rafael. De eerste paar keer hadden ze zich allebei ongemakkelijk gevoeld: de kleine priester amper zichtbaar achter de kansel onder het afsteken van zijn preek, de weduwe in haar eentje op de eerste rij, groot en fors, roerloos, haar hoofd bedekt met een zwarte sluier die over haar schouders viel. Uiteindelijk besloten ze de dienst te laten voor wat die was en zaten ze vaak in een hoekje koffie te drinken en te roddelen. Op de dag dat de mannen verdwenen, klaagde padre Rafael tegen de weduwe dat de inkomsten van de kerk sterk gedaald waren, en ze bespraken manieren om de tienden weer in het leven te roepen onder de gelovigen. Na hun praatje besloten ze gezamenlijk om de biecht over te slaan, maar de weduwe ontving evengoed haar communie. Voordat ze naar huis ging, zei ze nog een paar gebeden.

Door de open ramen van haar woonkamer hoorde de weduwe Morales hoe de straatverkopers vroege vogels in hun lekkernijen trachtten te interesseren: '*Morcillas!*' '*Empanadas!*' '*Chicarrones!*' Ze deed het raam dicht, maar meer omdat ze last had van de onaangename geur van bloedworst en frituurvet dan van de schelle stemmen die ze aankondigden. Ze maakte haar drie dochters en haar enige zoon wakker en ging terug naar de keuken, waar ze een gezang floot terwijl ze het ontbijt voor haar gezin maakte.

Om acht uur 's morgens stonden de meeste deuren en ramen in Mariquita open. De mannen draaiden tango's en bolero's op oude grammofoons of luisterden naar het nieuws op de radio. In de hoofdstraat droegen de magistraat van het dorp, Jacinto Jiménez, en brigadier Napoleón Patiño een grote ronde tafel en zes klapstoelen naar buiten onder een grote mangoboom om met enkele uitverkoren buren mens-erger-je-niet te spelen. Tien minuten later droeg don Marco Tulio Cifuentes, de langste man van Mariquita en eigenaar van El Rincón de Gardel, de bar van het dorp, de laatste twee dronken klanten naar buiten, op elke schouder één. Hij legde ze naast elkaar op de grond, deed zijn zaak op slot en ging naar huis. Om halfnegen begon don Vicente Gómez in de Barbería Gómez, een klein gebouw tegenover het raadhuis van Mariquita, scheermessen te scherpen en kammen en borstels met alcohol te steriliseren, terwijl zijn vrouw Francisca de spiegels en ramen met een vochtige krant afnam. Ondertussen onderhandelde op de markt, twee straten verder, de vrouw van de brigadier, Rosalba de Patiño, met een boer met een rood gezicht over een stuk of vijf maïskolven, terwijl oudere vrouwen onder groene luifels van alles verkochten, van kalfspootgelei tot illegaal gekopieerde bandjes met *Thriller* van Michael Jackson. Om vijf over halfnegen begonnen de gebroeders Restrepo zich (alle zeven) op het open veld voor het huis van de weduwe Morales warm te lopen voor hun wekelijkse voetbalwedstrijd, wachtend op David Pérez, de kleinzoon van de slager, die de enige bal bezat. Vijf minuten later wandelden twee oude vrijsters met lang haar en enigszins vierkante lijven arm in arm over de plaza, hun ongehuwde staat vervloekend, en schopten zwerfhonden opzij die hen voor de voeten liepen. Om tien voor negen lag Ángel Alberto Tamacá, de onderwijzer, drie straten vanaf het plein, in het huis met de groene gevel halverwege het blok, in zijn bed te woelen en te zweten, dromend van Amorosa, de vrouw van wie hij hield. Om drie voor negen deed doña

Emilia (in eigen persoon) de ronde langs de kamers van La Casa de Emilia (het dorpsbordeel) aan de rand van het dorp. Ze wekte haar laatste klanten en waarschuwde hen dat ze ernstige problemen met hun echtgenotes zouden krijgen als ze niet onmiddellijk opstapten, en ze schreeuwde naar een van de meisjes omdat die haar kamer niet had opgeruimd.

Meteen na de negende slag van de kerkklok, terwijl de echo ervan nog in de oren van de koster nagalmde, verschenen er uit alle hoeken van Mariquita een stuk of dertig mannen in groenige versleten uniformen, die 'Viva la Revolución' schreeuwden en hun geweren leegschoten. Ze liepen langzaam door de smalle straten, hun bruinverbrande gezichten waren zwart geschilderd en hun hemden waren vastgeplakt aan hun magere lichamen van het zweet. 'Wij zijn het volksleger,' verkondigde een van hen door een megafoon. 'Wij strijden voor werk en fatsoenlijk loon voor alle Colombianen, maar zonder uw steun lukt dat niet!' De straten waren leeggestroomd; zelfs de zwerfdieren waren gevlucht bij het horen van de eerste schoten. 'Alstublieft,' ging de man verder, 'help ons met alles wat u kunt missen.'

In hun huis waren de weduwe Morales, haar drie dochters en haar zoon de eettafel aan het afruimen. 'Dat is net wat we nodig hebben,' mopperde de weduwe. 'Weer zo'n vervloekte guerrillabende. Ik ben die troepen goddeloze bedelaars die hier elk jaar langskomen zat.'

Haar twee jongste dochters, Gardenia en Magnolia, haastten zich naar het raam in de hoop een glimp van de rebellen op te vangen, terwijl de enige zoon van de weduwe, Julio César, zich angstig aan zijn moeder vastklampte. Orquidea, de oudste, keek naar haar twee zusters en schudde afkeurend haar hoofd.

Orquidea Morales had haar belangstelling voor mannen ongeveer vijf jaar geleden verloren. Ze wist dat ze haar niet aantrekkelijk vonden, en op haar leeftijd, eenendertig, stond ze niet te trappelen om afgewezen te worden. Ze had puntige oren, een haakneus en een mond die te klein was voor haar grote, scheefstaande tanden. Ze had ook drie wratten op haar kin die eruitzagen als goudkleurige rozijnen. Toen Orquidea werd geboren, hadden die akelige uitwassen op haar wangen gezeten, maar toen ze groter werd, hadden ze zich naar haar kin verplaatst. Ze hoopte dat de wratten zich nog verder zouden verplaatsen en uiteindelijk op een minder zichtbaar deel van haar lichaam zouden belanden. Orquidea beweerde dat ze maagd was, wat door de onvriendelijke mannen van Mariquita herhaaldelijk was bevestigd met opmerkingen zoals: 'Als alle maagden net zo'n lichaam hadden als dat van haar, zouden ze nooit worden aangeraakt.' Ze had de borsten van wijlen haar vader geërfd: twee donkere tepels naast elkaar op haar platte borst. Maar ondanks de suggestie van haar zusters om een overmaatse bh met maïslies op te vullen, besloot ze om niets onder haar smetteloos witte blouses te dragen. Orquidea had geen taille of wat voor rondingen dan ook. Ze was een wandelende rechthoek met een heel vriendelijk karakter. Ze kon lange gesprekken voeren over Napoleon Bonaparte of Simón Bolívar, Shakespeare of Cervantes, IJsland of Patagonië, maar ook over grappige onderwerpen zoals de Colombiaanse politiek. Ze had zichzelf ontwikkeld door de meeste boeken uit de kleine bibliotheek van de school van Mariquita te verslinden. Maar ondanks haar eruditie en haar ruime opvattingen was ze een vroom katholiek. Ze was er vast van overtuigd dat de paus de afgezant van Onze Heer was, en haar liefste droom was hem haar bijbel te laten signeren: '*Voor Orquidea Morales, mijn meest toegewijde volgeling. De uwe, Johannes Paulus II.*'

Toen ze jonger was, had Orquidea een vrijer gehad: een landarbeider die Rodolfo heette en die dacht dat hij zijn levensomstandigheden kon verbeteren door met haar te trouwen. Maar in 1986, toen de eerste marxistische guerrillagroep op zoek naar rekruten in Mariquita was gekomen, had Rodolfo Orquidea en iedereen verrast door zich bij de rebellen aan te sluiten. Ze was zo van streek dat ze twee maanden lang diarree had gehad. Maar op een dag, nadat ze weer naar het toilet was geweest, kwam ze van de buiten-wc en zei luid en vastberaden: 'Nu heb ik mijn liefde voor Rodolfo uitgescheten!'

Sindsdien had Orquidea nooit meer een vriendje of diarree gehad.

'Kom alstublieft naar buiten en kom naar de plaza om even te praten,' schreeuwde de guerrillastrijder door de megafoon. 'We zullen niemand kwaad doen. We strijden voor jullie rechten en voor de rechten van elke Colombiaanse burger.' Hij herhaalde dezelfde zinnen keer op keer, steeds luider, maar afgezien van de onderwijzer, twee dronkelappen, een prostituee die aan slapeloosheid leed en drie zwerfhonden, ging niemand op de uitnodiging van de rebel in.

'Mag ik ernaartoe, mamá?' vroeg Gardenia Morales aan haar moeder, die samen met Julio César de afwas deed.

'Je hebt niets te zoeken op communistische vergaderingen.'

'Maar ik heb niets anders te doen.'

'Pak je naaidoos dan maar en maak de sprei voor de vrouw van de magistraat af. We hebben het geld hard nodig.'

'Het is zondag, mamá. Ik wil naar buiten.'

'Je hebt me gehoord, Gardenia,' zei de weduwe, die haar stem verhief en haar ogen ten hemel sloeg.

Gardenia beende kwaad weg en liet een nare lucht achter. Julio César bedekte zijn neus en mond met beide handen en mompelde door zijn vingers: 'Alstublieft, mamá, maak haar niet van streek.'

Net als haar twee zusters was Gardenia naar een geurige bloem genoemd. Maar wanneer ze geïrriteerd was, bedroefd of overstuur, gaf haar lichaam een geur af die nogal verschilde van die van die delicate bloem. Het maakte niet uit hoe vaak ze een bad nam in warm, met rozenblaadjes, kamperfoelie en jasmijn geparfumeerd water of hoe vaak ze haar lichaam met zoete parfum besprenkelde, als ze geagiteerd was verspreidden haar poriën een lijkachtige stank. Dokter Ramírez – de enige dokter in het dorp – had de stank niet kunnen verhelpen, en de medicijnmannen naar wie haar moeder haar had meegenomen, zeiden dat ze van een kwade geest was bezeten. Er viel niets tegen te doen, dus had de familie Morales geleerd met de steeds terugkerende stank te leven. Toch was Gardenia een mooie vrouw. Ze was zevenentwintig en ze daagde haar zusters voortdurend uit ook maar één vlekje of rimpeltje op haar gezicht te ontdekken. Ze had grote donkere ogen en volle lippen die twee rijen volmaakte, witte tanden verborgen. Haar wenkbrauwen waren vol en ze epileerde ze nooit, hoewel ze haar wimpers bij speciale gelegenheden wel krulde. Haar lange, tengere hals was permanent getooid met een snoer van gedroogde kruidnagels, kardemomzaden en kaneelstokjes aan een onzichtbare nylondraad. Achter haar linkeroor stak ze vers geplukte bloemen, engelentrompetten of lelietjes-van-dalen, wat die dag het lekkerst rook. Haast onwillekeurig stak ze haar tong om de paar seconden uit om haar lippen te bevochtigen, een gewoonte die de vrome vrouwen van Mariquita als een teken van wellust beschouwden. Maar net als haar oudere zuster was Gardenia maagd. Ze had drie vrijers uit naburige dorpen gehad, die stuk voor stuk de benen hadden genomen zodra ze erachter waren gekomen waar de stank vandaan kwam. Zelfs toen de tweede guerrillagroep in 1988 naar Mariquita was gekomen om rekruten te werven, was Gardenia een van de weinige vrouwen die de wellustige, op vrouwen verlekkerde revolutionairen niet het hof hadden gemaakt.

Omdat de dorpelingen hun huis niet uit kwamen om de bijeenkomst van de guerrillastrijders bij te wonen, besloten de rebellen van deur tot deur te gaan om vrijwillige bijdragen te vragen en jonge, gezonde mannen over te halen zich bij hun beweging aan te sluiten. Maar bij slechts weinig huizen werd opengedaan. De mensen van Mariquita waren het zat om lastiggevallen te worden door de talloze groepen rebellen die door de bergen trokken en om geld, kippen, varkens en bier vroegen; ze charmeerden de naïefste vrouwen met hun machogedrag en hun grijsbruine uniformen, wonnen hun hart en maagdelijkheid, en lieten ze uiteindelijk na een week of twee achter met een slechte reputatie, een dikker wordende buik en weinig vooruitzichten om te trouwen.

Zodra Magnolia Morales, die niet van het raam was geweken sinds de rebellen waren aangekomen, haar moeder vertelde dat de guerrilla's de huizen langsgingen, wikkelde de weduwe de resten van het ontbijt in bananenbladeren en liet het kleine pakketje buiten op de stoep liggen.

'We moeten het eten op zijn minst aan hen geven, mamá,' zei Magnolia. 'Het zijn communisten, geen honden.'

'O, nee,' zei de weduwe nadrukkelijk. 'Als je de deur opendoet, beginnen ze te preken over het communisme en met jullie te flirten. Daar komt niets van in.'

'Ik wil alleen maar met ze praten, mamá. Ik loop echt niet weg met een of andere guerrilla.'

'Praat maar met ze door het raam,' zei haar moeder. Ze duwde een zware houten stoel voor de deur.

Magnolia Morales, de jongste van de drie zussen, was tweeëntwintig maar zag er veel ouder uit. Haar borsten hingen slap onder de bijna transparante blouses die ze graag droeg, en ze had brede, bijna rechte heupen. Ze had de benen van een man, harig en gespierd, die ze aan het oog onttrok door donkere kousen te dragen. Aan haar gezicht ontbrak niets: ze had twee donkere ogen met hun bijbehorende wimpers en wenkbrauwen, een mond, een neus en behoorlijk wat ongewenste haargroei. In het verleden had ze de stoppels en de overdadige snorharen uitgetrokken, maar de hardnekkige haren kwamen – net als de guerrilla's – steeds terug. Uiteindelijk besloot ze ze zo snel en zo lang te laten groeien als ze maar wilden, en dat gebeurde dan ook. Haar hoofdhaar hing los tot haar middel, zwart en glanzend.

Magnolia was beslist geen maagd. 'Als ze elke man voor haar attenties zou laten betalen, zou ze miljonair zijn,' zeiden de oude vrijsters altijd. Het meisje had zo'n slechte reputatie in het dorp dat ze zichzelf evengoed had kunnen verkopen. In werkelijkheid was ze niet met veel mannen naar bed geweest, maar alleen met de verkeerde: degenen die het rondbazuinden. Toen ze de geruchten voor het eerst hoorde, sloot ze zichzelf een halfjaar in haar kamer op, omdat ze dacht dat de mensen dan zouden vergeten dat haar reputatie was geschonden. Maar in 1990, toen de derde guerrillagroep het dorp aandeed, kwam ze uit haar isolement in de hoop een nieuwe man tegen te komen. Op dat moment besefte ze dat haar reputatie haar minste zorg was; de rebellen hadden de meeste vrijgezelle mannen van Mariquita overgehaald zich bij de revolutie aan te sluiten. Plotseling was Magnolia's mooiste droom, een knappe, rijke man te trouwen, onuitvoerbaar geworden. Zelfs haar op een na mooiste droom, te trouwen met welke man dan ook, leek onbereikbaar. Verslagen was ze een tijd bij haar slaapkamerraam blijven staan om de grote groep vrijgezellen met de guerrillastrijders het dorp uit te zien marcheren terwijl ze met haar hand langzame zwaaibewegingen in de lucht maakte en huilde toen de laatste man uit het zicht verdween.

De guerrillastrijders, veertig in getal, verzamelden zich rond het middaguur weer op de plaza. Ze gingen in de schaduw van de mangoboom op de grond zitten en inventariseerden de zaken die ze hadden opgehaald: twee levende, magere kippen, vier pond rijst, drie liter Coca-Cola light, zes *panelas*, drie kleine pakjes met kliekjes en een handvol roestige munten. Ze hadden ook een nieuwe rekruut, Ángel Alberto Tamacá, de drieëntwintigjarige onderwijzer. Hij was de enige zoon van een legendarische rebel die om het leven was gekomen toen Ángel pas een paar maanden oud was. Ángel was grootgebracht door zijn moeder, Cecilia Guaraya, en haar tweede echtgenoot, don Misael Vidales, een wijs man die vele jaren daarvoor naar Mariquita was verhuisd met niets anders dan zijn kropgezwel en drie grote dozen vol boeken, en die drie maanden later de eerste onderwijzer van Mariquita was geworden. Ángels moeder had hem goede manieren, discipline en volharding bijgebracht. Zijn stiefvader had hem onderwezen in wiskunde, aardrijkskunde, biologie en het communisme.

In tegenstelling tot de meeste andere mannen uit het dorp had Ángel Alberto nooit in het leger gediend. Don Misael had iemand opgebeld die bij hem in het krijt stond, die op zijn beurt weer iemand anders belde, en na een eindeloze reeks iemanden die anderen aan openstaande rekeningen herinnerden, bereikte Ángels naam een invloedrijk persoon die hem vrijstelde van zijn verplichtingen aan het land. Vervolgens begon don Misael Ángel op te leiden als zijn opvolger op de lagere school van Mariquita. De oude man, die twee volledige generaties had leren lezen en schrijven, optellen en aftrekken, vermenigvuldigen en delen, was moe geworden. Zijn ogen werden zwakker, net als zijn armen en benen. Hij kon met gemak de haren tellen die hij nog op zijn glimmende hoofd had, en zijn krop was nu zo groot geworden dat hij hem een naam had gegeven, Pepe, en had overwogen hem op zijn belastingformulier als persoon ten laste op te geven.

Nog voor zijn achttiende was Ángel Alberto Tamacá zowel de jongste onderwijzer van Mariquita als de dorpsagitator. Hij verfoeide de twee traditionele politieke partijen in het openbaar en riep leuzen tegen de regering van dat moment: 'Vuile kapitalisten, uitbuiters!' Zijn leerlingen gingen hem 'El Profe' noemen, de magistraat en de brigadier 'El Loco'. De priester noemde hem 'El Diablo', en de mannen noemden hem 'El Comunista'. De vrouwen daarentegen gaven hem verschillende kokette koosnaampjes: 'Papacito', 'Bomboncito', 'Bizcochito', enzovoort.

Ángels nieuwe baan gaf hem zelfvertrouwen en scherpte zijn leidinggevende kwaliteiten. In zijn vrije tijd begon hij huis aan huis *Het communistisch manifest* te onderwijzen. Vervolgens organiseerde hij 'Het moment van de waarheid', een bijeenkomst op de plaza op de zondagmiddag – of in de school wanneer het regende – waar hij over de leer van Marx en Lenin sprak, de beroemdste toespraken van Fidel Castro en Che Guevara voorlas, de gedichten van Neruda voordroeg en de meest controversiële liederen van Mercedes Sosa, Silvio Rodríguez en Violeta Parra zong.

In het begin trok 'Het moment van de waarheid' slechts een handvol mensen, maar nadat don Misael was begonnen met bier schenken, werd het het populairste evenement van de week. Binnen een paar maanden begonnen de mensen socialistische gedichten en communistische redevoeringen te citeren. Ze kenden 'La Maza', 'Si Se Calla El Cantor' en andere revolutionaire liedjes uit het hoofd en hadden er levendige pasjes en poses bij verzonnen waarmee ze een unieke dans hadden uitgevonden, een mengeling van de tango, de salsa en de *sanjuanero*. Vijf pasgeborenen werden genoemd naar legendarische communistische filosofen, rebellen en plaatsen: Ho Chi Minh Ospina, Che López, Vietnam Calderón en Trotski en Cuba Sánchez. Communisme, voor de meeste dorpelingen ooit een term van buiten, werd synoniem met amusement op de zondagmiddag.

Ángel besefte dat de dorpelingen zijn doctrines niet serieus namen, maar hij was er trots op dat hij hun politieke bewustzijn had verhoogd. Niets deed hem meer plezier dan een paar oude mannen over Karl Marx te horen praten alsof die hun naaste buurman was en zij zijn ideeën volledig begrepen en onderschreven, en niet gewoon twee dronken ouwe kerels waren. Toch was Ángel erg teleurgesteld toen na enkele jaren van indoctrinatie de meerderheid van de dorpelingen Marx en Lenin, Castro en Che Guevara op verkiezingsdag tijdelijk waren vergeten en op de kandidaten van de twee traditionele partijen stemden.

Ondanks zijn communistische sympathieën kwam het nieuws dat Ángel zich bij de rebellen had aangesloten voor iedereen in het dorp als een verrassing, omdat hij dat in het verleden verscheidene keren had kunnen doen, maar het nooit was gebeurd. Niemand in Mariquita had gedacht dat El Profe, El Loco, El Diablo, El Comunista of El Bomboncito moedig genoeg zou zijn om zo'n drastische stap te zetten. Wat ze niet wisten, was dat Ángel dit keer een reden had om het dorp te verlaten. Hij was verliefd geworden op Amorosa, een prostituee van La Casa de Emilia, die pas geleden uit Mariquita was vertrokken zonder zelfs maar afscheid te nemen. Ángel was diep bedroefd om haar vertrek. Hij at niet, sliep niet en kon alleen maar aan haar denken. Hij wilde met de guerrillastrijders mee, of met het rondreizende circus, of met de kapucijnermonniken of gewoon met de onstuimige novemberregens verdwijnen voordat hij krankzinnig werd.

De guerrillastrijders begonnen het opgehaalde voedsel en de frisdrank naar binnen te werken. Toen ze klaar waren, liep commandant Pedro, een lange man met een bruin gezicht en een litteken dat langs de zijkant van zijn nek liep, evenwijdig aan zijn halsslagader, langzaam tussen zijn mannen door en staarde elke rebel aan zonder een woord te zeggen. 'Matamoros,' riep hij uiteindelijk. 'Ik wil even met je praten. Onder vier ogen.' De twee mannen maakten zich los uit de groep, liepen het plein over en stopten in het midden bij een half vernield standbeeld van een anonieme held. Ze spraken op fluistertoon. Het was duidelijk dat ze een ernstige of zelfs gevaarlijke zaak bespraken, want beide mannen keken gespannen. Ze schudden elkaar plechtig de hand en liepen terug naar hun manschappen. Commandant Pedro koos eigenhandig zes rebellen uit, onder wie Ángel Tamacá, en droeg hun op zich klaar te maken voor vertrek. 'De rest volgt de bevelen van Matamoros op,' zei hij. Vijf minuten later brachten commandant Pedro, Ángel en vijf anderen de militaire groet en gingen op weg naar de bergen.

Matamoros was een lange man van in de twintig, knap, behalve dat hij zijn rechteroog drie jaar geleden had verloren toen hij tijdens een gevecht met het Colombiaanse leger in het gezicht was geschoten. Zijn vier boventanden waren goudgerand alsof ze het gebrek aan uitdrukking op zijn gezicht moesten compenseren. Met zoveel goud in zijn mond leek elk bevel dat hij gaf meer gewicht te krijgen. Matamoros wachtte tien of vijftien minuten voordat hij zijn ongeduldige mannen instructies gaf, waarna hij de megafoon greep en begon te schreeuwen: 'De mensen van dit dorp hebben ons ontzettend teleurgesteld…'

De guerrillastrijders stonden op.

'We hebben eten gevraagd en jullie hebben ons kliekjes gegeven…'

Ze schikten hun rugzakken.

'We hebben geld gevraagd om voor jullie te kunnen blijven strijden en het enige wat we hebben gekregen waren jullie waardeloze munten…'

Ze controleerden of er kogels in hun oude geweren zaten.

'We hebben gevraagd of er jonge mannen waren die zich bij ons wilden aansluiten om ons te helpen dit land van het imperialisme te bevrijden en op jullie onderwijzer na zijn jullie allemaal als kakkerlakken jullie huizen in geschoten…'

Ze splitsten zich op in ploegjes van vijf.

'Jullie zijn egoïstische lafbekken die het niet waard zijn dat wij bereid zijn voor jullie te sterven…'

Ze stelden zich in rijen op en richtten hun geweren op de zonloze hemel.

'Luister goed, mensen, want ik zeg dit maar één keer: als je ouder bent dan twaalf en een paar ballen tussen je benen hebt, móet je je vandaag aansluiten bij de revolutie. Kom onmiddellijk naar de plaza of je wordt gevonden en geëxecuteerd!'

En uiteindelijk kwam het laatste bevel van Matamoros: 'Kameraden, in de naam van de Colombiaanse revolutie, neem wat jullie toekomt!'

De rebellen vuurden enkele malen in de lucht, gingen toen het dorp in en schopten deuren open, vulden hun rugzakken met eten en geld, sleepten jonge en oudere mannen uit hun huizen, trokken ze van onder hun bed vandaan, van uit hun kasten en hutkoffers en schoten degenen die zich verzetten neer. De eerste man die door een kogel werd geraakt was don Marco Tulio Cifuentes, de eigenaar van het dorpscafé, die in zijn been werd geschoten toen hij via het dak van zijn huis probeerde te vluchten. In haar angst wierp Eloisa, de vrouw van de gewonde man, zich op de agressor en sloeg hem verscheidene keren met haar blote handen. Dit maakte de rebel zo kwaad dat hij don Marco Tulio twee keer door het hoofd schoot zodra hij zich van de razende vrouw had bevrijd. Twee straten verder renden brigadier Patiño en zijn twee officieren met hun vuurwapens het huis van de magistraat uit (waar ze zich hadden verstopt). Zodra ze de talrijke guerrilla's zagen, lieten de twee officieren hun wapen vallen en staken hun handen omhoog. Maar de brigadier wist nog met één revolverschot een rebel te doden. Zijn heroïsche daad werd beantwoord met negentien schoten die zijn lichaam van alle kanten doorboorden. Voordat de brigadier in elkaar zakte, stond zijn lichaam roerloos als een standbeeld in een fontein met stralen bloed die de grond besproeiden. Vlak daarna kwamen de overgebleven mannen – onder wie el padre Rafael – voorzichtig uit hun schuilplaats en liepen met gebogen hoofd en met hun handen omhoog naar het plein.

De weduwe Morales liep in haar woonkamer te ijsberen. Met halfgesloten ogen en haar handen op de rug probeerde ze te bedenken hoe ze kon voorkomen dat de rebellen haar dertienjarige zoon Julio César meenamen. Orquidea, Gardenia en Magnolia stonden in een hoek van de kamer en hielden elkaars hand vast, wachtend tot hun moeder zou kalmeren. Plotseling kreeg de weduwe een idee. Ze gaf haar drie dochters precieze aanwijzingen en begon te zoeken naar de oude communiejurk die de meisjes alle drie bij hun eerste communie hadden gedragen. Ze vond de gekreukte jurk in een koffer onder haar bed. Hier zal het wel mee lukken, zei ze tegen zichzelf. Op dat moment herinnerde de weduwe zich dat er een God was en een groep heiligen tot wie ze zich in moeilijke tijden kon wenden, en hoewel de tijd drong, stak ze kaarsen aan voor de vele beeltenissen die door het hele huis verspreid stonden. Terwijl ze haar bange zoon zocht, begon ze te bidden. '*Padre nuestro que estás en el cielo*… Julio César! *Sanctificado sea tu nombre*… Julio César! *Venga a nosotros tu reino, hágase tu vuluntad*… Julio César! Waar zit je nou, verdomme?' Ze vond de tengere jongen trillend van angst onder zijn bed. 'Schiet op, doe dit aan,' commandeerde ze en ze gooide de pluizige witte jurk op zijn bed. '*Dádnos hoy nuestro pan de cada día*…' de weduwe dreunde de woorden werktuiglijk op en onderbrak zichzelf om de haverklap om Julio César aan te sporen. Ze hielp hem de achterkant van de jurk dicht te ritsen, wikkelde zijn kleine hoofd in een witte zijden hoofddoek en zette die vast met een plastic diadeem. De sprakeloze jongen wees naar zijn blote voeten. 'Maak je geen zorgen over schoenen,' zei ze, en ze duwde hem de woonkamer in.

Op het moment dat Matamoros en vier van zijn mannen het huis van de familie Morales binnenkwamen, zaten Orquidea, Gardenia en Magnolia vredig in de woonkamer te breien, hun moeder was in de keuken guavejam aan het maken en Julio César zat als een kleine maagd Maria in de schommelstoel met een bijbel in zijn handen en het hart in de keel. Matamoros stond bij de deur met een lang geweer in zijn handen. De andere vier guerrilla's liepen door het huis en verstoorden de stilte in de kamers met de tred van hun smerige laarzen terwijl ze ieder hoekje doorzochten op mannen die oud genoeg waren om een geweer vast te houden.

'De enige man in dit huis was Jacobo, mijn echtgenoot,' zei de weduwe tegen Matamoros, wijzend naar de muur waar een groot ingelijst schilderij hing van een man die voor Winston Churchill door kon gaan. 'Hij is tien jaar geleden aan kanker overleden.' Ze sloeg beide handen voor haar gezicht en huilde luid door haar vingers.

'Hebt u geen zonen, señora?' vroeg Matamoros terwijl hij uit zijn ooghoek naar Julio César keek.

'Nee, meneer,' snikte ze. 'God heeft me met vier beeldschone dochters gezegend.'

'Ik begrijp het,' zei hij. Hij begon op en neer te lopen en bleef maar naar de jongen kijken. De drie zusters kregen het steeds benauwder en zoals te verwachten viel, begon Gardenia haar stuitende geur uit te zweten. 'Hoe heet je, kleine meid?' vroeg Matamoros uiteindelijk aan Julio César. De jongen werd bleek en zijn mond hing open. Op dat moment voegden de vier guerrilla's zich bij hun meerdere in de woonkamer.

'*Negativo commandante*,' riep een van hen. 'Geen enkele man in dit huis.'

'Laten we dan gaan,' zei Matamoros, en hij gebaarde hun allemaal naar buiten te gaan.

'Commandante,' zei een van de rebellen met een wellustige glimlach op zijn kleine gezicht. 'Mogen we de meisjes neuken?'

'*Affirmativo*, kameraad,' antwoordde de commandant. 'Als je tenminste tegen de strontlucht in dit huis kunt.' Hij spuugde op de vloer. Plotseling roken de rebellen de stank en gingen haastig naar buiten; allemaal op de jongste na, die de rode zakdoek om zijn biceps losmaakte, zijn neus en mond ermee bedekte en naar de drie vrouwen toe liep. Hij was een indiaanse jongen met een donkere huid, die een van zijn boventanden miste en niet ouder leek dan vijftien. Hij ging naast Orquidea staan en kneep met zijn ene hand in haar tepels, terwijl hij zijn antieke geweer in de andere hield.

'Doe het alsjeblieft niet,' smeekte Orquidea, en ze rukte zich van de jongen los. 'Ik ben maagd.'

'Des te beter,' lachte de jongen spottend, en hij liet zijn hand naar haar kruis zakken. Gardenia sloot haar ogen en boog haar hoofd. Magnolia glimlachte naar de jongen en legde haar naaigerei opzij in de hoop dat zij de volgende zou zijn. Maar de guerrillero had zijn begerige ogen al op Julio César laten vallen, die de stoel opeens veel sneller liet schommelen. 'Zij zal ook wel maagd zijn,' zei de jonge rebel en liep op de jongen af. De drie zusters sprongen schreeuwend op en hun moeder, die zachtjes had zitten bidden, riep: 'Raak mijn kleine meisje niet aan!' Ze rende naar haar zoon en ging naast hem staan. 'Doe met de andere drie wat je wilt. Neem mij als je wilt, maar Julia alsjeblieft niet.'

'En waarom niet?' vroeg het joch cynisch.

'Ze is nog maar een klein meisje. Ze heeft haar heilige communie nog niet eens ontvangen.'

Het joch lachte hard door de doek voor zijn mond. 'Nou, dat gaat dan nu gebeuren,' zei hij terwijl hij zijn eigen kruis vastgreep.

De weduwe voelde een plotselinge opwelling om het brutale joch een mep in zijn gezicht te geven. Ze voelde zich zo sterk worden door deze impuls dat ze tussen hem en haar zoon in ging staan. 'Ik sta niet toe dat jij je verdorven zin krijgt,' zei ze vastberaden.

'Señora, ik waarschuw u: uit de weg.'

'Je wordt geacht voor onze rechten op te komen, niet om ze te schenden,' zei ze beschuldigend met haar handen in haar zij. 'Wij vrouwen hebben ook rechten en mijn dochters en ik zullen alles doen om onszelf tegen schooiers als jij te beschermen.'

'Jullie vrouwen hebben niets,' zei de guerrillero minachtend. 'Dit is een land van mannen en dat zal altijd zo blijven.' Hij sloeg haar met een vuistslag in haar gezicht tegen de grond en riep: 'Als je weer bij me in de buurt komt, schiet ik je neer!' Hij maakte zijn riem los, knoopte zijn smerige broek open en trok die langzaam naar beneden. Julio César begon nog sneller in zijn stoel te schommelen en Orquidea en Magnolia stonden in een hoek op hun nagels te bijten. Gardenia, die zichtbaar geschokt was, ging zitten en waaierde zichzelf met het uiteinde van haar lange rok koelte toe, waarbij ze de atmosfeer in de kamer met haar transpiratiegeur vergiftigde. De stank werd nu ondraaglijk. De guerrillastrijder viel op zijn knieën en begon te braken. Terwijl hij nog steeds lag te kokhalzen, kwam doña Victoria van de vloer overeind, deed de deur open en duwde en schopte het halfnaakte joch met haar blote voet naar buiten. Ze keek hoe hij en zijn geweer de trap af rolden en op de grond terechtkwamen, en sloeg de deur dicht.

Zodra Gardenia's angst verminderde, verdween de stank. De weduwe ging rond met een fles ontsmettingsalcohol en liet haar dochters en zoon er net zo lang aan snuiven tot ze van de schrik en de walging waren bekomen. Ze gingen alle vijf om de eettafel zitten met de handen ineengeslagen, en de oude matrone zei tussen haar tranen en nerveuze lachjes door een paar gebeden.

Buiten ging het schieten in de straten door, af en toe onderbroken door een hartverscheurende kreet van een kersverse weduwe en het gehuil van alweer een vaderloos kind.

Toen het schieten een uur later ophield, ging de weduwe Morales naar buiten. De linkerkant van haar gezicht was al opgezwollen. De vrouwen van Mariquita hadden zich aan weerszijden van de hoofdstraat verzameld, en lieten net genoeg ruimte over voor de rij mannen en jongens die door de guerrilla's werden weggevoerd. Deze mannen waren de buren en vrienden van de weduwe Morales; die haar, haar man en haar kinderen hadden verwelkomd toen ze in 1970 in Mariquita waren aangekomen; die haar zelfgeplukte boeketjes hadden gebracht toen ze van haar twee jongste kinderen was bevallen; en die haar jaren later hadden getroost toen haar echtgenoot was overleden. Dit waren de enige mannen die ze in tweeëntwintig jaar had gekend. En die jonge jongens die naast hen marcheerden, hun jongere zonen, waren degenen die elke middag langskwamen om samen met Julio César hun huiswerk te maken, degenen die haar hielpen haar mand met kruidenierswaren van de markt naar huis te dragen, en degenen die elke zondagochtend voetbalden op het veldje tegenover haar huis.

De weduwe zag de vrouwen huilen toen hun mannen met gebogen

hoofd langs hen liepen. Ze zag Cecilia Guaraya haar oude echtgenoot een bril aanreiken, en Justina Pérez die van haar een kunstgebit. Ze zag dat Ubaldina de Restrepo haar eigen rozenkrans aan haar jongste stief-zoon, Campo Elías jr. gaf. Ze zag hoe anderen hun mannen familie-foto's, eten verpakt in bananenbladen, tandenborstels, wekkers, lief-desbrieven en geld gaven. Ze zag de vrouwen huilen toen ze hun man-nen stijf tegen zich aan drukten en snikken toen ze hen voor de laatste keer kusten. Ze wisten dat ze hen nooit meer zouden zien, dat die echt-genoten, zonen, neven en vrienden op dat moment voor hun ogen stierven.

Wanneer ze bedroefd was, miste de weduwe haar overleden echtge-noot. Maar deze keer huilde ze niet. In gedachten dankte ze God dat hij Jacobo kanker had gegeven, zodat hij thuis in haar armen had kunnen sterven. Ze had heel veel medelijden met de andere vrouwen in het dorp en slaakte onwillekeurig een diepe zucht toen ze de laatste twee mannen zag verdwijnen te midden van de wolken stof die hun mar-cherende voeten opwierpen.

De weduwe Morales draaide zich langzaam om. Even langzaam liep ze naar haar huis, gevolgd door een lange echo van geweeklaag. Ze ging naar binnen, hield de deurknop met beide handen vast en duwde de deur met haar voorhoofd dicht. Zo bleef ze lange tijd huilend staan.

Haar dierbare Mariquita was een dorp van weduwen in een land van mannen geworden.

GORDON SMITH, 28
AMERIKAANSE VERSLAGGEVER
'JOHN R.', 13
GUERRILLASOLDAAT

Het was zondagmiddag. Ik zat op een open plek naast het guerrillakamp op John te wachten. Hij had erin toegestemd me daar te treffen voor een interview.

Het guerrillakamp was een kleine nederzetting in de hooglanden, ongeveer drie dagen lopen van de dichtstbijzijnde stad.

Plotseling kwam John uit het oerwoud tevoorschijn, een kleine jongen gehuld in een te groot grijsbruin uniform, met een geweer over zijn schouder. Zijn gezicht was klein, glom van het zweet en was bezaaid met sproeten. Een schaduw van donshaartjes op zijn bovenlip was de voorbode van een snor. Zijn haar, wat ik er onder de hoed van kon zien, was zwart. Hij zag er niet ouder uit dan twaalf, dertien misschien. We gaven elkaar een hand en glimlachten.

'Ga zitten, jong,' zei ik, en ik maakte plaats voor hem op de boomstam waarop ik zat.

'No, gracias,' antwoordde hij hoofdschuddend. 'Ik sta hier goed. En trouwens, ik ben geen jong. Ik ben vijftien.'

Hij had de baard nog niet in de keel en sprak luid, als om dat te compenseren.

Ik had John voor het eerst gezien tijdens een voetbalwedstrijd die nog maar twee uur geleden op deze open plek was gespeeld. John leek de jongste van beide teams te zijn – een kind dat met zijn kameraden dolde. 'De kindsoldaat' dacht ik, dat zou een goede titel voor het verhaal zijn.

Maar de jongen die ik nu voor me had was niet dezelfde John die ik eerder had gezien. Deze probeerde zich ouder en groter voor te doen dan hij eigenlijk was. Hij tilde een been op en trok een pakje Marlboro uit zijn sok. Hij sloeg er drie keer mee tegen de palm van zijn vrije hand voordat hij mij er een aanbood. Ik was een jaar geleden met roken gestopt, maar ik had het idee dat een sigaret het ijs misschien zou kunnen breken, dus nam ik er een. Vervolgens haalde hij een aansteker in de vorm van een kleine mobiel tevoorschijn.

'Dit is een goeie aansteker,' zei hij, en hij gaf hem aan mij. 'Hij is in de Estados Unidos gemaakt.'

'Hoe weet je dat?' vroeg ik. Op de aansteker las ik Made in China.

'Ik heb hem van een Amerikaan gekregen. Die was hier om onze commandant te interviewen.'

Ik was niet de eerste buitenlandse journalist die op zoek naar een goed verhaal de gevaren van Colombia trotseerde. In de twee jaar dat ik hier woonde, was ik er heel wat uit de hele wereld tegengekomen die guerrillastrijders, paramilitairen, soldaten van het reguliere leger of coca-telers interviewden, of die hen, net als ik, allemaal interviewden.

'En hoe weet je dat hij uit de Estados Unidos kwam?'

'Hij zag er net zo uit als jij, bleek en blond, met blauwe ogen. En hij praatte raar, net als jij.'

John en ik trokken allebei aan onze sigaret, maar ik stikte zowat door de rook en begon te hoesten.

Hij barstte in lachen uit: 'Haha-haha-haha-haha...'

Dit was de John die ik eerder had gezien: de ondeugende lachende jongen; zijn lach maakte hem uniek. Ik drukte de sigaret uit en keek toe hoe hij lachte tot ik weer op adem was gekomen.

Toen zei hij abrupt: 'Ik ben pas dertien.' Hij keek omlaag, alsof hij zich ervoor schaamde een kind te zijn. 'Maar ik vertel het aan niemand. Een van de jongens heeft gezegd dat hij veertien was, en nu hebben ze geen respect meer voor hem. Alsof je volwassen moet zijn om mensen te vermoorden.'

Toen ik John had uitgekozen om te interviewen, had de commandant me het dossier van de jongen gegeven. Daar stond in dat hij nog niet aan gevechten had deelgenomen. Daar had ik zo mijn twijfels over. Ik wist dat de commandanten de dossiers van hun rekruten vervalsten, vooral als ze nog minderjarig waren.

'Hoeveel mensen heb je gedood?' vroeg ik hem.

'Haha-haha. Alsof je dat bijhoudt,' zei hij. 'Ik doe gewoon mijn ogen dicht en blijf schieten tot ik hoor dat er niet meer teruggeschoten wordt.' Door zijn moeiteloze antwoorden kreeg ik het idee dat hij de waarheid vertelde. 'En jij?' vroeg hij. 'Heb jij wel eens iemand gedood?'

Ik schudde mijn hoofd.

'Echt niet?' John scheen oprecht verbaasd te zijn. Hij legde zijn geweer op het gras en ging ernaast zitten, met zijn knieën tegen zijn borst gedrukt en zijn armen eromheen geslagen. De boodschap was duidelijk: hij hoefde zich niet langer ouder of groter voor te doen. Hij had mensen gedood. Ik niet.

'Waar denk je aan als je aan het vechten bent?' ging ik verder.

'Meestal denk ik nergens aan, maar soms denk ik dat ik mijn eigen leven moet redden, snap je? Het is míjn leven of het hunne, en God wil me nog niet.'

'O, dus je gelooft in God?'

'Zeker weten. Ik bid bijna elke avond, en altijd voor een gevecht.'

'En je denkt dat God het goed vindt dat je anderen doodt?'

Hij dacht een tijdje over mijn vraag na voordat hij verklaarde: 'Ik denk dat God net zomin wil dat ik hen dood, als hij wil dat zij ons doden.'

Daarna stelde ik hem vragen over het dagelijks leven van een guerrillastrijder, en kreeg te horen dat ze om vier uur opstaan en om vijf uur aantreden; dat de dagelijkse taken om halfzes worden verdeeld. Twee mannen koken alle drie de maaltijden, twee groepjes van drie gaan jagen, twee groepjes van vier verkennen de omgeving op zoek naar invasietroepen, en de rest doet wachtdienst. 's Middags trainen ze en houden ze schietoefeningen.

'Dit kamp is niets vergeleken bij het trainingskamp,' verzekerde John me. 'Daar leer je met pistolen, geweren en machinegeweren schieten, en vliegtuigen herkennen en op welk deel van de romp je moet richten. Dat is echt fantastisch!' Dat zei hij allemaal met zijn kinderstem, en ik dacht weer aan het dossier dat de commandant me had gegeven. Ik haalde het uit mijn rugzak en las de pagina nogmaals. Er stond dat Johns echte naam Juan Carlos Ceballos Vargas luidde en dat hij zestien was; dat zijn ouders bij een auto-ongeluk waren omgekomen toen hij nog een baby was; dat de jongen zijn hele jeugd in een weeshuis had doorgebracht, waar hij was weggestuurd toen hij vijftien was geworden; en dat hij zich in november 2000 vrijwillig bij de guerrilla's had aangesloten. Ik besloot uit te vissen hoeveel er van die informatie klopte.

'Is John je echte naam?'

Hij schudde zijn hoofd.

'Hoe heet je dan?'

'Ik vertel niemand hoe ik heet.'

'Daar kan ik inkomen,' zei ik. 'Ik vind John wel een mooie naam.'

'Het is niet gewoon John,' zei hij. 'Het is John R.'

'Dat vind ik nog steeds een mooie naam. Heb je die zelf gekozen?'

Hij knikte. 'Heb je Rambo gezien?' Hij vroeg het alsof Rambo pas was uitgebracht.

'Alle drie,' gaf ik toe.

'Ik ook. Hij is helemaal te gek! Weet je nog hoe hij heet? Hoe Rambo heet?'

Ik moest even nadenken. Het was jaren geleden dat ik Rambo III had gezien. Ik wist dat het een gewone naam was. Michael? Robert? John?

'John!' zei ik. 'O, ik snap het. John R.'

Hij glimlachte. 'Mijn grootmoeder had een tv. Ik mocht soms van haar kijken, tot ze hem verkocht. Ze begon alles te verkopen wat ze had om eten voor ons te kopen, tot er niets meer in het huis was wat verkocht kon worden.'

'Waar is je grootmoeder nu?'

Hij haalde zijn schouders op.

'En je vader? Waar is die?'

'In de gevangenis. Hij heeft twintig jaar gekregen omdat hij een buurman heeft vermoord die een varken van ons had gestolen.'

'En je moeder?'

'Ze is door haar hoofd geschoten,' antwoordde hij zakelijk, alsof dat de enige manier was waarop iemand kon sterven. 'Die man die door mijn vader is vermoord, die had een zoon die politieagent was. Hij heeft mijn vader in de gevangenis gestopt en daarna heeft hij mijn moeder vermoord.'

'Heeft iemand die politieagent aangegeven?'

'Haha-haha,' antwoordde hij.

'Hoe oud was je toen dat gebeurde?'

Hij hield zijn linkerhand voor mijn gezicht op de manier waarop kleine kinderen hun leeftijd aangeven. Vijf vingers.

'En hoe oud was je toen je je bij de guerrillastrijders aansloot?'

'Elf.'

'Weet je wat dit is?' vroeg ik hem, en ik zwaaide met het dossier voor zijn ogen.

Hij wierp er een blik op en schudde zijn hoofd. 'Ik kan niet lezen. Ik ben nooit naar school geweest.'

'Hier, ik lees het je voor,' bood ik aan, en ik begon langzaam te lezen. Hij luisterde aandachtig, maar de uitdrukking op zijn gezicht veranderde niet.

'Ik wou dat het waar was,' zei hij toen ik klaar was. 'Het klinkt veel beter dan mijn leven.' Zijn donkere, droeve ogen hielden de mijne vast. Ik keek erin en zag een kleine jongen die leerde met een pistool te schieten, die in het oerwoud op vogels joeg, die op zijn knieën gebeden zei voor hij ten strijde trok, en met zijn ogen dicht het vuur opende op de vijand van iemand anders. Ik verfrommelde het dossier tot een prop en gooide het weg.

'Nog één vraag,' zei ik toen ik merkte dat hij op zijn horloge keek. 'Vertel eens waarom je bij de guerrilla's bent gegaan.'

'Ik had honger.'

John R. pakte zijn geweer en stond op. Het was bijna vier uur in de middag en hij stond op de rol om van vier tot acht wacht te lopen.

'Beloof me dat je mijn woorden niet verdraait om me als een slechterik neer te zetten,' zei hij.

'Dat beloof ik,' stelde ik hem gerust. Om het te bewijzen, kuste ik mijn duim en wijsvinger en sloeg een kruis; een gebaar dat in Colombia algemeen wordt gebruikt om duidelijk te maken dat men zich aan zijn woord houdt.

Vervolgens vroeg hij me om een cadeautje. 'Het geeft niet wat,' zei hij.

Ik keek in mijn rugzak. Er zat schoon ondergoed in, een tandenborstel, een kleine tube tandpasta, twee setjes batterijen, aspirines, antibiotica, een rol toiletpapier en een gehavend exemplaar van *Honderd jaar eenzaamheid*, waar ik net in was begonnen. Niets dat John R. zou willen hebben. Maar toen vond ik in een zijvakje een floaty pen met een kersttafereeltje, die ik had gekocht toen ik de laatste keer in New York was.

'Feliz Navidad, John R.,' zei ik toen ik hem de pen gaf.

'Navidad? Maar het is pas april.'

'Kerstmis kun je altijd vieren.'

Ik gaf hem de pen en zei dat hij hem schuin moest houden. Ik zag hem naar de kerstman en zijn rendieren kijken, die moeiteloos boven een besneeuwd miniatuurdorpje zweefden.

'Haha-haha.' Zijn gezicht klaarde op. 'Is hij in de Estados Unidos gemaakt?'

'Ik weet het niet zeker,' bekende ik.

Hij liet zijn onderlip van teleurstelling zakken.

Ik nam de pen van hem terug en bekeek hem zorgvuldig. Uiteindelijk vond ik op het zilveren ringetje tussen het bovenste en het onderste deel van de pen, in een piepklein lettertype gegraveerd, de drie woorden die John R. wilde horen.

'Sí,' zei ik. 'Made in USA.'

Hij bedankte me vier of vijf keer, draaide zich om en liep naar het kamp. Terwijl hij wegliep hield hij de pen beurtelings schuin naar links en naar rechts en moest keer op keer lachen, tot zijn kleine lijf in het oerwoud verdween.

HOOFDSTUK 2

De magistraat die niets van besturen wist

Mariquita, 29 oktober 1993

Al meer dan een week had Rosalba de hemel goed in de gaten gehouden. Telkens wanneer ze keek, leken de wolken en de zon, de maan en de sterren, alles boven haar dorp, een stukje verder weg te staan. Toen ze vandaag haar huis uit kwam en nogmaals naar de lucht keek, kwam ze tot de conclusie dat haar groene ogen haar niet voor de gek hielden. Het was waar: Mariquita was aan het zinken. Ze sloeg een kruis en liep de straat door naar de plaza.

Rosalba viuda de Patiño, zoals ze zichzelf graag voorstelde, was de weduwe van de brigadier van politie. Ze was een aantrekkelijke vrouw met een bleke huid, magere armen en benen, een smalle taille, en de dikste kont van alle vrouwen in Mariquita. Ze droeg haar lange, kastanjebruine haar in een wrong in haar nek en ze had een moedervlek tussen haar wenkbrauwen, waardoor het leek alsof er een vlieg op haar voorhoofd was neergestreken. Wanneer ze lachte – wat niet vaak voorkwam sinds haar man was vermoord – loenste ze en opende haar mond zich in een ovaal dat groot genoeg was om de vele zilveren vullingen in haar kiezen te laten schitteren. Ze was zesenveertig, maar door de diepe rimpels rond haar ogen – die nu bleven staan wanneer ze was uitgelachen – en de dunne, sproetige huid van haar handen, leek ze veel ouder.

Terwijl ze door de hoofdstraat liep, zag Rosalba een paar nieuwe hopen afval en puin liggen. Die doken overal op. Nu het dorp aan het zinken was, was het een kwestie van tijd voordat de weduwen en hun kinderen door vuilnis overspoeld zouden worden. De gammele oude man in de gammele oude vrachtwagen die eens per week naar Mariquita kwam om het vuil op te halen, was kort nadat de mannen waren verdwenen niet meer komen opdagen. Wie zou hem voor zijn diensten betalen nu de ambtenaar van financiën en de magistraat er niet meer waren? Niet de weduwen. Die hadden andere prioriteiten, zoals hun kinderen en zichzelf te eten geven.

'Vervloekte ouwe vent!' zei Rosalba zonder te blijven staan. Bij de hoek sloeg ze links af en werd geconfronteerd met alweer een leegstaand huis, dat van de familie Cruzes. Sinds de mannen weg waren, waren veel vrouwen uit Mariquita weggetrokken met hun overgebleven kinderen, hun ouders, en wat ze verder ook maar op hun muilezels of op hun rug konden dragen. In minder dan een jaar tijd was de bevolking van Mariquita beduidend geslonken. In elke straat stonden nu verlaten huizen, die al snel werden leeggehaald. Daken, deuren, ramen, vloeren, alles wat los en vast zat werd eruit gesloopt tot er niets meer over was dan vier lemen wanden met twee of drie verschillend gevormde openingen. Rosalba fronste haar voorhoofd en liep door.

De laatste tijd had ze de gewoonte om op een bank op de plaza te gaan zitten om naar de dorpelingen te kijken, die met hun gebruikelijke activiteiten bezig waren. Onverschillige oude vrouwen in zwarte kant die op weg waren naar de kerk; jonge vrouwen die met tussenpozen riepen dat ze verse *arepas*, tweedehands kleren, zeep, kaarsen, enzovoort verkochten; halfnaakte kinderen die achter hen aan liepen en bedelden om de dingen die ze verkochten en wachtten tot de aandacht van de vrouwen verslapte, zodat ze iets van hen konden pikken, het deed er niet toe wat. Na een paar minuten begon de eentonigheid van het vaste patroon ondraaglijk te worden en zocht Rosalba iemand om mee te praten. Vandaag ging ze op een bank zitten die half onder de vogelpoep zat. De bank stond naar de ver weg gelegen zon toe gekeerd, die op dat moment door de al even ver weg gelegen ochtendwolken brak.

Drie bijbels uitziende vrouwen in lange nachtponnen, die grote waterkruiken droegen, verschenen om de hoek. Orquidea, Gardenia en Magnolia, de gezusters Morales, waren op weg naar de rivier, die op bijna een uur lopen lag. Lang geleden hadden de mannen van Mariquita een nabijgelegen stroompje afgedamd en gekanaliseerd om de keukens en wasplaatsen in het dorp van stromend water te voorzien. Nu restte er niets meer dan buizen vol onkruid. Een ongebruikelijk droog jaar had het stroompje en het aquaduct doen opdrogen en de meeste gewassen vernield, waardoor de vrouwen en kinderen in de greep van de honger en de droogte waren geraakt.

'Goeiemorgen,' riep Rosalba naar de gezusters Morales.

Geen van drieën gaf antwoord.

Rosalba keek om zich heen om iemand te vinden tegen wie ze kon praten, wie dan ook; om zich te beklagen over de slechte manieren van de drie zusters, en over andere dingen die haar dwarszaten. Er was niemand.

'Het lijkt wel of iedereen het druk heeft met nietsdoen,' zei ze bitter tegen een oude mangoboom die naast haar stond. 'Ik heb nooit eerder vrouwen gezien die zo passief zijn als de weduwen in dit dorp. We hebben bijna geen eten meer en we hebben niet eens mest voor het land. Het is waar dat we een droge periode meemaken, maar we kunnen de natuur niet de schuld geven van onze tegenspoed. Niet wanneer we zelf niets hebben ondernomen. Al die tijd zitten we hier te klagen en te wachten tot het nieuws van onze hachelijke situatie de bergen is overgestoken en meneer de gouverneur heeft bereikt. Tot meneer de gouverneur zijn adviescollege bijeenroept. Tot ze de centrale regering waarschuwen. Tot meneer de president het congres bijeenroept. En tot het congres meneer de president toestemming geeft om meneer de gouverneur toestemming te geven iemand anders toestemming te verlenen om een stelletje suffe weduwen ergens in een of andere droge streek te hulp te komen…'

Er verscheen een troep half uitgehongerde varkens, gevolgd door hun hoedster, Ubaldina viuda de Restrepo, die ze uitschold. Zij was de weduwe van don Campo Elías Restrepo – ooit de rijkste man van het dorp – en zij was hem en zeven stiefzoons aan de rebellen kwijtgeraakt. Ubaldina hield haar varkens in een met prikkeldraad afgezet schuurtje achter in haar tuin. Ze dreef ze tweemaal per dag door het dorp, zodat de dieren zich met het vuilnis konden voeden. Ze had hun linkeroor met rode verf gemerkt, en ze telde ze een aantal maal per dag om er zeker van te zijn dat er niet een was gestolen.

De varkens bleven om de paar seconden staan om in elke hoop vuilnis te wroeten die ze tegenkwamen. 'Schiet op, stom beest!' schreeuwde ze tegen de magerste. Hij liep een eind achter de andere aan.

'Wanneer krijg ik mijn karbonades, Ubaldina?' riep Rosalba. Ze had al ruim drie maanden geen vlees gegeten, hoewel ze al een hele tijd geleden voor twee dikke karbonades had betaald.

'Volgende week misschien,' antwoordde Ubaldina. 'Ik heb nog steeds de oren en de poten niet verkocht.'

Ubaldina, die thuis met twee waardeloze ijskasten was blijven zitten toen de elektriciteit van Mariquita was afgesloten, wilde alleen een dier slachten als ze alle lichaamsdelen ervan had verkocht.

'Een ramp voor de armen biedt de rijken een kans,' fluisterde Rosalba tegen de boom. 'Weet je hoeveel die hebzuchtige vrouw vraagt voor een pond vlees van die varkens die van vuilnis leven? Drieduizend peso's! Ik heb de achterkamer van mijn huis aan Vaca moeten verhuren om wat vlees te kunnen kopen. Je weet wel, de vrouw van de schoenmaker, de indiaanse met haar grote ogen die altijd tabak zit te pruimen. Maar natuurlijk weet Ubaldina dat best! Ik heb het haar zelf verteld. Het kan haar gewoon niets schelen. Maar ik ben niet de enige. Ken je Lucrecia Saaverda? De oude naaister? Die arme ziel heeft haar reserveschaar moeten ruilen tegen pens om soep te kunnen maken!'

Terwijl Rosalba tegen de boom klaagde, kwam er een klein konvooi met modder bespatte jeeps het dorp binnenrijden. De vrouwen haastten zich hun huis uit in de veronderstelling dat het hulp was die door de regering was gestuurd. Vijftien vreemdelingen in militaire uniformen stapten in volslagen stilte uit de jeeps. In diezelfde stilte liepen ze door de smerige straten van Mariquita, op de voet gevolgd door kinderen zonder kleren en door moeders met uitgestrekte armen, die scandeerden: 'Alsjeblieft, alsjeblieft, alsjeblieft…' De soldaten stelden el padre Rafael (de enige man die de rebellen niet hadden meegenomen) een paar vragen. Ze noteerden hun bevindingen in opschrijfboekjes. Ze namen ook foto's van de verwaarloosde plaza en van de grote groep vrouwen die zich om de jeeps hadden verzameld om te bedelen.

De oudste van de militairen klom op de motorkap van zijn jeep en probeerde de vrouwen te kalmeren. Hij was een kleine, blonde man met een ongunstig uiterlijk. Hij had een zweterige, glimmende huid en op zijn gezicht zaten littekens van verschillende vorm en grootte. 'Mijn naam is Abraham,' begon hij, met een prettige stem die niet bij zijn uiterlijk paste. 'We zijn hier niet om onze deelneming met uw verlies te betuigen, hoewel we met u allemaal meeleven. We zijn gekomen om de materiële schade aan uw dorp op te nemen, zodat u navenant schadeloos gesteld kunt worden.' Hij onderstreepte zijn verklaring met snelle gebaren van zijn kleine handen. 'Jammer genoeg zal het enige tijd gaan duren voordat u hulp kunt verwachten. Ziet u, ons land is weer verwikkeld in een nieuwe burgeroorlog. Vóór uw dorp zijn vele andere dorpen aangevallen door guerrillastrijders en paramilitaire groepen, dus…' Ondanks het ontmoedigende nieuws dat hij bracht, leek de kleine man de vrouwen en kinderen te hebben gehypnotiseerd. Ze staarden hem verrukt aan, alsof ze wachtten tot hij eieren zou leggen of melk uit zou zweten. Slechts één vrouw bleef bij haar volle verstand: Rosalba viuda de Patiño.

'We stellen uw eerlijkheid op prijs, señor,' onderbrak ze Abrahams toespraak. 'Maar vertel ons, wie gaat ervoor zorgen dat wij en onze kinderen te eten krijgen tot er wat regen valt?'

'Ik ben bang dat ik daar geen antwoord op heb, señora, maar…'

'En hoe zit het met kleren? De vodden die we nu aanhebben, vallen binnenkort uit elkaar.' Ze draaide zich snel om naar de vrouwen en zei: 'Moeten we soms de rest van ons leven als indianen naakt rondlopen?'

'Señora, luister…'

'Nee,' viel Rosalba hem in de rede, en ze draaide zich naar de man toe. 'U luistert naar óns. Hebt u toevallig ook foto's genomen van onze lege waterbakken en het vuilnis dat zich overal ophoopt? Hebt u in uw notitieboekje opgeschreven dat ons dorp aan het zinken is?'

'Of dat we al een jaar geen elektriciteit hebben?' aapte Ubaldina, de eigenaresse van de varkens, haar na.

'Of dat de enige telefoon van het dorp het niet doet?' riep Magnolia Morales achterin.

Meer vrouwen uitten op boze toon hun klachten, waar Abraham nerveus van werd. Hij wist dat als de storm van protest zou omslaan in een rel, hij en zijn veertien mannen die niet onder controle zouden kunnen houden. Niet alleen vormden de vrouwen een overmacht, maar bovendien hadden zij en hun kinderen honger. Mensen met een lege maag kwamen eerder in opstand.

Plotseling barstte Rosalba in tranen uit. 'Wat moeten we doen?' jammerde ze. 'We zullen omkomen van de honger, bedolven onder het vuil, en alleen de gieren zullen het merken.'

'Señora,' zei Abraham, die in verwarring was gebracht door Rosalba's veranderde houding. 'Wat dit dorp nodig heeft is een sterke leider zoals u. Waarom vervult u de functie van magistraat niet tot de regering besluit wat er moet gebeuren?'

'Ik weet niets van burgerlijk recht of wettelijke procedures,' bekende ze Abraham terwijl ze met de rug van haar hand de tranen uit haar ogen veegde, 'maar mijn echtgenoot was de brigadier van politie in Mariquita. Een zeer moedig man die zijn leven heeft gegeven in de strijd tegen de rebellen.'

'Dat alleen al,' antwoordde Abraham, 'maakt u tot de volmaakte leider van dit dorp.'

Het was niet zijn bedoeling dat Rosalba zijn voorstel serieus zou nemen; hij wilde alleen maar dat ze zou stoppen met jammeren. Maar de vrouw, die niet gewend was aan complimenten van welke aard ook, verraste hem door de taak op zich te nemen. Abraham kwam van zijn jeep af en stelde een handgeschreven document op waarin zij tot waarnemend magistraat werd benoemd. Vervolgens gaf hij de benoeming

een officieel tintje door samen met zijn mannen met een onwelluiden-
de stem het Colombiaanse volkslied te zingen.

*

Op haar eerste volledige werkdag als magistraat ging Rosalba om zeven uur naar haar kantoor. Ze droeg een witte schort over haar zwarte
jurk en had een bezem, een dweil en een emmer zeepwater bij zich. Ze
had ook een potloodstompje achter haar oor gestoken, en in de zak van
haar schort zaten een opschrijfboekje en haar pistool. Terwijl ze door
de hoofdstraat liep dacht ze aan de grote dingen die ze voor Mariquita
ging doen. Telkens als ze een idee kreeg stopte ze, zette haar schoonmaakspullen neer, haalde haar opschrijfboekje en potlood tevoorschijn en schreef het op haar prioriteitenlijst. *Zorgen dat er weer stromend water komt. Een irrigatiesysteem voor de gewassen aanleggen. Iemand naar de stad sturen voor kunstmest en zaad.*

Het gemeentehuis van Mariquita was een klein gebouw aan de plaza. Op de buitenmuur zat een plaat waarop nog steeds de naam van de
vorige magistraat stond, Jacinto Jiménez. De guerrillastrijders hadden
hem voor de ogen van zijn ontstelde vrouw en kinderen geëxecuteerd,
en vervolgens zijn achttienjarige zoon meegenomen. De arme weduwe
Jiménez had dagenlang gehuild. Maar op een morgen pakte ze haar
kleren en haar vele schoenen en vertrok met haar twee dochters naar
Ibagué, waar ze al snel trouwde met een slager die haar weer gelukkig
maakte. Voordat ze wegging had ze Rosalba (ze waren heel goede
vriendinnen) de sleutel van het gemeentehuis gegeven.

De magistraat was verbaasd over het gemak waarmee de sleutel na
bijna een jaar in het slot omdraaide. Ze duwde de deur open en werd
begroet door een aantal schril piepende vleermuizen die daar hun in-
trek hadden genomen. Vol afschuw deed ze een stap opzij. De akelige
beesten fladderden rond en botsten tegen de muren, opgeschrikt door
de baan licht die door de deur naar binnen viel. Rosalba wachtte tot ze
tot rust waren gekomen. Daarna stapte ze vastberaden naar binnen,

deed het enige raam van het slot en gooide het open, en keek toe hoe de zwerm vleermuizen langs haar hoofd schoot en het gebouw uit vloog. Ze begon het meubilair van haar kantoor af te stoffen en onderbrak haar bezigheden zo nu en dan om iets in haar boekje te schrijven. *Schoonmaakploegen organiseren om het vuilnis van de straat te vegen.* Ze veegde spinnenwebben uit de hoeken van het plafond. *De vrouwen rijst en katoen laten zaaien, en sorghum die goed tegen droogte kan.* Ze richtte de boekenkast opnieuw in, zette de gammele kapstok beter neer en verplaatste het bureau van de ene hoek naar een andere. *Ervoor zorgen dat de elektriciteit het weer zeven dagen in de week doet.* Ze veegde de vloer en dweilde hem twee keer. *Ervoor zorgen dat de telefoon het weer doet.* Ze bracht een bloempot met een mooie begonia naar binnen en zette die in een hoek. *De school heropenen.* Tot slot brandde de magistraat eucalyptusbladeren om de kwade geesten uit de kamer te verdrijven.

Toen ze klaar was, ging Rosalba achter het mahoniehouten bureau staan en keek om zich heen. Haar kantoor was nu de schoonste en netste ruimte van het hele dorp. Ze was tevreden. Ze perste haar weelderige achterste in de stoel en liet haar handen over het gladde oppervlak van het bureau glijden. 'Ik zal Mariquita weer maken tot wat het eens was,' zei ze. 'Nee, wat zeg ik? Ik maak het tot een veel beter dorp dan de mannen het ooit zouden kunnen maken. Ik weet hoe ik het moet doen. Ik ben tenslotte een geboren leider.'

Rosalba kwam uit de stad Honda aan de Magdalena-rivier. Toen ze veertien was, stikte haar moeder in een visgraat. Rosalba nam de verantwoordelijkheid over het huis en haar vier jongere broers op zich en droeg elk gezinslid taken op, variërend van eenvoudige klusjes, zoals het schillen van aardappelen, tot moeilijker taken als het stampen van maïs in de houten vijzel. Zelfs haar jongste broertje, die pas vier was, kreeg een taak: water uit de rivier halen om te koken en te wassen. Rosalba wekte de haat van haar broers op door op strikte naleving van de regels toe te zien. Iedereen moest om zes uur 's morgens opstaan en om acht uur 's avonds in bed liggen. Een dagelijkse sponsbeurt in het koude water van de rivier was verplicht. Voor elke maaltijd en voor het slapengaan moesten er gebeden worden gezegd. Kommen dampende soep moesten helemaal worden opgegeten. Ze moesten altijd *por favor* en *muchas gracias* zeggen, maar klagen, vechten en vloeken werden daarentegen beschouwd als strafbare vergrijpen.

De laatste zondag van de maand knipte Rosalba van iedereen het haar en om de andere zaterdag de nagels. Ze kookte elke dag drie maaltijden voor het hele gezin, waste de kleren en bewerkte het tuintje waarin ze sla, koriander, uien en wortelen verbouwde. Op zaterdagen en zondagen gingen zij en haar broers naar de openbare school, waar ze leerden lezen en schrijven. Ze oefende op haar schuinschrift tot het mooi en netjes was.

Ze sprong heel voorzichtig om met het weinige geld dat haar vader haar gaf, maar de andere gezinsleden waren het niet eens met haar prioriteiten. Terwijl haar broers elke dag hetzelfde ruitjesoverhemd en dezelfde spijkerbroek droegen, die ze doorgaven als ze te klein waren geworden, liet Rosalba in de voorkant van hun lemen hut ramen zetten, en liet ze de aarden vloer betegelen. Ze kocht een transistorradio voor zichzelf om naar het nieuws en soaps te luisteren, waardoor ze hoorde over rijke landeigenaren die smoorverliefd raakten op dienstmeisjes. Rosalba gaf de voorkeur aan het nieuws. Ze werd het hof gemaakt door verscheidene vissers, van wie ze wel de beste vangst van de dag aannam, maar niet de uitnodigingen om te komen eten of naar de dansfeesten op zondagmiddag te gaan. De vooruitzichten die ze voor zichzelf in gedachten had, reikten veel verder dan vissers.

Pas toen haar vader enkele jaren later hertrouwde, kwam er een einde aan haar dictatuur. Doña Regina, haar stiefmoeder, had haar eigen regels. De vrouw onthief de jongens van hun taken en bedeelde Rosalba alle huishoudelijke taken toe: alles, behalve het tuinieren. Doña Regina was zelf een enthousiast tuinierster. Rosalba vond haar stiefmoeder een gemeen mens. Hoe durfde die weerzinwekkende vrouw haar pas gerenoveerde huis binnen te komen en haar te zeggen wat ze moest doen? Moest je zien hoe goed gemanierd haar broers waren. Ze waren heel wat beter opgevoed dan de stiefmoeder zelf. De vrouw klaagde vaak over het eten dat Rosalba maakte, zei nooit *por favor* of *gracias* en ze vloekte waar Rosalba's broers bij waren. De situatie verergerde toen doña Regina achter Rosalba's rug om tegen haar man over haar begon te roddelen.

'Ze geeft het grootste deel van het geld aan loten uit,' loog doña Regina. 'Ondertussen moeten wij elke dag rijst en kippenmaagjes eten. Kijk eens wat een honger je zoons hebben.' Ze wees naar de kleinste, die naakt op de grond de korstjes uit zijn neus lag op te eten. Ten overstaan van dit bewijs kreeg doña Regina onmiddellijk het beheer over het gezinsbudget. Ze ging diezelfde dag eten kopen en kwam terug met tassen vol heerlijkheden die ze in geen drie jaar hadden gezien: rundvlees, varkenskarbonaadjes, kaas en zelfs een cake. De volgende dag kocht ze overhemden voor de vier jongens en haar man, en een jurk voor zichzelf. Voor Rosalba kocht ze niets. Zelfs geen batterijen voor haar draagbare radio, die door doña Regina als een verkwisting werd beschouwd.

De spanning tussen de twee vrouwen bleef toenemen en na ontelbare ruzies en conflicten ging Rosalba uiteindelijk op een zonnige maandagochtend weg. Ze nam alleen haar radio en een scherp mes mee en liep naar het zuiden zonder zich iets aan te trekken van de vele vrachtwagenchauffeurs die haar een lift aanboden in ruil voor haar gunsten. Tegen het einde van de dag ontwaarde ze een dorpje in de verte: Mariquita, dat indertijd een gehucht van minder dan honderd inwoners was. Rosalba kon nooit verklaren hoe of waarom, maar precies op dat moment wist ze dat ze daar, in dat afgelegen dorp, de rest van haar leven zou wonen; en daar, in dat dorp, zou ze nooit zomaar een gewone vrouw zijn. Nooit.

Achtentwintig jaar later zat Rosalba in de gewichtigste stoel van Mariquita, omringd door de vier belangrijkste muren van het dorp. Aan de linkermuur hing de Colombiaanse vlag, waarvan de randen waren gerafeld en de drie kleuren bijna tot één kleur waren verschoten. De muur aan de rechterkant was gezegend met een groot houten kruis met een Jezus zonder hoofd (de houtworm had er al een behoorlijke tijd aan geknaagd). De muur tegenover haar was versierd met een ingelijst portret van de huidige president van de republiek. En aan de muur achter haar hing een replica van het nationale wapen met de tekst: *Libertad y Orden*, Vrijheid en Orde.

Rosalba stond op en liep naar het raam. Ze voelde zich ontmoedigd door wat ze zag: een verwaarloosde plaza omringd door kwijnende mangobomen, stenen banken onder de vogelpoep, een paar kapotte lantaarnpalen en een wirwar van kabels die het dorp ooit vijf dagen in de week van elektriciteit hadden voorzien, maar die nu zinloos tussen de met mos begroeide palen hingen. Ze liep terug naar haar bureau, niet zozeer teleurgesteld door het beeld, maar in zichzelf. Het afgelopen jaar had ze iedere dag ditzelfde verval gezien. Had ze werkelijk verwacht dat het plein er vanuit het raam van haar magistraatskantoor anders zou hebben uitgezien? Wat was ze toch een idioot! Mariquita zou pas opknappen wanneer zij, Rosalba, haar bestuurlijke kwaliteiten zou aanwenden. Ze was een sterke en bekwame vrouw. *Laat een ploeg de mangobomen snoeien en water geven.* Zij nam altijd de besluiten. *De banken laten schoonmaken.*

Een stem in de verte onderbrak haar gedachten. '*Compañeras!*' hoorde ze een vrouw roepen. 'We hebben allemaal te lijden van de honger en van het verlies van onze mannelijke familieleden. Laten we ons lot in de handen van de Heer leggen. Alleen Hij kan ons redden.' Rosalba rende terug naar het raam. De stem was die van de weduwe Jaramillo. Ze stond enigszins gebogen op een hoek van het plein en nodigde de bevolking uit om samen met haar in het openbaar de rozenkrans te bidden. Ze droeg een rode jurk en had een veel te lang kralensnoer om haar middel gebonden. De magistraat was ontstemd. Ten eerste, hoe durfde de weduwe Jaramillo een rode jurk te dragen terwijl het hele dorp in de rouw was? En ten tweede, hoe kon ze zoveel van God verwachten? Wat had Hij voor Mariquita gedaan? Hun dorp verkeerde in grote armoede en zou gegarandeerd ten onder gaan, net als de weduwe

Jaramillo zelf. En wat had de Heer voor die vrome dame gedaan? Ze was haar hele familie kwijtgeraakt: haar man en de twee jongste zonen waren neergeschoten toen ze weigerden zich bij de guerrilla's aan te sluiten, en Pablo, haar oudste, was lang geleden naar Nueva York gegaan op zoek naar een beter leven, en niemand had ooit meer iets van hem vernomen. De weduwe Jaramillo was magerder en armer dan ooit. Er werd zelfs gezegd dat ze gek aan het worden was. En toch stond ze daar te roepen dat alleen de Heer Mariquita kon redden… Plotseling besefte de magistraat dat ze een zeer geduchte rivaal had, en dat dat niet de weduwe Jaramillo was. De Heer zelf was van plan Rosalba te verslaan.

Haar grootste uitdaging was nu de vrouwen ervan te overtuigen niet meer aan wonderen te denken en hun vertrouwen te schenken aan de enige leider van vlees en bloed die er in Mariquita was. Ze wist dat ze hard zou moeten werken om hen ervan te overtuigen dat niet de Heer maar zij er uiteindelijk voor zou zorgen dat de elektriciteit en het stromend water terugkwamen. Dat zij, de magistraat, de school zou heropenen. Dat zij het zaad en de kunstmest zou weten los te krijgen waardoor de dorpelingen weer te eten zouden hebben. Rosalba liep terug naar haar bureau en bij elke stap werden haar schouders rechter. Ze pakte haar prioriteitenlijst en schreef, terwijl ze de angst in zich voelde opwellen: *Ik moet de dorpelingen voor me zien te winnen. Te allen tijde het dragen van felgekleurde kleren verbieden.* En ten slotte: *De plaat op het gemeentehuis veranderen zodat er komt te staan: Rosalba viuda de Patiño, magistraat.*

Het vooruitzicht om het tegen de Heer te moeten opnemen was beangstigend. Tot vandaag toe was Rosalba's verhouding met Hem niet eens zo slecht geweest. Bovendien was een gang naar de kerk het eerste geweest dat ze had gedaan toen ze die nacht in 1964 in Mariquita aankwam. Ze herinnerde zich nog levendig hoe el padre Bartolomé, een drieënnegentigjarige priester, geduldig naar haar droevige verhaal had geluisterd en haar onderdak had aangeboden in ruil voor wat werk in zijn keuken. Rosalba bracht het rommelige huis van de priester snel op orde en stelde een weekrooster van stevige maaltijden op, waarvan de priester hoog opgaf.

Tegelijkertijd hadden haar groene ogen en royale achterwerk de aandacht van de enige drie vrijgezellen in het dorp getrokken. Ze zagen haar iedere zondagmiddag alleen op een bank op de plaza zitten lezen of naar haar draagbare radio luisteren. Ze leek ongenaakbaar in de donzige witte jurk en strooien hoed die de priester voor haar had gekocht, en om die reden stelden de drie jonge mannen zich ermee tevreden vanuit de ijssalon naar haar te kijken. Rosalba nam de eerste stap door hun haar volmaakte tanden te laten zien. Ze zwaaiden. Ze sloot het boek dat ze aan het lezen was – het leven van Jeanne d'Arc – en keek een andere kant op. De zenuwachtige mannen gooiden een munt op om uit te maken wie haar het eerst mocht benaderen.

Vicente Gómez was de gelukkige. Hij streek zijn borstelige wenkbrauwen glad met zijn vingers en liep brutaal haar kant uit. Na de formele begroeting werd Vicente plotseling geconfronteerd met een lijst vragen waarop hij niet was voorbereid: 'Wat wil je over vijf jaar hebben bereikt?' 'Hoeveel kinderen wil je later hebben?' 'Zul je je vrouw het gezinsbudget laten beheren?' 'Wat vind je van vrouwen die thuis de scepter zwaaien?' 'Hoe vaak was je je?' 'Luister je graag naar de radio?' Vicente begreep niet waarom ze zoveel vragen stelde, maar hij beantwoordde ze allemaal. Hij wilde kapper worden, zes kinderen hebben, zelf het budget beheren en zijn vrouw het huis laten bestieren. Hij waste zich om de andere dag en vond dat de radio de beste uitvinding aller tijden was. Rosalba gaf hem een kus op zijn wang en stuurde hem naar huis. Ze dacht: wil ik wel de vrouw van een kapper worden?

Rómulo Villegas was de volgende, en hij mocht de ondervraging niet eens afmaken. Hij zei dat hij een cafetaria zou openen, minstens een stuk of tien kinderen wilde, het budget wilde beheren en thuis de baas wilde zijn. Op dat moment zette Rosalba haar radio aan, hield hem tegen haar oor en sloeg haar boek open alsof Rómulo er niet was.

Ten slotte was het Napoleón Patiño's beurt. Hij was een slanke man

44

met lang, vettig haar en uitpuilende ogen. Hij zag er kwetsbaar uit met zijn handen in zijn zakken en zijn hoofd weggedoken tussen zijn schouders.

'Hoe vaak was je je?' vroeg Rosalba meteen, toen ze een merkwaardige stank rook.

'Elke maandag.'

'Dat verbaast me niets,' ze snoof nog een keer en trok een wenkbrauw op. 'En je vingernagels? Hoe vaak knip je die?'

'Ik knip ze niet. Ik bijt ze.' Hij had een lage stem en hij ontweek Rosalba's ogen. Ze ging verder met haar vragen en kwam te weten dat Napoleón politieagent wilde worden, één kind wilde hebben, en het goedvond dat zijn vrouw het budget zou beheren en het thuis voor het zeggen zou hebben, en hij had een radio. Hij is niet lelijk, dacht ze, maar hij kan niet gewoon maar een politieagent zijn. Hij wordt brigadier van politie in Mariquita.

Nadat ze bijna drie maanden lang blikken, liefdesbrieven en gedichten hadden uitgewisseld, trouwden Napoleón en Rosalba en huurden ze een huis in de buurt van de plaza. Vele jaren later zouden ze het in termijnbetalingen kopen van don Maximilliano Perdomo, een rijke landeigenaar die de helft van de huizen in Mariquita en de omliggende koffieplantages bezat. Het jonge stel was getuige van de langzame groei van Mariquita: ze hadden in 1968 meegeholpen aan de bouw van de eerste lagere school, en in 1969 aan die van het telefoonkantoortje. Ze moedigden hun vrienden Vicente Gómez en Rómulo Villegas aan hun dromen na te jagen. In 1970 was Napoleón de eerste man die zijn haar liet knippen in de Barbería Gómez, en begin 1971 at het paar de eerste maaltijd die ooit in Cafetería d'Villegas werd geserveerd. In 1972 hadden ze samen met hun buren en vrienden jonge mangoboompjes aan weerszijden van de ongeplaveide straten geplant. Het jaar erop stonden ze te kijken toen de eerste lantaarnpalen rond het plein werden geplaatst. Hun huis was ook het eerste huis in Mariquita met een zwart-wittelevisie – een enorm apparaat op vier stevige poten, net een koe, met een klein schermpje in het midden en drie ronde knoppen aan de rechterkant. Rosalba had die gekocht op haar eerste tochtje naar Ibagué in 1973. In 1974 zaten Rosalba en Napoleón tijdens de lunch aan tafel met de gouverneur van dat moment, die naar het dorp was gekomen om de verharde weg feestelijk te openen die Mariquita met de grotere steden in het zuiden verbond.

Door die weg was het dorp een aantrekkelijke plaats voor reizigers op de route tussen Fresno en Ibagué. Mensen onderbraken hun reis om *batidos* van vers fruit te drinken, het openbare toilet op te zoeken, hun benen te strekken, of gewoon om naar de mooie huisjes te kijken met hun gele, blauwe en rode gevels, de kleuren van de nationale vlag, en hun bruinrode dakpannen, of om er zelfs foto's van te maken.

Met zijn warme dagen en koele nachten en de oprechte hartelijkheid van de inwoners was Mariquita een prettige plaats om te wonen. Om die reden waren sommige van de bezoekers er nooit meer weggegaan, zoals don Jacobo Morales en zijn zwangere vrouw doña Victoria, die er in 1970 waren komen wonen. Ze waren op weg naar Ibagué om hun derde kind in een particulier ziekenhuis ter wereld te brengen, maar na het drinken van een glas guaveshake kreeg doña Victoria weeën en werd ze onmiddellijk opgenomen in het knusse ziekenzaaltje van Mariquita. Zeven uur later beviel ze van een meisje dat ze Magnolia noemden. Doña Victoria bracht de gebruikelijke vijfenveertig dagen voor herstel door in het huis van de familie Patiño en slaagde erin haar man over te halen hun huis te verkopen en naar Mariquita te verhuizen.

Arme Victoria, dacht de magistraat onder het nogmaals afstoffen van het ingelijste portret van de president. Ze heeft zoveel doorgemaakt om te voorkomen dat haar zoon Julio César door de guerrillastrijders werd meegenomen en nu wil hij niet meer praten en kleedt zich nog steeds als een meisje. Ik moet eens snel bij haar langsgaan. Het doordringende gekrijs van een kat deed haar naar het raam lopen en naar buiten gluren. Het geluid had van elk van de vier hoeken van de plaza kunnen komen. Broodmagere honden en katten snuffelden rond in de hopen vuilnis en vochten met Ubaldina's varkens en met Perestrojka, de koe van de weduwe Solórzano, om bedorven etensresten, maïslies, bananenbladeren en menselijke uitwerpselen. Ze werd misselijk toen ze ernaar keek. De magistraat kwam tot de conclusie dat alles er veel erger uitzag vanuit het raam van haar kantoor.

Ze beloofde plechtig de plaza schoon te maken. Zij was tenslotte Rosalba, viuda de Patiño: vaardig, efficiënt en vindingrijk. Ze had haar leven lang al rotzooi opgeruimd. Dit zou niet anders zijn. Bovendien zou het haar in de ogen van de dorpelingen een streepje voor op de Heer geven.

Ze haastte zich terug naar haar bureau en op het moment dat haar achterste op de stoel belandde, sprong de rits van haar jurk kapot. Geërgerd schudde ze haar hoofd en liep haar prioriteitenlijst na. *Schoonmaakploegen organiseren om het vuilnis van de straat te vegen* stond op nummer vier. Ze keek nadenkend. Heel zorgvuldig en met behulp van een gummetje veranderde ze de volgorde zodat het schoonmaken van de straten op nummer één kwam, zonder de esthetica van het lijstje op enige manier geweld aan te doen. Haar handschrift was werkelijk prachtig. In de verte krijste nog een kat. Ze rolde met haar ogen en bleef doorwerken aan haar lijst: *Langsgaan bij Victoria viuda de Morales. Mijn twee zwarte jurken laten verstellen.*

Rosalba had veel jurken, maar slechts twee ervan waren helemaal zwart. Ze had ze elke dag gedragen sinds haar man was vermoord, en nu waren ze bij de kraag en de zoom gaan rafelen. Tot nu toe had ze zich er niets van aangetrokken. Ze was in de rouw – wat gaf het als haar kleren versleten waren? Maar nu was ze magistraat. Ze moest er netjes uitzien. Ze zou de oude jurken laten verstellen tot ze op waren. Dan zou ze een nieuwe laten maken. Zwart natuurlijk. Het was het minste wat ze kon doen om de uitzonderlijke echtgenoot die ze eens had gehad respect te betuigen.

Napoleón Patiño had alles gedaan wat in zijn macht lag om Rosalba te behagen. Hij zou tevreden zijn geweest als hij de rest van zijn leven politieagent was gebleven, maar Rosalba wilde meer voor hem, zodat hij zijn best deed het respect van zijn superieur te verdienen. Rosalba herinnerde zich nog levendig de trotse blik in zijn ogen toen hij na tien jaar eindelijk tot brigadier werd bevorderd.

Ook bij haar vriendinnen stond Rosalba in hoog aanzien, en het salaris van haar man stelde haar in staat haar huis opnieuw in te richten en een platenspeler te kopen. Het enige wat haar geluk verstoorde was dat Napoleón na drie jaar huwelijk geen erectie meer kon krijgen. Hij probeerde van alles: hij at soep van stierenpenissen en viskuit en dronk een brouwsel van gefermenteerde maïs met honing en brandewijn. Hij bezocht ook artsen in Fresno en Ibagué, maar Rosalba's seksleven bleef beperkt tot de sporadische strelingen van Napoleóns vingers, of die van haarzelf. Ze troostte zich door te denken: in elk geval is hij mij toegewijd.

In het begin was de baan van brigadier in Mariquita eenvoudig geweest. Afgezien van de sporadische vechtpartijen tussen dronkenlappen in El Rincón de Gardel – de bar van het dorp – en de meningsverschillen tussen prostituees over de rijke klanten in het bordeel van doña Emilia, was Mariquita een vreedzaam dorp. Er was nog nooit iemand vermoord of zelfs maar ernstig gewond geraakt. De deuren en ramen van elk huis bleven wijd openstaan, behalve als het regende, en 's avonds om te voorkomen dat er verdwaalde vleermuizen op een bed belandden. Niemand maakte ruzie over politiek. Iedereen kon met elkaar overweg omdat hun magistraat door de centrale regering was aangesteld. Tot welke partij hij ook behoorde, hij werd net zo dronken met de aanhangers van de partido Liberal als met die van de partido Conservador. Er was natuurlijk wel wat jaloezie en vijandigheid in Mariquita, vooral tussen vrijgezelle vrouwen. Op warme avonden verzamelden ze zich rond de plaza om elkaar af te kraken met bijtende opmerkingen over haar, kleding en reputaties. Maar, zoals el padre Bartolomé altijd met zijn weinig melodieuze stemgeluid zei: 'Over het algemeen leven de goede mannen en vrouwen van Mariquita elk van de tien geboden na.'

'Wat was el padre Bartolomé toch een goede ziel,' zei Rosalba, en ze staarde oplettend naar het kruisbeeld aan de muur. Ze herinnerde zich hoe vredig de oude priester was gestorven nadat hij tijdens de mis in slaap was gevallen. 'Hij was trots op ons, de goede mannen en vrouwen van Mariquita.'

Daarna had el padre Rafael zijn plaats ingenomen. Toen ze hem voor het eerst had ontmoet, dacht Rosalba dat hij een deugdzame, ontwikkelde man was die was gezegend met hemelse gaven. Maar in de loop der jaren had ze beseft dat el padre Rafael eerder slim was dan deugdzaam of ontwikkeld. Ze mocht hem niet, maar ze had wel respect voor hem, vooral nu hij de enige 'echte' man van het dorp was. Eén 'echte' man en God wist hoeveel vrouwen. Was het niet de taak van een magistraat om erachter te komen hoeveel mannen waren weggevoerd en hoeveel vrouwen er over waren? Ze dacht van wel. De cijfers moesten aan de centrale regering worden gerapporteerd. Misschien zouden ze sneller met financiële hulp komen als ze de cijfers zagen. *Een volkstelling houden*, schreef ze op haar lijst. Ze zou el padre Rafael gewoon vragen de kerkklok heel lang te luiden. De mensen zouden zich dan naar de plaza haasten en dan zou ze hen tellen.

Precies op dat moment luidde el padre Rafael de kerkklok om de gelovigen op te roepen voor de vroege dienst. Sinds de mannen waren verdwenen, was hij lui geworden. Hij stond laat op en had de dagelijkse godsdienstoefeningen teruggesnoeid van drie naar twee. Hij had ook niet veel meer op met vaste roosters: 'Elk tijdstip is goed voor God.' De mis werd opgedragen wanneer het hem uitkwam en hij kondigde alleen het middaguur aan met twaalf galmende klokslagen. Nu Rosalba het aan de stok had met de Heer, kon ze eisen dat el padre helemaal ophield de mis op te dragen. Ze kon de luie priester zelfs het dorp uit jagen. Maar dat zou niet goed zijn en ze wilde het eerlijk spelen. In plaats daarvan schreef ze: *Eisen dat el padre de mis zeven dagen in de week om zeven uur 's morgens en om zes uur 's avonds opdraagt.*

'Rosalba,' riep een vrouw door het raam.

Wie viel haar nu zo vroeg lastig? En waarom klopten ze niet gewoon op de deur? *Regelen dat ik alleen op afspraak beschikbaar ben,* schreef ze.

'Rosalba, ben je daar?' riep een andere stem.

Ze ging naar het raam. Een stuk of vijf in het zwart geklede vrouwen en een paar naakte kinderen die onder de luizen zaten en een snotneus hadden, waren voor het gemeentehuis samengedromd. Ze staken hun tot kommetjes gevouwen handen, hun lege manden, potten en kalebassen uit naar de magistraat. Allemaal hadden ze dezelfde treurige gezichten, alsof ze de vreselijkste pijnen doorstonden en Rosalba de remedie daartegen had.

'Wat is hier aan de hand?' zei Rosalba geërgerd door het onverwachte gezelschap. 'Wat willen jullie?'

'Help ons, Rosalba,' smeekte de oude weduwe Pérez terwijl ze met haar bakje zwaaide.

De anderen vielen haar bij: 'Help ons. Help ons.'

'Als jullie me willen spreken, moet je in de rij gaan staan,' eiste de magistraat.

Het beeld was verpletterend, zelfs voor een vrouw met haar kracht en moed. Rosalba vond dat ze eigenlijk allemaal moesten worden opgepakt wegens bedelarij. Maar wie zou dat moeten doen? Sinds haar man was vermoord, had Mariquita niemand meer om de openbare orde en de wet te handhaven.

'Jij bent de magistraat, Rosalba. Jij moet ons helpen,' eiste de weduwe Jaramillo.

Ze wilde hun allemaal toeschreeuwen dat ze stil moesten zijn, weg moesten gaan, haar met rust moesten laten.

'We hebben honger,' riep een andere vrouw.

Ze wilde roepen dat ze geen Jezus Christus was die met weinig voedsel massa's mensen te eten kon geven.

'Help ons. Help ons.'

Rosalba vond dat de manden, potten en kalebassen te dichtbij kwamen. En ze dacht dat de knokige handen van de vrouwen haar elk moment konden wurgen. Ze had het gevoel dat ze geen adem kon krijgen en ze was doodsbang. Ze deed een paar passen naar achteren en smeet het raam dicht, deed het op slot met een hangslot en gooide de sleutel in de prullenmand. Die vrouwen waren vreselijk ongeduldig. Waarom konden ze niet wachten tot ze op orde was? Slap van uitputting leunde ze met haar rug tegen het raam en liet zich langs de muur omlaag glijden tot haar billen zachtjes op de smetteloze vloer van haar kantoor neerkwamen. Ze kon wel huilen, maar dat deed ze niet. Als een man dit werk kon doen, kon zij het ook. Het zwakke geslacht bestond niet. Vrouwen waren van vlees en bloed, net als mannen. Een vrouw die met haar beide benen op de grond stond, kon even goed werken als een man, of zelfs nog beter. Ze bedacht wat een man in deze situatie zou doen of niet zou doen. Een echte man zou nooit bang zijn voor een stel uitgehongerde vrouwen. En hij zou zich nooit voor hen verstoppen. Een man zou naar buiten lopen en de confrontatie aangaan, hen uitschelden en dreigen op te sluiten. En als hij geslepen was, zoals een politicus, zou hij hun het universum beloven. Rosalba zou dat ook kunnen doen. Ja, ze zou naar buiten gaan en de vrouwen onder ogen komen. Ze zou hun zeggen dat ze geduld moesten hebben tot ze de zaken op een rijtje had. Ze zou ze zelfs voedsel en schoon water kunnen beloven. Elektriciteit misschien. Hoewel ze wist dat in een arm, in verval geraakt dorpje als Mariquita elke belofte moeilijk na te komen was.

Resoluut stond ze op en liep naar de deur, maar de herinnering aan de laatste woorden van haar man weerhield haar ervan de deurknop om te draaien: 'Ga nooit naar buiten zonder pistool,' had hij tegen haar gezegd. Toen had hij zijn sombrero opgezet, haar op de wang gekust en was begonnen tafels buiten te zetten zodat hij met de buren mens-erger-je-niet kon spelen. Maanden later had Rosalba van een buurman gehoord dat haar man de eerste drie spelletjes had gewonnen voordat hij werd doodgeschoten.

De magistraat trok de bovenste lade aan de rechterkant van haar bureau open en zocht haar pistool. Ze controleerde of er kogels in zaten. Er waren er drie, alles wat er over was van de munitie van haar man. Ze hield het pistool stevig vast en keek om zich heen om een doelwit te zoeken. Haar ogen bleven rusten op het portret van de president van de republiek aan de muur. Hij zat achter een bureau, met zijn armen over zijn borst gevouwen en zijn hoofd lichtjes naar rechts gebogen. Zijn elegante houding en zelfverzekerde, bijna sardonische glimlach stoorden Rosalba. 'Waar moet u om glimlachen, meneer de president?' zei ze hardop. 'Steekt u de draak met een arme vrouw die niet weet hoe ze een dorpje vol weduwen moet besturen? En u, waar was u op de dag dat onze mannen werden meegenomen?' Ze zweeg, alsof ze wachtte tot het portret antwoord zou geven. 'Al die tijd heb je met je magere reet in je luie stoel gezeten en je achter je bureau verscholen met je armen over elkaar en je onechte glimlach.' Haar ogen gingen iets naar links. 'En jij,' zei ze tegen het kruisbeeld. 'Waar was jij de eerste nacht dat we gingen slapen en we beseften dat onze mannen nooit meer bij ons in bed zouden liggen? Waar was je toen we door de straten dwaalden met onze neus dicht bij de grond en het hele verrekte dorp afzochten naar voedsel?' Ze besloot al snel dat het geen zin had tegen een kruisbeeld zonder hoofd te praten, dus keek ze weer naar het portret en richtte haar ogen op het kleine witte plekje tussen de wenkbrauwen van de president. 'Jij smeerlap!' Ze hief het pistool langzaam op. 'Stuk stront!' Ze verzonk in gemijmer en zag opeens vanuit haar ooghoek een verdwaasde vleermuis rondfladderen. Maar ze was nog niet klaar met het portret: 'Meneer de president, je bent het niet eens waard dat ik een van mijn kogels aan je verkwist.' Ze wachtte tot de vleermuis boven op de boekenkast was geland. Toen richtte ze het pistool en schoot hem neer.

De luide knal joeg de vrouwen en kinderen die zich buiten hadden verzameld op de vlucht en Rosalba werd er zenuwachtig van. Ze pakte haar lijst en voegde de volgende taken toe:

Een politieagente aanstellen. Ubaldina viuda de Restrepo? Cecilia Guaraya?
Eisen dat geen enkele vrouw ooit nog komt klagen.
Samenscholingen van meer dan twee mensen verbieden.
Het gebruik van het woord 'Help' verbieden.

De kerkklok luidde in de verte en kondigde het middaguur aan. Tot nu toe had Rosalba haar kantoor grondig schoongemaakt, alle meubelstukken verplaatst, een doordachte en uitvoerige prioriteitenlijst opgesteld en dat rampzalige raam van haar kantoor permanent gesloten.

Maar ze was niet helemaal tevreden over haar prestatie.

Ze sloot haar ogen en probeerde zich het ideale beeld van Mariquita door dat raam voor te stellen: een helderblauwe hemel; de lucht die geurde naar magnolia's en kamperfoelie; nachtegalen en kanaries die melodieuze wijsjes op haar vensterbank zongen; een levendige plaza omringd door mangobomen vol rijpe vruchten; kleine meisjes die touwtjesprongen op het trottoir; gezonde jongens die op de schone hoofdstraat voetbalden; jonge mannen en vrouwen die hand in hand rondliepen, verliefd; oudere stellen op smetteloze banken die elkaar een ijsje voerden.

De magistraat opende haar groene ogen en zuchtte berustend. Nu was ze zover dat ze kon aanvaarden wat ze in haar hart altijd al had geweten. Eindelijk had ze gezien en begrepen wat haar eerste prioriteit werkelijk was, en hoe ze die moest verwezenlijken.

Ze pakte haar opschrijfboekje en haar pen en schreef: *De Heer smeken ons een vrachtwagen vol mannen te sturen.*

Toen ik klein was, was mijn enige droom beroepsgoochelaar worden. Ik heb zelfs een paar coole trucs geleerd. De twee beste waren de truc met een boeket bloemen (die ik uit mijn gerafelde sombrero tevoorschijn toverde) en die waarbij ik een munt uit mijn geopende hand liet verdwijnen. Ik heb ze vaak opgevoerd voor mijn vrienden in ons dorp. Ze vormden het enige vertier dat we hadden. Ik noemde ze 'Grappige Trucs'.

Maar toen ik dertien werd moest ik mijn droom opgeven omdat ik mijn vader moest helpen op het kleine stukje land dat hij bezat. We fokten kippen en varkens en verbouwden coca, zoals iedereen in de streek. Mijn twee kleine zusjes en ik plukten de cocabladeren en mijn vader verwerkte ze tot ruwe coca. Ons dorp viel lange tijd onder de heerschappij van de guerrillastrijders, zodat we het product alleen aan hen mochten verkopen, hoewel de paramilitairen, die het dorp aan de overkant van de rivier controleerden, er veel meer voor betaalden.

Op een dag, toen hij de lage prijs die de guerrilla's betaalden zat was, verstopte mijn vader wat ruwe coca in zijn laarzen en nog wat in mijn sombrero, en samen kanoden we naar het verboden dorp en verkochten het. De volgende avond kwamen er vijf gewapende guerrillastrijders naar ons huis en trapten de deur in. Mijn zusjes begonnen te huilen en mijn moeder gilde. Een van de mannen sloeg mijn moeder in haar buik met de kolf van zijn geweer.

Ze sleepten mijn vader en mij mee naar buiten en namen ons mee naar een heuveltje in de buurt waar het heel donker was. Ik bibberde. 'Je hebt coca aan de paramilitairen verkocht,' zei een van hen tegen mijn vader. 'Je hebt een van de regels geschonden en je moet gestraft worden.'

54

Vader, die al die tijd had gezwegen, begon te jammeren en smeekte om genade. Toen hoorde ik een doffe dreun, alsof er een grote explosie plaatsvond, en vader viel op de grond. 'Zeg maar tegen je moeder dat ze tot morgen de tijd heeft om het dorp te verlaten,' zei de man die mijn vader had doodgeschoten tegen me. Toen waren ze weg. We pakten een stel kleren en wat keukenspullen en vertrokken nog diezelfde nacht naar de stad.

Dat was vier jaar geleden. Sindsdien wonen we in een sloppenwijk in een hut met één vertrek zonder stromend water of elektriciteit, waarin alleen twee ruwe, van planken gemaakte bedden staan. Er is geen werk te vinden, dus zitten mijn moeder en mijn zusjes elke dag voor een drukbezochte kerk op de stoep en houden hun hand op. En ik, ik ben een soort goochelaar geworden. Mijn beste trucs bestaan nu uit het tevoorschijn toveren van voedsel uit andermans afval en het laten verdwijnen van geld uit de zakken van mannen en de portemonnees van vrouwen.

Ik noem ze 'Overlevingstrucs'.

HOOFDSTUK 3

De opkomst en neergang van La Casa de Emilia

Mariquita, 12 mei 1994

Doña Emilia werd wakker doordat er een zonnestraal op haar gekwelde gezicht viel. Ze werd tijdelijk verblind door de schittering van het vroege licht, maar toen haar ogen eenmaal aan het licht waren gewend, zag ze alleen maar een rode hemel. Even dacht ze dat ze dood was en dat haar ziel naar de hel was afgedaald, maar al snel voelde ze de slijmerige tong van een hond die over haar wang likte en de vochtige adem van het beest in haar oor. Ze had alweer een nacht doorgebracht op een bank op de plaza van Mariquita. Op de grond lagen de bananenbladeren waarin haar eten had gezeten. De zwerfhonden en -katten hadden ze schoongelikt.

Vijf dagen daarvoor had doña Emilia besloten dat het tijd was om te sterven. Ze was tweeënzeventig, en de afgelopen achttien maanden, sinds de mannen waren verdwenen, had ze van haar spaargeld geleefd, tot de laatste cent. Ze had haar besluit om te sterven in het openbaar aangekondigd en had verklaard dat ouderdom, armoede en eenzaamheid slecht samengingen, was vervolgens op een bank tegenover het halfvernielde standbeeld gaan zitten, wachtend tot de dood haar op kwam halen. Rosalba, Ubaldina (de eigenares van de varkens en pasbenoemde brigadier van politie) en de weduwe Solórzano (de bezitster van de koe in het dorp) kregen medelijden met de oude vrouw. Ze dachten dat ze gek was geworden. De eerste nacht gaven ze haar dekens en spraken af haar om de beurt eten te brengen en verse melk van Perestrojka. De eerste dag gaf doña Emilia de helft van het eten aan de honden en katten, maar op de tweede dag besloot ze dat de dood haar niet snel genoeg zou komen halen als ze doorging met eten, dus begon ze alles te voeren aan de groeiende troep dieren die haar gezelschap hield. Ze nam alleen elke dag een teugje melk. En zo begon ze stukje bij beetje langzaam te sterven. Eerst sloten haar handen zich tot gebalde vuisten die ze niet kon ontspannen; kort daarna voelde ze haar voeten en enkels niet meer; vervolgens zonken haar ogen in haar schedel weg en werd de gerimpelde huid van haar kleine gezicht doorzichtig. Maar haar zicht en gehoor waren nog steeds goed. Net als haar verstand, dat nog steeds redelijk en helder genoeg was om te begrijpen dat een oude vrouw met een vreselijke reputatie en zonder familie of geld geen schijn van kans maakte te overleven in een dorpje van weduwen en oude vrijsters.

Doña Emilia ging moeizaam rechtop zitten. Ze keek rond en merkte voor het eerst de oude mangobomen op die een ploegje weduwen op last van magistraat Rosalba nieuw leven had ingeblazen. Ze zaten dik in het blad en het fruit. Ze vestigde haar blik op een rijpe mango die aan de hoogste tak hing. Het was geen gewone mango: hij was groter dan de meeste en hij had de oranjegele kleur die ze op zomerdagen had gezien als de hemel in brand stond wanneer de zon onderging. Ze hunkerde niet naar de vrucht, maar ze bedacht dat het fijn zou zijn om de resterende tijd van haar leven vol bewondering voor de schoonheid van die mango door te brengen. Ze staarde er lange tijd naar zonder te knipperen, tot haar ogen zich lui sloten, bijna alsof ze eindelijk ging sterven.

Nog eenmaal herinnerde ze zich haar leven zoals het was voordat de mannen van Mariquita verdwenen.

*

Nog maar twee jaar geleden was ze de succesvolle eigenares van La Casa de Emilia geweest, het bordeel van Mariquita. La Casa was een voornaam oud huis met dertien kamers, zes badkamers met alles erop en eraan, twee recreatiezalen, een binnenplaats en vierentwintig ramen en drieëntwintig deuren, die doña Emilia allemaal had laten aanpassen zodat ze naar buiten opengingen. 'Ga altijd naar voren,' zei ze altijd. 'Elke keer dat je een deur naar buiten toe opent, doe je weer een stap naar voren.' Om het bordeel binnen te gaan moesten klanten eerst door een deur, vervolgens door een nauwe vestibule, daarna door nog een deur en dan door een fluwelen gordijn dat eindelijk toegang gaf tot een groot, licht vertrek dat was gemeubileerd met klapstoelen en kale tafels die langs de wanden stonden. Een hoekkast en een kleine toonbank deden dienst als de bar van La Casa. Doña Emilia bediende de bar zelf, en bood alleen aguardiente en rum per fles aan. Af en toe verkocht ze flessen gesmokkelde whisky die ze van zwarthandelaars kocht. De muziek kwam van een ouderwetse Toshiba-platenspeler, waarop luid en onafgebroken elke plaat draaide die de madam in haar grilligheid koos: bolero's wanneer ze mistroostig was, tango's wanneer ze weemoedig terugdacht aan haar jeugd, salsa wanneer ze vrolijk was, enzovoort. Naast de barruimte lag de rode kamer, die zo werd genoemd omdat het enige licht erin van dikke rode kaarsen kwam die op planken tegen de muur stonden. De rode kamer was gemeubileerd met rieten armstoelen, kleurige kussens en een hangmat die aan haken hing, en was bestemd voor degenen die de voorkeur gaven aan een meer ontspannen atmosfeer. Een deur die op slot zat gaf toegang tot de rest van het huis: de dertien kamers, de gemeenschappelijke keuken en de eetzaal. Elk meisje had een kopie van de sleutel aan een koord om haar nek hangen.

Met zijn twaalf liefdevolle meisjes, de rijkelijk vloeiende drank, de hele nacht door muziek, nette slaapkamers, schone badkamers en de wierook die door het hele huis brandde, was La Casa het beste en schoonste bordeel in de wijde omtrek.

Doña Emilia was in datzelfde huis geboren. Haar moeder, een prostituee, was doodgebloed vlak nadat ze haar had gebaard. De eigenares van het bordeel, een oude vrijster die Matilde heette en te gezet was voor haar jurken, zei dat ze niet van baby's hield. Ze zou het kind afgeven bij een klooster dat ze kende. 'Dit meisje wordt vast een goede non,' zei ze. Maar de elf meisjes die voor haar werkten, en die allemaal van baby's droomden maar geen zin hadden om zo lang met een dikke buik rond te lopen, kwamen overeen het kind samen op te voeden en haar bij toerbeurt te verzorgen. Matilde stemde toe op één voorwaarde: ze wilde de baby niet horen huilen. Nooit. En zo had Emilia, die was vernoemd naar Emilio Bocanegra, de eerste klant die het bordeel binnenkwam nadat ze was geboren, elf moeders maar geen vader en geen achternaam; ze was gewoon Emilia, de buitenechtelijke dochter van Mariquita. Haar moeders koerden tegen haar, speelden met haar en hielden van haar, elke vrouw op haar eigen manier. En als Emilia huilde, werd ze meteen in slaap gezongen met het enige wiegeliedje dat de vrouwen kenden. Iets met hennen die tok, tok, tok zeiden.

In de loop der jaren werden de elf meisjes een voor een vervangen. Drie van hen werden te oud voor het werk. Vier gingen terug naar hun geboortedorp om te trouwen met hun jeugdvriendjes, die onwetend van het beroep van het meisje geduldig op hun terugkeer hadden gewacht. Drie anderen beseften dat ze niet geschikt waren voor de prostitutie en gingen naar de stad om een baantje als dienstbode te zoeken. De laatste beweerde dat ze de hemelse roeping had gekregen om de Heer te dienen. Ze bood aan om de tien jaar oude Emilia mee naar het klooster te nemen, maar Matilde, die nu ouder, zwaarder en eenzamer was, zei dat ze het meisje wilde houden.

Matilde wilde niet dat het meisje in haar voetsporen zou treden. Elke ochtend stuurde ze Emilia de straat op met een mand vol fruit om te verkopen, alleen maar om haar van het bordeel vandaan te houden. Emilia liep heen en weer door de straten van Mariquita in haar roze jurkjes, roepend wat voor fruit ze had: '*Guayabas!*', haar zwarte haar in vlechtjes; '*Naranjas!*', met haar lange armen heen en weer zwaaiend; '*Mandarinas!*', met een grote mand die elegant op haar hoofd balanceerde.

Maar het meisje was gedoemd prostituee te worden.

Op een winderige ochtend blies een windvlaag Emilia's mand uit balans en het fruit rolde naar alle kanten over de grond. Een groepje jongens dat op straat aan het voetballen was, zag het gebeuren. Ze brulden van het lachen en wezen met hun kleine vingers naar haar en scholden haar uit. Emilia knielde neer en begon te huilen. De jongens renden achter het fruit aan en schrokten het op. Het meisje ging terug naar Matilde en zei dat ze hetzelfde werk wilde doen als haar moeders hadden gedaan.

De allereerste keer dat ze aan het werk ging, kreeg ze niet betaald. Ze was dertien en maagd, en de pijn was zo hevig dat ze de klant van zich af duwde en zich onder het bed verstopte. De laatste keer dat ze werkte gaf ze de man zijn geld terug. Ze was achtenzestig en ze verloor haar bovengebit tijdens een orale sessie. Haar klant, een puber met een puisterig gezicht, klaagde niet, maar de oude vrouw vond het onprofessioneel en stond erop dat de jonge man zijn geld terugnam. Doña Emilia's lange carrière was gelardeerd met honderden anekdotes. Op stille avonden zat ze meestal in de rode kamer omringd door alle meisjes, stak een dun sigaartje op, schonk zichzelf een glas appelwijn in en vertelde hun haar verhalen. De namen van de klanten noemde ze nooit.

Na de dag waarop de mannen waren verdwenen, waren er te veel stille avonden in La Casa. Behalve verhalen vertellen hield de oude madam 's avonds ook bijeenkomsten met haar twaalf meisjes om hen te stimuleren vast te houden aan hun beroep en het moreel hoog te houden. 'We hebben het samen een heel eind geschopt, lieverds,' zei ze tegen hen. 'Het is waar dat we al een paar dagen geen klanten hebben gehad, maar ik heb het gevoel dat de guerrilla's onze mannen snel zullen terugsturen. Dat weet ik gewoon.' Maar toen de nachten voorbijgingen zonder één enkele klant, verloren de meisjes hun geduld. Op een nacht, na drie weken, besloten ze de oude vrouw met de harde feiten te confronteren.

'Doña Emilia,' zei Viviana, de welbespraaktste van de groep. 'Het is al bijna een maand geleden sinds er een man door die deur is binnengekomen. Bijna een maand! Laten we eerlijk zijn, de mannen van dit stadje zijn voorgoed verdwenen.' De andere elf meisjes knikten zwijgend. 'We kunnen hier niet gewoon zitten wachten tot er een wonder gebeurt. We hebben thuis allemaal familie die we moeten onderhouden.' Ze liet een korte stilte vallen, alsof ze overdacht wat ze zou gaan zeggen, en voegde eraan toe: 'We hebben besloten om de boerderijen in de buurt langs te gaan. Er moeten boeren en koffieplukkers zijn die onze diensten nodig hebben.'

Stilte.

'Misschien kunnen we een deal maken,' ging Viviana na een tijdje verder. 'Weet u, misschien kunnen we allemaal gewoon een kamer bij u huren. Op die manier blijven we gewoon doen wat we kunnen, en u wordt een hotelhoudster. U verdient geld, wij verdienen geld, en iedereen is tevreden. Wat vindt u ervan?'

Alle twaalf paar ogen richtten zich op Doña Emilia in afwachting van een antwoord.

De oude madam leek kalm, maar haar handen waren begonnen te trillen, waardoor de wijn in haar glas zachtjes schommelde. Ze zette het glas op een tafel en legde haar handen in haar schoot, waarbij de ene de andere stevig vasthield. 'Er is iets wat geen vrouw zich kan veroorloven kwijt te raken,' zei ze hooghartig. 'Haar waardigheid. Ik heb jullie stuk voor stuk aangenomen omdat jullie voldeden aan de eisen om voor de rijken te werken: zakenlieden en landeigenaren. Die landarbeiders waar je het net over had, lieverd,' ze sprak nu alleen tegen Viviana, 'dat zijn inderdaad aardige mensen. Om je de waarheid te vertellen, ik ken er zelf ook een paar. Maar het zijn eenvoudige arbeiders, een totaal andere clientèle. Ze zijn niet schoon en ruiken naar aarde.' Vervolgens richtte ze zich weer tot de hele groep en zei: 'Ik zou het verschrikkelijk vinden als jullie jezelf zouden verlagen.'

'U hebt makkelijk praten,' zei La Gringa, die zo werd genoemd vanwege haar geelgeverfde haar. 'U hebt spaargeld en hoeft niemand te onderhouden.'

'Als het aankomt op wat we doen, zijn mannen gewoon mannen, tot welke klasse ze ook behoren,' zei Negrita. Er klonk verzet in haar stem door.

De andere meisjes mengden zich al snel in de discussie door op te staan, te knikken of luidkeels hun ontevredenheid te uiten. Doña Emilia besefte dat ze snel met een oplossing moest komen voordat de situatie uit de hand liep. 'Blijf alsjeblieft rustig,' zei ze. 'Ik begrijp waarom jullie overstuur zijn, maar jullie moeten me vertrouwen. Ik garandeer jullie dat zolang La Casa open is jullie altijd een kamer om in te slapen en eten in overvloed zullen hebben.'

'We willen verdomme geen eten!' snauwde Zulia.

'Je hoeft niet te vloeken, schat,' zei doña Emilia mild. 'La Casa maakt inderdaad een moeilijke tijd door, maar ik ben ervan overtuigd dat we samen iedere hindernis kunnen overwinnen. Geef me tot morgennacht de tijd om met een alternatief plan te komen.' De oude vrouw wist genegenheid bij haar meisjes op te roepen. Ze stemden toe om te wachten en gingen slapen.

De volgende nacht kwamen ze in dezelfde kamer bij elkaar. Met een zelfverzekerde glimlach op haar gezicht begon doña Emilia: 'Van nu af aan, tot de zaken weer aantrekken, krijgen jullie allemaal een basissalaris.' Ze had besloten om al haar spaarcenten in haar meisjes te investeren, met de volgende tegenprestatie: 'Omdat jullie op het moment niets te doen hebben, wil ik dat jullie allemaal fatsoenlijk worden opgeleid. In de genotsector ben je nooit te oud om te leren.' Doña Emilia zou zelf individuele sessies met de meisjes houden. Ze zou hun alles leren wat ze in haar meer dan vijftig jaar ervaring had opgestoken: unieke standjes en technieken, maar ook persoonlijke hygiëne en sociale vaardigheden. Tijdens hun opleiding zou ze hen rollenspelen laten doen en mondelinge toetsen afnemen.

Het tweede deel van doña Emilia's plan omvatte een reclametournee langs de dorpen die nog niet door de guerrilla's van mannen waren ontdaan. Bovendien zou ze een fotograaf uit de stad Honda inhuren om foto's van elk meisje te maken voor een portfolio. De portfolio zou aan potentiële klanten in andere steden worden getoond, zodat ze tot in de details konden zien wat La Casa te bieden had.

Toen de madam haar geïmproviseerde toespraak had beëindigd, gaven de twaalf meisjes haar een staande ovatie. Hoewel ze het meest om geld gaven, had de gedachte dat ze op de foto zouden gaan, sommigen voor de eerste keer, hen in hun zwakste plek geraakt: hun ijdelheid. Zij waren vrouwen zonder opleiding, en op hun identiteitskaart stond: 'Bovengenoemde kan haar naam niet schrijven.' Bijna allemaal waren ze op jonge leeftijd wreed verkracht door hun eigen mannelijke familieleden. Drie van hen hadden kinderen gedragen, maar hadden die bij hun eigen moeder achtergelaten en waren gevlucht. Allemaal waren ze in hun adolescentie en volwassen leven van stad naar stad getrokken in de hoop dat de volgende stad anders zou zijn, om erachter te komen dat die precies hetzelfde was.

Doña Emilia had hen vriendelijk en met respect behandeld. Diep van binnen waren ze dol op haar en bewonderden haar succes. De meisjes herkenden zichzelf in de kleine vrouw.

De individuele trainingssessies begonnen de volgende dag. Vier meisjes 's ochtends, vier 's middags en 's avonds twee uur rollenspel. 'Het verschil tussen een prostituee en een meisje van Emilia,' onderwees ze haar leerlingen, 'is dat een prostituee haar benen spreidt en de man het werk laat doen, terwijl een meisje van Emilia het werk van begin tot eind doet.' Elke les was gericht op een andere techniek om mannen te bevredigen. Eén les ging over het vinden van de zones op het mannelijk lichaam die bijzonder gevoelig waren voor seksuele prikkels. De anus, zei doña Emilia, was nummer één, hoewel de meeste mannen zichzelf dat genot ontzegden. Een andere les behandelde het samentrekken van de spieren in hun vagina, spieren waarvan de meeste meisjes niet eens wisten dat ze die hadden, om de penis tijdens de gemeenschap te stimuleren. Doña Emilia beweerde dat ze die techniek toen ze jonger was zo goed beheerste dat ze een man tot orgasme kon brengen zonder haar lichaam ook maar te bewegen. De madam vertelde de meisjes ook over het belang van zelfvertrouwen. 'Alleen een vrouw die tevreden is over zichzelf, kan een man volledig bevredigen,' zei ze. En tot slot leerde ze hun tien van de ongebruikelijkste seksuele standjes waarvan ze wist dat mannen ervan hielden, maar te verlegen waren om die van de moeder van hun kinderen te verlangen. Ze had deze acrobatische hoogstandjes zelf namen gegeven, zoals 'de gulzige koe', 'de Colombiaanse achtbaan' en 'de koekoeksklok'. Doña Emilia eindigde elke les met hetzelfde advies: 'Onthoud dat je de vrouwen van je klanten altijd respectvol bejegent als je hen op straat tegenkomt. Het is tenslotte dankzij hen dat we werk hebben.'

Er kwam een fotograaf uit Fresno voor de portfolio van La Casa. Van elk meisje werden drie foto's gemaakt: een in vrijetijdskleding, een in ondergoed en een naaktfoto met de handen voor de geslachtsdelen. Voor haar eigen foto's nam doña Emilia het voorstel van de fotograaf over en droeg een klassiek, donker mantelpakje.

Met de portfolio onder haar arm begon de madam aan haar promotietournees. Telkens nam ze een ander meisje mee en bezocht nabijgelegen steden als Fresno, dat ongeveer honderd kilometer ten westen van Mariquita lag, langs verwaarloosde kronkelige wegen, maar ook andere die niet zo dichtbij lagen, zoals de stad Dorada, een tocht van tweehonderd kilometer naar het noorden. Ze gingen van zaak tot zaak en vroegen om een persoonlijk onderhoud met de eigenaar. Als doña Emilia eenmaal de aandacht van de eigenaar had, was ze rechtdoorzee: 'Houdt u van vrouwen?' Na een bevestigend antwoord fluisterde ze: 'Dan moet u eens langskomen om mijn meisjes te zien', en vouwde zonder omhaal de portfolio van La Casa open voor de verbijsterde ogen van de man. Ze spoorde de mannen aan meteen een afspraak te maken en noteerde die in de agenda van La Casa en gaf hun haar visitekaartje met de slagzin: *Wanneer bent u voor het laatst in een huis met twaalf naakte vrouwen geweest? Welkom in La Casa de Emilia.*

In de steden Lérida en Líbano werd het nieuws van de bijgeschoolde meisjes van doña Emilia's huis gretig ontvangen en verspreidde zich snel onder de mannen. Door naar een ander stadje te reizen, liepen ze niet het risico door hun vrouwen of buren te worden betrapt.

In Honda en Dorada was de respons eveneens groot. Zó groot dat de mannen in het weekend bestelbusjes en jeeps huurden om naar La Casa te rijden en weer terug.

In de weken die volgden op de tournees van doña Emilia maakten de zaken in La Casa een snelle opleving door. Net als het verlangen van doña Emilia om haar investering terug te verdienen. Ze nam vergaande maatregelen om zich van een goede winst te verzekeren. Voordat ze een man naar een kamer meenamen, moest ieder meisje hem een fles drank laten kopen. De tijd die een klant kreeg werd teruggebracht van twintig tot vijftien minuten, ongeacht wie het was. Door de week werden de openingstijden verlengd, en in het weekend was het bordeel vierentwintig uur per dag open en mochten er maar vier meisjes tegelijk slapen. Ze werden aangemoedigd overuren te maken, maar het was niet verplicht. Rookpauzes werden geschrapt en de pauze tussen klanten werd beperkt tot vijf minuten. Klanten mochten een sessie alleen verlengen wanneer er geen wachtlijst voor het meisje was. Ten slotte kregen vaste klanten, ouderen en gehandicapten te allen tijde voorrang. De maatregelen ontlokten de meisjes gemengde reacties, maar de bordeelhoudster duldde geen tegenspraak.

Onderzoek wees uit dat de tevredenheid van de klanten enorm was gestegen. Volgens doña Emilia's laatste onderzoek was negentig procent tevreden, tegen het magere resultaat van zestig procent in de week voordat de mannen van Mariquita verdwenen. Om die informatie te verkrijgen had de oude madam er een gewoonte van gemaakt om haar klanten persoonlijk uitgeleide te doen en hun te vragen of ze van hun verblijf hadden genoten, en hun een rode roos te geven. 'Voor uw vrouw of vriendin,' zei ze dan.

*

'Wat was ik toen ondernemend!' zei doña Emilia tegen zichzelf toen ze haar ogen weer opende. Ze was opgelucht dat ze de grote mango nog steeds aan de hoogste tak van de boom zag hangen, en vroeg zich af wie de gelukkige zou zijn die hem zou opeten. Een zwerm vogels, dacht ze.

Ja, een zwerm mooie witte vogels zou het zachte pappige vlees en de zoete smaak ervan wel waarderen. Een goedkeurende glimlach verscheen op haar gezicht. Of een hond misschien… Op dat moment lagen er een paar aan haar voeten te slapen. Nee, honden schrokken zonder te proeven wat ze eten. Die verdienen zo'n bijzondere mango niet.

Haar gedachten werden onderbroken door een groepje luid pratende vrouwen. Er kwamen vier meisjes op haar af. Magnolia Morales was er ook bij; doña Emilia zou haar schelle stem overal herkennen. Ooit had ze in een winkel een sprekende pop gezien met net zo'n schrille stem als Magnolia. De meisjes stopten voor de oude vrouw en mompelden iets onverstaanbaars; al snel waren ze één bulderende lach, die nog lang nadat ze weg waren in doña Emilia's oren bleef nagalmen. Ik hoop dat geen van die vrouwen die mango te eten krijgt, dacht ze. Die verachtelijke oude vrijsters verdienen zo'n traktatie niet. Haar ogen vernauwden zich van haat en ze beet met haar valse gebit op haar onderlip.

De voormalige bordeelhoudster had een goede reden de vrijgezelle vrouwen van Mariquita te haten. Het was tenslotte hun schuld dat La Casa geen zaken meer deed.

*

Er waren bijna twee maanden voorbijgegaan sinds de mannen van Mariquita waren verdwenen, en terwijl de weduwen om hun mannen rouwden, begonnen de jonge vrouwen rusteloos te worden. Ze konden niet accepteren dat ze in een stadje van weduwen en oude vrijsters woonden; dat ook zij gedoemd waren voor altijd vrijgezel te blijven.

Magnolia Morales leidde een steungroepje voor jonge vrouwen dat elke avond midden op de plaza bij elkaar kwam na het gezamenlijke rozenkransgebed. Ze praatten alleen maar over mannen; niet over hun eigen mannelijke familieleden, maar over hun vriendjes, minnaars of geheime liefdes. Onderwerpen als de steeds nijpender droogte, de gevolgen ervan voor de gewassen en het ophanden zijnde voedseltekort werden uitdrukkelijk uit de bijeenkomst gebannen. In plaats daarvan wisselden de jonge vrouwen romantische anekdotes en verhalen over hun seksuele ervaringen uit en lieten elkaar foto's zien van hun verdwenen geliefden en cadeautjes die ze hadden gekregen: droogbloemen die ze tussen boeken bewaarden, plukjes haar en zelfs mannenonderbroeken. Avond na avond fantaseerden ze over de glorieuze dag waarop hun geliefden naar hen zouden terugkeren.

Op een avond hoorden de meisjes het gebrom van een auto die op de plaza af reed. Ze sprongen op. Er was al in geen tijden een auto door de stoffige straten van Mariquita gereden. Vier mannen in een aftandse groene jeep reden langs hen heen zonder ook maar te toeteren of galant te zwaaien. De meisjes keken onthutst. Enkele minuten later reed er weer een jeep met vijf mannen erin langs de plaza. Magnolia rende naar de weg met haar armen en zakdoek zwaaiend in de lucht, en riep dat ze moesten stoppen. Maar ze reden voorbij zonder haar op te merken. Magnolia was van streek en gefrustreerd, maar niet verslagen. Ze wachtte kalm tot ze nog een auto hoorde aankomen. Toen droeg ze de meisjes op dwars over de weg met hun armen in elkaar gehaakt een menselijke keten te vormen. De bestuurder, een kalende vent van middelbare leeftijd, stopte en draaide het raampje van zijn rode jeep naar beneden. Er zaten nog drie mannen bij hem in de auto.

'Goedenavond, heren,' zei Magnolia tegen de bestuurder.

'Hoe kunnen we jullie mooie vrouwen van dienst zijn?'

'We vroegen ons af waar jullie allemaal vandaan komen en waar jullie naartoe gaan. Ons dorp ligt vrij ver van de hoofdweg…'

'Wij komen uit Honda, *muñeca*, en we gaan op bezoek bij de meisjes van doña Emilia,' zei de bestuurder, die ondertussen het visitekaartje liet zien dat de madam hem had gegeven.

'Doña Emilia zei dat ze twaalf mooie meiden beschikbaar had,' zei een ruwe stem van achter uit de jeep, 'maar jullie zijn maar met z'n negenen.'

'Het spijt me dat ik u moet teleurstellen,' antwoordde Magnolia sarcastisch, 'maar wij zijn geen dames van de nacht. We hebben niets met die vrouw te maken.'

'Nou, als dat zo is, maak de weg dan vrij, *preciosas.* Wij hebben dringende zaken af te handelen,' zei de bestuurder. De andere mannen begonnen te lachen.

Magnolia gebaarde de vrouwen de weg vrij te maken en de mannen reden snel door.

De vrouwen liepen terug naar de plaza en gingen op de grond zitten. Ze probeerden hun nachtelijke bijeenkomst voort te zetten, maar de sterke, viriele mannengeur vulde de lucht, en hun stemmen en gelach klonken in de oren van de vrouwen na.

'Dit is niet eerlijk,' zei Sandra Villegas. 'Ik zit hier naar een man te hunkeren terwijl die hoeren ervoor betaald krijgen om in één nacht met verscheidene mannen naar bed te gaan. Ik ben het beu op herinneringen te leven. Die foto's vergelen alleen maar en de gezichten erop vervagen.'

'Het is nog maar een paar maanden geleden,' antwoordde Marcela López, die verloofd was geweest met Jacinto Jiménez jr., de zoon van de voormalige magistraat. 'We moeten onze mannen trouw blijven.'

'Ik heb geen man aan wie ik trouw moet blijven,' zei Magnolia, de meest ervarene van het stel, 'en jij ook niet,' voegde ze eraan toe, met haar kin naar Pilar Villegas wijzend. 'Jij en ik kunnen gaan samenwerken en het opnemen tegen de meisjes van doña Emilia.' De vrouwen begonnen keihard te lachen, en de bijeenkomst ging rustig uit elkaar.

De volgende avond zei Magnolia de bijeenkomst met de meisjes af en ging samen met Pilar naar de buitenwijk van Mariquita. Ze droegen strakke, mouwloze jurken en kleurige make-up, en hadden hun haar los op hun schouders hangen. De meisjes konden nauwelijks lopen op de versleten schoenen met naaldhakken die ze van hun oudere zusters hadden geleend, dus bonden ze de schoenen aan elkaar, hingen ze om hun nek en liepen ieder aan een kant van de weg haastig verder. Ze roken de mannen eerder dan ze het geraas van de auto hoorden of de koplampen zagen. Toen de bestuurder hen in het oog kreeg, remde hij uit alle macht en toeterde. Magnolia bleef staan, zwaaide naar hen en liep door, maar langzamer. Pilar liep met trillende benen verder zonder om te kijken. De vier mannen keken reikhalzend om. Het waren elegante jonge mannen, gladgeschoren, en ze roken naar eau de cologne. 'Wacht,' zei een van hen met opengesperde neusgaten door het raam. Ze sprongen uit de jeep en renden op de meisjes af.

'Wat een mooie bloemen zijn er uit de hemel komen vallen!' zei een van hen. 'Mag ik vragen waar jullie op dit uur van de nacht naartoe gaan?'

'We gingen een luchtje scheppen,' zei Magnolia, en ze wuifde zich met haar handen koelte toe.

'Ik begrijp het,' zei dezelfde man. 'Zijn jullie van La Casa de Emilia?'

'Niet helemaal,' antwoordde Magnolia. 'Sommigen van ons werken zelfstandig.' Ondertussen liet ze haar tong flirterig over haar lippen glijden. Ze zei dat Pilar en zijzelf bereid waren die nacht gratis met ieder van de mannen naar bed te gaan, op twee voorwaarden.

'Wat je maar wilt, *muñequita*,' zei de jongste, over zijn kruis aaiend.

'Ten eerste moeten jullie ons behandelen alsof we van kristal zijn gemaakt. En ten tweede moeten jullie allemaal beloven nooit meer naar La Casa de Emilia te gaan.'

'Ik zweer het bij God!' antwoordde de jongste. Hij kuste zijn duim en wijsvinger en sloeg een kruis. De andere drie deden hem na en bezegelden de afspraak door eenstemmig bij God te zweren.

De mannen gooiden een munt op om uit te maken wie de eer zouden hebben met de meisjes te vrijen. De verliezers, zo spraken ze af, zouden sigaretten rokend en goedkope brandewijn drinkend in de auto blijven zitten. De jongste won het recht om als eerste te kiezen, en nam Magnolia mee achter een rubberboom. Ze kleedden zich snel uit. Ze kuste hem hartstochtelijk terwijl hij langzaam in haar vlees zonk. Ze lagen boven op de dikke, wasachtige bladeren die van de rubberboom waren gevallen. Ze bewogen ritmisch, benen en bladeren een onontwarbare kluwen. De andere winnaar, een vrij kleine man met een fikse hoeveelheid brillantine in zijn haar, nam Pilar mee achter de bosjes. Ze liet de man het gras eerst op mieren en schorpioenen controleren en bedekte toen de grond met hun kleren. Ze gingen op de kleren liggen en hij begon haar gezicht te strelen, haar haar en haar borsten. 'Je bent de mooiste vrouw die ik ooit heb gezien,' zei hij, en hij gleed voorzichtig in haar. Een ogenblik leek het of ze de liefde bedreven op een wolk, zwevend in de lucht. Daarna explodeerden ze.

De hemel was bezet met honderden sterren.

De week daarop gingen Luisa en Sandra Villegas met Magnolia en Pilar mee op avontuur. Ze spraken af in een leegstaande school om zich in hun strakke jurken te hijsen en make-up op te doen.

'We moeten niet zwanger worden,' instrueerde Magnolia haar leerlingen. 'Sommige mannen zijn sneller dan andere. Je moet hun gezicht in de gaten houden, en als je ziet dat hun ogen kleiner worden en hun mond groter, zijn ze bijna zover. Op dat moment moet je ze van je af duwen.'

'En als ze nou te zwaar zijn?'

'Dan moet je zorgen dat je niet onder ligt,' antwoordde Magnolia.

Ze stelde voor in paren de weg af te lopen en afstand te houden. Ze gaf hun ook fluitjes, die ze altijd om hun nek moesten dragen. 'Gebruik ze alleen als je in gevaar bent.'

Twee weken later hadden Magnolia en Pilar acht andere meisjes overgehaald mee te doen en ze hadden vier teams van drie vrouwen samengesteld. Ze hielpen de nieuwelingen met hun outfit en make-up, en maakten hen deelgenoot van hun ervaringen. Ze spraken af dat ze hun activiteiten voor iedereen in het dorp geheim zouden houden, vooral voor de priester, maar ook voor hun moeders; die stakkerds hadden geen behoefte aan een nieuwe bron van verdriet. De meisjes hadden ook het recht een man om welke reden dan ook te weigeren. Ze vroegen geen geld voor hun diensten, maar lieten het aan de mannen over hoe ze hen wilden belonen. 'Op die manier kunnen we onze waardigheid beschermen,' zei Pilar. Elk meisje koos een eigen plek en hield die vrij van insecten, onkruid en andere ongewenste planten. Enkelen van hen plantten er zelfs bloemen omheen en bewaarden brood en snoep in de buurt voor het geval dat hun klanten honger hadden. En een maand later, toen het regenseizoen aanbrak, hielpen ze elkaar tenten te bouwen van bamboestokken en grote stukken plastic.

Ondertussen liepen de zaken van doña Emilia in La Casa dramatisch terug. Ze vroeg aan haar meisjes of ze ervoor wilden zorgen dat hun klanten volkomen tevreden waren, dat ze hen altijd bedankten voor hun komst en hun vroegen nog eens terug te komen.

'Onthoud dat ze van ver komen,' zei ze. 'De tijd die ze hier doorbrengen moet de moeite waard zijn.'

Maar de concurrentie was hevig.

Wanhopig ging doña Emilia nog een paar keer naar nabijgelegen stadjes. In Honda kreeg ze te horen dat er in Mariquita een groep beeldschone jonge meisjes langs de weg liep die allerlei spullen aannamen in ruil voor de vluchtige liefde van de mannen: doña Emilia hoorde dat de meeste al tevreden waren met een doos chocolaatjes, een bos rode rozen of een handgeschreven liefdesgedicht. Tegen die tijd hadden Magnolia en haar team een provisorisch tentendorp gebouwd dat ze voortdurend verplaatsten om ontdekking door el padre Rafael of de weduwen te voorkomen.

De mannen spraken over het tentendorp als 'het magische bordeel', dat er soms was, en soms niet. Het zoeken naar de mysterieuze tenten langs de kronkelwegen, achter de bossen en tussen de dorre heuvels, maakte de opwinding van de mannen alleen maar groter. Ze zochten in alle hoeken en gaten – urenlang als het moest – maar ze vonden het altijd. En als ze het hadden gevonden, verdwenen ze snel tussen de armen en benen van hartstochtelijke vrouwen wier naakte huid door het maanlicht werd beschenen. Benen spanden zich, bekkens schommelden, hun hartslag versnelde, zweet droop, adem sloeg op hol, kreten ontsnapten, gejammer, geschreeuw; een man, een vrouw, een vurige uitbarsting onder de hemel.

Om klanten terug te winnen, besloten doña Emilia en haar twaalf meisjes de tarieven te verlagen en andere lokkertjes te introduceren.

Van zondag tot donderdag mochten er twee klanten voor de prijs van één. Op vrijdag betaalden vroege klanten de halve prijs. En op zaterdagen begonnen ze iets nieuws: Emilia's Fiesta, een drie uur durend feest met eten, drankjes en het recht om in de rode kamer met alle twaalf, naakte meisjes samen te mogen zijn – alles voor een vast bedrag.

Doña Emilia reisde naar Fresno, waar ze pamfletten liet drukken met de wekelijkse attracties van La Casa, die ze zelf in de omringende dorpen verspreidde. De oude vrouw was een handelsreiziger geworden die elke dag van stad tot stad trok met haar portfolio onder haar arm en een papieren tas vol pamfletten in haar hand. Ze bracht in haar eentje lange nachten door in de bar van La Casa en rookte haar dunne sigaretten, dronk appelwijn uit de fles, en probeerde nieuwe ideeën te bedenken om haar zaak drijvende te houden. Maar er was niets wat ze kon doen. Hoe, dacht ze, kon ze concurreren met een groepje onzichtbare, wellustige vrouwen, romantische geesten die bereid waren seks te hebben in ruil voor een beetje affectie? Ze vervloekte de communistische guerrillastrijders omdat ze haar klanten hadden meegenomen en huilde ontroostbaar om ieder van de mannen die verdwenen waren.

Spoedig konden haar longen niet meer tegen de rook van haar sigaretten. Ze ontwikkelde een akelige hoest die niet langer bestreden kon worden met melk en mierikswortel, aangezoet met honing. Ze raakte een paar kilo's kwijt en ze werd al dronken van een paar slokjes wijn. Op de ochtend dat ze de meisjes hun koffers hoorde pakken probeerde ze hen dan ook niet tegen te houden. In plaats daarvan kwam ze haar bed uit, spoelde koud water over haar gezicht en ging naar de keuken om hun laatste gezamenlijke maaltijd klaar te maken.

Toen de meisjes enkele uren later zonder make-up, in onopvallende kleding en met hun tassen om hun schouder uit hun slaapkamer kwamen, troffen ze de oude bordeelhoudster in de eetkamer aan met haar handen ineengevouwen boven op tafel. Ze droeg een prachtige jurk van rode zijde die haar lichaam vanaf haar hals helemaal bedekte. Haar grijze haar hing los op haar rug, en er was iets vrooms aan de uitdrukking op haar gezicht, iets hemels en dromerigs. Op de grote eettafel lag een wit tafelkleed, en hij was fraai gedekt met stoffen servetten, zilveren borden, schalen en eetgerei en kristallen glazen gevuld met wijn. Verspreid over de tafel stonden manden met maïsbrood, borden met fruit en kaas, een grote schaal met dampende aardappelsoep en ovale schotels met gebraden kalkoen, witte rijst en rode bonen.

'Nou, lieverds,' zei doña Emilia. 'De tijd is gekomen om afscheid van elkaar te nemen.' Ze keek omlaag naar haar doorschijnende handen en haar ogen vulden zich met tranen. Viviana was de eerste die haar omarmde, en daarna kwamen de andere elf meisjes om de beurt. Ze veegden de tranen van de gerimpelde wangen van de madam, kusten haar kleine trillende handen en streelden haar haar. Toen de meisjes eindelijk gingen zitten, stond doña Emilia op en hief haar wijnglas. Met gebroken stem bracht ze een toast uit.

'Op jullie, mijn dappere meiden, mijn pupillen, die jarenlang jullie eigen kruis hebben gedragen door de mannen van Mariquita voor lief te nemen: soms waren ze grof, soms onbeschoft, maar altijd groots.

Op de mannen van Mariquita, onze mannen, en op La Casa de Emilia, waar ze het meest worden gemist.'

Alle dertien vrouwen namen een slokje wijn en begonnen zwijgend te eten. Toen ze klaar waren, stelde Viviana voor dat ze allemaal hun werkkleren zouden aandoen. En zo droegen ze hun fleurigste jurken en hielpen elkaar met hun make-up. Doña Emilia nodigde de meisjes uit in de bar waar ze vrolijke muziek opzette. Ze dansten en dronken de hele nacht door onder het uitwisselen van hun meest amusante anekdotes, vertelden moppen, brachten opnieuw een toast uit, lachten en huilden, en lachten dan weer.

Toen doña Emilia de volgende dag wakker werd, was ze alleen in de kamer, omringd door vuile glazen en lege wijnflessen. Ze stelde zich voor hoe de twaalf meisjes de weg afliepen met de zon op hun vettige gezichten en misschien wel droomden van de dag dat ook zij tevreden zouden zijn met een bos rode rozen of een handgeschreven gedicht in ruil voor hun liefde. Doña Emilia hoopte dat die wens ooit voor ieder van hen zou uitkomen en sloot haar ogen en hoopte dat zij ze nooit meer open zou hoeven doen. Ze besloot La Casa te sluiten en te blijven leven zo lang als haar overgebleven spaargeld het toestond.

'Het magische bordeel', dat er soms was, en soms niet, verdween op een dag voorgoed, en dat was alleen aan de liefde te wijten. De twaalf jonge vrouwen waren allemaal verliefd geworden, elk op een andere man. Magnolia viel voor een getrouwde kapper die Valentín heette, een man van middelbare leeftijd met een donkere huid en een weerbarstig haarstukje dat alle kanten op schoof. Wanneer hij in haar tent op bezoek was, praatte Magnolia onophoudelijk over trouwjurken van zijde en hartvormige verlovingsringen. Ze stond er ook op om hem bij het licht van een kaars een liefdesgeschiedenis voor te lezen. Valentín vond haar een tikkeltje vreemd en kwam niet meer. Magnolia wachtte nacht na nacht op hem. Ze weigerde alle anderen en sloeg hun geschenken af. Meestal zat ze in haar tent te huilen. Soms herschikte ze haar voorraden, wiedde ze haar tuintje en gaf ze haar planten water. Maar meestal las ze dezelfde verhalen en huilde.

Uiteindelijk kwamen de twaalf meisjes tot de conclusie dat God ze twee ogen had gegeven om beter naar mannen te kunnen kijken, twee oren om beter te horen wat mannen te zeggen hadden, twee armen om ze te omhelzen en twee benen om hen te omstrengelen, maar slechts één hart dat ze konden weggeven. Aan de andere kant hadden mannen lief met hun testikels, en daar had God hun er twee van gegeven.

Zo gebeurde het op een nacht dat de mannen 'het magische bordeel' niet konden vinden. Ze zochten naar de tenten langs de kronkelwegen, achter de bossen en tussen de dorre heuvels. Ze zochten wekenlang in alle hoeken en gaten, maar vonden ze niet meer. De vrouwen waren teruggegaan naar Mariquita, terug naar hun ongehuwde staat en hun droevige, van herinneringen vervulde nachtelijke bijeenkomsten, terug naar hun fantasieën over die glorieuze dag dat de vrijgezellen van het stadje bij hen zouden terugkeren.

*

Ze hebben mijn zaak voor niets geruïneerd! zei doña Emilia bij zichzelf. Opeens hoorde ze in de verte een straatverkoopster met zoetgevooisde stem haar waren aanprijzen: 'Guayabas! Naranjas! Mandarinas!' Op dat moment zag ze haar, een jong meisje dat zich gracieus voortbewoog, een grote mand op haar hoofd balancerend. De oude vrouw nam het meisje, dat er niet ouder uitzag dan twaalf jaar, van top tot teen nauwkeurig op: haar roze jurk, haar zwarte haar in vlechtjes, haar lange armen en smalle taille, en had het merkwaardige gevoel dat ze haar al een hele tijd kende. Het meisje zag de oude vrouw ook. Ze glimlachte en zwaaide vriendelijk. Doña Emilia glimlachte terug. Ze wilde net vragen of het meisje bij haar op de bank wilde komen zitten, toen een windvlaag de mand van het meisje uit balans blies. Guaves, sinaasappels en mandarijnen rolden naar alle kanten over de grond. Doña Emilia wilde helpen, maar toen ze van de bank wilde opstaan, voelde ze haar benen niet.

En daarna kwam er een nog hardere windvlaag, en de mango, die met de kleur van de ondergaande zon, viel vlak naast het meisje op de grond. Doña Emilia zag het meisje glimlachen, zag dat ze de mango in haar handen nam en hem in de mand legde, zag haar met de mand op haar hoofd de weg af lopen en langzaam in de wind verdwijnen.

Vervuld van vreugde leunde doña Emilia achterover tegen de bank en richtte haar ogen op de hemel, alleen kon ze dit keer niet zien dat die blauw was.

JOSÉ L. MENDOZA, 32
LUITENANT-KOLONEL VAN
HET NATIONALE LEGER VAN COLOMBIA

Als ik één ding in het leger heb geleerd, is het dat hoe minder contact je met de vijand hebt, hoe makkelijker het is om hem te doden. Ooit had ik een man te lang tegen me laten praten voordat ik hem neerschoot, en ik heb er nog steeds spijt van. We hadden een telefoontje gekregen van het politiebureau in een klein dorp in de bergen. Ze werden aangevallen door guerrilla's en hadden versterking nodig. De wegen waren beroerd, zodat we er pas de volgende ochtend aankwamen, en tegen die tijd waren de rebellen, dachten we, er al vandoor met alles wat ook maar iets waard was. Ik liep het dorp door en telde de lijken, zonder dat ik me ervan bewust was dat een guerrillastrijder in een boom zijn Galil op mijn nek richtte met de bedoeling mijn kop eraf te schieten. Een van mijn officieren kreeg hem in het oog en schoot hem in zijn arm voor hij iets kon doen. Hij was een indiaan met een bruine huid en kleine ogen. We dreven hem en nog drie andere rebellen die we gevangen hadden genomen in een afwateringsput.

Toen we het dorp onder controle hadden, vroeg ik de indiaan uit de put te komen – ik wilde hem niet voor de ogen van de andere drie neerschieten. Hij wist wat ik van plan was, en zei daarom dat hij te zwak was vanwege al het bloed dat hij had verloren. Ik moest hem maar in die put laten sterven. Ik schreeuwde tegen hem dat hij eruit moest komen en hij smeekte me hem niet neer te schieten. Hij zei dat zijn moeder een beroerte had gehad en dat zijn twee jongere zusters ernstige wonden hadden opgelopen bij een brand; dat ze wel in leven waren, maar dat ze hun benen niet konden bewegen en dat hun gezicht volledig was verminkt; dat ze van hem afhankelijk waren en dat hij een goed man was die onder dwang door de rebellen was gerekruteerd en dat hij bij de guerrilla's weg zou gaan en zich aan zou sluiten bij het nationale leger als ik hem kon vergeven... Het was alsof hij het hele verhaal van buiten had geleerd. En ik weet niet waarom, maar ik bleef maar naar hem luisteren en naar zijn ogen kijken, die groot van angst waren geworden. Ik liet hem praten en praten tot hij moe werd en ophield. Toen knielde ik voor hem neer, zette mijn revolver tegen zijn voorhoofd en zei tegen de andere mannen in de put dat hij had geprobeerd me van achter neer te schieten, en dat dat niet eervol was. 'Zó schiet je een man dood,' zei ik, en ik schoot hem neer. Bij het kabaal van de knal sloten mijn ogen zich onwillekeurig. Toen ik ze weer opendeed, stond de indiaan nog steeds rechtop in de put, maar boven zijn neus was zijn gezicht weg. Zijn haar, zijn hersens, zijn kleine ogen... ze waren er gewoon niet meer. Zijn mond wel, en de spieren rond zijn lippen trokken zich samen alsof hij nog iets wilde zeggen dat hij was vergeten me te vertellen.

HOOFDSTUK 4

De onderwijzeres die geen geschiedenis wilde geven

Mariquita, 11 februari 1995

Cleotilde Guarnizo was een ongetrouwde vrouw van zevenenzestig jaar. Ze had kort grijs haar, een gladde snor en witte stoppels op haar kin. Een bril met dikke glazen rustte op haar ronde neus die eruitzag als een vraagteken op zijn kop, waardoor haar gezicht een raadselachtige indruk maakte. Haar manier van doen had iets mannelijks: zoals ze wijdbeens zat; haar woeste, stampende tred en hoe ze haar rechterhand instinctief tot een vuist balde wanneer ze zich bedreigd voelde, alsof ze elk moment iets of iemand tegen de grond kon slaan. Haar gezicht werd gecompleteerd door een strenge blik, die zich nooit ontspande. Kortom, ze was de verpersoonlijking van op leeftijd gekomen strengheid.

Cleotilde was op een doelloze reis toen de bus waarin ze zat pech kreeg. De nacht begon te vallen en Cleotilde was bang. Tegen betaling liet ze zich door een boerenjongen op een muilezel naar het dichtstbijzijnde dorp brengen. Daar zou ze de nacht doorbrengen en haar reis bij het krieken van de dag voortzetten.

De jongen zette haar met haar koffer op de plaza van Mariquita af en vertrok. Die nacht was het dorp rustiger dan anders en doordat er geen licht was, leek het een spookdorp. Cleotildes benen begonnen te trillen. Doelloos en met grote moeite liep ze een paar straten door tot ze een sprankje licht achter een raampje zag. Ze haastte zich naar het huis en klopte op de openstaande deur. Algauw kwam er een jong meisje gewikkeld in een zwarte sjaal tevoorschijn met een kaars in haar hand. Het meisje kon niet ouder zijn dan tien, misschien elf.

'Kom binnen,' zei ze met een lieve stem. Ze ging haar voor en verlichtte een lange, smalle gang met de kaars. 'Ik heet Virgelina Saavedra, en dit is mijn grootmoeder, Lucrecia viuda de Saavedra.' Het meisje wees naar een bleke, oude vrouw in een schommelstoel, die zo stil zat dat ze een beeltenis van zichzelf leek.

'Ik ben señorita Cleotilde Guarnizo. Tot uw dienst,' zei ze, daarna richtte ze zich tot Lucrecia en voegde eraan toe: 'Ik ben op zoek naar een warme plek waar ik de nacht kan doorbrengen.'

'U kunt hier blijven, als u wilt,' zei Lucrecia onverschillig. 'We hebben wel ergens een extra hangmat en een deken.'

Cleotilde had een hekel aan hangmatten. Ze begreep niet hoe iemand hangend in de lucht als een luiaard kon slapen. Maar dat kon ze natuurlijk niet tegen hen zeggen. Het leken vriendelijke plattelandsmensen. 'Dat waardeer ik zeer,' zei ze.

Lucrecia gebaarde haar te gaan zitten. Er was slechts één stoel beschikbaar, wat het minder ongemakkelijk voor Cleotilde maakte. Ze zette haar koffer neer, ging zitten en keek om zich heen, flauwtjes glimlachend tegen de muren. De kamer was donker en bedompt, nauwelijks gemeubileerd, met in de ene hoek een stapel brandhout om mee te koken en in de andere twee zwarte broodmagere katten. Cleotilde had een nog grotere hekel aan katten dan aan hangmatten, en ze vroeg zich onwillekeurig af of die beesten leefden of dood waren. Ze zouden evengoed deel uit kunnen maken van het armoedige meubilair.

'Fidel en Castro,' zei Lucrecia plotseling. Ze onderzocht Cleotildes gezicht en lichaam nauwgezet op een teken van welstand. Misschien kon ze haar de volgende dag voor haar vertrek om een bijdrage vragen. Lucrecia had het grootste deel van haar naaigerei al geruild tegen voedsel.

'Wat zegt u?' antwoordde Cleotilde. Ze had het idee dat Lucrecia haar gezicht en lichaam kritisch onderzocht op een teken van welstand. Ze hoopte dat Lucrecia geen bijdrage van haar verwachtte voor de overnachting. Cleotilde had nauwelijks genoeg geld in haar beurs om het buskaartje te betalen dat haar ver van dit vervallen dorp moest brengen.

'Ik zei: Fidel en Castro. Zo heten de twee katten.'

'O,' reageerde Cleotilde. 'Bijzondere namen voor een stel katten. Leven ze?'

'Hm hm,' deed Lucrecia. Ze zweeg even, alsof ze daarmee aan wilde geven dat ze een ander onderwerp wilde aansnijden, en voegde eraan toe: 'Zoals u ziet, zijn we erg arm.'

'Ja, zijn we dat niet allemaal?' bracht Cleotilde naar voren. 'Deze oorlog heeft ons allemaal financieel in het nauw gebracht.' Ze vroeg zich af of Lucrecia die uitdrukking begreep. 'We weten niet eens wie nu het ergste zijn, de guerrilla's, de paramilitairen of de regering... Zoals de situatie er nu voorstaat, moet u mij eens vertellen wie een oude vrouw als ik in dienst zou nemen?'

'Niemand,' antwoordde Lucrecia, die ietwat gefrustreerd keek omdat Cleotilde met die opmerking had uitgesloten dat ze die nacht een paar peso's kon verdienen. 'We kunnen u niets aanbieden behalve koffie. Wilt u een kop koffie?' zei ze.

Cleotilde bedankte haar en zei dat het te laat was voor koffie, dat ze niets meer verlangde dan een slaapplaats en een kaars. 'Ik lees graag voordat ik ga slapen, u niet?'

'Ik kan niet lezen of schrijven,' zei de andere vrouw resoluut, alsof ze er trots op was.

'Goeie God! Ik kan me niet voorstellen dat ik niet zou kunnen lezen.' Vervolgens richtte ze zich tot Virgelina, die de lont van een nieuwe kaars met haar tanden korter maakte, en vroeg: 'Kun jij lezen?'

Het meisje schudde haar hoofd.

'Meisje,' zei Cleotilde met geheven vinger. 'Weet je niet dat opleiding de sleutel tot succes is?'

'Hier hebben vrouwen geen opleiding nodig,' zei Lucrecia bitter. 'Bovendien is de school al meer dan twee jaar gesloten.'

'Twee jaar? Wat afschuwelijk!'

Virgelina gaf Cleotilde de kaars en een leeg Coca-Colaflesje dat als houder diende. 'De magistraat heeft ons beloofd dat de school binnenkort weer opengaat,' zei het meisje zachtjes. 'Zodra er een onderwijzer wordt aangesteld.'

'Een onderwijzer?' zei Cleotilde, die opstond. 'Is dat niet toevallig? Ik ben gediplomeerd onderwijzeres.'

'Nou, als u geïnteresseerd bent, ga dan morgen even langs bij het kantoor van de magistraat,' opperde Lucrecia. 'Ze heeft de hele week al sollicitatiegesprekken met kandidaten gevoerd.'

'U weet niet toevallig wat het salaris is? Niet dat het veel uitmaakt, want ik ben een ongetrouwde vrouw zonder financiële verplichtingen. Ik moet natuurlijk wel een kamer huren en eten kopen, maar hoeveel kun je nou uitgeven in een dorpje als dit? Echt waar? Zoveel voor een varkenskarbonade? Nou ja, ik hou toch niet van vlees. Het is slecht voor je. Je krijgt er artritis van. Hebt u daar echt last van? Ik heb er een remedie tegen: stamp een levende schorpioen fijn en laat die een maand in een fles met drogistenalcohol zitten. Wrijf je gewrichten dan elke nacht voor het slapengaan in met de alcohol. Het is een godsgeschenk. Ik heb het van een indiaanse. Een vrouw natuurlijk, want mannen snappen niets van vrouwenpijn. Ze snappen helemaal niets van vrouwen. Nee, ik ben niet getrouwd. Alle mannen die ik ooit ben tegengekomen waren varkens. Misschien zijn de mannen in dit dorp anders… Wat bedoelt u, geen mannen? Alleen een priester? Echt waar? Communistische guerrilla's, hm? Nou, dat is geweldig! Verschrikkelijk, maar geweldig. Ik heb gehoord van dorpen van weduwen, maar ik heb er nooit een gezien. Hm, hm, de oorlog, altijd weer die oorlog. Mannen voeren maar oorlog en wij worden met de gevolgen opgezadeld. U hebt tenminste niet hoeven vluchten en alles moeten achterlaten zoals ik mensen heb zien doen… Vertel me eens over uw magistraat. Is ze vriendelijk? O ja? Nou ja, niemand is volmaakt. Ja, misschien solliciteer ik wel naar die baan. Gewoon voor de lol, want ik weet niet of ik in dit dorp wil blijven. Nou ja, omdat u zo aandringt, wil ik wel wat koffie. Een half kopje maar. Dank u.'

De volgende morgen stond Cleotilde zoals gewoonlijk om vijf uur op; ze werd elke dag op dezelfde tijd wakker, waar ze ook sliep of hoe laat ze ook was gaan slapen. Ze kleedde zich aan in het halfduister van de woonkamer, waar Virgelina de vorige avond een hangmat voor haar had opgehangen. Ze trok een zwart broekpak en zwarte hardloop-schoenen aan en stapte met haar ouderwetse koffer waar haar geloofs-brieven in zaten de ochtendnevel in. Cleotilde dacht dat er wel andere sollicitanten zouden zijn en wilde die ochtend als eerste een gesprek hebben. Ze was ervan overtuigd dat ze de baan zou krijgen. In haar lan-ge carrière als onderwijzeres was ze nog nooit afgewezen voor een baan waarop ze had gesolliciteerd. Maar voordat ze de baan aannam, moest ze zich er eerst van overtuigen dat Mariquita een vredig dorpje was waar ze de rest van haar dagen kon slijten, een plek waar ze zich veilig voelde, en, zoals ze zo graag zei, dicht bij de hemel.

Heel even voelde haar koffer zwaarder aan dan anders. Maar toen dacht ze: wie probeer ik voor de gek te houden? De inhoud van de koffer was al jaren ongewijzigd; zíj was veranderd. Ze was oud. Oud en breek-baar. Het maakte niet uit hoe recht haar rug was, of hoe gezaghebbend haar stem klonk wanneer ze tekeerging tegen kinderen die zich mis-droegen – ze was gewoon een broze oude vrouw die voor veel dingen bang was. Vooral doodsbang voor de nacht: voor de duisternis waarin afschuwelijke dingen gebeurden; voor de stilte die niets anders was dan het afwezig zijn van de geluiden die ze wilde horen; voor de huilende geesten die ze in iedere hoek zag en hoorde; en voor de verschrikkelijke droom die steeds maar terugkwam en haar nacht na nacht kwelde: een droom van mannen en bloed en rode fluwelen gordijnen.

De zon begon alles te beschijnen: de bruinrode dakpannen die op de daken van de meeste huizen lagen, de poelen regenwater op de onge-plaveide straten, het lange zwarte haar van een groepje jonge vrouwen die grote manden vuil wasgoed op hun hoofd droegen en zingend en lachend voorbijliepen. Ze keken nieuwsgierig naar Cleotilde. De enige reizigers die Mariquita tegenwoordig aandeden waren waarzegsters, ongediplomeerde dokters, vluchtelingen, ontheemde gezinnen en mensen die waren verdwaald. Zo nu en dan arriveerde er een karavaan kooplieden met muilezels die beladen waren met spullen die de dorpelingen niet konden betalen of niet langer nodig hadden – parfum, Coca-Cola, scheermesjes – maar ook met andere die onmisbaar waren – steenkool, kaarsen, kerosine, bleekmiddel voor de magistraat en voorraden hostie en wijn voor de priester.

'Goedemorgen, señora,' riep een van de vrouwen.

'Señorita,' verbeterde Cleotilde haar, maar ze sprak te zacht en de vrouwen hoorden haar niet. Niettemin vond Cleotilde dat de vrouwen van Mariquita ijverig en vriendelijk waren. Ze sloeg bij de volgende hoek links af en zag in de verte een jongen en een meisje die een jankende hond vasthielden. Ze besloot hen te groeten, haar toekomstige leerlingen. Omdat ze uit een klein dorp kwamen zouden ze wel verlegen en onzeker zijn; daarom besloot ze vriendelijk tegen hen te zijn. Toen ze dichtbij genoeg was, liet ze haar bril zakken en zag ze dat ze blootsvoets waren en versleten kleren droegen. Ze zag tot haar afschuw ook dat het meisje de bek van de hond dichthield terwijl de jongen een stok in zijn achterwerk duwde.

'Wat doen jullie?' riep Cleotilde uit. Ze gaf de jongen een klap op zijn rug. De jongen liet de hond los en schopte Cleotilde tegen haar been. 'Idioot oud wijf!' schreeuwde hij. Toen rende hij schaterlachend met het meisje weg. De hond rende ook weg, met de stok nog in zijn kont. Cleotilde was woedend. Ze ging op de stoep zitten en inspecteerde haar been. Alleen een rood plekje. Hopelijk zou het geen blauwe plek worden. Ze kreeg niet gauw bloeduitstortingen. Niet voor een oude vrouw tenminste.

Ze pakte haar leren koffer weer op en hinkte twee straten verder en joeg ondertussen zwerfkatten en zwerfhonden weg die om eten bedelden en om haar heen liepen. Bij de volgende hoek sloeg ze rechtsaf en kwam een groep halfnaakte kinderen tegen die samen bij een mangoboom zaten te praten. Cleotilde vond dat ze er beschaafder uitzagen dan de vorige. Ze zou een praatje met ze aanknopen. 'Goedemorgen, jongens en meisjes!' kirde ze. 'Hoe is het vandaag met jullie?'

De kinderen begonnen te lachen en tegen elkaar te fluisteren.

'Is het geen prachtige ochtend?' Cleotilde keek omhoog naar de lucht en glimlachte van vreugde. Het was echt een prachtige ochtend. 'Hoe heet jij, jongen?' vroeg ze en wees naar een slungelige jongen die onder zijn oksel krabde.

De jongen wierp een snelle blik op zijn vrienden, alsof hij hun goedkeuring vroeg, en zei toen grinnikend: 'Ik heet Vietnam Calderón, maar ze noemen me *El Diablo*.' Hij trok een monsterlijk gezicht tegen Cleotilde en zei: 'Boe!' Al zijn vrienden moesten lachen.

'Nou, dat is niet beleefd, jongen,' zei Cleotilde kalm. Onder andere omstandigheden zou ze de jongen bij zijn oor hebben gepakt, hem een klap in zijn gezicht hebben gegeven, hem hebben laten knielen en hem zijn verontschuldigingen hebben laten maken. Dan zou ze hem honderd keer hebben laten schrijven: Ik moet respect voor ouderen hebben. Maar ze was net in Mariquita aangekomen en kende de jongens of hun moeders niet. Ze staarde hem lang genoeg aan om zich zijn sproetengezicht te herinneren als ze hem ooit weer zou zien.

'Ik ben señorita Cleotilde Guarnizo,' zei ze streng, 'en misschien word ik jullie nieuwe onderwijzeres.'

'We willen geen onderwijzeres!' schreeuwde een meisje achterin.

'Ga weg,' viel een jongen haar bij. Al snel riepen ze allemaal in koor: 'Ga weg! Ga weg!'

Ach, had ik maar een liniaal, dacht Cleotilde.

'Ga weg! Ga weg!'

Ze wierp hun een afkeurende blik toe, draaide zich om en begon in de richting van de plaza te lopen. Ze had niet meer dan een paar stappen gezet, toen ze door een steentje in haar nek werd geraakt. Haar rechterhand balde zich en ze draaide zich met rode wangen van woede om naar de kinderen. De kinderen stonden daar uitdagend en hielden elk een katapult vast waarvan het elastiek helemaal naar achteren was getrokken, klaar om steentjes naar de oude vrouw te schieten.

'Kleine ettertjes!' schreeuwde ze, terwijl ze haar koffer als een schild omhooghield. Die voorzorgsmaatregel was goed getimed, want meteen vloog er een regen van steentjes op haar af, waarvan de meeste haar benen troffen maar ook haar vingertoppen, die aan de randen van de koffer waren te zien. 'Rotzakken!' gilde ze. 'Gespuis!' De kinderen renden lachend weg en feliciteerden elkaar met hun voltreffers.

Cleotilde trilde van woede. Als ze in dit dorp bleef – waar ze na dit incident sterk aan twijfelde – zou het eerste wat ze ging doen als ze hun onderwijzeres werd, zijn dat ze hen zou straffen voor deze krenking van haar waardigheid. Ze was net een straf aan het verzinnen toen er vijf in het zwart geklede vrouwen van middelbare leeftijd om de hoek verschenen met hun hoofd enigszins scheef en hun handen voor hun borst. Onder het lopen zongen de vrouwen hartstochtelijk een lokale versie van het halleluja. Dat zijn zeker de moeders van die kleine dondersten, dacht Cleotilde, en ze wierp hun een vernietigende blik toe. Ze bleef doorlopen over de ongeplaveide straat, tot het boosaardige gezang van de kinderen en het gezang van hun onverschillige moeders nog maar een echo in de verte was.

Cleotilde was de eerste en enige kandidaat die die dag voor een sollicitatiegesprek kwam. Ze zat stilletjes in de wachtkamer van het kantoor van de magistraat, met de leren koffer op schoot. Haar handen trilden. Ze klemde ze om de koffer en besloot het incident met de kinderen te laten voor wat het was en zich op het gesprek te concentreren. Maar ze kon zich niet concentreren, want Cecilia Guaraya, de assistent van de magistraat, schold en sloeg herhaaldelijk op een typemachine waarvan het lint telkens van zijn plaats schoot. 'Stom rotding! Verrekt pokkeding!' riep Cecilia uit.

Nadat ze een hele tijd had gewacht, kwam er een vrouw met brede heupen het kantoor van de magistraat uit met een emmer in haar ene hand en een bezem van takken in de andere. Haar haar was in een kleurige hoofddoek gewikkeld en ze droeg een schort over haar zwarte jurk. Cleotilde keek verrast. Als de magistraat zich een schoonmaakster kan veroorloven, kan ze ook vast wel een uitstekende onderwijzeres zoals ik betalen, dacht ze, in zichzelf knikkend. De vrouw legde de schoonmaakspullen naast Cecilia's bureau en veegde haar handen af aan haar schort. Cleotilde zag dat het schort van de vrouw aan flarden was en haar schoenen versleten waren, waardoor ze haar eerdere gedachte moest bijstellen. Misschien heb ik het wel mis en krijgt dit arme mens een hongerloon, zei ze tegen zichzelf. Toen kreeg ze een foute ingeving. Ze wachtte tot de vrouw haar kant op keek en gebaarde haar dichterbij te komen.

De vrouw keek beduusd. Ze keek naar Cecilia alsof ze advies nodig had, maar de secretaresse ging helemaal op in haar taak. Daarom liep ze maar op Cleotilde toe.

'Hoeveel betaalt ze u om haar kantoor schoon te maken?' fluisterde Cleotilde, wijzend op het kantoor van de magistraat.

'Pardon?' zei de vrouw beledigd.

'Hoeveel betaalt de magistraat u?' herhaalde Cleotilde gejaagd.

'Ik ben de magistraat,' zei de vrouw.

Cleotilde bedekte haar mond met haar vingertoppen en lachte zenuwachtig. 'Ik bied mijn excuses aan,' kon ze nog net uitbrengen. Toen stond ze op uit haar stoel en voegde eraan toe: 'Ik ben Cleotilde Guarnizo, uw nederige dienaar.'

'Rosalba viuda de Patiño,' zei de ander ijzig. 'Magistraat van Mariquita.'

Geen van tweeën maakte aanstalten de hand van de ander te schudden.

De magistraat was woedend. Haar secretaresse had haar al gewaarschuwd voor de vreemdeling in de wachtruimte. 'Ze is wat typisch,' had Cecilia gezegd. Maar nu ze voor haar stond, kwam Rosalba tot de conclusie dat ze echt eigenaardig was. 'Deze kant op, alstublieft,' zei ze, en ze vroeg zich af wanneer de buitenstaander was aangekomen, waar ze vandaan kwam, waar ze verbleef, en vooral, waarom zij, de magistraat, er niet van op de hoogte was gebracht. Stel dat de regering deze oude vrouw had gestuurd? Stel dat een of andere ambtenaar eindelijk het officiële rapport van de volkstelling had ontvangen die de magistraat lang geleden had gehouden, en die ze Cecilia had laten uittypen en aan iedereen die door Mariquita was gekomen had meegegeven?

'Dank u,' antwoordde Cleotilde en ze ging Rosalba's kantoor binnen. De onderwijzeres had al voor zichzelf uitgemaakt dat de verwarring de schuld van de magistraat was. Ze had al eerder magistraten en burgemeesters ontmoet, en zelfs gouverneurs. Maar ze was nog nooit ontvangen door een hoogwaardigheidsbekleder die als een dienstmeid was gekleed. Ze vond het ongepast. En waarom lag er een stapel poetsdoeken op de vensterbank? En die lucht, bah! Hoeveel bleekmiddel had die vrouw wel niet voor de vloer gebruikt?

'Neemt u plaats,' zei Rosalba terwijl ze op een treurige stoel wees waarvan de vulling door scheuren en gaten te zien was. 'Mijn secretaresse heeft me gezegd dat u hier bent om te solliciteren naar de betrekking van onderwijzer.'

'Dat klopt.'

'Goed. Laten we dan beginnen. Hebt u relevante ervaring, señora Guarnizo?'

'Señorita, mevrouw de magistraat,' verbeterde de oude vrouw haar. 'En ja, ik heb toevallig bijna vijftig jaar ervaring in het onderwijs, waarvan zevenentwintig jaar aantoonbaar zijn in mijn portfolio in het gedeelte getiteld *Cartas de Recomendación*.'

'Uitstekend, señorita Guarnizo. Uitstekend,' zei Rosalba, enigszins geïntimideerd door de hese stem van de onderwijzeres, en door de ingewikkeld uitziende grote map die Cleotilde zorgvuldig op haar mahoniehouten bureau uitspreidde. De documenten waren nauwgezet geordend in meerdere van etiketten voorziene hoofdstukken, met onder andere de namen van de scholen waar ze les had gegeven, de vakken, periodes, bekroningen en onderscheidingen, en aanbevelingsbrieven. Er zat zelfs een heel gedeelte met foto's en resumés bij van mensen van naam die ze de afgelopen zevenentwintig jaar les had gegeven en die nu arts, advocaat, architect of schoonheidskoningin waren.

'Ik ben onder de indruk, señora Guarnizo, maar...'

'Señorita, mevrouw de magistraat!' onderbrak de onderwijzeres haar. 'Als je vijfenzestig jaar in kuisheid hebt doorgebracht, wil je graag met de juiste titel worden aangesproken.'

'Neem me alstublieft niet kwalijk, señorita Guarnizo. Ik kan er niets aan doen dat ik het enigszins… intrinsiek vind om een dame die ouder is dan ik met señorita aan te spreken. Ik neig bijna tot… concupiscentie.' Overdonderd door de zelfverzekerdheid van de oude dame deed Rosalba veel moeite om woorden te vinden die net zo pompeus waren als die van de onderwijzeres. 'Zoals ik al zei, ben ik zeer onder de indruk van uw referenties van de afgelopen zevenentwintig jaar, maar waar was u daarvóór, en waar gaf u toen les in?'

'Ik ben bang, mevrouw de magistraat, dat ik om persoonlijke redenen geen antwoord op die vraag kan geven.' Op Cleotildes antwoord volgde een lange ongemakkelijke stilte, die ze zelf moest doorbreken omdat Rosalba deed alsof ze elk document in de portfolio van de onderwijzeres tot in de details bestudeerde. 'Hebt u nog andere vragen, mevrouw de magistraat? Vragen over mijn recentere ervaring? Die wil ik met alle plezier beantwoorden.'

'Laat me eens kijken,' zei Rosalba, en ze sloeg de portfolio dicht. Ze dacht zorgvuldig na over wat ze zou vragen. Het moest een goede vraag zijn. 'Hebt u een plan van aanpak voor de leerlingen in Mariquita, señorita Guarnizo?'

'Dat wil ik graag opstellen zodra ik de baan krijg aangeboden, in welk geval ik gesprekken met de toekomstige leerlingen zal voeren om hun huidige kennisniveau vast te stellen.'

'Heel goed, maar hebt u enig idee welke vakken u wilt gaan geven? Het is lang geleden dat ik naar school ben geweest. Ik heb zelfs geen idee wat ze tegenwoordig onderwijzen.'

'Ik ben alleszins in staat om taal te geven, natuurkunde, rekenen, maatschappijleer, aardrijkskunde en zedenleer.'

'En Colombiaanse geschiedenis? Kunt u Colombiaanse geschiedenis geven? Dat was mijn lievelingsvak op school.'

'Dat kan ik ook geven, mevrouw de magistraat,' zei Cleotilde, 'maar dat doe ik niet.' Ze duwde haar bril met haar wijsvinger naar boven op haar neus. 'En voordat u me vraagt waarom, moet ik u meedelen dat ook dat om persoonlijke redenen is.'

Rosalba vroeg zich af of Cleotilde misschien twintig jaar in de gevangenis had gezeten. Om twintig jaar te krijgen, moest ze iemand hebben vermoord. Of ze heeft opgesloten gezeten in een psychiatrische inrichting. Ze lijkt echt een beetje getikt. Of misschien is de señorita vroeger eigenlijk een señor geweest. Die snor zegt eigenlijk al genoeg.

'Vooruit dan maar,' zei de magistraat, en ze keek om zich heen om de doordringende ogen van de onderwijzeres uit de weg te gaan. 'Onze leerlingen hebben al kennis uit de eerste hand van burgeroorlogen en slachtingen. Dat maakt al de helft van de geschiedenis van ons land uit.'

'En over hoeveel leerlingen hebben we het, mevrouw de magistraat?'

Rosalba trok meteen een lade in haar bureau open en trok er een vel papier uit. 'Volgens de laatste volkstelling zijn we in totaal met negenennegentig mensen, waarvan… kinderen worden zo snel groot, er zijn er altijd wel een of twee die ik in een andere categorie moet plaatsen. Laat me eens zien: zevenendertig weduwen plus vijfenveertig ongetrouwde vrouwen, min…' Ze begon zachter te praten, maar ging ondertussen door met optellen en aftrekken. 'Vijftien kinderen!' verklaarde ze na een tijdje. 'Maar ik weet zeker dat de jonge vrouwen ook wel wat willen leren. Ik zou dus zeggen ongeveer twintig leerlingen in totaal.'

'Dat is een mooi aantal,' stelde Cleotilde vast.

Een stofje op de vloer trok de aandacht van de magistraat. Ze begreep niet hoe dat aan haar meedogenloze bezem en dweil was ontsnapt. Ze kwam in de verleiding het op te pakken, maar in de overweldigende aanwezigheid van Cleotilde voelde de magistraat zich ongemakkelijk en kwetsbaar.

'Wel, u lijkt aan alle eisen te voldoen die ik voor deze betrekking heb… geconspireerd,' zei Rosalba, die nog steeds rondkeek. Ze ontweek nu niet alleen Cleotilde, maar ook het stofje op de vloer, die haar allebei uitdagend aanstaarden. 'De komende dagen neem ik een definitief besluit, dat ik officieel bekend zal maken.'

'Ik kijk uit naar uw beslissing, mevrouw de magistraat,' antwoordde Cleotilde. 'En ik vertrouw erop dat u in uw afweging de vele voordelen zult laten meewegen die het zou bieden wanneer de betrekking wordt vervuld door iemand die niet alleen over een uitgebreide kennis beschikt, maar die ook in staat is de kinderen discipline en goed gedrag bij te brengen. Ik weet zeker dat u beseft dat de kinderen van dit dorp deze eigenschappen op een of andere manier zijn kwijtgeraakt en…'

'O, geloof me, señorita Guarnizo. De brigadier van politie en ik zijn ons terdege bewust van die situatie. Dat is eigenlijk de belangrijkste reden om de school te heropenen. U kunt ervan op aan dat ik daarmee rekening houd bij de keuze van onze nieuwe onderwijzer. Als u me nu wilt excuseren, ik heb een drukke agenda vandaag.'

Beide vrouwen glimlachten onoprecht.

Op dat moment gebeurde er iets vreemds. Toen Cleotilde uit haar stoel opstond, kwam haar gezicht op gelijke hoogte met het portret van de president van de republiek dat achter haar hing, en de magistraat zag tot haar afschuw dat ze allebei dezelfde onbetrouwbare glimlach hadden. Bovendien scheen Cleotilde tijdens het gesprek wel vijf centimeter groter te zijn geworden. Eigenlijk leek de onderwijzeres groter dan welke vrouw of man ook die Rosalba ooit had gezien. 'Nog een fijne dag, señorita Guarnizo,' wist ze nog net uit te brengen terwijl ze deed alsof ze aantekeningen maakte in een opschrijfboekje dat op z'n kop lag.

Zodra Cleotilde haar kantoor uit was, pakte de magistraat het stofje van de vloer en gooide het weg. 'Wat is er met me aan de hand?' zei ze. 'Ik moet me schamen dat ik me in mijn eigen kantoor door een ouwe vrijster laat intimideren.' De laatste keer dat ze zich zo had gevoeld, was toen ze zestien was en haar kwaadaardige stiefmoeder haar leven tot een hel had gemaakt.

Maar Rosalba was niet langer een naïef jong meisje. 'Ik ben geen naïef, jong meisje meer.' Nu was ze een wereldwijze, ervaren vrouw. Ze paste ervoor zich bedreigd te voelen door een eigenaardige ongetrouwde vrouw die haar kantoor binnen was gekomen en indruk probeerde te maken, die zich verbeeldde dat ze intelligenter, beter opgeleid en competenter was dan zij. 'Hoe durft ze mijn kantoor binnen te komen in het zwart, terwijl ze helemaal geen weduwe is en hardloopschoenen draagt terwijl ze nauwelijks kan lopen?'

Rosalba gaf Cecilia opdracht alles over de mysterieuze vreemdelinge aan de weet te komen.

Na het sollicitatiegesprek ging Cleotilde naar de markt. Ze ging aan een ruwe tafel zitten waar de weduwe Morales en haar dochter Julia, die vroeger bekendstond als haar zoon Julio César, maaltijden en hapjes serveerden. Cleotilde negeerde de onderzoekende blikken van de weduwe en het meisje en bestelde een ontbijt. Onder het wachten herinnerde ze zich de incidenten met de kinderen en vroeg zich af of ze de baan wel aan moest nemen – ze twijfelde er niet aan dat de magistraat haar die zou aanbieden – en in het dorp zou blijven. Wonen in een afgelegen dorp zonder mannen sprak haar bijzonder aan, maar ze stoorde zich enorm aan het gedrag van de kinderen, en ook aan hun moeders, die deden alsof er niets was om je druk over te maken.

Julia Morales zette een kop dampende zwarte koffie voor Cleotilde neer en ging toen naar de grill om een halfgebakken arepa op het matige vuurtje te leggen. De oude vrouw volgde haar met haar ogen en vond dat het meisje er maar merkwaardig uitzag. Misschien kwam het door de overdadige make-up. Ze nam een slokje koffie en keek het marktplein rond op zoek naar iets positiefs dat haar op andere gedachten over Mariquita kon brengen. Op het uitgestrekte plein stonden een stuk of vijf verschoten tenten. Daaronder verkochten of ruilden de dorpelingen kaarsen, steenkool en kerosine en maakten ze eten en drankjes klaar. Tussen de tenten lagen aardappelen, uien, maïskolven en sinaasappels op lege zakken die op de grond waren uitgespreid. Weinig variëteit, dacht Cleotilde, maar ze had wel erger meegemaakt. Midden op het marktplein brandde een flakkerend kookvuur; daarnaast stond een krankzinnig lijkende oude vrouw zwetend in een ijzeren kookpot met water te roeren; een eindje verder schrokte een ezel een stapeltje droge bananenbladeren op, en honden en katten struinden rond op zoek naar iets eetbaars. Plotseling kwam een groepje kinderen die allemaal op elkaar leken een hoek om rennen. Cleotilde herkende onmiddellijk een van hen: Vietnam Calderón, El Diablo.

'We hebben er een! We hebben er een!' riepen de jongens enthousiast. Ze gingen om de krankzinnig lijkende vrouw staan en gaven haar een vogelachtig dier dat ze net met hun katapulten hadden doodgeschoten. Met een tandeloze glimlach doopte de vrouw de vogel in het hete water en begon hem te plukken terwijl de kinderen verhalen door elkaar heen riepen over hoe ze de vogel hadden gedood.

'Het zijn lieve kinderen,' zei de weduwe Morales, die de minachtende blik zag die Cleotilde op hen wierp. 'Ze doen hun best om iets voor de weduwe Jaramillo mee te nemen dat ze in haar kookpot kan stoppen. Die arme vrouw is half gek en heeft niemand om voor haar te zorgen.' Ze knikte verschillende keren en zei: 'Echt hele lieve kinderen.'

'Een stelletje wilden, dát zijn ze,' zei Cleotilde bars. Ze hoopte dat de weduwe de moeder van een van hen was. Als dat zo was, zou Cleotilde wel even zeggen wat ze ervan vond.

De weduwe Morales ging dichter bij Cleotilde staan en zei fluisterend: 'Ziet u die twee jongens daar, even rechts van de *burro*? De grootste is Trotsky en de andere is Vietnam. Die arme jongens werden gedwongen toe te kijken toen hun vaders door de guerrillastrijders werden vermoord.'

Cleotilde was geschokt door de onthulling van de weduwe. Ze fronste haar wenkbrauwen en begon op haar nagels te bijten. 'Nu wil ik mijn arepa wel hebben,' zei ze. Julia draaide zich om en gebaarde naar haar moeder dat de arepa nog niet helemaal gaar was. 'Hij is nog niet klaar,' zei de weduwe.

'Dat geeft niet,' zei Cleotilde. 'Geef hem me zo maar mee!' Julia grijnsde spottend, draaide het rooster om en liet hem nog wat langer grillen. Maar Cleotilde zag dat niet, omdat haar ogen weer op de kinderen waren gericht. 'Hun moeders schijnen zich niet om hen te bekommeren,' ging ze door.

'Dat kan wel zo zijn, mevrouw,' antwoordde de weduwe Morales, 'maar God weet dat die vrouwen dag en nacht werken om een stuk brood op tafel te kunnen zetten.' Ze zuchtte diep. 'Het is niet makkelijk om een weduwe te zijn. Dat weet u vast ook wel.'

'Nee, dat weet ik niet,' snauwde Cleotilde. 'En voordat ik mijn geduld verlies vraag ik u nog één keer: mag ik mijn arepa nu hebben?'

De weduwe liep naar de grill en gaf haar dochter een standje omdat ze niet had geluisterd, legde de arepa op een bord en zette die voor de oude vrouw neer. 'Ik ben Victoria, viuda de Morales,' zei ze, en ze stak haar hand uit naar Cleotilde.

'Ik wil nog een koffie,' antwoordde Cleotilde lomp en klapte het lege kopje in de uitgestoken hand van de weduwe.

Terwijl ze haar ontbijt opat, dacht Cleotilde na over de opmerking van de weduwe Morales. Misschien waren de kinderen van Mariquita niet opzettelijk boosaardig. Misschien waren ze zich door de oorlog en door het geweld waarvan ze getuige waren geweest niet bewust van de pijn die ze anderen aandeden. Zo ging het met de meeste moordenaars die dieren mishandelden en steentjes naar oude weerloze vrouwen schoten, en voordat je het wist schoten ze met vuurwapens en brachten ze mensen op de weerzinwekkendste manieren om, omdat die ploerten niet eens de moeite namen te leren hoe je iemand doodmaakt. Maar Cleotilde kon ze zo'n afschuwelijke toekomst besparen. Als zij de baan aannam, kon ze hun discipline en manieren bijbrengen en eerzame burgers van hen maken. Wat hun moeders betreft, dat waren gewoon onwetende plattelandsvrouwen die ervan uitgingen dat hun enige verantwoordelijkheid als ouders eruit bestond hun kinderen te eten te geven. Als ze in Mariquita zou blijven, zou ze hen wel eens stevig toespreken.

De weduwe Morales was weg tegen de tijd dat Cleotilde klaar was met eten. Julia zat alleen aan een tafeltje achterin grote rode aardappelen te schillen. 'Hoeveel krijg je van me?' vroeg Cleotilde. Ze hoopte dat het niet meer dan vijfhonderd peso's zou zijn. Ze had bijna geen geld meer.

Maar Julia was niet op geld uit. Het meisje liep naar Cleotildes tafeltje toe en onderzocht haar meedogenloos op kostbaarheden. Ze wees naar een gouden ring aan de rechterhand van de oude vrouw.

'Pardon?' De onderwijzeres was razend. 'Je hebt er geen idee van wat die ring kost, meisje. Ik heb hem van mijn moeder gekregen en ik heb hem nog nooit afgedaan.'

Julia boog haar hoofd en gebaarde dat ze Cleotilde vijftien dagen lang drie maaltijden per dag zou geven in ruil voor het sieraad.

Cleotilde keek naar de ring. Als ze besloot in Mariquita te blijven, was het aanbod het overwegen waard. Maar de ring was haar enige band met het verleden. Aan de andere kant was het ook haar enige band met de verschrikkelijke en steeds terugkerende droom van mannen en bloed en rode fluwelen gordijnen. 'Geef me twee maanden lang drie keer per dag te eten en de ring is van jou,' zei ze. 'Het is vierentwintig karaats goud!'

Julia kwam nog dichter bij de onderwijzeres staan en boog zich voorover om de ring beter te bekijken: hij had de vorm van een python met twee piepkleine rode stenen als ogen. Julia had nog nooit zoiets gezien. Goed dan, twee maanden, gebaarde ze met een diepe zucht.

Nadat ze de transactie met een handdruk hadden bezegeld, begon Cleotilde de ring van haar vinger te trekken, maar hij ging er niet af. Julia, die erg behulpzaam was als ze dat wilde, haalde een blikje waarin ze de oude stinkende reuzel bewaarden die opnieuw gebruikt zou worden. Ze nam een lik vet, wreef Cleotildes vinger ermee in en probeerde de ring eraf te trekken. Op dat moment, terwijl Julia draaide en trok, had Cleotilde het gevoel dat haar geheugen werd uitgeperst, waardoor er een wirwar van onduidelijke beelden naar buiten kwam: woedende mannen, machetes, een gouden ring, goudsbloemen, bloed en kreten. De flarden pasten algauw in elkaar en veranderden langzaam en duidelijk in een levendige herinnering aan de meest traumatische episode in haar leven.

Als een film die in haar hoofd werd afgedraaid, zag Cleotilde een dorpje van witte huisjes en daken met bruinrode dakpannen en voortuintjes die vol goudsbloemen stonden. Ze herinnerde zich dat het dorpje San Gil heette. Daar, in een klein huis, woonde een jonge vrouw die Milagro heette met haar ouders en broers. Ze was geschiedenislerares; een goede onderwijzeres die de vele burgeroorlogen van haar land stuk voor stuk wist op te sommen alsof ze er zelf in had meegevochten, en van jaar tot jaar kon vertellen over de onbesliste strijd tussen de twee traditionele politieke partijen.

Op een nacht zat ze op haar stoep en zag een grote groep met machetes gewapende mannen haar straat in stormen onder het roepen van strijdkreten tegen de liberalen. Ze rende haar huis binnen en verstopte zich achter een rood fluwelen gordijn. Al snel drongen de mannen het huis in en dreven het gezin bijeen in de woonkamer. Vanuit haar schuilplaats zag Milagro hoe de mannen haar vader de ogen uitstaken en haar moeder de nagels uittrokken voordat zij hen afslachtten. Daarna onthoofdden de mannen haar jongere broers en hakten hun ledematen af. Toen ze weg wilden gaan, hoorde een van de mannen Milagro's gesnik. Hij vond haar bevend achter het gordijn met haar handen voor haar mond. Hij lachte en legde haar op de grond. Milagro bood geen weerstand. Ze werd slap en week en staarde wezenloos langs hem heen. Hij scheurde haar rok open en ze sloeg haar benen stevig over elkaar. Hij gaf haar een klap in haar gezicht en haar lichaam verkrampte. Hij perste zijn mond op de hare en duwde zich bij haar naar binnen terwijl zij daar maar lag en met haar tanden knarste. Toen hij klaar was, zag hij een gouden ring aan Milagro's vinger. Hij greep haar hand en wilde de ring eraf trekken, maar die kwam niet los. Hij werd kwaad en vervloekte haar, en trok nog een paar keer, steeds harder, maar zonder resultaat. Hij vervloekte haar nog een keer, draaiend en trekkend aan de ring…

'Stop!' gilde Cleotilde tegen Julia, die nog steeds de ring van haar vinger probeerde te trekken. Cleotildes lichaam trilde nu. Ze sprong op, keek verwilderd om zich heen om zich in het heden te heroriënteren. Ze zag de mensen rondom haar, de kleur van de lucht, de vormen van de dingen. Ze luisterde naar haar eigen gejaagde ademhaling, naar het gekwetter van de vogels en het geblaf van de honden. Ze raakte haar armen aan, haar gezicht, haar haar en wreef met haar handpalmen over de zijkant van haar benen om haar kleren te voelen. Plotseling stampte ze met haar voeten op de grond en zei tegen niemand in het bijzonder: 'Dit is allemaal lang geleden gebeurd en ze heeft het overleefd. Milagro heeft het overleefd!'

Omdat Julia dacht dat ze met een gek te maken had, stond ze op en deed langzaam een paar passen naar achteren zonder haar ogen van haar af te houden.

Cleotilde liet zich op de stoel zakken waaruit ze was opgestaan, sloot haar ogen en liet de rest van haar herinneringen de vorm aannemen van beelden, geluiden, geuren, lichamelijke sensaties en gevoelens, om haar gedachten er voor eens en voor altijd van te bevrijden.

Ze zag Milagro de lichamen van haar familieleden huilend achter haar huis begraven. Ze zag hoe ze zich bij honderden vluchtelingen uit andere dorpen voegde die op zoek gingen naar veiliger oorden. Toen zag ze hoe Milagro haar haar afknipte en haar naam veranderde in Cleotilde Guarnizo. Als Cleotilde ging ze van stadje naar stadje, mannen hatend en kinderen onderwijzend in de geschiedenis van het land, die ze uit haar geheugen opdiepte. Ze had een buitengewoon goed geheugen. Maar wanneer ze naar haar geboorteplaats, haar familie, of de reden van haar mannenhaat werd gevraagd, had ze niet veel aan haar geheugen. Ze herinnerde zich niets van haar verleden.

'Ze ziet bleek.' 'Ze trilt helemaal.' 'Misschien moeten we de zuster roepen.' De oude vrouw hoorde verschillende zwakke stemmen in de verte, gefluister dat nergens vandaan leek te komen. 'Ik denk dat ze gewoon droomt.' 'Wakker worden, mevrouw!' Hoorden die bij haar verleden of bij het heden? 'Wie is ze eigenlijk?' 'Een reiziger. Ze logeert bij de familie Saavedra.' 'Ik denk dat ze onderweg is naar Dorada, of misschien naar Honda.'

Cleotilde herinnerde zich dat ze toen ze zevenendertig werd (of misschien was het achtendertig) besloot zich in Dorada te vestigen (of misschien was het Honda). Ze vond al snel een baan bij een goed aangeschreven school waar ze een bijgewerkt geschiedenisboek kreeg om uit les te geven. Toen ze haar lessen ging voorbereiden, besefte de arme Cleotilde dat ze zelf getuige was geweest van enkele van de tragische historische gebeurtenissen die ze zo dadelijk zou moeten onderwijzen: van de politieke burgeroorlog van 1948, die bekendstond als *La Violencia*, waarin duizenden boeren, gewapend met machetes en aangespoord door de heersende klasse, andere boeren hadden afgeslacht (liberalen onthoofdden conservatieven en conservatieven moordden liberalen uit); en van de militaire dictatuur die erna kwam. Het boek bevatte verhalen over chaos, pijn, honger en vernietiging, aangevuld met angstwekkende foto's en getuigenissen van mensen die, net als Cleotilde, hadden gezien hoe hun familie en vrienden werden verminkt en vermoord. Cleotilde stopte onmiddellijk met het onderwijzen van de Colombiaanse geschiedenis, en het duurde niet lang of ze was weer onderweg van dorp naar dorp, vluchtend voor haar verleden, nieuwe burgeroorlogen mijdend die in dit land nooit schenen op te houden, en elke nacht had ze die verschrikkelijke droom. Tot ze, op een nacht, in Mariquita aankwam.

Hoewel de herinneringen intens waren, boezemden ze haar niet langer angst in. Cleotildes ademhaling was weer regelmatig geworden en op haar wangen was een gezonde roze kleur verschenen. Ze deed haar ogen open en zag dat ze omringd was door een massa gezichten.

'Gaat het weer een beetje?' vroeg de weduwe Morales. 'U zat helemaal te trillen.'

'En u hapte naar adem,' vulde Francisca viuda de Gómez aan. De andere vrouwen knikten.

Cleotilde stond op en bewoog zich onzeker tussen de vrouwen door, wezenloos van de een naar de ander kijkend. 'Ik voel me goed,' zei ze. 'Ik voel me echt goed, dank u wel.' Toen ze dat hoorden, gingen de vrouwen terug naar hun tenten.

'Waar is het meisje?' vroeg Cleotilde aan de weduwe Morales. 'Uw dochter. Waar is ze?' De weduwe wees naar het tafeltje achterin waar Julia de aardappelen aan het snijden was. Cleotilde liep op haar af. 'Ik heb iets wat van jou is, Julia.' Ze trok de ring in één soepele beweging van haar vinger en legde hem op de tafel, naast de hand van het meisje. 'Het was de hitte,' fluisterde ze. 'Mijn vingers zetten op van de hitte.'

Julia deed de ring aan haar vinger en hield haar hand omhoog zodat Cleotilde hem kon zien, en ze gebaarde dat ze echt heel blij was met de ring. Cleotilde glimlachte en liep toen de door mangobomen beschaduwde straat uit, gevolgd door vele ogen die haar vanuit tenten en hoeken argwanend nakeken.

Ondertussen overpeinsde Rosalba of ze Cleotilde wel of niet de baan moest aanbieden. Ze had die week al met vier andere kandidaten gesproken, maar geen van hen had een portfolio, een cv, of zelfs maar enige onderwijservaring. Een van hen, Magnolia Morales, was in korte broek en met krulspelden in het haar op het gesprek verschenen. Toen Rosalba haar vroeg: 'Waarom denk je dat je geschikt bent voor de baan?' antwoordde Magnolia: 'Ik kan lezen en schrijven en ik kan het alfabet sneller achterstevoren opzeggen dan iedereen die ik ken.' Een andere kandidaat, Francisca viuda de Gómez, had een levend, graatmager varken meegenomen. Na een heftige woordenwisseling met Rosalba's secretaresse had Francisca het luidruchtige dier het kantoor van de magistraat binnengetrokken en het aangeboden in ruil voor de baan.

De magistraat twijfelde er niet aan dat señorita de Guarnizo de enige kandidaat was die het werk aan zou kunnen. Ze was zo zelfverzekerd en ervaren; misschien wel té zelfverzekerd en té ervaren. Stel dat ze het dorp haar eigen regels wilde opleggen? Stel dat ze heimelijk zelf magistraat wilde worden? Bovendien wist Rosalba niet waar ze voor 1973 had gewoond, en waarom ze geen Colombiaanse geschiedenis wilde geven. Rosalba had zich zo laten intimideren dat ze was vergeten Cleotilde de elementairste vragen te stellen, zoals: 'Waar komt u vandaan?' 'Hebt u nog familie?' 'Bent u een hermafrodiet?'

De volgende ochtend ging Rosalba eerder naar haar kantoor dan gewoonlijk en begon onmiddellijk schoon te maken. Van haar roddelzieke secretaresse had ze gehoord dat Cleotilde Guarnizo twee nachten geleden in het dorp was gearriveerd en dat ze in het huis van Lucrecia en Virgelina Saavedra logeerde. Het was niet bekend waar de vrouw vandaan kwam, maar Rosalba was vastbesloten dat van de onderwijzeres zelf te horen. Met dat doel had ze Cleotilde voor een tweede gesprek uitgenodigd. Ditmaal zou Rosalba de touwtjes in handen nemen. Zij zou het gesprek leiden, de vragen stellen en antwoorden verlangen. Ze had haar inleidende praatje thuis voor een grote spiegel in haar slaapkamer geoefend, en daarna in het kantoor nog eens voor Cecilia.

Toen Cleotilde kwam opdagen was Rosalba's kantoor smetteloos en het ingelijste portret van de president van de republiek was van de muur gehaald. De magistraat zelf zag er elegant uit in haar zwarte jurk met de lange mouwen en de kanten kraag. Zelfs haar haar, dat nog altijd in dezelfde wrong in haar nek bij elkaar werd gehouden, maakte een nettere en gladdere indruk dan de vorige keer. Cleotilde, die een marineblauwe broek en puntige leren laarzen droeg, kwam met energieke tred het kantoor binnen. Ze ging stijfjes tegenover het bureau van de magistraat zitten met haar benen iets uit elkaar.

Rosalba begon haar toespraak met veel aplomb: 'U bent een van de twee overgebleven kandidaten voor de baan, señorita Guarnizo. Ik moet toegeven dat ik zeer onder de indruk ben van uw portfolio. Ik kan me niet indenken dat er een betere kandidaat is. Toch zit het me een beetje dwars dat ik vernomen heb dat u formeel niet in Mariquita woont, en dat we niet veel van u weten…' Ze zweeg om Cleotilde de gelegenheid te geven enkele feiten over haar mysterieuze leven te onthullen.

Maar dat deed Cleotilde niet. In plaats daarvan richtte ze haar ogen strak op die van de magistraat, waardoor Rosalba haar ogen op haar eigen handen richtte, die rusteloos in haar schoot lagen. Ze zwegen beiden tot Rosalba na een tijdje verderging: 'Zoals u begrijpt is het onderwijs van onze kinderen van vitaal belang voor ons in Mariquita.' Ze kon zich geen enkele vraag meer herinneren die ze had voorbereid. 'Ik twijfel er geen moment aan dat u… goed opgeleid en ervaren bent, maar ik vroeg me gewoon af, ik zou graag willen weten… Nou ja, we willen graag weten, want ik ben tenslotte maar een spreekbuis van de dorpelingen…'

Op dat moment scheen er een baan zonlicht door het raam die een opvallende gloed op Cleotildes gezicht wierp. Dit keer zag de magistraat een zevenenzestigjarige vrouw die zeer veel waardigheid uitstraalde. Haar grijze haar, gladde snor en witte stoppels, haar samengebalde hand en permanente frons vormden allemaal stukjes van het onthulde verleden van deze vrouw; een verleden dat niets anders opriep dan heel veel respect.

'We vroegen ons af of… of u de baan wilt aannemen. Wilt u dat doen, señorita Guarnizo?' vroeg Rosalba.

Cleotilde had er haar leven lang over gedaan om met haar angsten af te rekenen, maar had slechts twee dagen nodig gehad om het feit te accepteren dat ondanks de armoede en de chaos, ondanks de onhandelbare kinderen, hun onverschillige moeders en de incompetente magistraat, Mariquita dichter bij de hemel was dan ze ooit zou komen. Vandaag voelde zich voor het eerst in haar leven gereed om zich onlosmakelijk met iets, wat het ook was, te verbinden.

'Ja, dat wil ik,' zei ze resoluut.

ÁNGEL ALBERTO TAMACÁ, 35
GUERRILLACOMMANDANT

We hadden dagenlang gelopen en waren door onze voedselvoorraden heen. Vlak voor zonsondergang stootten we op een hutje met een rieten dak. Ik besloot dat zij ons van voedsel moesten voorzien. Een zwaarge-bouwde vrouw van middelbare leeftijd deed de deur open voordat we hadden aangeklopt, alsof ze op ons had zitten wachten, en ging zonder een woord te zeggen weer naar binnen. We liepen achter haar aan. Het huis had maar één kamer, donker en klein. Het stonk er naar dode dieren. Op de grond tegen de muur lag een man die gedeeltelijk met een laken was bedekt en gedeeltelijk met een zwerm groene vliegen. De vrouw was bezig kompressen op zijn gezicht te leggen. Hij was zwaar mishan-deld.

'Ze hebben de varkens en de kippen doodgemaakt en al het eten op-gegeten,' vertelde ze ons zonder een spoor van haat op haar gezicht.

'Wie heeft dat gedaan?' vroeg ik.

'De paramilitairen. Wie anders? Ze beschuldigden mijn man ervan dat hij de guerrilla's hielp. Kijk eens wat ze met hem hebben gedaan.' Ze tilde het laken op. De armen van de man lagen gekruist over zijn buik. Zijn bei-de handen waren afgehakt en de stompen waren verbonden met bloe-derige vodden die met stukjes touw waren vastgebonden.

'Sst,' zei ze tegen de man. 'Het komt goed.' Ze dekte zijn armen voor-zichtig met het laken toe.

Ik ging dichter naar de man toe en zocht in zijn nek naar zijn hartslag. Hij was dood. Hij was al uren dood. 'Señora,' zei ik, 'deze man is heenge-gaan.' En daarna: 'Het spijt me.'

De vrouw doopte de lap in het water, wrong hem uit en depte het gezicht van de man ermee. 'Het komt allemaal goed,' herhaalde ze met een tedere glimlach terwijl ze de vliegen wegjoeg.

'Señora,' probeerde ik weer. 'Hebt u gehoord wat ik net zei?'

'Ik ben bang dat ik zelfs geen koffie heb om u aan te bieden,' zei ze tegen de mannen achter mij. 'Ziet u, ze hebben de varkens en de kippen doodgemaakt en al het eten opgegeten.'

We sloegen een kruis en gingen in stilte weg.

HOOFDSTUK 5

De weduwe die een fortuin onder haar bed vond

Mariquita, 1 augustus 1996

De droom was zo ongelooflijk levendig dat Francisca viuda de Gómez teleurgesteld was toen ze eruit ontwaakte. In haar droom was ze in de keuken speksoep aan het maken toen ze de kerkklok onophoudelijk hoorde luiden. Ze rende naar het raam en kon in de verte een eindeloze rij mannen onderscheiden die langzaam de berg afliepen, in de richting van Mariquita. De mannen van Mariquita kwamen terug van de oorlog!

Meer uit morele verplichting dan uit vreugde over de ophanden zijnde terugkomst van haar man liep Francisca naar buiten om hem te begroeten. Ze ging onder de mangoboom aan de overkant van de straat staan wachten. Toen de gestalten haar huis naderden, merkte Francisca twee dingen op: de voormalige guerrillastrijders waren allemaal gezichtsloos, en op hun grijsgroene pet met klep en knielaarzen na, waren ze allemaal naakt en hadden ze kleine penissen en enorme testikels. Hoe kon ze Vicente, haar man, nu herkennen? Ze herinnerde zich dat hij een opvallend litteken in de vorm van een vijfpuntige ster rechts op zijn voorhoofd had. Maar elk van die marcherende figuren had hetzelfde platte, bleke vlak waar vroeger het gezicht had gezeten. De zon ging onder, en daar stond ze, zenuwachtig giechelend te kijken naar de mysterieuze figuren die door de straat marcheerden.

Er was alweer een regenseizoen aangebroken en er was een nieuw lek in Francisca's dak verschenen. Ze trok een pispot onder haar bed van-

daan, zette die naast de kast waar het dak lekte, en keek hoe het regenwater zich met haar urine vermengde en kleine belletjes deed ontstaan.
Ze herinnerde zich dat het de eerste dag van de maand was en die gedachte bracht een glimlach op haar gezicht. Zichtbaar opgewonden
haalde ze uit de la van haar nachtkastje een stoffen zak en een oud
waarzeggersboek tevoorschijn met de titel *Veritas*, waarin duizend
orakeluitspraken stonden. *Veritas* kon alleen op de eerste dag van de
maand worden geraadpleegd door de volgende twee eenvoudige stappen: formuleer ten eerste een duidelijke vraag terwijl je het boek aan-
spreekt; pak vervolgens een willekeurig genummerd balletje uit een
zak waarin er duizend zitten. Het gekozen getal kwam overeen met de
uitspraak die je vraag zou beantwoorden. Francisca droeg *Veritas* en de
zak naar haar oude schommelstoel, ging zitten, tilde het boek met beide handen van haar schoot en zei hardop: 'Veritas, vertel me, wat is de
sleutel tot het geluk?' Precies diezelfde vraag had ze de afgelopen
maanden elke maand gesteld. Alle antwoorden waren vaag en onbegrijpelijk, geschreven in ouderwets Spaans dat Francisca amper kon lezen. Toch vond ze *Veritas* nog steeds vermakelijk en keek ze altijd uit
naar de eerste dag van de maand.

Ze stak haar hand in de stoffen zak en schudde de duizend balletjes
stevig heen en weer voordat ze die met het nummer 739 eruit pakte.

739. TRANSFORMATIE
MYSTERIEUS: ...En het licht dat het afgaf was duizelingwekkend en de
hitte was verzengend en de vlammen overweldigend hoog, en toch
kwamen de vlammen en de hemel nooit bij elkaar.
EXEGESE: Alle transformaties in het leven moeten worden bezien in
overeenstemming met het effect dat ze teweegbrengen.
OORDEEL: Als het u ongelukkig maakt, zie het dan kwijt te raken.

Francisca herhaalde de profetische boodschap keer op keer, als een gebed, en voelde op een of andere manier dat *Veritas* dit keer haar vraag
had beantwoord, en dat het antwoord een grote invloed op haar leven

zou hebben. Ze legde het boek en het zakje weg en keek aandachtig de kamer rond. Wat haar het meeste ongeluk had gebracht, was Vicente, haar echtgenoot. Maar hoe moest je iemand kwijtraken die in je gedachten zat? Het putte haar uit daaraan te denken. Ze liep terug naar de schommelstoel.

Er waren bijna vier jaren verstreken sinds de dag dat de mannen uit Mariquita waren verdwenen; vier jaar sinds Vicente Gómez door de guerrilla's zijn huis uit was geschopt en in elkaar was geslagen voordat hij werd gedwongen zich bij hen aan te sluiten. Al die tijd had Francisca heimelijk gehoopt dat de rebellen zich uiteindelijk zouden realiseren dat behalve voor het knippen van haar, het scheren van baarden en het bijpunten van snorren, Vicente van geen enkel nut was voor een groep revolutionairen of de rest van de wereld, en hem zouden vermoorden. Op dit moment sloot ze haar ogen en spande zich in om zich te herinneren hoe Vicente eruitzag als hij op het toilet zat. Dit was een onschuldige oefening die ze iedere ochtend deed, en die alleen diende om iets van de frustratie kwijt te raken die ze in de loop der jaren had opgebouwd. Tot haar verrassing haalde ze zich vandaag alleen het toilet voor de geest: de witte keramische pot, de scharnierende plastic bril en deksel, en zelfs de zilverkleurige knop aan de trekker. Ze probeerde het een tweede keer, en weer zag ze niets behalve het verlaten toilet. Ze was opgetogen toen ze besefte dat ze zich, zonder zijn foto erbij te halen, het gezicht van haar echtgenoot niet meer voor de geest kon halen. Net als de mannen in haar droom, was Vicentes gezicht slechts een bleek vlak zonder enige gelaatstrekken. Misschien was het kwijtraken van haar grootste bron van ongeluk niet zo moeilijk als ze zich had voorgesteld.

De boodschap had iets gezegd over *transformatie*, dus had Francisca besloten dat ze haar leven zou veranderen. Ze zou de veranderingen geleidelijk invoeren zodat ze de priester en de puriteinse vrouwen niet voor het hoofd zou stoten. Om te beginnen zou Francisca haar lange haar los dragen. Ze had prachtig ravenzwart haar, te mooi om in een onelegant knotje op te steken. Ten tweede zou ze de magistraat toestemming vragen om gekleurde jurken te dragen. Ze had Cleotilde

Guarnizo, de nieuwe onderwijzeres, tenslotte in een jurk met gele knopen gezien. Daarna zou ze zich concentreren op het opknappen van haar vervallen huis: de lekken repareren en de scheuren in de muren opvullen. Ze had haar hele huis graag helderrood willen schilderen, maar dat kon ze zich niet permitteren. Voorlopig was haar schamele meubilair anders opstellen het enige wat ze kon doen om haar huis te transformeren.

Ze begon aan die taak door de armoedige cederhouten kast van de ene hoek naar de andere te schuiven, maar dit keer zette ze hem schuin. Ze zag dat de houten vloer waar de kast had gestaan, hoewel hij onder het stof en de spinnenwebben zat, nog steeds glad en glimmend was. Het had haar twee jaar gekost om haar gierige man ertoe over te halen hun huis van grenenhouten vloeren te voorzien. Hij had tegengeworpen dat het een onnodige uitgave was, en zij had geantwoord dat het stof van hun aarden vloer haar langzaam de das omdeed. Ze wendde zelfs een hardnekkige hoest, allergieën, astma en andere ademhalingsproblemen voor, maar pas toen ze beweerde dat ze door het voortdurende inademen van stof niet zwanger kon worden, huurde hij een timmerman in, niet alleen om vloeren van het allerfijnste grenenhout dat hij kon vinden in hun huis te leggen, maar ook om ze twee, drie, vier keer te polijsten, of, zoals hij tegen de man zei: 'Net zo lang tot ik het ondergoed van mijn vrouw erin weerspiegeld zie.'

Hun huwelijk was niet altijd slecht geweest. Francisca herinnerde zich hoeveel plezier haar echtgenoot eraan beleefde haar wijs te maken dat hij echt de kleur van haar ondergoed kon raden. Uiteindelijk werd het een dagelijks spel, en kwam het gelukkige stel overeen dat de winnaar een prijs verdiende: elke keer als Vicente het goed had geraden, kreeg hij een lange kus, maar had hij het mis, dan moest hij Francisca vijfhonderd peso's geven. Ze vond het spelletje erotisch, en kocht daarom onthullende lingerie in ongebruikelijke kleuren. Elke ochtend raadde hij het goed en beloonde zij hem met een lange kus, die meestal uitliep op hartstochtelijke seks. Als gevolg daarvan ging Barbería Gómez vaak laat open. Francisca had vanaf het begin al in de gaten dat de glanzende vloer de kleur van haar ondergoed verried, maar dat biechtte ze hem pas na zeven maanden op. En zelfs toen ze het hem vertelde, moesten ze lachen en kusten ze elkaar nog eens, en streelde hij teder haar buik, verrast dat het haast niet was te zien. Ze was zes maanden zwanger.

Maar het enige wat nu nog over was van hun liefde en vrolijkheid was een glanzende, met stof bedekte rechthoek in het lager gelegen deel van haar huis. Ze sleepte de schommelstoel naar het raam en leegde de pispot, die bijna overliep. Ze trok en duwde het bed alle mogelijke kanten op, en besloot uiteindelijk het in het midden van de slaapkamer te laten staan, zodat haar bezem en dweil bij het schoonmaken gemakkelijk bij alle vier de hoeken van de kamer konden.

Op dat moment, nadat ze het bed had verschoven, zag Francisca een klein stukje papier uit een spleet van een losse plank steken. Het was een testament, ondertekend door ene señorita Eulalia Gómez, waarin stond dat ze haar volledige fortuin – tweehonderd miljoen peso's – aan Vicente had nagelaten. Eulalia was Vicentes oudtante geweest, zijn enige familielid, een rijke oude vrijster die vijftien jaar geleden in haar geboortestad Líbano van ouderdom was gestorven. Met een hamer wrikte Francisca de plank los en vond in de lemen vloer, op de plaats van het bed waar ze al die jaren in had gelegen, een grote zak vol bankbiljetten. Ze voelde een plotselinge golf van woede door haar lijf razen. Ze liep in het wilde weg door de kamer en bleef pas staan toen ze een glimp van zichzelf opving in een stuk spiegel dat aan de muur hing. Ze liep voorzichtig op de spiegel af, alsof ze bang was dat hij een wanstaltig beeld zou terugkaatsen. Maar ze zag alleen maar een meelijwekkende, domme vrouw die meer dan de helft van haar getrouwde leven in armoede had doorgebracht terwijl haar echtgenoot een fortuin onder hun bed had begraven. Ze werd plotseling woedend en liep door het huis terwijl ze borden en glaswerk kapotsmeet, schilderijen van de muur sloeg, tegen stoelen en tafels schopte en gordijnen naar beneden trok. Uiteindelijk, toen ze volledig uitgeput was, viel ze op haar knieën en vlakke handen, en sloeg huilend met haar hoofd tegen de vloer.

Zo bleef ze lange tijd zitten en herinnerde zich hoe haar echtgenoot was veranderd toen hij merkte dat Javier, hun zoon, niet zo snel opgroeide als de rest van de jongens in Mariquita. En toen dokter Ramírez bevestigde dat hun zoon een dwerg was, sprak Vicente bijna een jaar lang niet tegen haar. Hij gaf een groot feest ter gelegenheid van Javiers vijfde verjaardag, maar de dag erop sloot hij zijn zoon op in een kamer en vertelde Francisca dat niemand in het dorp hem mocht zien. Hij halveerde haar wekelijkse toelage, alsof de lengte van hun zoon maatgevend was voor het bedrag dat ze mocht uitgeven. Hij begon elke avond te drinken en at niet meer thuis, en als Francisca hem geld vroeg om een extra pond rijst of een brood te kopen, weigerde hij dat. In plaats daarvan beschuldigde hij haar ervan een inhalige, spilzieke vrouw te zijn die achteloos met haar huishoudgeld omsprong. Jarenlang leefde Francisca in armoede en kocht alleen het hoogst noodzakelijke voor het huis, droeg versleten kleren, was op zoek naar aanbiedingen en kortingen, altijd uit op koopjes om maar zoveel mogelijk te doen met het onbeduidende bedrag dat Vicente haar wekelijks gaf, en dat hij elke keer als hij zijn zoon zag, zelfs nog verminderde.

En toen ging Javier dood. Toen de dokter verklaarde dat hij aan ondervoeding was gestorven, gaf Vicente zijn vrouw de schuld. Hij vertelde iedereen in het dorp dat Francisca een wrede, vreselijke moeder en een ongevoelige echtgenote was. En ze geloofde het. Ze wenste zelfs dat ze dood was omdat ze een dwerg ter wereld had gebracht en hem had laten sterven en omdat ze haar echtgenoot waarschijnlijk ook nog zou verliezen: die charmante man die vroeger de kleur van haar ondergoed kon raden en die elke ochtend te laat op zijn werk kwam zodat hij thuis kon blijven om met haar de liefde te bedrijven.

Francisca stond op en liep het huis rond om alle bezittingen van haar man te verzamelen: kleren, schilderijen, hoeden en schoenen, scheercrème en zijn kleine collectie langspeelplaten. Vervolgens raapte ze haar eigen rouwkleding bij elkaar: jurken, sluiers, kousen, mantilla's, sjaals en elk stukje zwarte kleding dat ze vond. Die propte ze allemaal in een kartonnen doos, zette die in de deuropening en gaf hem een harde trap onder het uitroepen van: 'Als het je ongelukkig maakt, zie het dan kwijt te raken!' Zelfvoldaan ging ze terug naar haar slaapkamer en haalde haar fortuin uit het gat. De bankbiljetten hadden allemaal dezelfde coupure – tienduizend – en ze lagen allemaal met het gezicht van de Colombiaanse heldin Policarpa Salavarrieta naar boven. Francisca had nog nooit zoveel geld gezien. Ze kon zich niet voorstellen hoe ze ooit tweehonderd miljoen peso's zou kunnen uitgeven. Misschien zou ze uit Mariquita verhuizen; naar een grote stad gaan waar ze een nieuw leven kon opbouwen, een echt leven met een groot huis, een knappe man en gezonde kinderen. Mariquita had een rijke vrouw als zij niets te bieden. Ja, het was waar dat sommige vrouwen het land bewerkten en dat er geen gebrek was aan voedsel, ook al was er soms niet veel. Ze had heel goede vriendinnen, vriendelijk en trouw, zoals Victoria viuda de Morales, Elvia viuda de López en Erlinda viuda de Calderón, om er een paar te noemen. Wat zou er met hen gebeuren als zij vertrok? Misschien zou ze enkelen van hen meenemen. Zes of acht. Zes klonk realistischer. Maar welke zes? Ach, wat een dilemma! En dan te bedenken dat ze een hele maand moest wachten voordat ze *Veritas* weer mocht raadplegen.

In een maand konden zoveel dingen gebeuren…

Ze keek uit het raam. De regen was opgehouden, de lucht was opgeklaard en iemand had de doos al meegenomen die ze de straat op had geschopt. Een hele nieuwe wereld wachtte op Francisca. Ze stapelde haar geld op planken en tafels en stoelen. Daarna ging ze naar haar kamer om zich aan te kleden.

Toen Francisca haar huis uit kwam, droeg ze een rode lange broek en een gele blouse met een diep decolleté. Ze had haar haar lang en glad geborsteld en make-up opgedaan en ze droeg een tas over haar rechterschouder. Ze liep vastberaden naar de markt, waar ze *La Masatera* werd genoemd, omdat ze daar, onder een verschoten groene tent, vier jaar lang de beste *masato* van het dorp had verkocht. Het recept voor de gefermenteerde maïsdrank was generaties lang in haar familie doorgegeven. Toen Francisca aankwam, waren haar vriendinnen en buren braaf bezig hun stalletjes op te stellen en hun karige handelswaar uit te stallen om te verkopen of te ruilen. Sommigen rekten hun nek, anderen sperden hun ogen open; allemaal wilden ze zich ervan vergewissen dat de vrouw die het verbod van de magistraat op felgekleurde kleding overtrad, werkelijk La Masatera was. Terwijl Francisca tussen haar vriendinnen liep, voelde ze zich met haar handtas vol peso's anders; wat knapper, wat interessanter.

Ze stond midden op de markt en wachtte tot de menigte zich rond haar had verzameld. Toen ze aandacht van iedereen had zei ze botweg: 'Ik heb een fortuin gevonden dat onder mijn bed begraven lag.' Ze zweeg en wachtte op de reactie van haar vriendinnen, die al te zien was in de vorm van verbijstering, een vorm die Francisca, die nogal onnadenkend was, voor ongeloof hield. 'Geloven jullie me soms niet?' vroeg ze met haar handen op haar smalle heupen. Voordat de vrouwen konden antwoorden, maakte ze haar tas open en liet dikke pakken bankbiljetten zien. 'En dit is nog geen honderdste deel ervan,' schepte ze op voor het geval er nog twijfels waren. 'Maar ik zit met een dilemma. Zal ik in het dorp blijven of weggaan? Wat vinden jullie?' De vrouwen keken elkaar aan, van hun stuk gebracht, en in hun gedachten haalden ze Francisca's woorden door elkaar. Francisca keek ze lang en doordringend aan. Arme stakkerds! dacht ze. Ze kunnen me nooit helpen een antwoord te vinden omdat ze hier tevreden zijn. Ze zijn ervan overtuigd dat dit het hoogste is dat ze kunnen bereiken. Ze zijn zo twijfelziek en onzeker, zo arm. Ze deelde aan al haar vriendinnen geld uit, excuseerde zich daarna en ging naar het kantoor van de magistraat.

'De magistraat wil vanochtend niet gestoord worden,' zei Cecilia zonder van de typemachine op te kijken. 'Kom vanmiddag maar terug.' Maar Francisca was vastbesloten de magistraat te spreken. Ze pakte een aantal bankbiljetten uit haar tas en legde die met gespeelde discretie boven op de typemachine.

'Als we nu eens doen alsof je me niet hebt gezien…' zei Francisca. Het duurde een paar seconden voordat Cecilia het verband legde tussen de peso's voor haar ogen en de onafgemaakte zin van de weduwe –

tenslotte had niemand ooit eerder geprobeerd haar om te kopen – maar toen ze de deal begreep, griste ze het geld weg en liet het tussen haar royale borsten verdwijnen.

De laatste keer dat Francisca in het kantoor van de magistraat was geweest had ze een levend varken meegenomen en het aangeboden in ruil voor de baan van onderwijzeres. Natuurlijk was ze het gebouw uitgezet. Maar vandaag was het anders: Francisca was rijk. Ze rechtte haar schouders, zette haar borst op en ging het kantoor binnen. Ze zag Rosalba achter haar bureau zitten, bezig op vergeeld papier iets te schrijven wat op een brief leek.

'Magistraat, ik ben langsgekomen omdat ik niet goed weet wat ik moet doen,' zei Francisca meteen. 'En omdat u de verstandigste in dit dorp bent…'

Rosalba keek op toen ze die vleiende woorden hoorde.

'Ziet u, vanmorgen heb ik onder mijn bed een fortuin gevonden en nu weet ik niet of ik Mariquita moet verlaten of niet.'

De ogen van de magistraat schoten van het verzorgde haar van de weduwe naar haar knieën; meer kon ze van achter haar bureau niet zien. 'Het ziet ernaar uit dat iemand nodig herinnerd moet worden aan de wet van Mariquita,' zei ze geërgerd.

'Magistraat, vanmorgen heb ik geleerd dat als er iets is wat je ongelukkig maakt, dat je ervan af moet zien te komen,' ging Francisca door. 'Ongeluk is alles wat dit stadje me brengt. Daarom denk ik aan de ene kant dat ik moet vertrekken, maar aan de andere kant wil ik mijn goede vriendinnen hier niet aan hun vreselijke lot overlaten.'

'Heb je gehoord wat ik net heb gezegd, Francisca?'

'Ik kan er natuurlijk wel een paar meenemen, maar welke dan? En wat zou er gebeuren met degenen die ik achterlaat? Vertel me alstublieft, magistraat, wat zou u in mijn situatie doen?'

'Nou, ten eerste zou ik mijn rouwkleren weer aandoen, en vervolgens zou ik de helft van mijn fortuin aan de geplunderde schatkist van Mariquita schenken.'

Het was Francisca duidelijk dat de magistraat haar, net als haar vriendinnen, niet zou helpen kiezen tussen de twee even onwenselijke alternatieven waar haar plotselinge rijkdom haar voor had gesteld. Ze draaide zich abrupt om en liep het kantoor uit, zich bedenkend dat Rosalba niet zo verstandig was als ze had gedacht.

Buiten wachtte haar een grote menigte. Het gerucht had de ronde gedaan dat Francisca een fortuin had gevonden en geld weggaf. 'Help ons alsjeblieft!' zeiden ze allemaal met uitgestrekte handen. De jongste streelde Francisca's haar, een ander masseerde haar handen; een van hen knielde zelfs voor haar als in aanbidding. Francisca werd woedend omdat deze vrouwen geen zelfrespect hadden. Waarom verlaagden ze zichzelf? Toen ze nog arm was, was Francisca nooit voor iemand door het stof gegaan om geld. Zelfs niet voor haar echtgenoot. 'Verlies je trots toch niet!' schreeuwde ze tegen hen, en ze sloeg hun kruiperige handen weg alsof het strontvliegen waren.

Ze haastte zich terug naar haar huis. Drie van haar vriendinnen zaten op de stoep op haar te wachten.

'We moeten met je praten, Francisca,' zei de weduwe Marín, wier hoofd en bovenste deel van haar gezicht in een zwarte sluier waren gewikkeld, waardoor het leek alsof haar grote neusgaten haar ogen waren. Francisca vroeg het groepje binnen te komen.

'Je moet niet uit Mariquita weggaan,' zei brigadier Ubaldina plechtig.

'Je moet wachten tot je echtgenoot terugkomt,' voegde de weduwe Calderón eraan toe.

'Vicente is dood,' verklaarde Francisca. 'Net als jullie mannen.' Ze vertelde de vrouwen over haar droom en over wat het boek haar had verteld, en om haar afschuwelijke bewering enige geloofwaardigheid te verlenen vroeg ze iedere vrouw vervolgens haar ogen te sluiten en zich het gezicht van haar echtgenoot voor de geest te halen. Na enkele ogenblikken vroeg ze hun haar te vertellen wat ze hadden gezien. De drie vrouwen waren ontzet toen ze tot de ontdekking kwamen dat ze zich alleen maar haren uit een grote neus konden herinneren of grauwe staar in een donker oog; dat ze hadden geweend om een ongekamde snor, een gouden kies of een harige wrat op een vooruitstekende kin. Ze konden zich ook de geur of de stem van hun man niet meer herinneren. Hun echtgenoten waren slechts stoffige foto's en koffers vol gekreukte kleren die vroeg of laat door de motten zouden worden opgegeten. De drie weduwen beseften dat hun mannen in hun harten waren gestorven en ze voelden zich daar schuldig over.

Maar dat schuldgevoel duurde niet lang. Aangemoedigd door Francisca – van wie zij nu, omdat ze vermogend was, ook veronderstelden dat ze slim was – gingen de drie weduwen naar huis en trokken kleurige jurken aan. Voor het middaguur troffen ze Francisca aan de rand van Mariquita. Iedere weduwe had een tas met de bezittingen van haar man en haar eigen rouwkleding meegebracht. Ze gooiden foto's, boeken, honkbalpetten, ongeopende sigarendozen en zelfs een biljartkeu op een stapel. Bij de derde tel riep Francisca: 'Als het je ongelukkig maakt, zie het dan kwijt te raken!' en ze stak de stapel in brand. Ze staarden zenuwachtig giechelend in het heldere, veelkleurige licht van de oplaaiende vlammenzee.

Voordat de dag ten einde was ging Francisca naar de kerk, ervan overtuigd dat el padre Rafael haar een goed advies zou geven. De kleine man hield ervan zijn mening te geven en gaf graag goede raad. Ze knielde neer achter een zijpaneel van het gevlochten kamerscherm dat al jaren als biechtstoel dienstdeed. Het scherm, dat uit drie panelen bestond, was met opzet in een u-vorm neergezet. Elke avond voor de mis zat de priester in de u om de bekentenissen aan te horen door de lange, smalle openingen die hij in elke kant had uitgesneden. Francisca hoefde el padre haar verhaal niet te vertellen of om raad te vragen: de magistraat had de priester alles al verteld wat hij moest weten, met inbegrip van het advies dat hij de verwarde vrouw moest geven.

'Je moet in het dorp blijven, mijn kind,' begon el padre op een toon die meer weg had van een subtiel bevel dan van een wijs advies. 'Mariquita's grootste probleem is niet het gebrek aan mannen, maar een gebrek aan middelen. Hoeveel geld heb je gevonden?'

'Tweehonderd miljoen peso's.'

'Heel goed. Als je nu eens een deel van je geld in een lucratieve zaak investeert, blaas je de economie van het dorp weer nieuw leven in. Stel dat je bijvoorbeeld besluit de kapperszaak van je man te heropenen. Dan moet je eerst mensen inhuren om de boel op te knappen, wat betekent dat je banen creëert, wat betekent dat mensen een salaris verdienen en hun geld uitgeven in onze kleinere zaken, wat betekent dat er vraag komt naar andere producten en diensten. Daar zou je Mariquita geweldig mee helpen, en tegelijkertijd profiteer je van je investering.' De stem van el padre klonk laag en zijn zinnen waren afgewogen. 'Vertrouw me, mijn kind!' zei hij hartstochtelijk.

Vanaf de plaats waar Francisca geknield zat, kon ze de man die de woorden sprak die ze werd geacht te vertrouwen, niet zien, en ze bedacht dat dat maar beter was. Vanaf het moment dat ze de priester voor het eerst had gezien, was ze enigszins verontrust geweest door zijn merkwaardige uiterlijk: zijn kale hoofd scheen niet bij hem te horen – het was te groot voor zijn gestalte – en zijn gezicht, felroze, contrasteerde scherp en eigenaardig met de zwarte soutane die de rest van hem verborg alsof er iets leugenachtigs en mysterieus onder zat. Francisca had geen andere keuze dan de woorden van de man te vertrouwen. Het waren per slot van rekening de enige woorden van advies die ze had gekregen met betrekking tot haar dilemma. Ze zweeg een tijdje en overdacht wat voor alternatieven ze had. En toen zei ze, terwijl ze een blik wierp op de verbleekte schilderijen en door houtworm aangetaste kerkbanken: 'Hoeveel vraagt u voor de kerk, padre?'

De priester was verrast door die vraag. 'Wat zei je?'

'Ik neem uw raad aan, padre. Ik wil mijn eigen zaak beginnen en uw kerk lijkt me het meest lucratieve huis in het dorp.' Ze fluisterde: 'Hoeveel wilt u hebben?'

'Het huis van God is geen commerciële onderneming!' barstte hij uit.

'Ach, padre, u weet heel goed dat het dat wel is. Mensen komen hier om gemoedsrust te kopen. Ze betalen u om een goed woordje voor hen te doen bij uw onzichtbare Heer.' De woorden kwamen makkelijk over haar lippen en wekten de woede van el padre.

'Zwijg!' riep hij, met een gezicht dat roder was dan anders. 'Ik verbied je om in jouw wereldlijke termen over de heilige kerk te spreken.' Hij stond haastig op en wilde weglopen. Maar toen bleef hij plotseling staan alsof hij iets belangrijks in de biechtstoel was vergeten en kwam terug. Tegen het scherm waarachter Francisca geknield zat, zei hij: 'Bij God, je zult berouwen dat je dat hebt gezegd.'

Als ze de kerk niet kon krijgen, zou Francisca zich moeten behelpen met het opknappen van Vicentes oude kapperszaak en die heropenen als schoonheidssalon. Om haar zaak draaiende te houden kon ze natuurlijk niet rekenen op de vrouwen van Mariquita, die waren te lelijk. In plaats daarvan zou ze de beschaafde dames uit andere dorpen aantrekken. Die zouden zo tevreden zijn dat ze de volgende keer hun vriendinnen zouden meenemen, die op hun beurt die van hen zouden meetronen, en weldra zou Francisca's salon zijn eigen voorname klantenkring hebben. Binnenkort ben ik een ondernemer, dacht ze voordat ze ging slapen, en die gedachte liet haar die nacht zelfs in haar slaap niet los.

De volgende dag huurde ze Orquidea, Gardenia en Magnolia Morales in om de vervallen kapperszaak voor haar op te knappen. Francisca vroeg hun twee vergeelde affiches van de muur te halen – de ene was een reclame voor zakkammen, de ander voor brillantine – en een aantal haken waaraan de mannen vroeger hun jassen en hoeden ophingen. Ze droeg hun op de ongepoetste ingelijste spiegels te verwijderen, de toonbanken, planken en laden, en de twee ouderwetse kappersstoelen weg te halen. Ze bleef maar opdracht geven dingen weg te halen en naar buiten te gooien tot er van de oude Barbería Gómez niets meer over was dan een lege ruimte met een roestige metalen deur. Toen Francisca de zaak verliet moest ze plotseling aan haar man denken; niet vanwege zijn kappersuitrusting en meubels die op een uitdagende hoop voor het huis lagen, noch vanwege de twee onvolledige woorden die voor weinig geld op de ruit waren geschilderd: BARBE ÍA G MEZ; maar door een spleet tussen de deuropening en het trottoir, die vol afgebrande lucifers, sigarettenpeuken, snoeppapiertjes en grote, vieze dotten haar zat. Ze droeg haar drie werkneemsters op de spleet schoon te maken en met plamuur op te vullen.

Voordat ze die nacht naar bed ging, bekeek ze zichzelf in de spiegel. Ze was niet tevreden met wat ze zag: een slanke zesenveertigjarige vrouw die eruit hoopte te zien als dertig, maar er in werkelijkheid uitzag als over de vijftig. Haar haar vertoonde grijze plekken en de diepe groeven naast haar ogen leken eerder op struisvogelpoten dan op die van kraaien. Haar handen zaten onder de littekens van brand- en snijwonden die haar er voor altijd aan zouden herinneren dat ze, net als de meeste vrouwen van Mariquita, niet geschikt was om in de keuken te werken. Ze besloot dat ook zij, net als de oude kapperszaak, een grondige opknapbeurt nodig had.

De volgende ochtend trok Francisca haar mooiste jurk en schoenen aan en stopte een groot bedrag in een tas. De rest van haar kleren en voedselvoorraad deed ze in dozen en liet die op de stoep achter voor de armen. Ze ging naar de oude kapperszaak en deelde duidelijke taken uit aan de drie gezusters Morales. Ze zou over twee weken terug zijn, zei ze. Ze ging bij de school langs en na een ruzie met de rechtlijnige onderwijzeres kreeg ze toestemming om Vietnam Calderón enkele uren mee te nemen. De jongen bracht haar op een van de drie muilezels van zijn moeder naar de hoofdweg, waar Francisca een bus nam naar de dichtstbijzijnde stad, Ibagué.

Toen ze in Ibagué aankwam, hield ze een taxi aan en vroeg de chauffeur haar naar het beste hotel te brengen. Daar nam ze een kamer. Later op de dag ging ze winkelen in modieuze kledingzaken. 'Ik ben op zoek naar broeken,' zei ze tegen de verkoopster. 'Broeken en blouses in felle kleuren.'

Ze bracht meerdere uren door met het passen van broeken en blouses van verschillende stijl, lengte en kleur. Ze gaf heel veel geld uit aan tientallen kledingstukken en schoenen met hakken die zo hoog waren dat ze er niet op kon lopen. Vervolgens kocht ze er bijpassende tasjes en ceintuurs bij en kostbare broches en juwelen en zijden sjaals, handschoenen, hoeden en kousen om het geheel te completeren. Toen Francisca die avond terugkwam in haar hotelsuite en haar nieuwe garderobe was bezorgd, maakte ze alle tassen open, vouwde alle kleren uit en gooide ze achteloos op het grote bed. Ze ging naakt op de wirwar van kleren en accessoires liggen en zwolg in het gevoel van zijden blouses en sjaals tegen haar huid. Ze bedekte zichzelf met een bontjas en sloot haar ogen. Terwijl haar vingers over de zachte pels gleden, en de geur van dierenhuid zich met haar scherpe zweetlucht vermengde, begon ze te fantaseren. Ze duwde haar vingertoppen in haar wangen en verbeeldde zich dat haar gezicht met zacht, dierlijk haar was bedekt. Ze streelde haar lange haar en stelde zich voor dat ook dat in bont was veranderd; dat die schitterende jas, die kleren, schoenen en ceintuurs om haar heen haar in iets anders hadden veranderd, in een wild wezen dat ze altijd al had willen zijn. Omdat haar eigen mijmeringen haar angst aanjoegen, deed Francisca haar ogen weer open. Met de jas nog steeds om haar lichaam gewikkeld, stond ze van het bed op en bekeek zichzelf in de spiegel. Ze was nog dezelfde Francisca: ouwelijk, met rimpels om haar ogen en handen vol littekens. Wat de spiegel echter niet liet zien, en wat ze zelf nog niet zag, was een andere vrouw, een totaal andere Francisca die snel binnen in de oude groeide. Die nacht viel ze in slaap terwijl ze nadacht over wat haar volgende stap zou zijn.

De volgende ochtend droeg Francisca per vergissing een blouse die niet bij haar broek paste, die weer niet bij haar schoenen paste, die op hun beurt niet bij haar ceintuur pasten die niet bij haar tas paste, en ze bracht kleurige make-up aan die op een of andere manier weer paste bij alle afzonderlijke dingen die ze droeg. Ze maakte een afspraak bij de bekendste kapper van Ibagué, een grote sterke man met lang zwart haar, wiens bijnaam Sansón was. Francisca liep de salon in als een wezen dat bezig was in iets anders te veranderen, maar nog lang niet zover was, als een ei dat wordt uitgebroed.

'Zó wil ik eruitzien,' zei ze tegen Sansón, wijzend op een ravissante vrouw in een advertentie voor shampoo die met plakband aan de muur was bevestigd. De man keek naar de foto en vervolgens naar haar.

'Als je er net zo wilt uitzien als zij, gaat dat je een fortuin kosten,' zei hij ernstig.

'Dan moet je maar meteen beginnen,' kaatste ze terug. Sansón verfde Francisca's haar, knipte het, borstelde en föhnde het; zijn assistenten epileerden haar wenkbrauwen, krulden haar wimpers, knipten de nagels van haar handen en tenen, lakten ze, masseerden haar voeten, verwijderden haar lichte snor, gaven haar een gezichtsbehandeling en brachten nieuwe make-up aan. Aan het eind van de dag voelde ze zich niet alleen een totaal andere vrouw, maar zag ze er ook zo uit. Ze leek in de verste verte niet op de vrouw in de advertentie, maar haar nieuwe uiterlijk had onmiskenbaar iets verfijnds en ging haar verwachtingen ver te boven.

De volgende dag gaf ze zich op voor een vijfdaagse stoomcursus etiquette bij don José María Olivares de Belalcazar, een oude man die zijn geboorteland Spanje was ontvlucht nadat het koninkrijk in de greep van de dictatuur van generaal Franco was gekomen. Eenmaal in Amerika gaf don José María zichzelf een adellijke titel, markies van Santa Coloma, waardoor hij automatisch lid werd van de kleine, geprivilegieerde hogere stand van Ibagué. (Zoals het oude adagium luidt: 'Hij die naar het buitenland gaat, doet zich voor als een graaf, hertog of vorst.') De markies verdiende de kost met het onderwijzen van de etiquette omdat hij de volgende mening was toegedaan: 'We hebben Zuid-Amerika zo'n vijfhonderd jaar geleden ontdekt, en deze barbaren weten nog steeds niet hoe ze een vork moeten vasthouden.' Francisca was inderdaad een volmaakt voorbeeld van zijn bevooroordeelde opvatting: weinig ontwikkeld, onbeschaafd, ja zelfs ordinair. Van de markies leerde ze de meest elementaire regels voor als je uit eten ging. 'Regel één: vouw je servet uit op je schoot vlak nadat de gastheer dat heeft gedaan, níet ervoor. Regel twee: het servet blijft gedurende de hele maaltijd op je schoot liggen en moet worden gebruikt om je mond voorzichtig mee af te vegen.' Enzovoort. Ze leerde ook het juiste tafelzilver gebruiken door met het bestek te beginnen dat het verst van het bord lag. In haar huis in Mariquita was er slechts één vork, en die was niet meer gebruikt sinds haar man was verdwenen. Francisca at liever met haar vingers en een houten lepel.

Met haar prachtige kleren, haar nieuwe uiterlijk en goede manieren trad Francisca eindelijk naar buiten. Ze dineerde in chique restaurants en bezocht exclusieve sociëteiten. Ze ging naar cafés en cocktailbars. Ze werd verscheidene keren dronken, gaf over in een taxi en in de lobby van het hotel, en had seks met een vrouw.

Sinds haar jeugd had Francisca heimelijk altijd al met een vrouw willen vrijen. Ooit had ze geprobeerd toenadering te zoeken tot een licht geestelijk gehandicapt meisje dat langs de deuren ging om bloedworst te verkopen, maar toen Francisca haar borsten probeerde te betasten, liet het meisje haar worsten vallen en rende schreeuwend weg. Hier in Ibagué was ze een vreemde in een onbekende stad. Het belangrijkste was dat ze geld had om te kopen wat ze maar wilde, inclusief de seksuele diensten van de kamermeisjes van het hotel. Dit gebeurde er: nadat Francisca in de hotellobby had overgegeven, riep de receptionist een jong kamermeisje en vroeg haar Francisca naar haar suite te brengen. In haar kamer kon Francisca zich niet bedwingen. Ze drong zich aan het meisje op. Dat wees haar onmiddellijk af, maar nadat Francisca een rolletje peso's in de zak van haar schort had gedaan, zwichtte ze niet alleen voor Francisca, maar leek ze er ook plezier aan te beleven.

Francisca vrijde graag met vrouwen. Als ze weer terug was in Mariquita, kon ze een van haar werkneemsters, Magnolia kwam het meest in aanmerking, opdragen seks met haar te hebben, daarna de lekken in haar dak te repareren, en vervolgens weer met haar vrijen, daarna de muren van haar huis blauw te schilderen, ze dan in rood over te schilderen, daarna geel, en vervolgens groen, en tussen de kleuren door met haar in bed te duiken, en als ze alle kleuren had gehad, zou ze overschakelen op kleurschakeringen, een tikkeltje lichter, een beetje donkerder, en zo verder.

Voordat ze naar Mariquita terugging, bestelde Francisca nieuwe materialen, meubels en voorraden voor haar schoonheidssalon. Ze deed de verkoper een aanbetaling en hij beloofde alles binnen twee weken op een adres in Mariquita af te leveren, een dorp waar hij nog nooit van had gehoord en dat hij niet op een recente kaart kon vinden.

Ondertussen had in het onbekende dorpje Mariquita de magistraat in het geheim een ontmoeting met de priester gehad om een legale manier te bedenken om Francisca's fortuin te belasten (er bestonden op dat moment geen geschreven wetten aangaande een fortuin dat onder iemands bed was gevonden). Ze kwamen overeen dat omdat het geld op het grondgebied van Mariquita was gevonden, Francisca een percentage van haar fortuin moest afdragen ter ondersteuning van het plaatselijk bestuur. Rosalba vroeg el padre wat hij ervan vond om de belasting op 50 procent af te ronden. De priester zei dat hij dat een mooi getal vond, omdat hij net vijftig was geworden. Hij voegde er peinzend aan toe dat Francisca ook verplicht moest worden een percentage van haar fortuin te besteden ter ondersteuning van de plaatselijke kerk en de geestelijkheid. Hij vroeg de magistraat wat ze ervan vond om de heffing van de gebruikelijke 10 procent te verhogen tot 20. De magistraat zei dat twintig een mooi getal was, dat ze toen ze twintig was de mooiste vrouw van Mariquita was geweest. De priester zei dat ze dat nog steeds was. Ze legden de overeengekomen percentages vast in een wet voordat Francisca terugkwam.

Iets voor zonsondergang arriveerden Francisca en haar winkeltassen en nieuwe koffers in een gammele rode Jeep Willys uit 1947 in Mariquita. De jeep reed langzaam heen en weer door de hoofdstraat, van de kerk naar de markt, van de markt naar de school en tweemaal rond de plaza, onder constant getoeter van de hinderlijke claxon. Iedereen liet zijn bezigheden in de steek en ging de straat op, de vrouwen omdat ze hoopten dat de chauffeur een knappe man was, de kinderen omdat ze hoopten dat ze een stukje konden meerijden. Ze kwamen vreugdekreten slakend op de langzaam rijdende auto af. De chauffeur was een grijsharige man die ongeveer even gammel was als de auto waarin hij reed, en die zijn hoofd zo dicht op het stuur hield dat het leek alsof de punt van zijn kin de koers van de jeep bepaalde, in plaats van zijn handen. Naast hem zat Francisca met haar rug en schouders kaarsrecht in de bijrijdersstoel, glimlachend tegen haar vriendinnen en buren. Maar niemand herkende haar. Niet toen de jeep voor haar huis stopte en de stokoude chauffeur om de auto heen liep om het portier voor haar open te doen; niet toen ze een van haar voeten, hooggehakt, uit de auto stak, gevolgd door een van haar handen, fraai gemanicuurd, en een onderarm vol rinkelende gouden armbanden; zelfs niet toen Francisca stevig op de grond stond en met de palmen van haar handen de kreukels van de lange reis in de taille van haar zijdeachtige dieprode jurk gladstreek. Pas toen Francisca de deur van haar huis opendeed, kreunde een vrouw extatisch: 'Allemachtig, als dat Francisca niet is, La Masatera!'

De grote menigte keek toe hoe de chauffeur tas na koffer na tas Francisca's huis binnendroeg. Terwijl ze die langs zagen komen, begonnen alle vrouwen Francisca's buitensporigheid in gedachten te veroordelen.

Nadat de chauffeur was vertrokken, nodigde Francisca een groepje vriendinnen bij haar thuis uit. De rest van de mensen keek om beurten door het raam terwijl Francisca kleren en schoenen paste en die in alle hoeken van haar huis opstapelde, waarmee ze hen aan hun tegenspoed herinnerde. Onder de vrouwen die het schouwspel van buitenaf volgden, bevond zich Rosalba. Ze voelde zich schuldig over het uitvaardigen van de twijfelachtige verordening die Francisca's vermogen ingrijpend zou belasten, dus was ze komen kijken om een rechtvaardiging voor haar gedrag te vinden. Maar nadat ze aandachtig door het raam had gekeken, besefte Rosalba dat Francisca genoeg kleren had om de hele bevolking van Mariquita op zijn minst een keer te kleden, en evenveel paren schoenen als een duizendpoot poten. Ondertussen hadden de vrouwen van het dorp bijna vier jaar lang dag in dag uit dezelfde zwarte jurken gedragen, die nu vol stopgaten en lapwerk zaten. En zij die zo stom waren geweest om naar Francisca te luisteren en hun rouwkleren hadden verbrand, kwamen er al snel achter dat hun kleurige kleren nu te wijd of te klein waren of door de motten waren opgegeten. De schoenzolen van de meeste vrouwen waren zo versleten dat ze de grond erdoorheen konden voelen. Sommigen hadden er zelfs voor gekozen blootsvoets te lopen. Rosalba had geen reden zich schuldig te voelen. Francisca's gierigheid rechtvaardigde de manoeuvre van de magistraat.

De volgende dag was zaterdag, marktdag. In de vroege ochtend gingen sommige vrouwen vissen, andere gingen jagen, er werden een paar kippen de nek omgedraaid, er werd graan verzameld en de grootste sinaasappels en guaves werden geplukt. Schaarse producten waren plotseling verkrijgbaar, en alleen de meest verse en beste waar vond zijn weg naar de markt, waar vlak na zessen allerlei kopers en verkopers bijeenkwamen om hun goederen te verhandelen. Francisca stond vroeg op. Ze had honger, maar er was niets eetbaars in huis; voordat ze naar Ibagué ging had ze haar provisiekast helemaal leeggemaakt. Nu was het tijd om de beste producten die ze kon vinden in te slaan voor haar keuken. Toen ze op het punt stond te vertrekken, hoorde ze dat er op de deur werd geklopt. Ze deed open en zag de magistraat, de priester en de brigadier van politie nogal plechtig op haar stoep staan. Francisca liet hen binnen.

'Ik zou graag een stoel voor jullie bijtrekken als ik er een kon vinden,' zei ze, de kamer rondkijkend – die lag volgestapeld met spullen – op zoek naar iets wat op een stoel leek.

'Dat is niet nodig,' onderbrak de magistraat haar. 'Ik zal het kort houden.' Ze haalde een stuk papier uit haar handtas en gaf het aan Francisca voordat ze haar formele verklaring aflegde: 'Er is een wet aangenomen die het bestuur van Mariquita en de rooms-katholieke kerk het recht geeft om elk bedrag dat binnen de dorpsgrenzen wordt gevonden, te belasten.'

'Is dat zo?' vroeg Francisca zonder verbazing te tonen.

'In het document dat je in je handen hebt staat alles wat je over de wet moet weten, met inbegrip van de percentages die je moet betalen,' voegde el padre Rafael toe, waarmee hij de mededeling van de magistraat bekrachtigde.

Francisca werd rood, maar gaf niet meteen antwoord. Ze was zich bewust van de ernst van de aankondiging, die natuurlijk om een verstandig antwoord vroeg, gevat in fatsoenlijke woorden, het antwoord van een verfijnde dame. 'Mijn huis uit, tuig!' schreeuwde ze tegen Rosalba, ze verscheurde het stuk papier en gooide haar de snippers toe.

Brigadier van politie Ubaldina ging op een verzoenende manier tussen de twee vrouwen in staan. Dat was niet nodig, want de magistraat bleef verbazingwekkend kalm.

'Ik waarschuw je, Francisca,' zei Rosalba. 'Ik zal niet langer toestaan dat er ook maar één vrouw in Mariquita met een lege maag naar bed gaat terwijl een ander moet boeren van de varkenskoteletten.'

'De vrouwen van Mariquita kunnen naar de hel lopen! Ik deel mijn geld met niemand. Eruit!' Ze wees naar de deur, die ze open had laten staan.

'Denk erover na, mijn kind,' kwam el padre Rafael tussenbeide. 'Door je schoonheid en je prachtige kleren val je natuurlijk een tijdlang op, maar je bent nog steeds een weduwe in een dorp van weduwen. Je ziel, daarentegen…'

'Barst toch met je stomme kerk. Eruit!'

'Je hebt tot zonsondergang om naar mijn kantoor te komen en de toepasselijke belastingen te betalen over elke peso die je hebt gevonden, of ik laat je uit Mariquita verbannen,' verklaarde de magistraat. Op dat moment kon de brigadier van politie, die tot dan toe had gezwegen, zich niet langer beheersen. Met een sardonische glimlach zei ze tegen Francisca: 'Als het Mariquita ongeluk brengt, dan moeten we het kwijt zien te raken.' De drie draaiden zich om en liepen de kamer uit.

Francisca leunde rusteloos met haar rug tegen de deur. Wat moest ze nu doen? Ze kon niet minder opgeven dan wat ze had gevonden, want el padre wist het precieze bedrag. Moest ze blijven en het besluit van de magistraat aanvechten? Of moest ze weggaan? Ze stond voor hetzelfde dilemma als twee weken geleden. Nee, nu was het erger, omdat de magistraat haar tot zonsondergang had gegeven om te beslissen. Maar het was het dreigement van de magistraat dat Francisca deed besluiten dat ze nergens naartoe zou gaan. Wie dacht Rosalba eigenlijk dat ze was om te bepalen wie er in het dorp mocht blijven en wie er weg moest? Als er iemand gevraagd moest worden op te stappen, was dat Rosalba zelf. Zij was niet eens in Mariquita geboren. Francisca zou vasthouden aan haar oorspronkelijke plan haar schoonheidssalon te openen en de magistraat te weerstaan. Er moest een wet zijn die een rijke weduwe die uit haar geboortedorp werd verbannen, in bescherming nam.

Met die gedachte ging Francisca naar de oude Barbería Gómez. De zaak zag er nog net zo uit als toen ze naar Ibagué was vertrokken. De gezusters Morales hadden niets gedaan. Woedend liep Francisca naar de markt om nieuwe werkneemsters te zoeken, maar daar ging niemand op haar aanbod in. Vervolgens ging ze het hele dorp rond om iedereen te vragen of ze voor haar wilden werken en verhoogde het salaris terwijl ze van deur tot deur ging, maar geen enkele vrouw wilde voor Francisca werken. Ze was moe en had honger; door alle problemen van die ochtend was ze vergeten te eten. Ze ging naar de tent van de weduwe Morales en bestelde een ontbijt bij Julia. Het meisje wierp Francisca een van haar vuilste blikken toe, waaruit onder andere sprak dat ze niet langer welkom was in hun eetgelegenheid. Francisca liep de markt rond en probeerde eten van haar oude vriendinnen te kopen, maar niemand wilde haar klandizie. Ze bood aan twee keer zoveel voor een paar bananen te betalen, drie keer zoveel voor een yucca, maar de handelaarsters weigerden nog steeds iets aan haar te verkopen. Ze dacht dat haar vriendinnen van de markt haar trots op de proef wilden stellen, net als de magistraat. Maar Francisca viuda de Gómez was nog nooit voor iemand op de knieën gegaan, en ze was niet van plan daarmee te beginnen nu ze rijk was.

Ze ging hongerig naar huis met een gevoel alsof parasieten haar ingewanden aan het opeten waren. Het enige wat er in haar keuken was overgebleven, was een beetje water in een kan en een paar liter kerosine voor het fornuis. Ze kookte het water, schonk het in een kop en deed er de laatste restjes zout uit een plastic busje bij. Ze nam kleine teugjes van het smakeloze aftreksel in de hoop dat het sterke hongergevoel erdoor zou afnemen. Maar dat werd alleen maar sterker toen de heldere vloeistof haar ingewanden bereikte.

De avond kwam dichterbij. Francisca zat op de vloer en begon met haar neusvleugels te spelen: ze duwde de rechter dicht en rook met haar linker de geur van een stoofpot van ingewanden die in het huis ernaast werd klaargemaakt. Daarna duwde ze haar linker neusvleugel dicht en ving met de andere de geur van penssoep op. Met gesloten ogen ging ze ermee door en liet haar zintuigen van keuken tot keuken gaan, tot ze wist wat ieder gezin die avond te eten zou hebben, en zelfs welke gezinnen net als zijzelf zonder eten naar bed zouden gaan. Misschien moest ze de belastingen maar betalen zodat iedereen in Mariquita te eten zou hebben en schone kleren kon dragen. Of misschien ook niet. Waarom zou iemand iets moeten krijgen als hij er niet voor had gewerkt? Ze had hun een goedbetaalde baan aangeboden en ze hadden haar aanbod allemaal geweigerd. Nou, dan verdienden ze het met honger naar bed te gaan, besloot ze.

Ze nam de laatste paar teugen gekookt water en zag toen plotseling haar angsten een voor een het huis binnenkomen. Eenzaamheid kwam als eerste, alleen natuurlijk. Francisca herkende haar onmiddellijk, omdat ze bedeesd het hele huis doorzocht naar de juiste plaats om zich te nestelen. Uiteindelijk koos ze een plekje in de binnenzak van een van Francisca's nieuwe bontjassen en bewoog zich niet meer. Al snel daarna kwam Schuldgevoel, dat met lange verwijtende vingers naar haar wees. Het gleed een rode zijden blouse in, priemde met zijn vingers door de lange mouwen en bleef Francisca maar aan haar hoofd zeuren. Daarna kwamen Afwijzing en Verlatenheid hand in hand binnen. Ze bewogen zich vrijelijk door de kamer en negeerden Francisca. Algauw kozen ze een elegant paar schoenen met naaldhakken uit en verdwenen ieder in een schoen. Francisca besefte dat haar angsten samen met haar fortuin waren gekomen. Ze hadden alleen op de juiste gelegenheid gewacht, een moment van totale zwakte en wanhoop, om zich kenbaar te maken. Op dit ogenblik hielden ze zich schuil in haar dierbare nieuwe kleren, van waaruit ze de toenemende droefheid in haar ogen gadesloegen. Er was maar één ding dat ze kon doen.

Ze stond met trillende handen en benen op van de vloer en kleedde zich helemaal uit. In het midden van de woonkamer stapelde ze al haar nieuwe kleren en schoenen, haar accessoires en de bundels peso's op, allemaal. Vervolgens besprenkelde ze de stapel spullen op een ritualistische manier met de enige vloeistof die nog in huis was: haar rechterarm veranderde in een lange veer die gracieus door de lucht vloog. Ze deed een stap naar achteren en keek giechelend het huis rond. Ze ging de keuken in en pakte een doosje lucifers, liep toen naar de deur, deed die open, draaide zich om, streek een lucifer af en gooide die op de doordrenkte stapel. Ze keek toe hoe de vlammen de stapel verteerden en het dak schroeiden. Toen ging ze naar buiten, deed de deur dicht en liep alsmaar giechelend langzaam naar de mangoboom aan de overkant van de straat. De zon ging nu onder, en daar stond ze, poedelnaakt, te kijken naar de rook en de vlammen die door de gaten in het dak en door het open raam naar buiten kwamen; alsmaar giechelend hoorde ze de kerkklok onophoudelijk luiden en de stemmen van buren en vriendinnen die om water riepen.

In de kamer verderop in de gang is een man komen wonen, maar nie-mand heeft hem nog gezien.'Hij is een ex-guerrilla die aan geheugenver-lies lijdt,' vertrouwde onze hospita een van de pensiongasten toe. 'Vertel het alsjeblieft niet aan de kolonel. Die is gek!' Ik ben niet gek, alleen maar woest. Tien jaar geleden zijn bij een schermutseling mijn voeten door een landmijn van de guerrilla's afgereten, waardoor er een einde kwam aan mijn militaire carrière. Maar in dit tweederangs pension blijft niets lang geheim. En toen ik het hoorde, dacht ik: geheugenverlies? Ik help die klootzak wel even zijn geheugen op te frissen en daarna knal ik zijn kop d'r af.

In mijn kamer laadde ik mijn pistool en verborg het onder een witte poncho die keurig opgevouwen op mijn schoot lag. Ik dronk een half glas rum, stak een sigaret aan, nam er twee trekjes van en drukte hem uit in de asbak. Ik keek naar mijn hand. Die was vast genoeg om hem neer te schieten. Ik reed naar de deur en deed die langzaam open, ik kromp even in elkaar toen hij kraakte. Na een snelle blik naar beide kanten reed ik door de smalle gang. Ik was niet zenuwachtig. Mijn hart klopte niet snel-ler dan anders en ik snakte niet naar adem. Mijn handen duwden de wie-len voort tot ik nog amper vijf centimeter van de kamer van mijn slacht-offer was verwijderd. Ik hoorde hem kuchen, de klootzak. Ik gaf drie klop-jes op zijn deur, met mijn linkerhand. Mijn andere hand lag onder de pon-cho en omklemde het pistool zo stevig dat het pijn begon te doen. Hij kuchte weer. Zo meteen maak ik een eind aan zijn gekuch, dacht ik. Het bleef even stil. Toen hoorde ik een bekend geluid, maar voordat tot me doordrong wat het was, ging de deur opeens open en daar was hij, vlak voor me, de nieuwe pensiongast, de ex-guerrilla, het monster. Hij had geen benen, alleen stompjes, en ook hij zat in een rolstoel.

We staarden elkaar zwijgend aan. Alsof we naar onszelf in een spiegel keken.

'Hallo,' zei hij uiteindelijk, en er lag een vriendelijke glimlach op zijn gezicht. 'Vicente Gómez, tot uw dienst,' voegde hij eraan toe, en hij stak me zijn hand toe.

Ik liet mijn pistool los, dat nog steeds verborgen lag onder mijn poncho, en onwillekeurig wachtte ik heel even voordat ik hem de hand schudde. 'Jesús,' zei ik. 'Jesús Martínez. Ik huur de kamer aan het eind van de gang.'

'Leuk met je kennis te maken,' zei een van ons.

'Het genoegen is geheel aan mijn kant,' antwoordde de ander.

HOOFDSTUK 6

De Andere Weduwe

Mariquita, 7 december 1997

Zoals iedere avond de afgelopen vijf jaar, zat Santiago Marín, zonder hemd en blootsvoets, op zijn stoepje in de duisternis te staren, wachtend op Pablo. Vanavond had hij ook kaarsen voor de Maagd Maria aangestoken, die volgens de traditie op 7 december van huis naar huis en van stad naar stad ging en voor elke brandende kaars haar zegen gaf.

Hij hoorde het geronk van een auto in de verte. Aanvankelijk bleef hij ongeïnteresseerd zitten, maar toen het geluid steeds dichterbij kwam, bond hij snel zijn lange haar in een paardenstaart, haalde een lap over zijn vettige gezicht en stak nog een kaars aan. Toen zag hij de koplampen van een auto de heuvel afkomen. De laatste auto die door de onverharde straten van Mariquita had gereden was de gammele jeep geweest die Francisca viuda de Gómez en haar talrijke koffers meer dan een jaar geleden had teruggebracht van haar reisje naar Ibagué. Behalve dat hij zwart was, zag de auto die deze avond op het stadje afreed er niet anders uit: een oude, aftandse jeep met een luidruchtige motor. De chauffeur reed twee keer om de vervallen plaza heen voordat hij bij een hoek stopte om de magistraat, de priester en de onderwijzeres te begroeten, die, samen met talloze vrouwen en kinderen met kaarsen in hun hand, hun huis uit waren gekomen om de bezoeker te verwelkomen. Nadat hij de magistraat tot twee keer toe had verzekerd dat hij niet door de regering was gestuurd en de weg had gevraagd, reed de man langzaam door de aanzwellende menigte, door een smal straatje en stopte halverwege de straat voor het huis van de weduwe Jaramillo, tegenover het huis van Santiago.

'Laat me eruit,' zei de bestuurder licht geïrriteerd tegen de halfnaakte kinderen die om de auto heen stonden. De vrouwen trokken hun kinderen opzij en bleven rustig wachten. 'Opzij,' brulde hij. Hij klonk arrogant en neerbuigend ondanks zijn spleetogen en donkere huid, ondanks zijn strohoed, haveloze poncho en de machete in een schede om zijn middel, die duidelijk maakten dat hij van indiaanse afkomst was – niemand van belang. Hij ging voor de deur van de weduwe Jaramillo staan, waarschijnlijk in de veronderstelling dat het lawaai van zijn auto en de menigte volstonden om de weduwe naar buiten te krijgen. De weduwe had vanavond geen kaarsen aangestoken omdat ze al heel lang geleden iedere hoop op zegeningen had opgegeven (ze was gek geworden nadat haar echtgenoot en twee van haar zoons door guerrillastrijders waren doodgeschoten, en nu had ze niemand meer die voor haar zorgde). Toen de weduwe Jaramillo niet naar buiten kwam, bonkte de arrogante chauffeur op de deur en wachtte. Hij bonkte een tweede keer, toen een derde en een vierde keer, telkens harder, tot de weduwe uiteindelijk de deur opendeed en haar neus nauwelijks om de hoek stak. De man fluisterde iets tegen haar en zonder te antwoorden gooide de waanzinnige vrouw de deur in zijn gezicht dicht.

'Teringwijf!' schreeuwde de man. Hij begon met zijn puntige leren laarzen tegen de deur te schoppen. 'Doe de deur open, teringwijf. Ik heb er uren over gedaan om dit vervloekte gat te vinden.' De menigte deed een stap achteruit. De woedende man bleef tegen de deur schoppen en scheldwoorden roepen. 'Als je me nu niet meteen betaalt, smijt ik die verrekte zak stront zo op je stoep neer,' schreeuwde hij, en hij wees met zijn wijsvinger naar de auto. 'En weet je wat ik dan ook doe? Dan neem ik die klotekoffer mee. Dat ga ik doen.'

Santiago sloeg het tafereel rustig gade vanaf de overkant van de straat. Hij vroeg zijn twee jongere zusjes naar binnen te gaan en zei tegen zijn moeder dat ze van een veilige afstand moest blijven toekijken. Hij kwam niet in beweging. Hij bleef op dezelfde plek zitten waar hij de afgelopen vijf jaar iedere avond had gezeten, stak nog meer kaarsen

voor de Maagd aan, in de hoop op nog meer zegeningen, en staarde in
de duisternis, wachtend tot Pablo bij hem terugkwam.

*

Pablo en Santiago waren allebei op de ochtend van de eerste mei in
1969 geboren. Pablo was tweeënhalf uur ouder. Dokter Ramirez, de
arts die hen ter wereld had geholpen, zei altijd dat afgezien van een
donkere geboortevlek onder Pablo's rechteroog, de twee jongens er bij
hun geboorte identiek uitzagen: 'Als een tweeling, alleen van verschillende moeders.'

Toen ze opgroeiden, waren Pablo en Santiago de enige kinderen in
een verlaten straat van Mariquita. De straat was smal en onverhard en
werd omzoomd door jonge mangobomen. De huizen hadden lemen
dakpannen en hun adobewanden gingen altijd verborgen onder een
laag stof. De straat stond bekend als de straat van don Maximiliano,
omdat hij alle huizen aan beide zijden bezat. Hij was ook eigenaar van
drie koffieplantages buiten de stad. In de oogsttijd kwamen de meeste
mannen die hij inhuurde om de koffiebonen te plukken uit de buurt
van Mariquita. De vrouwen bleven thuis en zorgden voor hun kinderen en voor hun maniok, aardappelen, koriander en pompoenen.

De twee jongens speelden het grootste deel van de dag op een stuk
niemandsland buiten de stad. Ze gingen altijd naar het huis van de een
of de ander om te eten, en gingen dan weer weg. Hun moeders zagen
Pablo en Santiago vaak hand in hand door Mariquita lopen. 'Het zijn
net echte broers,' zeiden hun moeders dan eensgezind.

Het favoriete spelletje van de twee jongens was vadertje en moedertje spelen bij de rivier.

'Ik ben de vader,' zei Pablo.

'Jij bent altijd de vader. Ik wil ook de vader zijn,' klaagde Santiago.
Maar telkens gaf hij weer toe. Pablo verdween achter de bosjes en deed
dan alsof hij op de koffieplantage van don Maximiliano werkte. Santiago bleef bij de oever zitten en deed zijn eigen moeder na: water uit de

rivier dragen in grote aardewerken potten, koken, de tuin begieten, weer koken, kleren wassen, en dan nog een keer koken. Na een paar minuten kwam Pablo uit de bosjes en deed alsof hij vuil en moe was.

'*Buenas tardes, mi amor,*' zei hij, en hij gaf Santiago een kus in zijn nek.

'Hoe ging het vandaag?'

'Ach, hetzelfde als altijd. Hard gewerkt.'

De twee jongens gingen op de grond zitten en deden net alsof ze een maaltijd van rijst en bonen aten. Na het eten trok Pablo zijn hemd uit en ging in het gras liggen, met zijn gezicht naar de hemel gekeerd en zijn handen onder zijn nek gevouwen. 'Ik doe straks de afwas wel,' zei Santiago en hij ging snel verder met het onderdeel van het spel dat hij het leukst vond: de massage. Hij begon met Pablo's voeten, wreef zachtjes over elk van zijn twaalf tenen (de jongen had de zestenige voeten van zijn vader geërfd). Santiago werkte heel langzaam naar boven toe, masseerde Pablo's kuiten, knieën en dijen, en masseerde uitgebreid zijn borst. Toen Santiago in Pablo's kleine bruine tepels kneep, begon Pablo te jammeren. En als Pablo begon te jammeren, wist Santiago dat het moment was gekomen om met de kleine penis van zijn vriend te spelen, en trok hij eraan alsof het een tepel aan een uier was en lachte hartelijk om de manier waarop Pablo's lichaam kronkelde van plezier, als een puppy. Als Santiago ermee ophield, nam Pablo hem in zijn armen en liep met hem de rivier in. Daar, in het water dat tot zijn middel kwam, beloonde Pablo Santiago met een tedere kus omdat hij zo'n goede echtgenote was. De rest van de dag bleven ze naakt in de rivier zwemmen, waar ze krekels verzopen, op mierenhopen pisten, stenen gooiden naar wespennesten en weer het water in renden. Maar die kus maakte voor Santiagio het beste deel van de dag uit, een waarachtige uitdrukking van liefde die in zijn ogen de verveling om iedere dag zijn moeder te moeten spelen, meer dan goed maakte.

's Avonds zaten de twee jongens op boomstammen voor Santiago's huis te luisteren naar de magische verhalen van diens grootmoeder, zoals dat ene verhaal over de oude vrouw die in een kat veranderde om de dood om de tuin te leiden, of dat verhaal over de rijke prinses die niet kon lachen. Bijna iedere avond sliepen Pablo en Santiago samen op de bobbelige lemen vloer van Santiago's huis, gehuld in dezelfde witte deken, en droomden verschillende dromen.

De chauffeur liep resoluut terug naar de jeep. Hij deed het achterportier open, trok een versleten leren koffer naar buiten, ritste hem open, haalde er een grote witte handdoek uit en ritste hem weer dicht. Voordat hij verder ging met wat hij ook aan het doen was, keek de woedende man naar de voordeur van de weduwe Jaramillo, alsof hij de vrouw nog een laatste kans wilde geven om naar buiten te komen en het met hem te regelen. Toen zette hij de koffer opzij en trok voorzichtig een lichaam bij de benen uit de jeep naar buiten. Het lichaam bewoog niet en maakte geen enkel geluid. De vrouwen kwamen iets dichterbij staan en lichtten het tafereel bij met het licht van hun kaarsen. 'Achteruit!' schreeuwde de chauffeur. Hij kleedde het lichaam haastig helemaal uit en onthulde een broodmagere man overdekt met zweren en bloeduitstortingen. Hij rukte met een zwiepende beweging een pet van diens hoofd: hij was bijna helemaal kaal.

'Ik heb het koud,' jammerde de naakte man zachtjes.

'Ooo!' fluisterde de menigte in koor, opgelucht om te zien dat de vreemdeling niet dood was. De chauffeur nam de naakte man een gouden ketting af die om zijn hals hing en een opzichtig horloge dat om zijn pols zat, en hij stopte beide voorwerpen in de zak van zijn eigen smerige broek. Daarna probeerde hij twee ringen van een van de benige vingers te trekken.

'Nee,' kreunde de man. 'Alsjeblieft, niet de ringen.' Hij maakte een stevige vuist van zijn hand.

'Kop dicht,' commandeerde de chauffeur. 'Je bezwoer me dat ze me zou betalen als ik je hierheen bracht, maar dat doet ze niet, dus geef me maar gauw die verdomde ringen.'

'Alsjeblieft, niet de ringen.'

'Los of ik hak je hand eraf,' riep de chauffeur en hij reikte naar zijn machete.

'Oooo!' fluisterde de menigte weer.

'Stop, alstublieft. Niet doen. In godsnaam, niet doen.' De wanhopige stem behoorde toe aan el padre Rafael, die net op de hoogte was gebracht van de situatie en nu samen met de magistraat en de brigadier van de politie aan kwam snellen. 'Laat die arme ziel toch in vrede sterven.' Hij bleef op enige afstand van het deerniswekkende tafereel staan, haalde een kralenketting uit de zak van zijn soutane en begon een rozenkrans te bidden. Een paar weduwen deden onmiddellijk met hem mee.

De gefrustreerde chauffeur negeerde het verzoek van de priester en bleef worstelen om de hand van de uitgeteerde man open te wrikken, maar die wilde niet meegeven.

'Je laat die zieke man nu los of ik schiet je dwars door je kop.' Het dreigement kwam van de magistraat, Rosalba viuda de Patiño. Ze stond vlak achter de chauffeur en richtte een pistool op zijn hoofd. Naast haar, met een revolver in beide handen, stond de brigadier van de politie, Ubaldina viuda de Restrepo.

De chauffeur keek de vrouwen boosaardig aan en spuugde op de grond. Hij greep de witte handdoek en wikkelde die om de broodmagere man, droeg toen de bundel botten over zijn schouder naar de voordeur van de weduwe Jaramillo, legde die op de grond bij de stoep en gaf nog eens drie schoppen tegen de deur. 'Hij ligt voor je deur,' schreeuwde de chauffeur. 'Naakt, omdat ik zijn kleren meeneem. Heb je me gehoord?' Hij liep terug naar de jeep, negeerde de twee vuurwapens die al zijn bewegingen volgden, raapte de kleren en de schoenen van de zieke man op en propte ze in de versleten leren koffer. Hij deed het achterportier dicht, stapte in de jeep en startte de motor. Door het raampje heen schreeuwde hij de woorden die Santiago, die aan de overkant van de straat zat, zo had gevreesd. 'Je eigen zoon ligt buiten te sterven, harteloos kreng. Je gaat naar de hel!'

Santiago bleef stil zitten en staarde afwezig naar de bekende gezichten die zich voor hem verdrongen. Hij zag niet hoe ze van angstig opeens in ernstig veranderden. Hij zag niet hoe de vrouwen hun hoofd in hun handen legden of hun vingertoppen tegen hun trillende lippen hielden. Hij hoorde niet hoe ze huilden en ook de lawaaierige motor van de jeep niet toen die wegreed. Op dat moment was het bonken van zijn hart in zijn borstkas de enige beweging om hem heen.

*

Op een bewolkte dag in 1981 begonnen Pablo en Santiago op de landerijen van don Maximiliano Perdomo te werken. Het was gebruikelijk dat ouders hun zoons uit werken stuurden zodra ze twaalf waren, en soms zelfs nog eerder als ze op het veld nodig waren. Het oogstseizoen was begonnen en op Yarima, don Maximiliano's grootste koffieplantage, waren arbeiders nodig. De twee jongens arriveerden vroeg in de ochtend bij de boerderij en maakten kennis met doña Marina, een onvriendelijke dwerg die voor het onderkomen van de arbeiders zorgde. Ze bekeek de jongens minachtend, gromde iets wat ze niet verstonden en gebaarde met haar kleine mollige hand dat ze haar moesten volgen. Pablo en Santiago liepen achter doña Marina aan over een smal, modderig pad en schopten naar de ganzen die de kleine vrouw achternazaten alsof ze een van hen was. Doña Marina bracht de jongens naar een grote keet waar de koffieplukkers van Yarima tijdens het oogstseizoen verbleven. Ze zei waar ze de strooien manden konden vinden die ze om hun middel moesten binden en stuurde hen naar de plantage. 'Loop dit pad af tot je de koffiestruiken ziet,' zei ze met een schrille stem. Ze wierp hun een dankbare blik toe en vervolgde: 'Bedankt dat jullie die beesten van me weg hebben gehouden.'

De bonen aan de meeste koffiestruiken hadden een donkere kersenrode kleur. Vanaf het hoogste punt op de heuvel leek het alsof er duizenden kerstbomen getooid met rode lichtjes op de landerijen stonden. De rentmeester gaf Pablo opdracht een halve dag mee te lopen met een oude indiaanse man met een lange paardenstaart die tot op zijn rug hing. Santiago moest met een man mee die Cigarillo werd genoemd omdat hij altijd een sigaret in zijn mond had. De twee mannen moesten de twee jongens leren hoe ze het makkelijkst en het snelst bonen konden plukken. Pablo en Santiago hadden veel liever achter hun eigen vaders aan gelopen, die ieder meer dan dertig jaar ervaring hadden met het werken op de koffieplantages, maar die waren naar Cabrera gestuurd, een kleinere koffieplantage waar de oogst als gevolg van het slechte weer dreigde te mislukken.

'Kijk naar mijn handen, jongen,' zei Cigarillo tegen Santiago. Zijn vingers fladderden als vogels tussen de takken, raakten ze amper aan, terwijl er tientallen rode bessen in zijn mand vielen. 'We willen alleen de koffiebessen die rijp zijn, alleen de bessen die je met je eigen handen kunt plukken.' Zijn gezicht was door de zon verbrand, zijn snor onverzorgd. 'Als er groene bessen tussen zitten smaakt de koffie bitter, en als er overrijpe bessen tussen zitten, smaakt de koffie zuur.' Santiago keek of er groene of overrijpe bessen in de mand van de man zaten en zag er niet een. 'Een ervaren plukker kan alle rijpe bessen er met een enkele handbeweging uit vissen,' vervolgde Cigarillo, 'en plukt wel honderd pond koffiebessen per dag.' Als de mand vol was, vertelde hij, moest de plukker hem naar de koffiemolen brengen, naast de opslagschuur, waar doña Marina, de dwerg, de verzamelde koffiebessen zou wegen en noteren, daarna moest hij weer terug naar de plantage en van voren af aan beginnen. Iedere zaterdag werden de koffieplukkers deels in contanten en deels in natura uitbetaald, afhankelijk van het aantal ponden dat gedurende de week was geplukt. 'Het belangrijkste,' voegde Cigarillo eraan toe, 'is lol maken onder het werk. Zing liedjes, praat tegen de struiken, vertel ze grapjes. Doe net of de struiken honderden naakte vrouwen zijn die in een rij staan te wachten tot jij aan hun tieten komt trekken.' De man lachte bulderend. Santiago veinsde een glimlach. Hij zou zich in plaats daarvan voorstellen dat hij aan Pablo's piemel trok.

De eerste nacht in de schuur van Yarima schoven Pablo en Santiago hun stromatten tegen elkaar om naast elkaar te slapen, zoals ze altijd al hadden gedaan. Ze hielden elkaars hand vast terwijl ze hun gebeden opzegden en toen ze klaar waren kusten ze elkaar goedenacht.

Vanuit een hoek, zittend op zijn mat, sloeg Pacho, een kleine dikke man met rode wangen, de twee jongens gade bij het licht van een gaslamp. 'Kijk eens wat we hier hebben, jongens,' schreeuwde hij, zodat iedereen in de schuur hem kon horen. 'Twee flikkers die elkaar kussen en tot God bidden.' Hij stond op, pakte de lamp en beende naar de jongens toe. 'Kussen en bidden – weten jullie niet dat je verrekte fout zit?' vroeg hij op een toon die meer een antwoord leek te zijn dan een vraag. Hij schudde afkeurend zijn hoofd voordat hij eraan toevoegde: 'Echt verrekte fout.' Santiago en Pablo begrepen niet waar de man het over had, maar het klonk alsof ze een verschrikkelijke zonde hadden begaan. Ze leunden bang tegen elkaar aan. De man torende nu boven hen uit, zijn bovenlichaam leek groter en vervormd doordat hij zo dichtbij was. 'Wat schattig,' zei hij en zette een vrouwenstem op. 'Kom op, geef elkaar nog eens een kus.'

'Kop dicht, Pacho,' gromde Cigarillo half slapend vanaf zijn mat. 'Laat die jochies met rust en laat ons slapen.'

Maar de mannen, die de afgelopen weken alleen maar gewerkt hadden, hadden wel zin in een verzetje. Een paar van hen gingen rechtop zitten op hun mat om het spektakel van een afstandje gade te kunnen slaan; anderen stonden op, gingen om de jongens heen staan en riepen dat de voorstelling meteen moest beginnen.

'Kom op, *mariquitas*. We hebben niet de hele nacht de tijd,' zei een man die bijna al zijn voortanden miste. Hij streelde Santiago's billen met zijn blote voet.

'Ik ben bang, Pablo,' fluisterde Santiago zijn vriendje in het oor. 'Laten we elkaar nog een keer kussen, dan kunnen we allemaal gaan slapen.' Pablo schudde zijn hoofd.

'Kussen, kussen…' zongen de opgehitste toeschouwers in koor.

'Alsjeblieft, Pablo, nog één kus,' fluisterde Santiago weer, zijn zachte stem klonk verstikt van angst, zijn hart bonkte in zijn kleine, magere borstkas.

'Kussen, kussen…'

Santiago vroeg het zo dringend dat Pablo het gevoel kreeg dat hij het wel moest doen. Oké, gebaarde hij met zijn hoofd. De twee jongens hielden elkaar stevig vast. Santiago keek even naar de mannen, van de een naar de ander, om duidelijk te maken dat hij en Pablo er klaar voor waren ze hun zin te geven, en kuste toen heel even de trillende lippen van zijn vriendje, tot de eerste trap hun gezichten uit elkaar dreef. De opgefokte mannen stortten zich als hongerige beesten op de twee jongens, beukten met woeste vuisten op hun tengere lijven in, schopten hen met razende, korstige voeten. Verlamd van angst voelden de jongens de zware klappen niet die van alle kanten kwamen. Ze schreeuwden nauwelijks, huilden nauwelijks, zagen of hoorden nauwelijks iets.

'En nu ophouden!' De plotselinge doordringende kreet kwam vanuit de deur. 'Uit de weg! Opzij!' De stem was onmiskenbaar. Met een lamp in haar hand die half zo groot was als zijzelf baande doña Marina zich met haar kleine lijf een weg door de menigte. De mannen liepen terug naar hun mat, lachend en fluisterend. Pablo en Santiago richtten hun gekneusde gezichten op van hun mat en begonnen te huilen. 'Allemachtig! Wat hebben jullie met die arme jochies uitgehaald?' Doña Marina zette de lamp op de lemen vloer en streelde met haar kleine handen de jongens over hun hoofd. 'Die kinderen zijn hier vandaag net aangekomen,' zei ze tegen niemand in het bijzonder. 'Ze hebben jullie niets misdaan. Waarom moet je ze nou mishandelen?' schreeuwde ze. 'Waarom?'

'Omdat het flikkers zijn,' antwoordde een stem ergens achterin. 'Daarom.' Ze keek naar de hoek waar de stem vandaan kwam, maar ze zag niemand: de mannen hadden het licht van hun lamp uitgeblazen zodat het grootste deel van de ruimte in duisternis was gehuld. 'Hier zullen jullie voor boeten,' gilde ze tegen de duisternis. 'Morgen krijgen jullie geen ontbijt.' Doña Marina hielp de jongens vriendelijk overeind van hun mat. Ze nam hen mee naar de boerderij waar ze met de kokkinnen en de dienstmeiden woonde. Ze ontsmette hun wonden voorzichtig, zonder commentaar te leveren of vragen te stellen, maar toen ze hen begon te verbinden zei ze plotseling: 'Ik weet wel dat jullie jongens niet dát zijn, wat die schoft zei.' Haar stem had een waarschuwende ondertoon die de jongens, die nog helemaal overstuur waren van het pak slaag dat ze hadden gekregen, niet herkenden. 'Ik weet dat het niet waar is. Ik weet het gewoon.' Ze zweeg weer, alsof ze klaar was met praten, hoewel ze in gedachten heel zorgvuldig haar volgende woorden koos. Pas toen ze koude kompressen op hun gezwollen gezicht begon te leggen, sprak ze verder: 'Als jullie dat wél waren, wat die man zei dat je was, dan zou ik jullie ten eerste aanraden om het voor jezelf te houden, en ten tweede om heel voorzichtig te zijn. Op het platteland gaat het er ruw aan toe. Maar aangezien jullie het niet zijn, geef ik jullie helemaal geen raad.' Ze glimlachte samenzweerderig naar hen en ging verder met het verzorgen van hun wonden. Toen ze klaar was bracht ze hen naar de opslagschuur waar ze, zei ze, voortaan zouden slapen.

Toen ze wegging, omhelsden Pablo en Santiago elkaar en begonnen zachtjes te huilen. De een streelde de gebroken neus van de ander met het topje van zijn vingers. De ander kuste keer op keer de gezwollen ogen van zijn vriend.

Ze sliepen samen in een lege koffiebaal.

*

El padre Rafael en zijn volgelingen waren gestopt met het bidden van de rozenkrans en mengden zich in het onophoudelijke geroddel van de anderen. Zo nu en dan keken ze even over hun schouders naar Santiago en vroegen zich af wanneer de volledige draagwijdte van de tragedie tot hem door zou dringen en hoe hij zou reageren. Zuster Ramirez waarschuwde iedereen om niet te dicht bij de zieke man te komen en nam el padre Rafael en de magistraat daarna apart om met hen te overleggen.

'Ik weet niet wat voor ziekte Pablo heeft, maar het zou wel eens besmettelijk kunnen zijn,' begon de zuster op zachte toon, en ze wierp de magistraat een waarschuwende blik toe. De kinderen van Mariquita, stelde ze, waren al in geen zes jaar meer ingeënt. Ze zouden een epidemie niet overleven. Ze raadde aan Pablo in het uitgebrande huis van Francisca op te sluiten tot hij stierf – wat zo te zien spoedig zou gebeuren – en dan zijn lichaam te verbranden. De magistraat en de priester leken ontsteld door het advies van de zuster.

'We kunnen iemand van ons niet op die manier dood laten gaan – helemaal alleen, in een hok, tussen… de ratten en andere beesten,' zei de magistraat, en van aandoening ging ze iets harder praten.

'Daar ben ik het mee eens,' viel el padre Rafael haar bij. 'Pablo Jaramillo dient als een christen te sterven en een christelijke begrafenis te krijgen.'

'De toekomst van ons dorp is al onzeker genoeg,' kaatste de weelderig gebouwde zuster terug. 'Het enige wat ik weet is dat we alleen onze kinderen nog hebben. Als we die kwijtraken…' Ze maakte haar zin niet af. In plaats daarvan legde ze een fatalistische uitdrukking op haar gezicht, een gezicht met een grote heksenneus en droevige vissenogen. 'Denk daar maar eens over na,' voegde ze eraan toe.

Ze dachten er samen over na en kwamen binnen een minuut tot de conclusie dat ze geen andere keuze hadden: de toekomst van Mariquita kwam op de eerste plaats. 'Maar wie brengt Pablo naar Francisca's oude huis?' vroeg de magistraat. El padre haalde zijn schouders op en de zuster haalde haar schouders op en de magistraat, die ook haar schouders ophaalde, stelde toen nog een vraag: 'Moet die persoon dan niet in quarantaine worden gehouden?'

Precies op dat moment stond Santiago op en begon, met een kaars in zijn hand, langzaam de straat over te steken, naar Pablo toe. Pablo lag opgekruld op zijn zij, met zijn gezicht naar de voordeur van zijn moeders huis gekeerd alsof hij wachtte tot die open zou gaan. Santiago bleef naast hem staan en keek bij het licht van de lamp naar het weinige dat er te zien was en probeerde uit alle macht zijn oude vriend te herkennen. Misschien was dit een vergissing. Misschien was de chauffeur van de jeep per ongeluk naar de verkeerde stad gereden, naar de verkeerde straat. Het moest wel een vergissing zijn. Pablo was een knappe man: lang, donker, goed gebouwd, met dik, zwart haar…

'Santiago? Ben jij het?' zei Pablo, die op een of andere manier voelde dat zijn vriend daar stond.

Santiago knikte mechanisch terwijl Pablo zich traag op zijn rug draaide. Met heel veel moeite trok hij zijn linkerarm onder de handdoek vandaan waarin hij gewikkeld lag, waardoor zijn bovenlichaam bloot kwam te liggen, en strekte die uit om Santiago aan te raken, maar Santiago stond iets te ver van hem vandaan en Pablo's arm viel met een onelegante plof slap op de grond. 'De ringen,' murmelde hij.

Santiago keek naar Pablo's skeletachtige hand, die als een worm in de aarde kronkelde. Om zijn ringvinger zaten twee massieve gouden banden. 'Wat is daarmee?'

'Neem er een,' zei Pablo fluisterend. 'Ik heb je een ring beloofd. Weet je nog?'

*

Het was in juni 1984. Pablo en Santiago waren net vijftien geworden. Ze waren uit Yarima vertrokken om op voorspraak van doña Marina in het buitenhuis van don Maximiliano te gaan werken, dat op drie uur lopen van Mariquita lag. De rijke grootgrondbezitter had het huis vijf jaar geleden op een *mesa* laten bouwen en het stond symbool voor zijn slechte smaak en gebrek aan fantasie. Casa Perdomo was een grote plompe doos met kamers die onderling met elkaar waren verbonden en weinig ramen hadden, alsof het huis opzettelijk ontworpen was om te verhinderen dat het licht inbreuk zou maken op de privacy van zijn inwoners. Don Maximiliano had er een paar maanden voor nodig gehad om zijn vrouw zover te krijgen dat ze de stad verliet en erin trok. Om de lelijkheid van het huis te compenseren had doña Caridad het vol meubels van uitzonderlijk goede kwaliteit gepropt. Ze had alle kamers omgetoverd in een allegaartje van elegante tafels, stoelen, kasten en bedden, die bij elkaar flink bijdroegen aan een permanente toestand van wanorde.

Pablo en Santiago hadden doña Marina's verholen raad opgevolgd en zich als volle neven gepresenteerd. Al snel werd het onderhoud van het huis aan hen toevertrouwd. De muren schilderen en bijhouden, kapotte deuren repareren, de fornuizen vullen met brandhout, het sanitair onderhouden, de voorraden in de provisiekamer aanvullen. Er viel altijd wel wat te doen. De twee jonge mannen deelden een klein, raamloos slaapkamertje aan de achterkant van het huis, naast de kamer van het dienstmeisje, waarin twee koffers stonden voor de weinige kleren die ze bezaten, twee vouwbedden en een lamp. Aan het eind van de werkdag hoefden Pablo en Santiago alleen maar die kamer binnen te gaan en de deur te sluiten om een allesoverheersend gevoel van rust, veiligheid en intimiteit te ervaren. De volslagen rust die in de kamer heerste, het verfrissende ontbreken van enige decoratie, het lamplicht dat heen en weer zwaaiende schaduwen op de witte muren wierp – dat alles creëerde een eigen wereld waarin alles mogelijk scheen voor de twee jonge mannen, zelfs hun geheime liefde en hun groeiende hartstocht. In die slaapkamer maakte het masseren van elkaars voeten, kuiten en knieën geen deel meer uit van een kinderspelletje maar vormde een essentieel onderdeel van hun leven; kussen was niet langer een beloning maar een aantrekkelijke manier om elkaar, zonder woorden, te herinneren aan hun intiemste gevoelens. In die slaapkamer waren er geen vader en moeder meer, alleen twee jonge mannen, allebei verliefd op de ander.

De enige dochter van de familie Perdomo, señorita Lucía, was onlangs teruggekomen uit New York, waar ze studeerde. Ze kwam ieder jaar in juni en bleef dan tot eind augustus. Deze keer was ze niet alleen gekomen: een zevenentwintigjarige man genaamd William was meegekomen om haar hand te vragen. William was niet lelijk of knap maar iets daartussenin: lang en roze, met een kleine neus en groene ogen. Op zijn gezicht, dat bezaaid was met sproeten, lag eerst een hooghartige uitdrukking, maar nadat hij had gemerkt hoe oprecht vriendelijk en gastvrij zijn gastgezin was, kwamen daar argeloosheid en bescheidenheid voor in de plaats, die een blijvende goede indruk op de familie Perdomo maakten. William droeg alleen een kakibroek en zwaar gesteven lichtgekleurde overhemden. Hij sprak afschuwelijk slecht Spaans met een haast onhoorbare stem, alsof hij wilde voorkomen dat luisteraars zijn beroerde uitspraak zouden opmerken. Doña Caridad vond dat wel charmant en nam iedere gelegenheid te baat om een gesprek met hem te voeren. Hij bleef slechts vijf dagen, lang genoeg voor de muskieten en andere insecten om zijn buitenlandse huid en hoofdhuid toe te takelen. De avond voordat hij vertrok, maakte William zijn verloving met señorita Lucía bekend door tijdens een officieel diner een gouden ring aan een van haar lange vingers te schuiven.

Toen haar verloofde eenmaal was vertrokken, begon señorita Lucía veeleisend te worden. 'Pablo, breng mijn ontbijt op de veranda.' 'Santiago, borstel mijn haar.' 'Pablo, haal mijn zonnebril.' 'Santiago, masseer mijn voeten.' Ze was niet erg aantrekkelijk: spichtig, met grote schaduwen onder slaperige bruine ogen en dunne lippen die telkens verdwenen als ze glimlachte. En hoewel ze nog maar drieëntwintig was, hadden haar tanden hun oorspronkelijke kleur al verloren en zagen eruit alsof ze met roest waren bedekt; het gevolg, zoals doña Caridad placht te zeggen, 'van die verfoeilijke gewoonte om te roken, waarmee je moet stoppen voordat je verloofde erachter komt'. De wenkbrauwen van het meisje waren een voorwerp van kritiek en spot; ze had alle haartjes geëpileerd en ze vervangen door twee dunne getatoeëerde streepjes die ze met een wenkbrauwpotlood elke ochtend dikker, donkerder of langer maakte – maar altijd ongelijk. De enige dochter van de familie Perdomo had ook een karakter dat niet geschikt was voor het platteland; ze was zachtaardig en gevoelig en bezat verfijnde manieren, misschien te verfijnd voor het buitenleven. De zomerse hitte was 'afschuwelijk', muskieten waren 'onverdraaglijk', het plaatselijke stromende water was 'smerig', enzovoort. Ze droeg iedere dag hoge hakken, make-up en sieraden en zat op de veranda te roken, en bruidstijdschriften door te bladeren en liefdesverhalen te lezen.

'Ging dat verhaal over de dood, señorita Lucía?' vroeg Santiago haar op een dag, nadat het meisje haar boek had neergelegd.

Ze glimlachte. 'Nee, rare. Het ging over liefde.' Ze lag languit in een hangmat en wisselde het lezen af met korte trekjes van een dunne sigaret, die in haar slanke hand bungelde. Santiago stond naast haar en waaierde de muskieten en andere muggen weg die om haar heen zoemden.

'Maar u keek alsof u pijn had.'

'Liefde maakt soms dat je pijn voelt.'

Santiago dacht daar even over na. Het was niet de liefde die bij hem en Pablo pijn had veroorzaakt; het was de haat, de ongerechtvaardigde haat die de koffieplukkers voor hen voelden en die – ondanks doña Marina's bemiddeling – hun meer dan eens een pak slaag en constante scheldpartijen had opgeleverd. Misschien moest hij señorita Lucía maar vertellen dat hij en Pablo geen volle neven waren, maar twee jongens die verliefd op elkaar waren. Zij zou dat zeker begrijpen. Ze leek hem een vrouw die dat soort dingen begreep. Bovendien ging ze binnenkort trouwen en dat maakte haar een expert op het gebied van de liefde. Maar Santiago had Pablo beloofd dat hij het aan niemand zou vertellen.

'Waar gaat het verhaal over?' vroeg hij.

Señorita Lucía liet de sigarettenrook uit haar ene mondhoek wegdrijven en maakte een geluid als een zacht briesje. 'Het gaat over een man die in de oorlog gaat vechten.' Ze zweeg even om na te denken. 'Nee, het gaat eigenlijk over het meisje op wie de man verliefd is... laat maar, Santiago. Het is te ingewikkeld.'

'Alstublieft, señorita Lucía. Ik wil het zo graag weten.'

Ze keek hem onderzoekend aan. Anders dan zijn neef Pablo zag Santiago er tenger, bijna vrouwelijk uit. Hij had nog niet de baard in de keel en niets wees erop dat er ooit een adamsappel in zijn hals naar voren zou steken. Hij was slank gebouwd, had een glad gezicht en een grote voorliefde voor liefdesverhalen en drama's. Ze drukte de rest van de sigaret uit in de asbak.

'Goed dan,' zei ze. 'Het verhaal gaat over Ernesto en Soledad, een jonge man en een jonge vrouw die innig van elkaar houden. Ze zijn verloofd en maken al plannen voor hun leven samen – waar ze zouden willen wonen, hoeveel kinderen ze zouden willen hebben, dat soort dingen. Maar dan breekt er een oorlog uit en moet Ernesto heel ver weg, aan de andere kant van de oceaan, tegen de vijand gaan vechten. Soledad zweert hem haar eeuwige liefde en hij belooft haar dat hij zal terugkeren en met haar zal trouwen. Maar er gaan weken en maanden voorbij zonder bericht van Ernesto. Iedere avond staat de arme Soledad voor haar raam en wenst dat ze Ernesto's groene ogen ziet opgloeien in het duister, maar ze ziet ze niet. Op een dag, na jarenlang gewacht te hebben, hoort Soledad van een oorlogsveteraan dat Ernesto zwaar gewond is geraakt en daardoor zijn geheugen heeft verloren. Hij woont nu in een ver land en is gelukkig getrouwd. Ze is diepbedroefd maar haar liefde voor hem is zo groot dat ze besluit haar belofte aan hem te houden. En zo staat Soledad iedere avond voor haar raam met een brandende kaars, te wachten tot Ernesto bij haar terugkomt.'

Op señorita Lucía's gezicht was dezelfde droevige uitdrukking verschenen die Santiago al eerder had gezien. Ze stak weer een sigaret op en nam een paar trekjes. 'Dat is het,' zei ze.

'Dat is het? En Ernesto dan? Komt hij nog ooit terug?' Hij was duidelijk teleurgesteld over het einde.

'Dat weet niemand. Dat vind ik juist zo mooi aan dit verhaal; je moet je voorstellen wat er daarna gebeurt.'

Santiago wist niet wat hij moest zeggen. Hij bleef waaieren terwijl hij nadacht over een bevredigend einde voor het verhaal en zei toen: 'Ik vind dat Ernesto op een of andere manier zijn geheugen terug moet krijgen, en dan terug moet gaan en met haar moet trouwen.'

Señorita Lucía wierp hem een meevoelende blik toe. 'Ik denk dat hij nooit meer teruggaat.' Ze zweeg even. 'En Soledad blijft de rest van haar leven bij dat raam op hem staan wachten.'

Santiago vond dat een wreed en absurd einde. 'Maar dat zou niet eerlijk zijn,' zei hij. 'Die man heeft beloofd dat hij terug zou komen en met haar zou trouwen. Hij moet zich aan zijn woord houden.'

'Ik heb een idee,' zei ze en ze maakte een onverwacht gebaar. 'Neem het boek mee, lees het en dan gaan we ieder ons eigen einde schrijven en dat met elkaar vergelijken.'

'Ik kan niet lezen of schrijven,' zei hij.

Santiago's bekentenis kwam niet als een verrassing, en hoewel ze niet bepaald sociaal ingesteld was, voelde ze haar geweten opspelen. 'Hoe oud ben je?'

'Vijftien.'

'Nou, je schijnt in elk geval wel te kunnen rekenen.'

'Een beetje.'

'En Pablo? Kan hij lezen?'

Santiago schudde zijn hoofd, maar hij bleef er kalm en tevreden uitzien. Señorita Lucía hield de sigaret dicht bij haar mond en zonder te inhaleren schudde ook zij haar hoofd.

Señorita Lucía bleek een geweldige lerares te zijn: charismatisch, dynamisch, helder en geduldig. Elke avond na het werk kwamen Pablo, Santiago en de twee dienstmeiden bij de dochter van de familie Perdomo in de keuken zitten waar ze twee uur les kregen. Eerst leerden ze de klinkers, toen de medeklinkers en daarna hoe ze eenvoudige constructies en zinnetjes moesten maken. Pablo was een snelle, enthousiaste leerling. Hij kende het alfabet snel uit zijn hoofd en maakte algauw lange, begrijpelijke zinnen. Santiago was het tegenovergestelde. Hij krabbelde letters neer en groepeerde ze in een willekeurige volgorde, en hij deed zijn best niet om wat te leren. Zijn onverschillige houding verontrustte Pablo – Santiago was altijd leergierig geweest. Misschien leerde hij in een ander tempo lezen en schrijven, ging hij langzamer dan Pablo, langzamer dan de twee dienstmeiden. Of misschien was hij jaloers op de aandacht die Pablo vaak van señorita Lucía kreeg, die hem overlaadde met complimenten omdat hij zo intelligent was en bereid te studeren.

Na afloop van iedere les gingen de dienstmeiden naar hun kamer, Santiago naar zijn eigen kamer en Pablo en señorita Lucía naar de veranda. Ze praatte honderduit en Pablo was een goede luisteraar. Ze voerden lange gesprekken, meestal over haar leven in de Verenigde Staten, en ze liet hem foto's en ansichtkaarten zien van indrukwekkende steden en exotische plaatsen. Soms stelde Pablo vragen over New York en door de gedetailleerde en opgesmukte antwoorden van het meisje begon hij te fantaseren over een majestueuze stad met razendsnelle auto's die door de lucht vlogen; massieve, onverwoestbare torens die de hemel raakten; welige tuinen die aan de wolken hingen; een land dat overstroomde van het geld, waar gouden munten overal uit gaten in de grond groeiden, als onkruid.

Leven in zo'n plaats was in het begin een dagdroom, maar al snel werd het een obsessie voor Pablo. Dag en nacht dacht hij eraan naar New York te gaan. In gedachten zag hij zich al in een kakibroek en een gesteven overhemd, net als don William, door brede straten lopen; of achter een bureau in zijn eigen kantoor zitten; of naar de skyline van de stad kijken door de grote ramen van zijn eigen huis, met zijn zakken altijd vol bankbiljetten. Hij dacht er zo vaak aan om naar New York te gaan dat het haalbaar begon te lijken. Hij wenste het met zoveel overgave dat zich uiteindelijk de mogelijkheid voordeed om zijn droom te verwezenlijken. Op een avond, voordat hij naar bed ging na een serieus gesprek met señorita Lucía, vertelde Pablo het nieuws aan Santiago.

'Ik vertrek met señorita Lucía. Ze zei dat ze me zou helpen om daar te komen. Ze weet hoe dat moet.'

Santiago vond het een belachelijk idee. 'Dat moet wel een heel duur reisje zijn, Pablo. Waar ga je het geld vandaan halen om het over twee weken te kunnen betalen?'

'Ze gaat het me lenen.'

'Maar waar ga je dan wonen?'

'Ik mag een maand of zo bij haar in huis wonen, tot ik iets heb gevonden.'

'En hoe ga je daar werk vinden?'

'Ze gaat me helpen om een baan te zoeken.'

'Maar je spreekt de taal niet.'

'Ze zei dat ik slim ben. Ik kan het snel leren.'

'Maar het enige wat je kunt is dingen repareren.'

'Ze zei dat dat in New York een goed betaalde baan is.'

'Ik weet het niet, Pablo... zo gemakkelijk kan het toch niet zijn.'

'Het is niet onmogelijk.'

De stilte die tussen Pablo's laatste antwoord en Santiago's volgende vraag viel, was lang, ondraaglijk lang.

'En hoe moet het dan met ons?'

'Maak je maar geen zorgen om ons, Santiago. Ik kom terug om je te halen. En dan neem ik genoeg geld mee om voor mijn familie en de jouwe een eigen koffieplantage te kopen.' Zijn ogen werden groot van opwinding en zijn neusvleugels sperden zich open. 'O, en ik ga je iedere week een brief schrijven; zodat je weet dat ik voortdurend aan je denk.'

Santiago liet zich zonder iets te zeggen op zijn bed zakken.

In de ogen van Santiago had señorita Lucía er nog nooit zo afzichtelijk en boosaardig uitgezien als in de twee weken die voorafgingen aan Pablo's vertrek. Het was haar schuld dat Pablo plotseling wegging, haar schuld dat vanaf dat moment Santiago's dagen en nachten eindeloos zouden lijken. Waarschijnlijk was ze erachter gekomen dat Pablo en Santiago geliefden waren en vond ze dat 'afschuwelijk', 'onverdraaglijk' en 'smerig'. Aan de buitenkant zag ze er misschien vriendelijk en zorgzaam uit, maar diep vanbinnen was ze net zo slecht en haatdragend als de koffieplukkers die hen regelmatig in elkaar sloegen. Ze kon hen niet uit elkaar drijven met haar vuisten, dus had ze ervoor gekozen haar intelligentie te gebruiken.

Overdag probeerde Santiago señorita Lucía te ontlopen. 's Ochtends borstelde hij, zoals gewoonlijk, haar lange haren, maar niet zo zachtjes als hij vroeger altijd deed. En 's middags stond hij naast haar de muskieten weg te waaieren terwijl ze zat te lezen, alleen vroeg hij nu niet meer wat haar aan het gniffelen, zuchten of huilen maakte. Maar hij sloeg geen enkele van de lees- en schrijflessen over die ze 's avonds gaf. Hij deed zelfs zijn best om het snel te leren omdat hij, zo redeneerde hij, in staat moest zijn de brieven te lezen die Pablo hem nu iedere week zou sturen en hem terug moest kunnen schrijven. Twee weken lang praatte Pablo over niets anders dan zijn aanstaande avontuur en dat maakte Santiago razend. Het kon Santiago niets schelen dat elk huis in New York een televisie had, of dat de mensen in New York het zich konden veroorloven om elke dag kip te eten als ze dat wilden. Een week voor het vertrek ging Pablo voor twee dagen naar Mariquita om zijn officiële papieren op te halen en afscheid te nemen van zijn ouders en beide broers. Pas toen drong het werkelijk tot Santiago door hoe zijn leven er zonder hem uit zou zien. Heel even speelde hij met het idee om samen met Pablo naar New York te gaan, maar hij liet die gedachte al snel varen. Hij was de oudste van drie kinderen en de enige zoon, en hij had zijn vader beloofd dat hij de rest van de familie in Mariquita zou helpen onderhouden. En hij, Santiago Marín, was een man die zich aan zijn woord hield.

De zaterdag voordat Pablo vertrok, stal Santiago de verlovingsring van señorita Lucía. Hij wilde hem alleen maar aan zijn eigen vinger proberen om te kijken hoe het voelde om verloofd te zijn. Van de dienstmeiden had hij gehoord dat ze iedere ochtend voordat ze een bad nam de ring van haar slanke vinger schoof en dat ze hem dan boven op haar nachtkastje legde, naast een ingelijste foto van haar toekomstige echtgenoot. Die ochtend wachtte Santiago tot hij het water van haar douche hoorde stromen en liep toen op zijn tenen haar slaapkamer in. De kamer rook zwaar naar sigaretten, en haar kleren en schoenen lagen over de vloer verspreid. Toen hij midden in de kamer stond brak het koude zweet hem uit en begonnen zijn handen te trillen. Wat deed hij hier? Hij begon na te denken over de ernstige gevolgen die zijn moedige daad voor hem en Pablo zou kunnen hebben, maar toen zag hij de ring, op de plek waar de dienstmeiden hadden gezegd dat hij zou liggen. Hij stond er even naar te kijken, met zijn handen stevig achter zijn rug gevouwen. Toen griste hij hem weg en hield hem omhoog tegen het licht: een massieve gouden band bekroond met drie kleine heldere steentjes. Hij probeerde hem aan al zijn vingers, maar vond hem nergens bijzonder goed staan. Aan Pablo's hand zou hij zeker heel mooi zijn. Hij stelde zich voor dat Pablo's hand een brief schreef, *Mijn allerliefste Santiago…*, met de drie glinsterende steentjes aan zijn ringvinger, en besloot, in een moment van opwinding, dat señorita Lucía's ring de verlovingsring van hem en Pablo zou worden. Hij stopte hem in zijn zak en liep snel de slaapkamer uit.

Op hun eigen kamer zei Santiago dat Pablo zijn ogen moest sluiten. 'Pas opendoen als ik het je zeg,' zei hij. 'Geef me je hand eens. De rechter.' Hij schoof de ring aan Pablo's pink, de enige vinger die smal genoeg was. 'Voordat je je ogen opendoet, moet je me beloven dat je deze altijd aan je vinger zult dragen; dat je hem nooit af zult doen, zelf niet als je in bad gaat.'

'Ik beloof het,' zei Pablo ongeduldig, maar toen hij zijn ogen opendeed schreeuwde hij: 'Dat is de verlovingsring van señorita Lucía! Heb je hem gestolen?'

'Don míster William kan wel een andere voor haar kopen.'

Pablo trok de ring snel van zijn vinger en kwakte hem in Santiago's hand. 'Dat is verkeerd. Je moest je schamen!' Hij liep de slaapkamer uit en trok de deur met een klap achter zich dicht. Santiago ging op zijn bed liggen en huilde zachtjes in zijn kussen. De wereld die hij en Pablo samen hadden opgebouwd, begon plotseling om hem heen uiteen te vallen. Hij stond op het punt de enige van wie hij hield kwijt te raken.

Een paar minuten later kwam Pablo terug. 'Ik weet waarom je die ring hebt gepakt, maar daarom is het nog niet juist wat je deed,' zei hij op krachtige toon. 'Je moet hem onmiddellijk terugleggen voordat ze merkt dat hij weg is.' Santiagio zat op bed en knikte. 'Kijk me aan,' fluisterde Pablo, en met zijn hand draaide hij Santiago's kin naar zich toe. 'Ik ga heel veel geld verdienen en ik ga twee ringen voor ons kopen, hoor je me? En die zullen tien keer, honderd keer zo mooi zijn als die ring, let maar op. En als ik terugkom, schuif ik de ene ring om jouw vinger en schuif jij de andere om mijn vinger... nee, niet huilen. Alsjeblieft niet huilen. Ik beloof dat ik terugkom en dat we dan samen zullen zijn. Ja, voor altijd. Sst... het komt wel goed, Santiago, mijn Santiago. Ik kom gauw terug. Ik beloof het. Sst...'

*

150

Na de waarschuwing van de zuster had de menigte zich verspreid. Slechts een handjevol vrouwen was in de buurt van het deerniswekkende tafereel gebleven en ze keken door hun ramen en deuren toe. Onder deze vrouwen bevond zich de magistraat. Rosalba hield een oogje op de twee mannen door het raam van het huis van Cecilia en Francisca – nadat ze haar eigen huis in brand had gestoken, mocht Francisca in de kamer van Cecilia's overleden zoon Ángel komen wonen in ruil voor werk in de tuin en de keuken.

Pablo lag op de grond en Santiago stond over hem heen. Beiden huilden, hun lijden werd deels verlicht door het bleke schijnsel van de kaars in Santiago's hand.

Santiago knielde bij hem neer en zette de kaars op de grond. Hij nam Pablo's klamme, krachteloze hand in de zijne. Pablo bestond alleen nog maar uit botten, botten die uiteen zouden zijn gevallen als zijn huid ze niet bij elkaar had gehouden. Zijn arm, hals en het blootliggende gedeelte van zijn lichaam waren bedekt met purperen vlekken en helderrode zweren. Een dunne laag doorschijnende huid lag strak over de botten van zijn gezicht. Zijn ogen lagen diep in zijn gezicht en keken droefgeestig, en van zijn zware wenkbrauwen restten nog flinterdunne streepjes met hier en daar een haar. Alleen de geboortevlek onder zijn rechteroog was intact gebleven – donker en duidelijk omlijnd accentueerde het diepe zwart de lijkachtige bleekheid van een gezicht dat in niets meer leek op de man van wie Santiago had gehouden, de man op wie hij had zitten wachten.

'Neem er een,' prevelde Pablo. 'De ringen. Neem er een.'

Santiago schoof voorzichtig de bovenste ring van Pablo's vinger en wreef er rondjes mee op de handpalm van de zieke man. 'Ik wil dat jij hem aan mijn vinger doet,' zei hij. 'Je hebt het me beloofd.'

Pablo knikte. Ja. Hij herinnerde zich zijn belofte. Hij wilde de ring ook om Santiago's vinger schuiven. Als hij nog maar wat kracht in zijn arm had…

Santiago hielp hem met het vasthouden van de gouden band terwijl hij de ringvinger van zijn rechterhand erdoorheen liet glijden. Toen haalde hij de tweede ring van Pablo's vinger. 'Geef me je rechterhand,' zei hij, hoewel hij inmiddels begreep dat Pablo de meeste spieren niet meer onder controle had. Hij zei het alleen maar om zijn eigen stem te horen, om zich ervan te vergewissen dat hij Santiago Marín was en de man voor hem Pablo Jaramillo, en dat dit lang verwachte moment nu echt plaatsvond. Hij pakte Pablo's hand vast en schoof voorzichtig de gouden band om zijn ringvinger. Heel even sprankelden de twee ringen naast elkaar in het kaarslicht. Twee massieve gouden cirkels zonder steentjes, die afbreuk zouden doen aan hun pure schoonheid. Pablo glimlachte een beverige glimlach die uit een reeks spiercontracties bestond.

Santiago hield zijn eigen hand omhoog, draaide hem rond, maakte een vuist en ontspande zijn hand weer zonder dat zijn triomfantelijke ogen de gouden band om zijn vinger ook maar een moment loslieten. Het was officieel: hij was nu eindelijk met Pablo verloofd.

*

1988. Er waren vier augustusmaanden verstreken en nog steeds had Santiago niets van Pablo vernomen. Señorita Lucía en haar echtgenoot waren een keer op bezoek geweest, maar hadden geen nieuws over hem. 'Ik weet niet waar hij is,' zei ze. 'William en ik zijn verhuisd en sindsdien hebben we niets meer van hem gehoord.' Maar Santiago gaf het niet op. Voordat het stel terugging naar Amerika gaf hij hun een stapel brieven die hij aan Pablo had geschreven. 'New York is een grote stad, Santiago. Als ik zijn adres niet weet, kan ik hem je brieven onmogelijk geven.'

'Alstublieft, señorita Lucía, neem ze mee. Gewoon voor het geval u hem een keer tegenkomt op straat.'

'Ik neem ze mee. Alleen kan ik je niet beloven dat Pablo ze ooit zal lezen.'

Santiago had nu de leiding over het huishouden van de familie Perdomo. Hij hield een lijst bij van het proviand en de schoonmaakmiddelen en kreeg wekelijks een budget om ieder artikel aan te vullen. Hij was verantwoordelijk voor het in dienst nemen van dienstmeiden en tuinmannen en moest ervoor zorgen dat de vijf altaars in het huis altijd van vers fruit en verse bloemen waren voorzien. Hij werkte van zes uur 's morgens tot zes uur 's avonds en zorgde ervoor dat hij geen tijd had voor zichzelf. 'Zichzelf' was een gruwelijk woord dat hij had moeten leren nadat Pablo was vertrokken; een toestand van eenzaamheid en leegte waarmee hij iedere avond in zijn slaapkamer werd geconfronteerd. Stel dat Pablo zijn geheugen had verloren, net als Ernesto in het verhaal van señorita Lucía? Stel dat hij iemand anders was tegengekomen en Santiago vergeten was? Van tijd tot tijd won de twijfel het van zijn hoopvolle verwachtingen en begon hij zachtjes te huilen. Keer op keer herschreef hij het einde van señorita Lucía's verhaal, en toen hij geen enkele andere manier meer kon bedenken om het te laten eindigen, herschreef hij het hele verhaal.

Zijn versie van het verhaal ging als volgt:

Er leefden eens twee jonge mannen, Pedro en Samuel, die zielsveel van elkaar hielden. Net als ieder deugdzaam, verliefd stel wilden ze zich verloven, maar ze waren te arm om zich de dure ringen te kunnen veroorloven. Pedro besloot toen in Nueva York te gaan werken en geld te sparen om hun verlovingsringen te kunnen kopen. Ze waren heel bedroefd toen ze afscheid namen. Ze huilden en zwoeren elkaar eeuwig lief te zullen hebben. Pedro beloofde iedere week te zullen schrijven en terug te komen zodat hij voor altijd met Samuel samen kon zijn. Er verstreek een jaar en Samuel had nog steeds geen brief van Pedro ontvangen. Maar Samuel maakte zich geen zorgen. Hij vertrouwde Pedro en was er zeker van dat die een goede reden had om niet te schrijven. Telkens wanneer hij door twijfel werd bevangen, zette hij die slechte gedachten van zich af door tegen zichzelf te zeggen: 'Pedro houdt van me. Hij komt terug.' Samuel wachtte heel lang maar gaf de hoop nooit op.

Op een avond was hij zich in de rivier aan het wassen toen hij iemand zijn naam hoorde roepen. Hij keek om zich heen en zag Pedro uit de bosjes tevoorschijn komen. Hij had een perfect gestreken wit kostuum aan, een rode stropdas en witte lakleren schoenen, en hij droeg twee koffers. Samuel dacht dat hij een geestverschijning zag. Maar nee, het was echt Pedro. Hij rende het water uit en kuste hem. Pedro maakte een van de koffers open. Die was gevuld met de honderden brieven die hij aan Samuel had geschreven en die allemaal om een of andere reden aan hem teruggestuurd waren. Toen maakte Pedro de andere koffer open. Daar lag een keurig opgevouwen trouwjapon in.

'Die is voor jou, Samuel,' zei Pedro. 'Ik wil dat we trouwen. Nu.'

'O, Pedro! Ik weet niet wat ik moet zeggen. We zijn nog niet verloofd,' zei Samuel.

'Sorry. Dat vergat ik bijna,' antwoordde Pedro, en hij haalde een klein doosje uit zijn zak. Toen hij het doosje openmaakte raakte Samuel bijna verblind door een licht. Het was een gouden verlovingsring, bekroond met een grote diamant. 'Wil je met me trouwen?' vroeg Pedro.

'Ja,' antwoordde Samuel glimlachend. Ze kusten elkaar. Toen gaf Pedro Samuel de koffer met de trouwjapon en vroeg of hij die aan wilde trekken. Samuel wist dat de bruidegom de bruid voor de huwelijksvoltrekking niet mag zien, dus ging hij achter de bosjes staan. De jurk was echt heel mooi: helemaal wit, mouwloos, met een diep uitgesneden hals en een lange klokkende rok. De sleep was bijna drie meter lang. Bij de jurk hoorden een sluier en een paar witte schoenen. Samuel twijfelde er niet aan dat dit de duurste trouwjurk van heel New York was, maar hij voelde zich daar niet schuldig over omdat hij wist dat hij het waard was. Hij trok de jurk aan en zette de sluier op, plukte een bos kleurige veldbloemen en kwam toen uit de bosjes. Er hadden zich tientallen mensen verzameld die stonden te wachten tot Samuel tevoorschijn zou komen. Het waren familieleden en buren die Pedro van tevoren al had uitgenodigd. Ze klapten en juichten toen Samuel langzaam tussen hen door liep met de bloemen in zijn hand. Samuel ontmoette Pedro aan het eind van de rij, bij de rivieroever. Pedro lichtte de sluier op en was aangenaam verrast dat een volle maan in Samuels beide ogen werd weerspiegeld. 'Ik hou van je, mijn liefste,' zei hij. Ze kusten elkaar en op dat moment daalde er een korte regen van rijst over hen neer. Pedro nam Samuel in zijn armen en liep de rivier in tot het warme water tot zijn middel reikte.

'Wij zijn het gelukkigste stel op aarde,' zei Pedro.

'Dat zijn we, mijn lieveling,' zei Samuel.

Ze beloofden dat ze nooit meer uit elkaar zouden gaan en leefden nog lang en gelukkig.

Santiago las het verhaal iedere avond voor het slapengaan, als een gebed. Op den duur kende hij het uit zijn hoofd en kon hij het de hele dag door voor zichzelf opzeggen.

*

Santiago wikkelde Pablo weer in de witte handdoek, nam hem in zijn armen en begon de straat uit te lopen. De weduwen die daar nog rondhingen wierpen een steelse blik op Santiago's gepijnigde gezicht toen hij langs hen heen liep. Ze schudden hun hoofd, sloegen een kruis, prevelden gebeden en wreven in hun nieuwsgierige ogen.

'Breng hem binnen, zoon,' riep Santiago's moeder vanuit haar deuropening. 'We hebben nog wel wat eten voor hem over.'

Santiago bleef zwijgend doorlopen.

'Hij zal het wel koud hebben.' Ze klonk overdreven bezorgd. 'Ik zal wat kleren voor hem pakken.' Haar geroep werd luider naarmate haar zoon verder wegliep met Pablo. Op de rug gezien zagen ze eruit als een groot zwart kruis dat steeds kleiner werd te midden van de stoffige lichtjes van de vele kaarsen die zwakjes brandden aan weerszijden van de weg.

'Waar ga je met die man heen, Santiago Marín?' riep de magistraat vanuit het raam van Cecilia en Francisca. 'Je wordt in quarantaine geplaatst, hoor je me? Zeg niet dat ik je niet gewaarschuwd heb.'

Santiago gaf geen antwoord, bleef niet staan en draaide zich niet om. Hij keek liefdevol naar de bundel in zijn armen en drukte die nog dichter tegen zijn eigen lichaam aan.

De volle maan verlichtte het smalle voetpad. Slechts één keer stopte Santiago even om uit te rusten. Hij hurkte aan de zijkant van het pad met zijn billen op de achterkant van zijn hielen en had Pablo op zijn schoot.

'Waar gaan we heen?' vroeg Pablo heel zachtjes.

'Naar de plaats die je moet zien.' Hun diepe stemmen harmonieerden niet met de geluiden van de nacht, het geritsel van de takken, het gekraak van de boomstammen, het lawaai van de kikkers, cicaden, uilen en andere nachtwezens.

'Ik wil de plaza zien… en de kerk.'

'Die zien er nog hetzelfde uit als toen je wegging.'

Het was heet. Er verschenen zweetparels op Santiago's voorhoofd, die langs zijn gezicht naar beneden druppelden. Hij sloot zijn ogen en stelde zich voor dat de man in zijn armen een mand vol paarse orchideeën was, net zo teer, net zo mooi. Hij stond weer op, met een flauwe glimlach, en liep verder, langzamer dan daarnet omdat reusachtige wolken het maanlicht tegenhielden en hij niet goed kon zien. Zijn voeten zouden hen brengen waar ze moesten zijn.

'Breng me naar mijn vader,' zei Pablo.

'Hij is overleden, Pablo.'

'Breng me dan… naar mijn broers.'

'Die zijn ook overleden.'

Santiago vertelde Pablo niet hoe ze overleden waren. Hij zei niet tegen Pablo dat vijf jaar geleden communistische guerrillastrijders Mariquita hadden overvallen en de mannen hadden opgeëist. Dat de rebellen hadden gezegd dat ze vochten opdat geen enkele Colombiaan het een dag zonder maaltijd zou moeten stellen, en dat ze vervolgens hun eten opaten en hun water opdronken. Dat ze gezegd hadden dat ze het land zouden omvormen tot een samenleving waarin alle eigendom van iedereen zou zijn, en dat ze vervolgens van huis tot huis gingen om hun zusters en moeders te verkrachten. Dat ze hadden geëist dat alle mannen van ouder dan twaalf jaar zich bij hen zouden aansluiten, en gezegd hadden dat ze hun allemaal een geweer zouden geven, een vrij-heidswapen om tegen de regering te strijden en hun rechten te verde-digen. Maar toen Pablo's vader het recht vroeg om ervoor te kiezen zich niet bij hun beweging aan te sluiten, schoten ze hem dood met de-zelfde vrijheidswapens die ze hadden uitgedeeld. Vervolgens doodden ze zijn twee broers ook, omdat 'Colombia geen behoefte heeft aan nog meer lafaards'.

Santiago vertelde Pablo niet dat de guerrillastrijders alle mannen hadden meegevoerd, dat hij, Santiago, aan de gedwongen rekrutering was ontkomen omdat hij op dat moment nog steeds in het huis van don Maximiliano werkte; dat hij, zodra hij van de overval had ge-hoord, meteen terug naar huis was gegaan; en dat hij zijn moeder en zusters had beloofd hen nooit meer alleen te laten na wat hij had ge-zien: huizen die tot op de grond waren afgebrand, gek geworden wedu-wen die tussen de puinhopen zaten te huilen, oude vrouwen die op hun blote knieën zaten te bidden met hun bloedbevlekte handen sa-mengeknepen en hun ogen stijf dicht, jonge meisjes die hun misbruik-te lichaam verwoed insmeerden met modder en hun leven vervloek-ten, naakte kleine jongens en meisjes die huilend door de straten dwaalden, roepend om hun vaders en broers.

Santiago vertelde dat allemaal niet aan Pablo. Hij liep maar door, volgde zijn eigen voeten die het pad beter kenden dan hijzelf.

'Maar, mamá… zij is in huis. Ik hoorde de chauffeur…' Iedere keer dat Pablo sprak klonk zijn stem zwakker.

'Ja, ze is thuis; ze gaat bijna nooit de deur uit. Maar als ze dat wel doet, heeft ze een papegaai op haar schouder zitten en wordt ze op de voet gevolgd door drie honden. Ze spreekt tegen niemand meer.'

'Is ze gek geworden?'

'Ze is gelukkig. Gelukkiger dan de meeste weduwen in de stad. Ze is niet alleen. Ze heeft elk familielid dat ze heeft verloren door een dier vervangen.'

Pablo drukte zijn gezicht stevig tegen Santiago's borst en huilde zachtjes.

De maan brak door de wolken, nu groter en helderder, en scheen op de twee mannen. Toen Santiago hun bestemming uiteindelijk in het zicht kreeg, begon hij langzamer te lopen, maar zijn ademhaling ging nog even snel, de warme lucht stroomde in korte stokkende golfjes zijn longen in en uit.

'We zijn er,' fluisterde hij. Ze waren bij de rivier waar hij en Pablo zo vaak vadertje en moedertje hadden gespeeld. Santiago stond aan de oever en keek naar het gestaag stromende water, luisterde naar het krachtige spetterende geluid. 'Kijk eens hoe mooi,' zei hij. Pablo keek op en het was heel bijzonder en ontroerend om een volle heldere maan in zijn diepliggende ogen weerspiegeld te zien, waardoor zijn verder levenloze gezicht wat opklaarde. 'Ik hou van je,' zei Santiago en hij drukte Pablo steviger tegen zich aan en liep doelbewust de rivier in zoals ze deden toen ze nog kinderen waren. Het koude water bedekte zijn blote voeten, zijn enkels en kuiten, zijn knieën en dijen, zijn middel. Toen bleef hij staan en gaf Pablo een vederlichte kus op zijn lippen en zag hem glimlachen, zag hoe zijn ogen groter werden en zijn neusvleugels zich opensperden zoals die keer toen hij naar New York wilde vertrekken.

Pablo was gereed om weer te vertrekken.

Santiago keek omhoog naar de maan en strekte zijn armen uit, alsof hij een offer bracht. Hij hield zijn blik strak op Pablo's gezicht gevestigd, laafde zich aan de man die hij liefhad, en liet toen heel voorzichtig zijn greep verslappen, zijn sterke armen maakten zich langzaam los van de smalle rug van zijn geliefde, gaven hem aan de stroming alsof hij een geschenk was. Pablo's nietige gestalte dreef van hem weg, de rivier af, verdween onder water en kwam dan weer boven, tot er alleen nog een witte handdoek van hem restte die in een draaikolk gevangen zat en op en neer danste.

Of misschien was het de volle maan die in het water scheen.

Toen ik bijkwam, lag ik op mijn buik in een graslandje. Mijn lichaam deed pijn en ik had een branderig gevoel in mijn neus, mond en keel. Voor me zat een man, zijn gezicht was zwart en groen geverfd. Het duurde even voordat ik een aantal andere dingen aan hem opmerkte: een soldatenbaret, een brandende sigaret die in zijn mondhoek bungelde, een camouflagepak, een Galilgeweer tussen zijn handen dat hij op mijn voorhoofd hield gericht.

'Je moest eens weten hoe blij ik ben dat jij nog leeft,' zei hij op cynische toon.

In gedachten begon ik langzaam de gebeurtenissen te reconstrueren die tot dat moment hadden geleid. Dat ik overboord was gevallen, dat er water in mijn mond en neus was gestroomd, dat ik wanhopig met mijn armen tegen de stroming in worstelde om te blijven drijven. Verder kon ik me niets meer herinneren.

De man bleek een paramilitaire soldaat te zijn. Hij vertelde dat hij tweehonderdduizend peso's zou krijgen als hij me levend naar zijn kamp terugbracht. 'Je mag wel dankbaar zijn. Je hebt geluk gehad,' zei hij, terwijl de sigarettenrook uit de zijkant van zijn mond stroomde. 'Zie je die knaap naast je?' Ik draaide mijn hoofd opzij. Amper een meter van me vandaan lag een halfnaakte man plat op zijn buik. 'Die arme donder is verdronken. Maar hij is nog steeds duizend peso's waard.'

Hij stond op en beval me het lijk op te pakken en te dragen. Zijn kamp lag ongeveer twee uur lopen daarvandaan. Toen ik het lichaam omdraaide om het over mijn schouder te leggen, realiseerde ik me dat het Campo Elías Restrepo jr. was, mijn beste vriend bij de guerrilla's. Op dat moment

herinnerde ik me de rest: Campo Elías en ik hadden een perfect plan bedacht om aan de guerrilla's te ontsnappen, aan de oorlog. De nacht daarvoor, toen ik wachtliep, had ik mijn geweer aan een kameraad gegeven
(deserteren met geweer is het ergste dat een strijder zijn voormalige
groep aan kan doen) en gezegd: 'Hé, kameraad, ik ga effe kakken daar
achter die bosjes.' Ik kon niet tegen hem zeggen dat ik ging ontsnappen.
De guerrillaregel luidt dat je iedereen die voorstelt om ertussenuit te
knijpen, moet doden, zelfs als het je commandant is. Ik was naar de verlaten hut gerend waar Campo Elías op me wachtte met het vlot dat hij zelf
in elkaar had geflanst. We waren bezig de rivier over te steken toen ons
vlot door een draaikolk werd gegrepen en omsloeg.

Hij doet maar alsof hij dood is, dacht ik – dat maakte onderdeel uit van
ons plan –, maar toen ik hem optilde viel zijn hoofd slap opzij. Zijn gezicht
was bleek, zijn lippen zagen paars. Zijn ogen stonden wijd open, maar alleen het wit was zichtbaar, alsof hij besloten had dat niets meer de moeite waard was om te zien en ze had weggedraaid.

Ik begon rustig met Campo Elías op mijn schouder naar het kamp te
lopen en vroeg me af wat er met mij ging gebeuren, waarbij ik bedacht
dat hij – niet ik – degene was die geluk had gehad: hij was aan dit alles
ontsnapt.

HOOFDSTUK 7

Het offer van de maagd

Mariquita, 22 april 1998

De priester kwam zelf met het idee om het zesde gebod te overtreden. Op een dag besloot hij de magistraat een bezoek te brengen om, zoals hij het noemde, 'een dringende noodzaak tot voortplanting' te bespreken. Hij ging vroeg in de middag naar haar kantoor, gehuld in zijn zwarte polyester soutane, ondanks de aanhoudende hitte die op een hevige driedaagse storm was gevolgd. Hij nam zijn misdienaar mee, de veertienjarige Ho Chi Minh Ospina, die straf had gekregen omdat hij een voorraad hostie voor een week had opgegeten. De jongen, die dik, zacht en kwabbig was, haatte het werk, vooral als hij, zoals op deze dag, met de reusachtige bijbel van el padre moest rondzeulen. 'Kunnen we geen kleinere bijbel meenemen?' vroeg hij telkens, en telkens kreeg hij hetzelfde antwoord: 'Nee.' El padre was ervan overtuigd dat een grote bijbel hem belangrijker maakte en zijn zedenpreken meer gewicht verleende.

In Rosalba's kantoor stond de priester bij het raam en las hardop een uitgebreide selectie aan bijbelpassages en psalmen over de voortplanting voor. De magistraat vond het nogal saaie teksten en vroeg zich af waarom de priester niet gewoon ter zake kwam.

'God zij geloofd!' riep hij uit nadat hij klaar was. Hij sloeg de bijbel dicht, keek over het randje van zijn leesbril en verklaarde: 'Het is onze plicht toe te zien op het voortbestaan van onze soort.'

'Dat ben ik met u eens, padre,' antwoordde de magistraat. 'Mannen terugbrengen naar Mariquita is een van mijn prioriteiten geweest sinds ik tot magistraat ben aangesteld. Meer dan eens heb ik de regering, en zelfs de Heer, gevraagd om een vrachtwagen vol mannen te sturen.'

'De Heer kan maar zoveel doen,' zei de priester. 'Maar hoe zit het met de regeringsvertegenwoordiger en de gouverneur? Hebben zij u al teruggeschreven?' voegde hij er onoprecht aan toe. Hij wist het antwoord.

'Wie weet? Misschien wel,' antwoordde ze op een toon waaruit eerder een *ja* dan een *nee* kon worden opgemaakt. 'Maar nu de storm iedere toegangsweg tot ons dorp heeft weggevaagd, betwijfel ik of we hier ooit nog een postbode zullen zien; of wie dan ook.' Ze dacht na over de feitelijke implicaties van wat ze zojuist had gezegd: geen handelaars meer, geen incidentele bezoekers meer, geen doorgaande reizigers meer, nooit meer mannen. Dat sombere vooruitzicht maakte haar ongerust. 'We moeten onmiddellijk iets aan die wegen doen,' verklaarde ze en ze pakte haar notitieboek en een potloodstompje uit een la.

'Alles op zijn tijd,' onderbrak de priester haar plotseling, voordat de magistraat *Toegangswegen laten herstellen* aan haar lange nutteloze lijst van prioriteiten kon toevoegen. 'De voortplanting dient onze eerste prioriteit te zijn.' Hij gebaarde naar de misdienaar dat hij naar buiten moest en ging toen tegenover Rosalba zitten. Samen bespraken ze de kwestie uitgebreid en kwamen tot de conclusie dat de vrouwen van Mariquita jongens moesten baren, anders zou hun dorp na de huidige generatie uitsterven. De magistraat opperde dat Santiago Marín 'die klus wel kon klaren'.

El padre schudde zijn hoofd, en keek alsof er zojuist een vloek over hem was uitgesproken. 'Dat God die… man mag vergeven.'

'Kom nou toch, padre Rafael,' bromde Rosalba. 'Koestert u nog steeds wrok tegen Santiago Marín voor wat hij gedaan heeft?' Ze rolde met haar ogen en zuchtte ongeduldig, zich niet bewust van haar neerbuigende houding. 'Vindt u nu ook niet dat het feit dat hij in quarantaine is geplaatst, helemaal alleen met zijn verdriet, al voldoende straf is geweest voor die arme man? Lieve hemel! Het vergt wel heel veel moed, én liefde, om te doen wat hij deed. En precies om die reden beschouw ik Santiago eerder als een van ons, als een weduwe. *De Andere Weduwe.*'

Op zijn teentjes getrapt beantwoordde el padre Rosalba's kritische opmerking met een zware stilte. Hij keek de andere kant op en begon met zijn vingers te spelen die op zijn uitpuilende buik lagen.

'Trouwens,' vervolgde Rosalba zonder daar acht op te slaan, 'met hem maken we nog de meeste kans om een vrouw zwanger te laten worden.'

El padre stond op. 'Nooit!' bulderde hij en met de palm van zijn hand gaf hij een klap op het bureau van de magistraat. 'Een man die tegen de heer heeft gezondigd door bij een andere man te gaan liggen zal nooit de toekomstige mensen van Mariquita mogen verwekken!' Hij haalde een zakdoek uit zijn zak en bette met trillende handen zijn voorhoofd.

De magistraat sloeg de priester rustig gade en besloot te wachten tot de kleine man weer wat was bedaard. Ze was gewend aan de opvliegendheid van el padre. Lang geleden had hij een keer de weinige haren uitgetrokken die nog op zijn hoofd zaten, omdat hij geen hosties meer had voor de eucharistie. 'O, wat een schande!' had hij gezegd. Ze dachten toch niet dat hij de mis zou opdragen zonder het lichaam van Christus om te offeren? Werd hij geacht de heilige communie dan maar over te slaan, het belangrijkste onderdeel van de liturgie? Uiteindelijk had Rosalba, zoals altijd, het probleem opgelost. Ze had dunne, piepkleine *arepas* gebakken en voorgesteld dat el padre die zou zegenen. Aanvankelijk was hij beledigd: 'Het lichaam van Christus een stuk maïsbrood?' Maar Rosalba had hem toen duidelijk gemaakt dat hosties niets anders waren dan dunne stukjes brood en uiteindelijk had hij haar aanbod aanvaard. Maar in al die verwarring was de priester vergeten de arepas te zegenen, met als gevolg dat de vrouwen in de kerk hetzelfde doorslikten dat ze thuis voor het ontbijt hadden gegeten, maar dan kleiner. Sinds die dag waren de arepas de hosties van Mariquita geworden, soms zoet, soms zout en soms, als het er was, met kaassmaak.

De priester haalde een paar keer diep adem en ging weer zitten.

'Wat dacht u van Julia Morales?' zei Rosalba. 'Onder die rok zit een prima man.' Ze benadrukte het woord prima.

De priester rolde met zijn ogen. 'Hoort u niet wat ik zeg, magistraat? Voortplanting kan niet worden afgedwongen. Het is al erg genoeg dat het geen daad van huwelijkse liefde zal zijn, maar het vereist op zijn minst een zekere mate van tederheid en affectie die alleen een echte man een vrouw zal kunnen geven.'

'Ik weet niet wat ik dan nog moet zeggen,' bekende de magistraat en ze sloeg haar armen over elkaar heen. 'Misschien moeten dan we aan de jongens gaan denken. Che en Trotsky worden dit jaar vijftien.'

'Ze zijn nog kinderen,' zei el padre.

Er viel een lange stilte waarin ze vermeden elkaar aan te kijken. Na een tijdje schudde el padre zijn hoofd. 'Goed...' mompelde hij. 'Nee, ik kan dat niet doen.' Hij bedekte zijn gezicht met beide handen, alsof hij in tranen ging uitbarsten. 'Ik kan dat niet doen. Ik kan het niet, ik kan het niet, ik kan het niet,' zei hij tussen zijn vingers door terwijl hij heftig met zijn hoofd schudde. Maar toen overwon hij zijn schuldgevoelens zoals alleen goede katholieken dat kunnen en zei luid en zelfverzekerd: 'Een mens moet zijn verantwoordelijkheden nemen. Als dit Gods wil is, dan zal Uw wil geschieden.' Hij stond op, met een martelaarsuitdrukking op zijn roze gezicht en staarde door het raam naar de bewolkte lucht. 'Ik moet het doen!'

De magistraat maakte tegenwerpingen. 'Ik denk dat het zeer veel schade toebrengt aan uw reputatie en die van de kerk, maar ook aan onze gemeenschap. U bent de belichaming van... deugdzaamheid en kuisheid, padre.' Maar de priester bleef volhouden dat het een goddelijke wil betrof die zij niet in de weg mochten staan. Rosalba ging er niet verder op in. Ze was er bijna zeker van dat el padres idee op zware weerstand zou stuiten bij de dorpelingen. Ze zou de vrouwen wel met de halsstarrige priester laten discussiëren.

Die avond luidde de priester de kerkbel luid en krachtig en riep op tot een dorpsbijeenkomst. De vrouwen van Mariquita hadden schoon genoeg van dat soort bijeenkomsten omdat er nooit iets belangrijks werd gezegd. Meestal bracht de magistraat hun alleen maar in herinnering dat ze hun vloeren moesten vegen en dweilen, hun achtertuinen moesten bijhouden, hun nagels moesten knippen, hun haren moesten kammen en hun kinderen op luizen moesten inspecteren. Toch woonden ze die bijeenkomsten maar bij omdat ze niks beters te doen hadden. Deze avond las Rosalba een aantal korte teksten voor die de priester voor de vrouwen van Mariquita had opgeschreven. De eerste passage deelde hun mee, of liever gezegd waarschuwde hen, dat Mariquita dreigde te verdwijnen als ze zich niet voortplantten. 'Maar er is hoop,' zei de magistraat. 'El padre Rafael is bereid zijn heilige gelofte van kuisheid te verbreken om Mariquita voort te laten bestaan.'

Er klonk een verward gemompel in de menigte.

In een tweede passage werd uitgelegd dat el padre daarmee riskeerde na zijn dood veel langer in het vagevuur te moeten verblijven dan hij verdiende, alleen maar om de gemeenschap iets terug te geven voor al die jaren dat zij de kerk had gesteund. Daarna volgde een korte zin waarmee het begin van de voortplantingscampagne werd aangekondigd. 'Het doel van de campagne,' las de magistraat, 'is twintig vrouwen gedurende de eerste cyclus te bevruchten.' Ze voegde eraan toe dat zij en el padre zouden bidden dat een hoog percentage van de nieuwe borelingen jongens zouden zijn. Vervolgens las ze de regels voor: alleen vrouwen ouder dan vijftien en jonger dan veertig mochten deelnemen. Ze dienden zich in te schrijven bij Cecilia Guaraya, de secretaresse van de magistraat. Bij de inschrijving zouden ze een bewijs van hun leeftijd moeten overleggen. Als de inschrijving eenmaal officieel was, werd de deelneemster op een wachtlijst gezet en zou ze te horen krijgen wanneer ze het huisbezoek tegemoet kon zien. De lijst zou permanent in het kantoor van de magistraat worden opgehangen. Uit respect voor God dienden alle religieuze voorwerpen verwijderd te worden uit de kamer waar de heilige daad zou plaatshebben. Tijdens de heilige daad zouden er geen gevoelens meespelen: el padre zou niet de liefde met hen bedrijven, hij zou alleen maar baby's maken, hopelijk jongens. En tot slot dienden de vrouwen eventueel eten te doneren om el padre gezond en sterk te houden tijdens de hele campagne, die een aantal maanden in beslag zou nemen.

Anders dan de magistraat had gedacht, maakten de dorpsbewoonsters niet openlijk bezwaar tegen het idee van el padre. En anders dan el padre had gedacht, liet geen enkele vrouw zich in de eerste dagen na de bekendmaking inschrijven. Ze konden zich niet eens voorstellen dat ze met een priester naar bed zouden gaan, laat staan hún priester. 'Het zou zijn alsof je met God naar bed gaat,' zei de weduwe Morales. Maar el padre liet zich daardoor niet ontmoedigen. Iedere dag tijdens de mis herinnerde hij de vrouwen aan hun plicht tegenover het menselijk ras en betichtte hen van egoïsme. 'Als ik bereid ben het offer te brengen, waarom kunnen jullie dan niet hetzelfde doen?' Maar pas nadat hij hun had verzekerd dat God hem speciaal toestemming had gegeven het zesde gebod te overtreden, begon de voortplantingslijst vol te lopen.

Een jong meisje genaamd Virgelina Saavedra was nummer negenentwintig.

*

Virgelina en Lucrecia, haar grootmoeder, woonden in een bouwvallig huisje tegenover de markt. Als kind was Virgelina aan de hoede van haar grootmoeder toevertrouwd, die haar had opgevoed om een dienstbare en onderdanige huisvrouw te worden. Kort nadat Virgelina twaalf was geworden, was Lucrecia's gezondheid achteruitgegaan en had het meisje voor hen beiden moeten zorgen. De oude vrouw tuurde de hele dag door de gordijnen naar de vrouwen op de markt en probeerde te raden wat ze zeiden, en verzon dan grappige verhalen die ze later aan haar kleindochter vertelde alsof de vrouwen haar die persoonlijk hadden toevertrouwd. Virgelina hoorde de verhalen aan terwijl ze het huishouden deed en knikte van tijd tot tijd. Het meisje had een ochtendroutine: ze ontwaakte bij het krieken van de dag, prevelde haar gebeden, maakte het vuur aan in de keuken, maakte het ontbijt klaar, veegde de vloer met een bos bladeren en nam een bad als er water was. Zo nu en dan haalde ze water uit de rivier, maar meestal rekende ze erop dat de regen de drie watertonnen zou vullen die ze achter het huis hadden staan. Nadat ze haar ochtendkarweitjes had verricht, ging het jonge meisje naar school, waar de onderwijzeres haar al twee jaar achter elkaar tot 'Beste leerling' had uitgeroepen. Virgelina had slechts drie jurken, alle drie zwart en klassiek, die ze van haar overleden moeder had geërfd. Ze was klein, rustig en welgemanierd, en ze was pas veertien.

Lucrecia had Cecilia ervan weten te overtuigen dat Virgelina, hoewel ze nog niet oud genoeg was, geschikt was om een jongen te baren. 'Mijn overgrootmoeder heeft negentien jongens ter wereld gebracht,' had ze tegen Cecilia gezegd. 'En de achternicht van mijn oudtante heeft elf jongens gebaard. Wij stammen uit een familie die weet hoe ze jongens moet maken.'

Cecilia, die bekendstond om haar lompheid en onbuigzaamheid, maakte verrassend genoeg een uitzondering. Ze had een zwak voor twee soorten mensen: oude mensen en mensen die haar complimentjes maakten.

's Ochtends zag Lucrecia eruit als een mummie. Ze leed aan artritis die nog eens verergerd werd door de wind die 's nachts door de spleten in de deuren en het dak naar binnen woei. Daarom wikkelde Virgelina haar iedere avond voor het slapengaan van hals tot tenen in tien meter witte stof. Haar grootmoeder had de stof bewaard uit de tijd dat zij de beste naaister van Mariquita was. Maar wat de uitwerking van de therapie op haar gewrichten ook was, de oude vrouw vond prompt weer nieuwe aandoeningen waarover ze kon mopperen; het eten viel nooit goed, geluiden gaven haar hoofdpijn, haar nieren deden pijn als het regende. Of meer triviale klachten: te koud, te warm, te zoet, veel te zoet.

Sinds de aanvang van de huisbezoeken hadden achtentwintig vrouwen plaatsgemaakt in hun bed voor de kleine priester, die, zo ging het gerucht op de markt, gezegend was met een flinke penis maar een middelmatige minnaar was. 'Hij is al klaar voordat je doorhebt dat hij begonnen is,' had Magnolia Morales haar vriendinnen verteld toen ze elkaar zoals elke avond op de plaza troffen. Eén weduwe was te laat met haar menstruatie geweest, maar dat bleek vals alarm te zijn. Tot nu toe had niemand verkondigd zwanger te zijn.

Op de dag waarop Virgelina thuis bezocht zou worden, werd Lucrecia wakker met nog meer klachten dan gebruikelijk. 'Ik kan niet ademen,' zei ze. 'Mijn been doet zeer.' 'Ik voel me slaperig.' 'Ik ben misselijk.' Minstens twee keer stond Virgelina op het punt te zeggen dat ze niet zo moest zeuren, dat ze een paar minuten haar mond moest houden, haar ouwe sneb moest houden omdat ze vandaag, speciaal vandaag, niet in de stemming was voor haar gezanik. Maar in plaats daarvan gaf ze Fidel en Castro telkens als ze haar pad kruisten een schop, en toen ze naar school ging, smeet ze de deur met al haar kracht dicht. Na de middagmaaltijd, toen de oude vrouw huilend wakker werd na haar gebruikelijke siësta en zei dat ze haar ogen niet openkreeg, deed Virgelina net of ze haar niet hoorde. Ze sleepte een stoel naar buiten en begon een sprei te breien, en ze maakte zich zorgen over het bezoek: die avond zou ze voor het eerst samen zijn met een man.

Onder het breien en de averechtse steken herinnerde ze zich, een voor een en in perfecte volgorde, de zeven stappen die haar grootmoeder voor haar ontmaagding had bedacht. Virgelina had ze verscheidene keren moeten herhalen, en iedere keer had haar grootmoeder ze haar van achter naar voren laten opzeggen of combineerde ze twee stappen tot één, haalde er stappen uit of voegde juist nieuwe toe, voor het geval een stap niet zou werken. Haar eerste seksuele ervaring was zorgvuldig gepland en liet geen ruimte voor impulsiviteit, intuïtie of de plotselinge passie die ze de laatste tijd was beginnen te voelen. Virgelina wist niet hoe het kwam, maar de laatste tijd begonnen haar tepels te jeuken. Iedere avond nadat ze de kaars in haar kamer had uitgeblazen, begon ze haar tepels met haar vingertoppen te strelen tot ze het gevoel had alsof er een kolonie woedende miertjes in iedere borst rondmarcheerde, die in haar vlees beten en haar opaten. Onder het breien stelde ze zich de handen van de priester voor die haar kleine borsten omvatten, en die gedachte was zo levensecht dat ze zelfs kon voelen hoe zijn vingers er hard in knepen. Opeens schoot er een elektrische stroom door haar lichaam zodat ze haar handen met naalden en al in de lucht gooide. Ze stond op en rende naar binnen, en bedekte haar boezem met haar handen. Zoiets had ze nog nooit eerder gevoeld. Ze leunde tegen de muur in de keuken en haalde diep adem, toen nog eens en nog eens. Uiteindelijk dwong ze zichzelf zich te herinneren dat die vingers – van el padre – vastzaten aan een paar kwabbige armen, die weer verbonden waren met een kleine romp met een uitpuilende buik, die weer vastzat aan een groot kaal hoofd met een afstotelijk roze gezicht, met een lange neus en kleine kippenoogjes die half geloken waren door zwaar overhangende oogleden. Toen ze na een tijdje weer naar buiten liep om haar naaigerei weer te pakken, voelde ze zich iets opgeluchter.

's Middags depte Virgelina haar grootmoeders ogen met warm water, maar het hielp niet. De ogen van de oude vrouw zaten potdicht. 'Ik haal zuster Ramírez erbij,' zei Virgelina. De oude vrouw antwoordde dat dat niet hoefde, dat het een teken vanuit de hemel was, een waarschuwing dat God nog steeds boos op haar was om iets waar zij alleen weet van had.

Later op de avond vond het volgende gesprek plaats in de keuken.

'Dank je wel voor het eten, *mija*. Jouw soep smaakte veel lekkerder dan die van je moeder, moge haar ziel in vrede rusten.'

'Drink uw koffie op, grootmoeder. Het kopje staat vlak voor u.'

'Ik kan zo laat op de avond geen koffie meer drinken. Afgelopen nacht heb ik tot het ochtendgloren wakker gelegen en het geschreeuw van al die arme mannen aangehoord.'

'Wat voor mannen, grootmoeder?'

'De mannen van Mariquita. Heb je hun arme dolende zielen niet gehoord? Dat de Heer zich over hen ontferme.'

'Dat de Heer zich over óns ontferme. Wij zijn hier nog steeds en lijden.'

'Mijn kind, je bent nog te jong om het al over lijden te hebben. Toen ik zo oud was als jij, was ik het gelukkigste meisje…'

'Ja, ik weet het. Een knappe man maakte u het hof, maar uw vader vond hem niet geschikt omdat hij een liberaal was. Twee jaar later dwong hij u met mijn grootvader te trouwen, die natuurlijk een conservatief was en die u vanzelfsprekend dag en nacht sloeg. Ziet u wel? Ik ken het ondertussen helemaal uit mijn hoofd. Waarom vertelt u in plaats daarvan niet eens een keer hoe vader en moeder zijn gestorven?'

'Het is te koud in de keuken. Waar is mijn deken?'

'Die hebt u om u heen gewikkeld. Ik zal even kijken of er nog kaneel is en dan hete thee voor u maken. Daar wordt u lekker warm van.'

'En mijn wandelstok? Waar is mijn wandelstok?'

'Die hebt u in uw hand.'

'Ben je klaar voor je bezoeker, mija?'

'Ja, maar hij komt pas om acht uur.'

'Ik heb de kerkklok zojuist acht keer horen slaan.'

'Ik heb er maar zeven geteld.'

'Het is beter om ruim van tevoren klaar te zijn. Je moet niet vergeten dat hij het tegenwoordig erg druk heeft.'

'Dat weet ik, grootmoeder. Waar heb ik de kaneel opgeborgen?'

'Heb je wat rouge op je wangen gedaan?'

'Ja.'

'Weet je alle stappen nog, mija? Vertel me de stappen nog eens.'

'Niet weer, grootmoeder. Vertelt u me in plaats daarvan maar eens hoe vader en moeder zijn gestorven. Ik begrijp niet waarom het zo'n geheim is.'

'Heb je het hele huis schoongemaakt, zoals ik je had gezegd?'

'Ieder hoekje.'

'En de beddenspreien?'

'Allemaal schoon. En ik heb eucalyptusbladeren in de buiten-wc verbrand en genoeg water gehaald voor het geval hij zich wil wassen. O, hier staat hij: de kaneel. Hij was verwisseld met de *panela*. Ik zal even water opzetten.'

'Heb je de afbeelding van Jezus aan het kruis uit je slaapkamer gehaald?'

'Nee. Waarom zou ik dat doen? U zei dat het een heilige daad zou zijn.'

'Dat is het ook, maar de Heer hoeft er geen getuige van te zijn.'

'Dan haal ik hem wel weg, maar voordat ik dat doe, vertel me alsjeblieft eerst hoe vader en moeder zijn gestorven.'

Het kostte Virgelina heel wat overredingskracht om haar grootmoeder zover te krijgen dat die haar, op een uitzonderlijk helder moment, het verhaal vertelde dat ze zo graag wilde horen. De oude vrouw had jarenlang vermeden erover te praten, maar vandaag zou Virgelina een vrouw worden en ze had er recht op de waarhcid te weten.

'Je vader heeft je moeder vermoord,' zei Lucrecia onverbloemd, alsof dat zowel het begin als het einde van het verhaal was.

Perplex, met haar handen samengevouwen over haar mond, liet Virgelina zich in een schommelstoel vallen die naast het fornuis stond.

Daarna, met een zachte stem maar zonder te haperen, vertelde Lucrecia haar kleindochter de details: 'Op een ochtend, ongeveer dertien jaar geleden, werd je vader wakker en trof zijn ontbijt koud op zijn nachtkastje aan. Naast de kop koffie lag een briefje van je moeder waarin stond: "Beste echtgenoot, dit zijn de laatste eieren die ik voor je kook. Ik verlaat je voor iemand die me nooit zal slaan. Het beste, Nohemí." Je vader ging door het lint.' Lucrecia vertelde dat de razende man van dorp naar dorp was gegaan om zijn vrouw en dochter te zoeken – Nohemí had de kleine Virgelina meegenomen – tot hij hen in de buurt van Girardot vond. En dat hij hen op een regenachtige nacht midden in de maand juni terug naar Mariquita had gebracht. 'De volgcnde ochtend,' vervolgde Lucrecia, 'trof ik een ingebakerde baby huilend op mijn drempel aan. Ik pakte je op en rende naar Nohemí's huis, dat een paar straten verder lag. Maar het was al te laat.' Toen ze aankwam, was het huis één grote puinhoop: overal gebroken glas, gebroken vazen en kapotte stoelen, alles was gebroken. Ze vond Nohemí in een plas bloed in de keuken, met doorgesneden keel, en achter het huis hing Virgelina's vader aan een boom, met Nohemí's briefje op de grond onder zijn bungelende voeten.

Toen Lucrecia was uitverteld, vroeg Virgelina zich af: wie was de man met wie haar moeder was gevlucht? Was ze verliefd op hem geweest? Wat was er van hem geworden? Ze wilde het haar grootmoeder vragen, maar haar vlaag van luciditeit was voorbij en ze schreeuwde tegen het plafond: 'Heer, o Heer. Vergeef me dat ik een zondige dochter heb voortgebracht. Vergeef me, want ik heb het verloren schaap niet naar Uw kudde teruggebracht.' En toen, met haar verzegelde ogen naar Virgelina gekeerd, zei ze bitter: 'Het gedrag van je moeder heeft mijn naam te schande gemaakt. Daarom zendt God mij tegenspoed.'

*

El padre Rafael klopte bij de eerste slag van de kerkklok op hun deur, en tegen de tijd dat de achtste slag weerklonk, zaten hij en zijn misdienaar al in de zitkamer bij Virgelina. De priester had zijn benen over elkaar geslagen en er lag een verrukte uitdrukking op zijn roze gezicht, alsof hij zojuist een snoepje had geproefd. Ho Chi Minhs ronde gezicht was daarentegen volslagen uitdrukkingsloos. Hij had de reusachtige bijbel op zijn schoot gelegd en liet zijn mollige armen erop rusten. De bijbel zelf zou nog eerder een zweem van een glimlach tentoonspreiden dan hij. Het licht van een kaars op de tafel verlichtte Virgelina's gezicht, dat inderdaad was volgesmeerd met rouge, wat haar angstige gelaatsuitdrukking nog meer accentueerde.

Toen het hem werd gevraagd, mompelde Ho Chi Minh dat hij geen honger of dorst had. Hij wilde geen koffie of kaneelthee. Het was goed zo. El padre zei dat hij een 'slokje' water zou nemen. Slechts een 'slokje', want hij wist hoe zwaar het was om het helemaal van de rivier hier-naartoe te dragen. Hij zei het op neerbuigende toon, en had het tegen Virgelina's borsten, terwijl hij wellustig glimlachte. Het meisje verdween naar de keuken, waar haar grootmoeder roerloos zat, gewikkeld in haar deken als een gebrekkig uitgehouwen standbeeld.

'Hij wil water,' mopperde Virgelina. Ze liep in de keuken rond, op zoek naar de kan waar ze hun drinkwater in bewaarden. Hij stond boven op de enige tafel, vlak voor haar, maar het meisje was zo geagiteerd dat ze hem niet zag staan. 'Waar hebt u het water neergezet?' vroeg ze op een toon die haar slechte humeur verried. De oude vrouw draaide haar hoofd naar rechts en vervolgens naar links maar reageerde niet op de vraag. Virgelina rolde met haar ogen naar de bundel kleren die haar grootmoeder was, en bleef zoeken terwijl ze potten en pannen met veel lawaai opzij zette en koekenpannen neersmakte. Ze kon hem niet vinden. 'Waar staat het water?' schreeuwde ze. Lucrecia gaf geen antwoord. Virgelina liep op haar af, greep haar bij de schouders en riep dezelfde vraag nog een keer.

Lucrecia duwde haar opzij en zwaaide met haar wandelstok alsof het een zwaard was. 'Wat? Wat is er aan de hand?' vroeg ze met een zachte, gebroken stem. 'Wie is daar?'

'Ik ben het! Waar staat die verrekte waterkan?'

'Wie is daar? Zeg dan iets,' herhaalde Lucrecia.

'O, lieve Heer,' kreunde Virgelina.

Klaarblijkelijk had de Heer de afgelopen minuten tot overmaat van ramp besloten om haar grootmoeders gehoor weg te nemen. Snikkend ging Virgelina aan tafel zitten en zag de kan toen voor zich staan. Ze schoot overeind, schonk wat water in een kopje, spuugde erin en roerde even met haar wijsvinger, rende de keuken uit en liep toen struikelend door de donkere gang die de twee kamers met elkaar verbond. Toen ze weg was, sperde Lucrecia haar ogen wijd open, liep naar de deur en drukte haar oor ertegenaan zodat ze het gesprek in de zitkamer beter kon horen.

'Dank je wel, mijn kind,' zei de priester, en hij nam het kopje met beide handen aan. Hij dronk de inhoud snel op. 'Komt je grootmoeder bij ons zitten voor de bijbellezing?'

'Ze voelt zich niet zo lekker.'

'Wat vervelend om te horen. Kan ik iets doen om haar te helpen?'

'Niets, tenzij u wonderen kunt verrichten. Kunt u dat, padre?' vroeg Virgelina op een opvallend ruwe toon.

El padre verkoos het antwoord van het meisje met een stilzwijgen te beantwoorden. Hij vroeg Ho Chi Minh om Genesis 1:28 in de bijbel op te zoeken, en toen de jongen dat gevonden had, legde hij de bijbel op zijn eigen schoot, zette zijn leesbril op en begon te lezen bij het flakkerende licht van de kaars:

'Hij zegende hen en zei: "Wees vruchtbaar en word talrijk, bevolk de aarde en breng haar onder je gezag: heers over de vissen van de zee, over de vogels van de hemel en over alle dieren die op de aarde rondkruipen."' Hij sloeg een kruis en terwijl hij zijn leesbril in een verborgen zakje aan de linkerzijde van zijn soutane wegborg, voegde hij eraan toe: 'Geprezen zij de Heer.'

'Is dat het? Mag ik nu gaan?' vroeg Ho Chi Minh. De priester stemde toe, en zowel de jongen als de bijbel vluchtten de deur uit zonder nog op of om te kijken.

In de paar seconden die verstreken tussen het moment dat Ho Chi Minh de deur achter zich dichtsloeg en de priester zei: 'Zullen we dan maar, mijn kind?' overlegde Virgelina bij zichzelf of haar moeder er nu wel of niet goed aan had gedaan om bij haar echtgenoot weg te gaan. Tot die middag had ze alleen maar goede dingen over haar moeder gehoord. De mensen in het dorp spraken lyrisch over Nohemí's ontelbare kwaliteiten maar hadden het bijna nooit over haar vader. Wat een vrouw en moeder, die Nohemí! Wat een vrome katholiek, die Nohemí! Wat een vriendelijk en edelmoedig mens, die Nohemí! Wat een bijzonder mens, die Nohemí! Ze spraken altijd zo lovend en vol genegenheid over Nohemí dat Virgelina, die nooit een foto van haar moeder had gezien, zich haar voorstelde als een engelachtige gestalte met lang haar, roze wangen en een eeuwige glimlach op haar gezicht. In een hoekje van haar slaapkamer had ze een altaar voor haar moeder opgericht, en ze bad iedere avond tot haar. Het altaar bestond uit drie verdiepingen en het stond op opeengestapelde dozen. Helemaal bovenop had ze een plaatje van de Maagd Maria gezet – die haar moeder symboliseerde –, een rozenkrans en een witte kaars die ze alleen aanstak als ze een offer bracht. Op de middenverdieping had ze een plastic kom gezet voor de lepels soep die ze iedere dag aan haar moeder offerde – ze was dol op soep, die Nohemí! – en als ze ze kon vinden, gele afrikaantjes, de bloemen van de doden. Op de benedenverdieping zette Virgelina een kopje water neer en wat amuletten en snuisterijen die ze op de markt had gevonden, ter ere van haar moeders geest.

Maar vandaag, na haar grootmoeders bekentenis, was het beeld dat Virgelina van Nohemí had snel afgebrokkeld. Hoe goed kon een vrouw zijn geweest die haar echtgenoot in de steek had gelaten? En hoe goed kon een moeder zijn die het leven van haar dochter op het spel had gezet door een verhouding met God weet wie te beginnen?

'Zullen we dan maar, mijn kind?' zei de priester, terwijl hij opstond. Met een elegant gebaar pakte hij de kaarsenhouder met twee vingers beet en gaf hem aan Virgelina, en gebaarde daarna dat zij hem voor moest gaan, hij zou wel volgen.

Toen Virgelina haar slaapkamer in liep, op de voet gevolgd door de priester, voelde ze zich opeens helder worden in haar hoofd. Ze bedacht dat zowel haar moeder als haar grootmoeder de vrije keuze had gehad toen ze hun pad uitkozen. Wat ze hadden kunnen of moeten doen deed er niet meer toe, omdat de vrouwen destijds, op het moment dat ze moesten besluiten welk pad ze zouden nemen, voor hun gevoel de juiste keuze hadden gemaakt. Zij, Virgelina, had niet het recht hen te veroordelen.

Virgelina voelde zich machtig worden bij dat besef en realiseerde zich dat ook zij het recht had haar eigen keuzen te maken. Op dit moment deden zich verschillende mogelijkheden aan haar voor: ze kon in de kamer blijven met de priester en doen wat haar grootmoeder haar had opgedragen, zonder te klagen. Ze kon wegrennen net als haar moeder, zonder om te kijken, in de hoop dat niemand haar ooit zou vinden. Ze kon el padre de waarheid vertellen – dat ze doodsbang was – en hem beleefd verzoeken weg te gaan. Ze kon 'het' in stilte ondergaan tot 'het' achter de rug was, dan het allergrootste mes uit hun keuken pakken en het in el padres borst steken, zijn hart eruit rukken en het bloederig en al op de bovenste verdieping van haar altaar plaatsen, naast de witte kaars. Zo'n groot offer zou zeker Gods toorn jegens haar grootmoeder tot bedaren brengen; het zou Hem er zelfs toe kunnen brengen Lucrecia haar gezichtsvermogen en gehoor terug te geven.

Ze deed de deur met de toppen van haar vingers dicht en draaide zich om, heel langzaam, om de gretige priester aan te kijken.

Virgelina zette de kaarsenhouder op het nachttafeltje. Ze staarden elkaar aan bij het flakkerende licht. Alleen het bed stond tussen hen in. Vanwaar hij stond, kon de priester een klein stukje van de lippen en de kin van het meisje zien, en de contouren van haar rechterborst. Vanwaar zij stond, nam Virgelina een onderzoekend oog waar dat strak op haar rechterborst was gevestigd, een trillende neusvleugel en de helft van een mond die wellustig naar haar glimlachte.

'Kom eens hier, mijn lieve kind,' zei el padre, en met de palm van zijn hand gaf hij een klopje op het bed. 'Kom…'

Het was zo stil in de kamer dat ze haar eigen hart voelde bonken. En toen, bijna fluisterend, begon de echo van haar grootmoeders stem in het hoofd van het meisje te weerklinken, die de stappen voor Virgelina's ontmaagding herhaalde.

Stap een: vertel hem dat je nog maagd bent, zodat hij voorzichtig zal zijn.

'Ik ben een maagd, padre,' gooide ze eruit.

'Wat zei je?'

'Ik ben een maagd.'

Hij gniffelde even. 'Ik had niet anders van je verwacht, mijn lieve kind.' Hij liep om het bed heen, overbrugde daarmee de afstand tussen hen en ging vol zelfvertrouwen voor haar staan. Zijn ene hand rustte op haar heup terwijl de andere naar beneden gleed langs haar rug, op zoek naar een rits. Hij vond knopen, maakte ze los en na een paar snelle bewegingen viel Virgelina's jurk op de grond. Ze beefde een beetje en vouwde haar armen om haar borst.

Stap twee: kus hem op de lippen, duw dan je tong in zijn mond en beweeg hem in het rond.

Zonder de stevige greep om haar boezem te verslappen, tuitte Virgelina haar lippen zoals haar grootmoeder haar had geïnstrueerd, sloot haar ogen en duwde haar gezicht naar voren, steeds verder, als een vogel die naar een vrucht pikt, in de hoop dat haar mond uiteindelijk de zijne zou raken. El padre, die begreep wat het meisje probeerde te doen, nam haar hoofd in zijn handen en op zijn tenen staand begon hij haar heel teder te kussen. Virgelina liet el padre zijn gang gaan, maar ze had geen zin haar tong in zijn mond te duwen. Hoe kon haar grootmoeder denken dat ze zoiets smerigs zou willen doen? Maar el padre wilde haar tong wel voelen. En hun lippen raakten verstrikt in een hevig gevecht: de zijne draaiden rond en probeerden uit alle macht haar lippen open te wrikken; de hare deden hun uiterste best zich daartegen te verzetten. Virgelina had altijd gedacht dat kussen smaken hadden en dat wanneer twee mensen de smaak van elkaars kussen lekker vonden, ze verliefd werden en elkaar bleven kussen tot een van hen stierf of tot hun lippen waren uitgedroogd. Maar haar eerste kus smaakte naar spuug en bloed omdat el padre Rafael, die gefrustreerd raakte door Virgelina's terughoudendheid, haar stevig in haar lippen beet.

Stap drie: pak zijn handen en leg ze op je borsten.

Ze hoefde de bevende handen van de priester nergens heen te leiden. Ze wisten wat ze moesten zoeken, waar ze heen moesten, wat ze moesten doen, wanneer ze even moesten pauzeren en hoe ze moesten strelen. Ze gleden langzaam over haar rug, stopten bij de knoop die ze had gemaakt met de eindjes stof die ze bij wijze van bustehouder droeg, en maakten die behendig los. Vervolgens rukten ze haar ondergoed sneller dan zij 'nee' kon zeggen naar beneden. Virgelina probeerde te blazen naar de kaars op het nachtkastje, maar hij stond te ver weg.

In plaats daarvan kneep ze haar ogen maar stijf dicht. En toen voelde ze zijn lippen weer, deze keer zogen ze aan de boze kleine miertjes die net weer in haar borsten waren beginnen te bijten, en haar tepels deden jeuken.

Stap vier: kleed hem uit.

De soutane die el padre Rafael bij zijn voortplantingsbezoekjes droeg was van het soort dat uitsluitend door bisschoppen, aartsbisschoppen en kardinalen werd gedragen. Hij had hem op een veiling gekocht toen hij nog jong en optimistisch was en dacht dat hij op een dag tot de hoogste echelons van de geestelijkheid zou opklimmen. Later, toen hij uiteindelijk begreep dat hij noch de connecties noch de vastbeslotenheid bezat om hoger op te komen binnen de rooms-katholieke kerk, begon hij de speciale soutane te dragen wanneer hij dat verkoos. Hij was gemaakt van zwart polyester dat eruitzag als linnen en had paarse, met goudbrokaat geborduurde manchetten, vijf ingezette plooien voor en achter, goudkleurige biezen, een afneembaar priesterboordje en van voren een sluiting die met knoopjes dichtging, en die goed van pas kwam tijdens de nachtelijke verplichtingen van el padre.

Virgelina besloot te wachten tot de priester weer opstond voordat ze hem van zijn gewaad ontdeed. Op dat moment zat hij op zijn knieën, met zijn slijmerige tong tussen haar benen, waardoor haar hele lichaam zenuwachtig begon te trillen. Maar toen duidelijk werd dat de man voorlopig niet overeind zou komen, trok ze hem omhoog door haar handen onder zijn oksels te houden. Overvloedig zwetend deed el padre zijn priesterboordje af – wat hij heel prettig vond want het nam de noodzaak van een onderliggend priesterhemd weg. Hij maakte het bovenste knoopje van zijn soutane los, maar werd meteen onderbroken door Virgelina's bedreven breivingers. *Dat horen wij te doen, padre,* leken ze te zeggen, en ze bewogen naar beneden en bevrijdden de eerste zeven knoopjes uit hun gat. Ze knielde en ging verder met het losmaken van de onderste knoopjes, haar vingers gleden gracieus langs de gouden biezen. Toen ze het laatste knoopje had losgemaakt, keek ze omhoog en zag de naakte kleine man met een majestueus gebaar uit zijn soutane stappen, als een verwaande koningin die haar mantel laat vallen zodat haar onderdanen hem kunnen oprapen.

Stap vijf: controleer of hij opgewonden is.

Toen ze voor hem stond, herinnerde Virgelina zich waar ze van haar grootmoeder naar moest zoeken: 'Zijn penis zal rechtovereind staan en je moet hem aanraken om te kijken of hij hard is.' De oude vrouw had eraan toegevoegd: 'Als hij niet hard is, moet je hem nog wat kussen en hier en daar aanraken, zoals ik je heb verteld.'

De priester was opgewonden, heel erg opgewonden, concludeerde Virgelina nadat ze zijn gezwollen penis had aangeraakt en zijn geloei hoorde. Hij duwde haar zachtjes achterover op het bed en zonder zijn witte sokken en versleten sandalen uit te doen, ging hij boven op haar liggen. El padre was kleiner dan zij en had een buikje, en toch paste zijn lichaam bijna volmaakt in het hare: een vuist in een open hand.

Stap zes: vertrouw jezelf aan God toe en laat hem de rest doen.

Virgelina's grootmoeder was vaag geweest over wat 'de rest' inhield. Het meisje had honden en katten zien paren, en dacht dat 'de rest' hetzelfde zou zijn: een door twee mensen gespeeld machtsspelletje waarbij de man scoort door zijn lid in het vrouwelijke geslachtsorgaan te stoppen, en de vrouw scoort door zwanger te worden. Virgelina's grootste angst betrof de pijn die ze tijdens de daad misschien zou voelen – het gekrijs van de katten die ze had zien paren was angstaanjagend – en het advies van haar grootmoeder: 'Bijt in het kussen en zwijg', had haar niet erg gerustgesteld. Ze besloot el padre meteen te laten scoren zodat het spel zo snel mogelijk achter de rug was.

Boven op haar liggend bewoog el padre zijn heupen op een manier die allesbehalve sensueel was, die meer weg had van schuren, van een vlek schoonboenen.

'Vind je het fijn?' fluisterde hij in haar oor. Ze gaf geen antwoord. Hij kuste haar mond, haar neus en ogen, haar kin. 'Vind je het fijn?' vroeg hij nog eens, dit keer iets luider want het kon zijn dat ze hem niet had gehoord. Geen woord terug, geen enkel gebaar. Virgelina deed haar uiterste best zichzelf wijs te maken dat de man die boven op haar lag een totaal andere man was dan degene die haar nog niet zo lang geleden haar eerste communie had toegediend. Hij bleef maar schuren en kussen, stelde steeds dezelfde vraag en kreeg steeds hetzelfde zwijgende antwoord.

Maar toen, zonder enige waarschuwing, stootte hij uit alle macht bij haar naar binnen, tot een deel van hem in haar vlees verdween en er bloed langs Virgelina's benen sijpelde. Ze gilde het uit. Ze had het gevoel dat ze vanbinnen in tweeën werd gespleten door een reusachtige spijker, en ze schreeuwde het uit van de pijn.

'Het voelt goed,' zei de priester, die nog steeds op haar buik lag. Ze klauwde met haar nagels in zijn rug en schreeuwde tegen hem of hij alstublieft dát uit haar kon halen. 'Alstublieft.' Maar dat deed hij niet; in plaats daarvan begon hij in en uit haar te bewegen. Ze probeerde hem weg te duwen. 'In godsnaam!' Hij hoorde haar smeekbede niet; hij bleef in haar stoten, ging steeds sneller in haar lichaam, en dus krabde ze hem woest in het gezicht en zette haar tanden in zijn borst. 'Stop!' Hij stopte opeens en schreeuwde: 'Hoe durf je?' Hij gaf haar twee klappen in haar gezicht, greep toen haar handen vast, deed haar armen uit elkaar en hield ze stevig naar beneden met zijn eigen handen, met zijn vingers door de hare gevlochten, voordat hij de woeste beweging van zijn heupen hervatte: op en neer, van rechts naar links, heen en weer en dan weer rond (ze huilde en dacht aan het offer dat haar grootmoeder had gebracht), ziedend, bijtend, brekend, scheurend (ze huilde en dacht aan de offers die haar moeder had gebracht), begroef zich in haar vlees, steeds sneller tot zijn benen zich spanden en hij in haar explodeerde, terwijl hij 'O, God. O, God. O, God…' riep (ze huilde nog even door en dacht deze keer aan het offer dat ze zelf had gebracht).

Stap zeven: sluit je benen en kruis je voeten zodat het zaad niet uit je wegstroomt. Blijf een behoorlijke tijd in die houding liggen.

Onder de priester lag Virgelina te snikken en te beven. 'Is er iets, mijn lieve kind?' vroeg el padre, die zich plotseling bewust werd van haar gejammer. Ze schudde haar hoofd. Hij liet langzaam haar armen los, alsof hij bang was dat ze hem weer aan zou vallen, maar het meisje bewoog niet. Toen ging hij van haar af, pakte zijn soutane en hulde zich er meteen in, met zijn rug naar Virgelina gekeerd. 'Ik heb er erg van genoten,' zei hij zachtjes terwijl hij zijn priesterboord vastknoopte. 'Ik hoop dat je grootmoeder overweegt om jou voor een tweede bezoek op de lijst te zetten.' Hij stopte ieder knoopje in zijn knoopsgat en bukte zich even om bij de onderste knoopjes te komen. 'Ik beloof je dat het de volgende keer geen pijn zal doen,' zei hij tegen de muur, en op dat moment zag hij het. Voor zijn ogen, aan een roestige spijker, hing de afbeelding van de stervende Jezus aan het kruis. Door alle gedachten die haar grootmoeders bekentenis in haar had teweeggebracht, had Virgelina hem vergeten weg te halen. El padre keek er verbijsterd naar.

'Het is voorbij,' zei Virgelina opeens en ze slaakte een zucht van verlichting. Die twee woorden deden de priester huiveren. Hij draaide zich snel om en wat hij zag vervulde hem van afschuw: met haar gezicht naar het plafond gericht en haar hoofd een beetje naar rechts gebogen, met haar armen aan weerszijden uitgestrekt, haar benen bijeen en haar voeten gekruist, leek Virgelina op Jezus aan het kruis, bloedend en weeklagend, halfnaakt stervend aan een denkbeeldig kruis.

De priester sloeg haastig een kruisje en rende weg, waarbij hij eerst over Fidel en Castro struikelde, die de eigenaardige gewoonte hadden om in de deuropening te slapen, en daarna, toen hij het huis uit was, over stenen ter grootte van een hond en over honden die als stenen op straat lagen. Hij rende maar door zonder om te kijken en riep: 'Heer, o Heer, heb genade. Ik zal dit nooit meer doen.'

Onaangedaan door de reactie van de priester verzamelde Virgelina het kleine beetje kracht dat ze nog had en ging ineenkrimpend rechtop zitten. Haar lichaam beefde en haar handen trilden. Ze trok de witte, met bloed bevlekte bedsprei onder zich vandaan en gebruikte die om de binnenkant van haar dijen af te vegen, waarbij ze de dikke stof zo ruw over haar huid wreef dat het pijn deed. Ze kwam langzaam overeind en begon de sprei heel zorgvuldig op te vouwen, tot hij nog maar een klein, compact vierkantje met rode vlekken bezaaide stof was. Toen knielde ze voor het altaar en plaatste de stof op de bovenste verdieping, naast de witte kaars, die vanavond onregelmatig brandde.

En tot slot, terwijl ze vol vertrouwen wachtte tot haar grootmoeder haar kamer binnenliep en schreeuwde dat God een wonder bij haar had verricht, dat al haar pijntjes weg waren en dat ze weer kon zien en horen, begon Virgelina, met de handen onder haar kin gevouwen, het ene na het andere gebed te prevelen, tot de witte kaars uitging en de nacht hun huis in volledige duisternis hulde.

'Wat gaat er met me gebeuren?' vroeg ik de guerrilla. Ik zat op mijn knieën en dronk water uit de beek die we zojuist hadden gevonden. Hij bracht me naar zijn kamp.

Hij geeuwde, strekte zijn armen een voor een uit en zei toen: 'Ze zullen je niet doden, als je je daar soms zorgen over maakt.' Eerder op de dag was ik in een hinderlaag van guerrillastrijders gelopen en de rebel had me gevangengenomen. Hij kwam iets dichter naar me toe en hurkte neer, zijn geweer stevig in de hand geklemd. 'Maar je zult wél ondervraagd worden,' voegde hij er op onheilspellende toon aan toe. 'Als je alles eruit gooit wat je weet en vertelt waar de para's zitten zullen ze je niet heel veel pijn doen. Maar als je dat niet doet...' Hij zweeg, bracht zijn wijsvinger naar zijn keel en maakte een theatrale snijbeweging.

Hij zat nu amper een meter bij me vandaan, op zijn hurken. Hij zag er mager en uitgemergeld uit. Ik dacht dat ik hem wel aankon. Opzettelijk nam ik nog een flinke teug water om hem dorstig te maken. Hij maakte een kommetje van zijn vrije hand en zonder zijn ogen van me af te houden strekte hij zijn arm uit om wat water uit de beek te scheppen. Maar hij zat er iets te ver vandaan, dus strekte hij zijn arm iets verder uit, net ver genoeg om zijn evenwicht te verliezen en opzij te vallen. Ik wierp mezelf boven op hem en haalde naar hem uit met mijn vuisten. Hij vocht uit alle macht terug en belandde op een of andere manier boven op me, hijgend, zwetend en schreeuwend dat hij me ging doodschieten, hoewel zijn geweer tijdens de worsteling verdwenen was. Ik tierde en brulde. Ik beet en rukte en krabde tot ik boven op hem lag. Toen begon ik hem te slaan. Op zijn hoofd en rug, zijn gezicht en buik, zo hard als ik kon want als ik het niet won van deze man zou hij me vermoorden. Hij schreeuwde en hijgde en gilde en zweette en kronkelde van de pijn, maar ik hield niet op. Tot ik het geweer in het gras zag liggen. Ik sprong overeind, greep de Galil vast en richtte die op hem.

'Alsjeblieft, niet doen,' smeekte hij, met zijn handen omhoog. 'Alsjeblieft.' Ik had al veel mannen om hun leven horen smeken. Deze was niet anders. 'Neem mijn horloge maar. Hier.' Hij deed het af, legde het op het gras en schoof het voorzichtig naar me toe. 'Vermoord me alsjeblieft niet. Mijn laarzen. Neem mijn laarzen maar.' Hij begon de veters van zijn zwarte junglelaarzen los te maken maar herinnerde zich toen iets veel waardevollers om te ruilen. 'Wil je dit?' Hij scheurde zijn hemd open en liet een zilveren ketting zien waar een verzameling kleine amuletten aan hing. 'Die beschermen je tegen ongeluk.' Hij rukte hem van zijn hals. 'Hier.' En gooide hem aan mijn voeten. 'Vermoord me alsjeblieft niet. Alsjeblieft niet. Alsjeblieft...'

Ik haalde de trekker over. Voorzichtig, maar de kogel ging door zijn mond en legde hem toch het zwijgen op.

HOOFDSTUK 8

De plagen van Mariquita

Mariquita, 10 juni 1999

De magistraat kondigde het decreet van de Volgende Generatie ongeveer als volgt aan: 'In een hernieuwde poging om het voortbestaan van onze geliefde gemeenschap te verzekeren, en na overleg met mijn adviseurs, besluit ik, Rosalba viuda de Patiño, magistraat van de stad Mariquita, dat zodra alle vier de jongens in ons dorp: Che López, Ho Chi Minh Ospina, Vietnam Calderón en Trotsky Sánchez vijftien zijn geworden, ze verplicht worden aan een competitie deel te nemen. De vrouwen van Mariquita zullen beslissen wie van de jonge mannen het recht zal krijgen om met een vrouw van zijn keuze te trouwen en een gezin te stichten, met het oog op het behoud van de morele en sociale puurheid van onze gemeenschap. De drie niet gekozen jonge mannen zullen verplicht worden om gedurende een onbepaalde tijd als Mariquita's fulltime verwekkers te fungeren, tijdens dewelke zij niet langer autonome individuen zullen zijn maar eerder overheidseigendom, arbeiders wier enige taak zal zijn jongens te verwekken, en die zolang wij hun arbeid nodig hebben voorzien zullen worden van voedsel en onderdak, en verder niets.'

Na Rosalba's proclamatie kregen de vier jongens op straffe van verbanning opdracht om van de vrouwen weg te blijven tot er over hun lot was beslist en dat zou op de ochtend van de eenentwintigste juni 2000 gebeuren, een dag nadat Ho Chi Minh, de jongste van de vier, vijftien zou zijn geworden.

Hoewel zij verantwoordelijk was voor het opstellen van het decreet van de Volgende Generatie, vond de magistraat het hele gedoe absurd en onbeschaafd. Hoe kan iemand die goed bij haar hoofd is, vroeg ze zichzelf af, die kinderen verplichten de liefde te bedrijven met iemand als, bijvoorbeeld, Orquidea Morales, dat lelijke mens? Maar ze vond wel dat ze iets goed had te maken bij de vrouwen van Mariquita vanwege de 'totale' en 'beschamende' mislukking van de voortplantingscampagne waarbij negenentwintig vrouwen drie maanden lang intiem waren geweest met el padre Rafael zonder dat iemand zwanger was geworden. 'Ik heb mezelf door el padre Rafael laten wijsmaken dat hij jongens kon verwekken; of meisjes eventueel,' erkende de magistraat voor de menigte die op de plaza samendromde om haar nieuwe decreet aan te horen. 'Ik had nooit mijn goedkeuring gegeven aan el padres idee als ik had geweten dat hij net zo steriel was als een muilezel.'

Iedereen op de plaza applaudisseerde na Rosalba's tirade; iedereen behalve de priester natuurlijk. Hij vond dat de woorden van de magistraat een oorlogsverklaring betekenden en om revanche te nemen stopte hij volledig met het afnemen van de biecht en het uitreiken van de communie. Het embargo op die twee sacramenten deed wonderen voor el padre, vooral bij de oudere weduwen, die na twee weken hun *peccadilloes* niet te hebben opgebiecht het gevoel hadden dat ze geconstipeerd raakten. Ze smeekten de priester keer op keer om vergiffenis, tot de kleine man, tevredengesteld, hun iedere zonde kwijtschold en de toediening van het gebruikelijke pakket onzichtbare zegeningen genaamd sacramenten hervatte. De magistraat weigerde evenwel haar excuses te maken.

Het hele jaar na de aankondiging van het decreet van de Volgende Generatie discussieerden de dorpelingen erover of het nu wel nodig was of zelfs maar gewenst. Vanaf de kansel verkondigde el padre Rafael voortdurend dat hij ertegen was, dat het een wanhopige maatregel was van een wanhopige magistraat. 'Het is verkeerd onze jongens te dwingen seksuele handelingen te verrichten met vrouwen die niet hun echtgenotes zijn. Het druist tegen de principes van de katholieke kerk in en het tast ook de rechten van de jongens aan.'

Ook de oudere vrouwen veroordeelden het decreet van de Volgende Generatie openlijk op de markt onder het ruilen van een goedkoop snuisterijtje tegen een pond uien of een papaja tegen een stuk handgemaakte zeep. Ze begrepen niet waarom een vrouw – oud of jong – in hemelsnaam meer mannen zou willen verwekken. Waren ze soms vergeten hoe de mannen hen mishandeld, genegeerd en gekleineerd hadden? Herinnerden zij zich die wezens met hun breedgerande sombrero's niet meer, die liever uit drinken gingen dan thuis te blijven en voor hun zieke zoon te zorgen? Diezelfde wezens met hun onverzorgde snorren die liever een hoer in La Casa de Emilia betaalden dan dat ze de liefde bedreven met hun toegewijde en respectabele echtgenotes.

Sommige niet bij naam genoemde weduwen bespraken het ongewone decreet van de magistraat in de afzondering van hun slaapkamers, onder naar lavendel geurende lakens, nadat ze de liefde hadden bedreven en voordat een van hen in het holst van de nacht, onder dekking van de duisternis, moest vertrekken. Ze deelden de mening van de oudere vrouwen en stelden dat als het gebrek aan mannen betekende dat Mariquita met de huidige generatie zou ophouden te bestaan, een volledige generatie van harmonie, tolerantie en liefde wellicht de voorkeur verdiende boven een eeuwigheid van ellende en wanhoop – om nog maar te zwijgen van oorlog.

Oude vrijsters praatten ook 's avonds over het decreet van de Volgende Generatie, alleen deden zij dat op hun stoep terwijl ze katoen zaten te spinnen of bezig waren bonen te lezen voor de soep van de volgende dag. Zij waren er eigenlijk wel voor. Zij verwelkomden zelfs de mogelijkheid moeder te worden, ook als dat inhield dat ze intiem moesten zijn met een onervaren jongen. Maar tegelijkertijd beseften ze ook dat een kind – jongen of meisje, dat deed er niet toe – niets zou veranderen aan hun verachtelijke status van oude vrijster. Wat ze eigenlijk wilden was iemands vriendin of verloofde worden, iemands vrouw. Ze wilden aan een man toebehoren, als zijn eigendom worden geclaimd. Ze verklaarden dat het eerste werkwoord dat hun moeder hun geleerd had niet 'zijn' was geweest maar 'toebehoren aan', daarom zou 'toebehoren aan' altijd voor 'zijn' komen.

De jongere vrouwen hadden het daarentegen niet zo vaak over het decreet. Ze praatten over de jongens: iedere keer als ze het kleine groepje op school een dictee van de onderwijzeres Cleotilde zagen opschrijven of water in aardewerken potten zagen halen uit de rivier of in hun moeders boomgaard zagen werken of zagen voetballen in teams van twee. Maar ze praatten ook 's avonds over hen tijdens de gebruikelijke samenkomst na het bidden van de rozenkrans, als ze in een grote kring midden op de plaza gingen zitten en spelletjes deden of nieuwe kapsels uitprobeerden, of, zoals hun moeders zeiden, 'de muskieten te eten gaven'. Vaak gaven ze de jongens alleen een cijfer in een parodie op de aanstaande competitie die de magistraat had verordend. In hun versie, die zij 'Mister Mariquita' noemden, moest ieder meisje de vier jongens een rang toekennen in afgezaagde categorieën als Leukste Koppie, Schattigste Glimlach, Liefste Karakter, enzovoort, en daarna werden de resultaten vergeleken, waarbij de lachsalvo's niet van de lucht waren.

Maar niet alles wat de meisjes in de maanden voorafgaand aan de competitie deden, was grappig. Virgelina Saavedra zag in de naderende gebeurtenis een kans om winst te maken. Ze sloot weddenschappen af tegen verschillende bedragen en goederen. Zijzelf verwedde om een romantisch, met foto's geïllustreerd verhaal – dat ze koesterde – dat Che López het recht zou winnen om een vrouw te kiezen en een gezin te stichten. Ondertussen nam Magnolia Morales de taak op zich om drie verschillende wachtlijsten te laten circuleren (een voor iedere onbekende verwekker) om de volgorde vast te leggen waarin ieder meisje uiteindelijk een naakte jongen in haar bed zou hebben. Ze hield de lijst opzettelijk bij de oude vrijsters en weduwen vandaan, want ze had besloten dat de eersten in hun jeugd alle kans hadden gehad om een man te bemachtigen (en die voorbij hadden laten gaan) en dat de laatsten in dit leven hun portie mannen al hadden gehad. Dat gaf natuurlijk aanleiding tot gekrakeel, ruzie, verbale confrontaties en zelfs een vuistgevecht. Zoals altijd moest de magistraat tussenbeide komen, door het opstellen en vervolgens aankondigen van alweer een briljant decreet:

zolang iedere vrouw nog regelmatig menstrueerde, had ze het recht op een van de drie lijsten geplaatst te worden en met die ene begerenswaardige jongen te trouwen, mocht hij haar verkiezen. En daarmee uit.

*

Magnolia Morales was de eerste vrouw die op die noodlottige zondag in juni op de plaza arriveerde. Ze kwam iets voor het ochtendgloren aan en droeg een vormeloze japon van jute die ze zelf had genaaid. De stormachtige ochtendwind deed een siddering door de mangobomen gaan, en Magnolia gleed uit over de talrijke bladeren op de grond, maar ze viel niet. Ze spreidde een deken uit op de grond, voor de geïmproviseerde verhoging die de dag daarvoor op bevel van de magistraat was neergezet. Er lag een glimlach van voldoening op haar gezicht – een bleek gezicht dat geen enkele schoonheid bezat. De competitie waar reikhalzend naar was uitgekeken, zou pas om acht uur 's morgens beginnen, maar Magnolia had haar zusters beloofd dat zij daar als eerste zou zijn en dat ze een plaatsje voor hen zou vasthouden op de eerste rij.

Daarna kwam Luisa, ongeveer een halfuur later, vervolgens Cuba Sánchez, toen Sandra Villegas en Marcela López, en tegen de tijd dat de eerste haan kraaide waren er uit de verschillende hoeken van Mariquita vrouwen opgedoken alsof ze door de wind waren meegevoerd. Ze gingen rond de verhoging zitten, met donkere kringen onder hun ogen door gebrek aan slaap en een adem die naar alcohol rook omdat ze te veel *chicha* hadden gedronken. De avond ervoor hadden ze de vijftiende verjaardag van Ho Chi Minh Ospina gevierd met een groot fanfarekorps dat in Mariquita al heel lang niet meer gehoord of gezien was. Het moet worden gezegd dat Ho Chi Minhs verjaardag het laatste was waar de vrouwen met hun gedachten bij waren (Ho Chi Minh zelf was niet uitgenodigd op de viering van zijn verjaardag). Ze keken vooral vol spanning uit naar de gebeurtenis die op de ochtend ná zijn verjaardag zou plaatsvinden; een nog nooit vertoonde competitie die Magnolia, Luisa, Cuba, Sandra, Marcela, Pilar, Virgelina, Orquidea, Patricia,

Nubia, Violeta, Amparo, Luz, Elvira, Carmenza, Irma, Mercedes, Gardenia, Dora en vele andere jonge meisjes, weduwen en oude vrijsters van Mariquita zielsgelukkig zou maken.

Maar terwijl de vrouwen rond de verhoging op de plaza gezellig zaten te kletsen en zich in hun laatste gissingen verdiepten, waren Che, Ho Chi Minh, Vietnam en Trotsky, ieder voor zich, de negatieve effecten beginnen te voelen van de enorme spanning die werd veroorzaakt door de competitie die over hun lot zou beslissen. Maandenlang waren de vier jongens onderwerp van discussies, speculaties, veronderstellingen, wrijvingen, gevechten, weddenschappen en zelfs grappen geweest. Hun was echter nooit gevraagd wat zij dachten en vonden van het decreet van de magistraat. Een heel jaar lang had hun angst zich opgebouwd en nu waren ze verschrikkelijk gespannen. Op deze gedenkwaardige morgen hadden de ophanden zijnde gebeurtenis en de toenemende druk om te winnen waaraan ze blootstonden, hen in een aan hysterie grenzende toestand gebracht waarin alles mogelijk was.

Ze zeggen dat Che López die zondagochtend om twee uur wakker werd en niet meer in slaap kon komen. Hij leed niet aan slapeloosheid – hij kon twaalf uur achter elkaar slapen als een os. De avond daarvoor was hij van plan geweest om zes uur op te staan, vroeger dan gewoonlijk, omdat hij het recht moest zien te winnen om met het meisje van zijn keuze te trouwen, Cuba Sánchez. Om zijn doel te bereiken, dacht hij, diende hij zijn haar bij te punten, zijn nagels te knippen en met een stukje houtskool uiterst zorgvuldig de lichte schaduw die bij hem voor een snor doorging iets dieper van kleur te maken. Hij was vijftien, had zwart haar en zwarte ogen, een klein kleurloos gezicht en een flinke erectie die in zijn witte katoenen pyjama verborgen zat.

Rusteloos lag hij op zijn rug naar het plafond te staren en geeuwde. Het maanlicht dat door een gat in het gescheurde gordijn naar binnen scheen, verlichtte zijn gezwollen kruis. Hij wreef er hard over met de open palm van zijn hand en dacht aan het warme, papperige, natte vlees van de watermeloen waarin hij een dag eerder een gat had ge-

boord – en waarmee hij de liefde had bedreven. Hij schoof zijn pyja-
mabroek naar beneden, vouwde zijn hand stevig om zijn penis en begon die gretig te strelen. Maar er klopte iets niet; zijn hand voelde een
beetje te groot om zijn penis. Misschien is hij niet helemaal stijf, dacht
hij. Hij hield hem tussen zijn duim en wijsvinger en kneep om de hard-
heid te controleren. Hij voelde zo keihard als een vijftien jaar oude penis maar kan voelen. De jongen schoof iets naar rechts zodat het maanlicht op zijn penis scheen en was er heel even van overtuigd dat hij er
kleiner uitzag, op zijn minst twee centimeter. Misschien is mijn hand
aan het groeien, veronderstelde hij, en hij ging door met masturberen,
denkend aan grote, sappige watermeloenen die op de keukentafel
stonden opgesteld, wachtend om door hem gepenetreerd te worden.
Na een tijdje ontsnapte hem een lange, ongeremde kreun en hield zijn
hand op met bewegen. Hij bleef een paar seconden roerloos liggen terwijl zijn longen naar lucht snakten. Maar er was iets anders dat niet
klopte; hij voelde geen plakkerige vloeistof op zijn hand en zijn penis
leek droog te zijn. Hij schoof snel naar de rechterkant van het bed en
stak een kaars aan. Hij zocht aandachtig naar enig spoor van ejaculatie.
Hij zag niets op zijn gekrompen penis zitten, noch op zijn handen, op
de beddenlakens of op zijn pyjama. Gewapend met de kaars controleerde hij de kale muren, de glanzende vloer, keek onder zijn bed; hij
controleerde zelfs het plafond… niets.

Iedere vrijdag na school gingen Che en de drie andere jongens van
Mariquita in de rivier zwemmen. Vaak maten ze de lengte van hun penis met een liniaal voordat ze het koude water in gingen, en daarna nog
eens. Het verbaasde hen altijd te zien hoe hun penis gekrompen was.
Een week geleden hadden ze besloten iets anders te doen. Ze hielden
een wedstrijd om te zien wie van hen het verst kon ejaculeren. Ze kozen
een open plek aan de oever van de rivier en trokken een streep. Om de
beurt gingen ze op de streep staan, masturbeerden en spoten. Che had
gewonnen met een bereik van 2 meter en 30 centimeter, gevolgd door
Trotsky met 1 meter 60, daarna Vietnam met 1 meter 50 en tot slot Ho
Chi Minh met 1 meter 20. Che had er de hele week over zitten opschep-

pen; hij wilde zelfs een tweede wedstrijd houden omdat hij zijn eigen record wilde verbeteren, maar de andere jongens negeerden hem.

Maar op die zondag, om halfdrie 's nachts, was Che er vast van overtuigd dat zijn penis aan het krimpen was en dat hij geen sperma had.

De dageraad brak aan en windstoten zetten de ordelijkheid van de objecten op patio's en in achtertuinen op zijn kop: bloempotten, plastic bakken, kleren van de waslijnen en zelfs de waslijnen zelf zeilden even door de lucht voordat ze een muur raakten of in een andere tuin belandden.

Ondertussen, zo zeggen ze, had Ho Chi Minh Ospina een nachtmerrie. In zijn droom zwom hij naakt in de rivier met zijn schoolvrienden, en ze hielden een race om te zien wie het snelst de oever aan de andere kant zou bereiken. Ho Chi Minh maaide woest met zijn armen en benen, maar zijn lichaam – net zo vet in zijn nachtmerrie als in het echte leven – kwam niet vooruit. Hij zag zijn vrienden in de verte verdwijnen, met spetterende armen en benen. Hij probeerde nog harder te zwemmen, met zijn armen helemaal uitgestrekt en zijn handen perfect gekromd terwijl ze zich vastberaden door het water worstelden, en toch kwam hij geen centimeter vooruit. Opeens begon zijn lichaam op het wateroppervlak rond te draaien, steeds sneller. Er was een sterke draaikolk ontstaan, en de ronddraaiende beweging ervan zoog hem naar het midden. Hij verzette zich uit alle macht, bewoog zijn armen en benen zo snel als hij kon. Hij voelde een pijnscheut in zijn borst, wat misschien kwam doordat hij zijn spieren zo hard spande, maar bleef bewegen; hij moest wel, anders zou de draaikolk hem verzwelgen. De pijn werd heviger, alsof iemand zwaar op zijn borst drukte en tegelijkertijd zijn tepels doorboorde. Hij bleef koppig tegen de draaikolk in zwemmen, verdroeg de pijn tot de haan achter zijn huis hem wekte met zijn luide gekraai.

Met zijn ogen strak op het plafond gericht en opgelucht dat het maar een nachtmerrie was, dankte Ho Chi Minh God voor de hanen. Maar toen de rest van zijn lichaam ook begon te ontwaken, voelde hij een stekende pijn in zijn tepels. Instinctief bracht hij zijn handen naar zijn borst en werd met afschuw vervuld. Zijn handen maakten geen platte landing op de huid van zijn borst, zoals altijd; deze keer, dacht hij, welfden ze zich over twee grote heuvels die die nacht ontstaan waren, als steenpuisten. Ho Chi Minh sprong zijn bed uit en stak snel de kaars aan die op het nachttafeltje stond. Hij bracht zijn hoofd naar beneden tot zijn onderkin zijn gootje raakte, en hield het scheef terwijl hij met wijd opengesperde ogen van links naar rechts en vice versa keek. Doordat hij het van zo dichtbij zag, verbeeldde hij zich dat zijn borsten er groter uitzagen dan ze eigenlijk waren, en hij begon zachtjes te snikken. Hoe ging hij dit aan zijn moeder en zusters uitleggen? En hoe moest het nu met de competitie? Op het podium zou hij een mikpunt van spot zijn. Dit kon hem toch niet overkomen? Hij, die misdienaar was geweest. Hij, die iedere avond een weesgegroetje bad en een gebed tot de Heer richtte. Hij, die een goede leerling was, een gehoorzame zoon, een goede broer voor zijn twee zussen en ook nog een goede kleinzoon– nou ja, op die paar keer na dat hij zilveren munten uit de portemonnee van zijn grootmoeder had gepikt, vlak voor haar uitgeputte, halfblinde ogen, terwijl ze de ene rozenkrans na de andere bad. Dit moest wel een goddelijke straf zijn. Nadat hij met vurige devotie een paar gebeden had opgezegd, trok Ho Chi Minh de badjas van zijn overleden vader aan en gooide een grote handdoek om zijn nek, waarbij hij ervoor zorgde dat de uiteinden zijn borst bedekten. Hij greep de kaars, deed de deur van zijn slaapkamer op een kier open, net genoeg om te zien dat er niemand in de gang was, en liep haastig naar de buiten-wc.

Buiten kleedde de jongen zich uit voor de manshoge spiegel en liet zijn verbeelding de vrije teugel. Hij zag twee vlezige uitsteeksels, elk met een grote tepel aan het eind, naar hem terug staren. Hij legde zijn handen eromheen, voelde hun gewicht. Ze waren net zo zwaar als sinaasappels. Hij kneep er hard in, probeerde ze te laten leeglopen, maar door de druk die erop werd uitgeoefend deden ze pijn, en deze nieuwe snijdende steken leken vol te houden dat ze bij zijn lichaam hoorden; twee autonome organen, die zeer waarschijnlijk dienden om een specifieke functie te verrichten. Misschien, redeneerde een meer pragmatisch ingestelde Ho Chi Minh, zouden ze krimpen als hij ze in koud water onderdompelde, net als met zijn penis was gebeurd. Hij rende naakt de patio over naar een grote ton die ze gebruikten om regenwater in op te vangen en stapte in het water, waarbij hij zijn mollige lijf tot zijn nek onderdompelde. Een paar minuten later stapte hij er rillend uit. Zijn tepels waren stijf geworden en de pijn in zijn borst was weggetrokken, verdoofd door het koude water. Maar zijn borsten bleven groot en stevig – of dat dacht hij tenminste.

Diezelfde ochtend, zeggen ze, stond Vietnam Calderón pas op toen zijn moeder zijn hielen kietelde. De jongen was rijkelijk gezegend met luiheid, laksheid, traagheid en andere woorden die op -heid eindigen en die niet veel goeds voor zijn karakter betekenden. In de buiten-wc trof hij zoals gewoonlijk de waskom en de handdoek aan die zijn moeder iedere ochtend voor hem klaarlegde. Hij boende zijn oksels en waste zich tussen zijn benen, en vervloekte haar omdat hij zich iedere dag van haar moest wassen; daarna ging hij naar zijn kamer en trok de schone kleren aan die zijn moeder voor hem had uitgekozen. Een paar minuten later zat hij aan de eettafel voor een oudbakken stuk maïsbrood en een kop warme chocolademelk. Zijn moeder zat naast hem met een kop koffie en herhaalde voor de allerlaatste keer haar 'nuttige tips' voor hoe hij de competitie kon winnen.

'Luister naar me, Vietnam,' begon ze, met een zweem van irritatie in haar stem. 'Als je op het podium staat, ga dan niet in je neus staan peuteren of in je kruis krabben, zoals je altijd doet.' De jongen knikte werktuigelijk. Hij maakte een tamelijk gespannen indruk, maar zijn moeder besloot dat hij gewoon niet zo warm liep voor de wedstrijd of voor haar tips. In feite liep hij nergens echt warm voor. Bij alles wat hij deed legde hij zoveel onverschilligheid aan de dag dat de onderwijzeres Cleotilde had gezegd dat hij een goede politicus zou kunnen worden.

'... En Vietnam, zou je nou voor één keer eens een glimlach op je gezicht kunnen leggen. Luister je wel?'

'Ja, mamá.' Hij antwoordde uiteindelijk met de falsetstem van een klein meisje. Hij schraapte zijn keel en zei het weer: 'Ja, mamá.' Het klonk nog even teer.

De weduwe nam een slok koffie voordat ze vroeg: 'Wat is er met je stem aan de hand?'

'Ik weet het niet. Hij was…' Hij stopte, schraapte zijn keel weer en probeerde het nog een keer. 'Hij was gisteravond nog normaal.'

'Je klinkt verdomme als een meisje.'

'Laat hem met rust,' zei Liboria, de grootmoeder van Vietnam. 'Jongens krijgen de baard pas in de keel als ze vijftien worden.' De oude Liboria lag uitgestrekt in een hangmat die midden in de eetkamer aan balken was opgehangen. Ze lag altijd maar in de hangmat, langzaam te rijpen in de lucht als een lekkere worst in een slagerswinkel.

Vietnam nam kleine teugjes van zijn hete chocolademelk en verbrandde zijn keel bij iedere slok. 'Gisteren was hij nog normaal,' herhaalde hij met een hoog stemmetje.

'Hou op met zo te praten, Vietnam!' zei zijn moeder vermanend, met haar wijsvinger in de lucht.

Het gezicht van de jongen werd rood. Hij hoestte, gromde en bracht iedere keelklank voort die hij kon bedenken. 'Gisteren was hij nog normaal,' zei hij weer.

Zichtbaar geërgerd dronk zijn moeder haar koffie in één teug op en sjokte naar de keuken.

Achter in het huis, voor de spiegel die zijn vader vele jaren geleden op de muur had geplakt, gorgelde Vietnam zijn keel met zout water. 'Test, uno, dos, tres.' Hij gorgelde nog eens. 'Test, uno, dos, tres.' Maar zijn stem bleef hopeloos hoog en schel. Wanhopig duwde hij zijn wijsvinger in zijn keel en bewoog die rond tot hij zijn ontbijt eruit kotste en er tranen in zijn ogen sprongen. Hij veegde de tranen af met de rug van zijn hand en ging toen water halen om de boel schoon te maken. En daar, terwijl hij water uit de waskuip schepte, voelde Vietnam een stroom langs zijn benen vloeien. Hij liet het water zitten en rende naar het toilet, met zijn benen samengeknepen vanaf de heupen tot de knieën. Hij schaamde zich zo diep dat hij in zijn broek had geplast dat hij toen hij zijn broek naar beneden deed geen urine zag maar bloed, dat zijn broek rood kleurde en langs de binnenkant van zijn dijen stroomde. Hij keek naar zijn penis en zag dat er nog steeds bloed uit gutste. Hij werd doodsbang, niet alleen vanwege de scharlakenrode kleur van zijn bloed maar ook vanwege zijn totale onvermogen om de stroom tegen te houden. 'Ik ga dood,' kermde hij.

'Vietnáááám!' schreeuwde zijn moeder vanuit de keuken. 'Opschieten. Je komt anders te laat op de wedstrijd.'

'Ik kom, mamá,' piepte hij met een hoog stemmetje.

'Hou op met zo te praten, Vietnam! Ik waarschuw je!'

'Laat hem toch met rust,' bromde zijn grootmoeder vanuit haar hangmat.

Ze zeggen dat toen de moeder van Trotsky Sánchez de kamer van haar zoon in liep om hem wakker te maken, ze hem snikkend op de rand van zijn bed aantrof. Hij gebruikte zijn ene hand om zijn piepkleine spleetogen te bedekken en klemde de andere tegen zijn borst, dicht bij zijn hart.

'Wat scheelt er, *mi cielo*?'

'…! …! …!!!' brabbelde Trotsky.

Ze kwam dichter naar het bed toe en streelde zijn haar. 'Je bent zeker bang voor wat er tijdens de wedstrijd allemaal kan gebeuren, hè?' Ze ging naast hem zitten, omhelsde hem en veegde zijn tranen weg met haar kraakheldere witte schort. 'Mijn hart zegt me dat je zult winnen, Trotsky, en een moederhart vergist zich nooit.'

De jongen opende zijn hand en keek ernaar over zijn moeders schouder: wat hij daarin verborgen hield was er nog steeds. Hij klemde zijn hand weer stevig dicht en slaakte een kreet.

'Het komt goed, *cariño*. Mamá is hier.'

Maar de jongen had zich door zijn verbeelding naar een plaats laten brengen waar niets goed was. Eerder die ochtend, nog voor zonsopgang, was Trotsky wakker geworden omdat hij moest plassen. Hij trok de kamerpot onder zijn bed vandaan en zette hem op het matras. Hij ging ervoor staan, nog half slapend, en stak zijn rechterhand in zijn broek om zijn penis te zoeken. Zijn hand kwam op zijn jonge schaamhaar terecht en bewoog zich snel over de schaamstreek, op jacht naar zijn lid. De hand ging alle kanten op, zijn vijf vingers strekten zich in iedere richting uit. Hij vond zijn testikels, warm en samengetrokken, maar niet zijn penis. Zijn slaperige ogen en hand gingen nu op zoek naar de ongrijpbare penis, maar konden hem niet vinden. Trotsky werd nu helemaal wakker en was nagenoeg alert. Hij trok zijn broek naar beneden tot op zijn knieën en met wijd opengesperde ogen en beide handen onderzocht hij grondig zijn schaamstreek, schoof steeds kleine plukjes van zijn schaamhaar opzij. Zijn penis was er gewoon niet. Er was zelfs niets wat erop wees dat er ooit een penis tussen zijn benen had gezeten. In zijn verwarde toestand zocht hij zelfs op plekken van zijn lichaam waar zijn penis normaal gesproken niet zou horen te zitten, zoals zijn navel, zijn oksels en achter zijn oren. Trotsky sperde zijn ogen wijd open en bedekte zijn mond met beide handen, zoals zijn moeder deed als ze een slang zag of als iemand het over guerrilla's of paramilitairen had. Hij voelde nog steeds de aandrang om te plassen, maar hoe? Misschien had zijn penis zich onder zijn huid teruggetrokken net als zijn testikels soms deden, die de balzak dan leeg en gerimpeld achterlieten. Hij trok zijn broek omhoog en liep naar de buiten-wc.

Daar bleef hij een tijdje voor de latrine staan, niet wetend wat te doen, tot hij uiteindelijk op zijn hurken ging zitten, in de hoop dat zijn penis van onder zijn bekken weer zou opduiken. Maar zijn urine vond een heel andere uitweg in zijn lichaam. Hij kwam in een gestage stroom door zijn rectum naar buiten, net zo warm en geel als altijd. Trotsky huilde de hele weg terug naar zijn slaapkamer. Hij ging op de rand van zijn bed zitten wachten tot hij uit zijn nachtmerrie zou ontwaken. Hij kneep zelfs in zijn arm om zich ervan te vergewissen dat hij wakker was. Toen zag hij hem: zijn penis! Trotsky zag zijn penis op de grond liggen naast een paar afgetrapte zwarte schoenen die hij van zijn overleden vader had geërfd. Verbijsterd bukte hij zich om er beter naar te kijken: een slappe uitwas ter grootte van een zijdeworm met een donkere moedervlek in het midden. Op een of andere manier had hij zich losgemaakt van zijn kruis terwijl hij lag te slapen en was hij van het bed naar de vloer gereisd.

Toen hij zijn apathische penis voor zijn geestesoog aanschouwde, ontdekte Trotsky dat hij er bang voor was. Als hij in staat was om zichzelf te verplaatsen, was hij wellicht tot veel meer in staat. Hij zou kunnen kruipen en kronkelen als een worm; hij zou blind kunnen vliegen, als een vleermuis; hij zou zelfs de jongen kunnen aanvallen, zijn meester. Na een tijdje, en nadat hij zichzelf ervan overtuigd had dat zijn penis niet in staat was om dergelijke moeilijke taken uit te voeren, overwon Trotsky zijn angst en raapte hem op van de vloer. Hij hield hem voorzichtig in de palm van zijn hand, bekeek hem vanuit iedere mogelijke hoek. Hij leek niet afgehakt te zijn; de onderkant was perfect verzegeld en het topje zag er precies zo uit als toen Trotsky het voor het laatst had gezien, de eikel was bedekt met een extra huidflap die zich had samengetrokken en plooien vormde. Met zijn losse penis in de palm van zijn hand voelde de jongen zich diep verdrietig.

Hij bleef maar huilen tot zijn moeder de kamer in kwam.

Ze zeggen dat de vier jongens elkaar iets voor achten op de stoep van het huis van zuster Ramírez tegenkwamen. Ze waren ieder afzonderlijk, en zonder het iemand te vertellen, naar het ziekenzaaltje gerend, dat in feite de woonkamer van de zuster was, sober getooid met de medische diploma's van haar overleden echtgenoot en met een grote, door spinnenwebben overdekte afbeelding van het menselijk skelet, en dat ook een aparte ingang aan de straatkant had. De zuster opende de deur van het ziekenhuis gehuld in de pyjama van haar overleden echtgenoot. Ze had een nogal weelderig figuur en een bos glanzende zwarte krullen, die haar ronde gezicht omlijstten.

'Moeten jullie niet op weg zijn naar de plaza?' vroeg ze met krakende stem, zichtbaar geërgerd omdat de jongens zo vroeg waren. Ze verstopten hun gezicht zonder te antwoorden. 'Jullie zijn natuurlijk bang voor al die dwaze meisjes en hun stomme competitie, hè? Kom op! Daar kom je wel overheen.' De jongens jammerden en kwamen niet in beweging. Zuster Ramírez rolde met haar ogen en zei: 'Vooruit dan maar, verdomme! Is er iemand neergeschoten?' Ze schudden hun hoofd. 'Mooi, want ik kan geen bloed zien. Kom maar binnen en wacht tot ik me heb aangekleed.'

De zuster van Mariquita kon slecht tegen bloed, braaksel, diarree, pus, uitslag en de geslachtsdelen van andere mensen – die van haarzelf vond ze erg aantrekkelijk. Het hoeft geen betoog dat ze geen goede verpleegster was. Ze was helemaal geen verpleegster. Ze was de weduwe van dokter Ramírez, die ruim dertig jaar lang de enige dokter in Mariquita was geweest, en van hem had ze min of meer de beginselen van de geneeskunde geleerd – hoe je de hartslag van een patiënt moest opnemen en zijn bloeddruk moest meten, hoe je een thermometer moest aflezen en de stethoscoop moest gebruiken, en hoe je injecties moest toedienen. Ze weigerde om te leren hoe je mond-op-mondbeademing moest geven. Acht jaar geleden, na de inval van de guerrillastrijders waarbij de meeste mannen van Mariquita verdwenen waren, was de weduwe van dokter Ramírez van geen enkel nut geweest. Die dag had ze haar buren en vriendinnen proberen te helpen met het verzorgen van hun verwondingen, maar ze werd misselijk bij het zien van al dat bloed en was naar huis gegaan om over haar eigen verlies te treuren. Een paar weken later brak er een ernstige griepepidemie uit die in de eerste week zeven kinderen en drie oude vrouwen het leven had gekost. Maar die keer had ze een aantal patiënten behandeld en met succes weten te voorkomen dat de epidemie om zich heen greep. De weduwe Pérez beweerde zelfs dat 'zuster' Ramírez haar leven had gered. Sinds die tijd werd telkens als iemand gewond raakte of ziek werd 'zuster' Ramírez erbij geroepen.

Terwijl ze zaten te wachten tot de overgevoelige zuster terugkwam, deden de jongens net alsof ze niet in het ziekenzaaltje waren. Che pochte over zijn krachtige, ver-reikende ejaculatie. 'Maak je borst maar nat, jongens, want ik heb geoefend voor onze volgende wedstrijd. En iedere keer spuit ik verder.' Die opmerking weergalmde in Trotsky's oren. Hij probeerde rustig te blijven hoewel hij niet kon nalaten om op zijn nagels te bijten. 'Dat was een stom spelletje,' mompelde hij. 'Daar doe ik niet meer aan mee.' Ondertussen hield Ho Chi Minh, in een van de overhemden van zijn overleden vader – dat hem tamelijk ruim zat – en met een groot boek tegen zijn borsten geklemd, zich bezig met het uit zijn hoofd leren van de namen van de botten op de afbeelding van het skelet; 'Ster-num, i-li-um, sa-crum…' Wat Vietnam betrof, die weigerde te praten. Hij schreef op een stukje papier: *Ik heb een ernstige keelinfectie opgelopen en ben mijn stem kwijt*, en hij hield het briefje omhoog voor zijn vrienden zodat ze het konden lezen.

Zuster Ramírez kon zich er niet toe zetten de jongens te onderzoeken. Ze riep hen een voor een in haar spreekkamer en luisterde naar hun symptomen. Wat ze hoorde klonk zo afschuwelijk dat ze hen onmiddellijk in de wachtkamer opsloot. Volgens haar was er geen twijfel mogelijk dat ze hier met een mysterieuze, afgrijselijke epidemie had te maken. Ze werd onrustig, haar handen begonnen onwillekeurig te trillen en ze voelde een allesoverheersende aandrang om zich te wassen. Ze trok haar kleren uit en stopte ze in een zak die ze helemaal afsloot; daarna nam ze een sponsbad en schrobde haar hele lichaam een paar keer. Iets kalmer geworden kleedde ze zich weer aan en pakte een oud medisch naslagwerk uit een lade; een aandenken dat in de familie van haar man van generatie op generatie was overgedragen. Ze wilde de ziekte opzoeken, maar waar moest ze beginnen? De gedachte kwam bij haar op om iemand anders erbij te betrekken.

Toen de magistraat arriveerde en het slechte nieuws vernam, wilde ze de jongens zien, maar dat stond de zuster niet toe. Rosalba bleef aandringen.

'Maar je hebt ze niet onderzocht. Hoe weet je dan dat ze niet liegen?'
'Liegen? Zou u over zoiets liegen, magistraat? U had hun gezichten

eens moeten zien... Ze keken doodsbang. Ho Chi Minh bedekte zijn borsten met een groot boek, dat arme joch. En Vietnam kon niet eens praten. Wat een verschrikking!'

'Ramírez, ik moet de jongens zien,' zei Rosalba vastberaden.

'Magistraat, als u die kamer binnengaat, zult u daar veertig dagen met die besmette jongens moeten blijven,' antwoordde zuster Ramírez op scherpe toon, die in de autocratisch ingestelde oren van de magistraat om een confrontatie vroeg. Maar de omstandigheden waren zo afschuwelijk dat zelfs Rosalba besefte dat ze zich sereen en meegaand diende op te stellen. Ze gaf de zuster haar woord dat ze niet bij de jongens zou gaan kijken, maar ze eiste wel de sleutel op van de kamer waarin ze werden vastgehouden. Op die manier had ze het gevoel dat ze de situatie onder controle had. Ze verborg hem in haar boezem en ging toen naar brigadier Ubaldina viuda de Restrepo.

De brigadier kreeg geen specifieke details te horen over de medische toestand van de jongens – discretie was niet haar sterkste punt. Ze werd erop uitgestuurd om de drie andere mannen van Mariquita te halen (Julia Morales, Santiago Marín en el padre Rafael), en ze voor een grondig medisch onderzoek naar het ziekenzaaltje te brengen.

De brigadier trof Julio Morales – beter bekend als Julia – aan tussen de vrouwen die stonden te wachten tot de wedstrijd begon. Hij was zoals gewoonlijk gekleed als een meisje, haar zwarte haar versierd met kleurige bloemen. 'De magistraat wil je onmiddellijk spreken,' fluisterde de brigadier in het oor van het meisje. Julia gebaarde dat ze vast vooruit kon gaan; zij zou volgen. Dat deed ze ook, met kaarsrechte rug en ritmisch heen en weer wiegende heupen, en voeten die bij iedere pas precies voor de andere neerkwamen – een bevallige gang waarbij de lompe brigadier – met haar linnen broek, geruite hemd en zwarte leren laarzen – een boerse indruk maakte.

Santiago Marín, de Andere Weduwe, werd in zijn achtertuin aangetroffen, werkend in zijn kleine, maar volop bloeiende moestuin, waar hij de mooiste tomaten van het dorp teelde. Sinds de avond waarop hij zijn geliefde Pablo op zijn laatste reis had gestuurd, was Santiago in zichzelf gekeerd en stil. Hij was niet stom geworden zoals Julia; hij sprak alleen niet, behalve als hij iets belangwekkends te zeggen had. Die dag, nadat hij de brigadier had aangehoord, trok Santiago een schoon hemd aan, deed zijn lange haar los en liep begeleid door Ubaldina naar het ziekenzaaltje.

El padre Rafael was de laatste man die naar het ziekenhuis werd gebracht. De brigadier had de priester aangetroffen in Cafetería d'Villegas, waar hij zat te ontbijten, en nadat ze hem had meegedeeld dat Mariquita door 'iets verschrikkelijks' werd geteisterd, vroeg hij om een paar minuten met de Heer. Ubaldina liep met hem mee tot de achteringang van de kerk. Ze wilden niet gezien worden door de menigte die zich op de plaza had verzameld – de vrouwen begonnen ongeduldig te worden vanwege de late komst van de jongens en de stipte komst van de brandende zon. De brigadier wachtte achter de kerk, terwijl ze oude liedjes floot en de kolf van de oude revolver streelde die ze in haar broeksband had gestopt. Vier liedjes later kwam el padre naar buiten en samen liepen ze naar het ziekenhuisje.

De moeders van de jongens werden ook gehaald. Ze moesten op de hoogte worden gebracht van de medische toestand van de jongens en de verordende quarantaine. De vier weduwen eisten hun kinderen te zien en dreigden de deur van de kamer waarin ze werden vastgehouden in te trappen als de magistraat hen niet binnen liet. Terwijl zuster Ramírez en de brigadier zich bezighielden met de eventuele massale opsluiting, besloot Rosalba dat het tijd werd om de vrouwen op de plaza onder ogen te komen. Ze waren zo rumoerig en wild geworden dat het tumult in alle hoeken van Mariquita te horen was. Het was tien uur 's morgens en de zon stond al te branden. Rosalba liep door treurige straten die waren bedekt met duizenden bladeren die eerder op de ochtend door de wind van de mangobomen waren gerukt. Er was geen sterveling te zien. De wedstrijd had alle activiteiten in het dorp lamgelegd, maar op een doorsneezondagochtend hadden die toch al niet veel om het lijf: een paar straatverkoopsters en een handjevol godvrezende weduwen die de vroege mis bijwoonden. Rosalba vroeg zich af hoe de vrouwen die zich op de plaza hadden verzameld op het nieuws zouden reageren. Ze hadden in de loop der jaren na alle tegenslag een boel veerkracht gekregen, maar dit zou echt alle hoop de bodem inslaan. Als zuster Ramírez het bij het rechte eind had met de ziekte van de jongens zouden de vrouwen nooit meer met een man kunnen slapen. Of jongens baren. Of meisjes. Of wat dan ook. Na vandaag zouden ze moeten beslissen of ze weg wilden rotten in dit ellendige dorp, wachtend op mannelijke familieleden of vrijers die nooit meer terugkwamen, of dat ze brutaalweg de angstaanjagende bergen die hen omringden zouden oversteken en dan niet op zoek zouden gaan naar een dorp, maar naar een grote stad waar de guerrilla's niet in één klap alle mannen konden ontvoeren, waar genoeg gezonde mannen woonden om hen te bezwangeren, en elektriciteit en stromend water en auto's en telefoons. Misschien zelfs zo'n elektrisch apparaat dat koude lucht produceerde en naar je toe blies. Rosalba zou er alles voor overhebben om op dit moment naast zo'n apparaat te zitten.

Maar wat zouden die arme boerenmensen doen in een grote stad zonder land om te bezaaien? Ze zouden eindigen als hulp in de huishouding of prostituee, de enige beroepen waarvoor boerenvrouwen geschikt leken te zijn als ze naar de stad verhuisden. Wat zouden de plattelandsvrouwen doen tussen al die mondaine dames en beschaafde heren? De mensen zouden hen uitlachen om hun haveloze kleren en blote voeten. Ze zouden zich vrolijk maken over hun dikke, door maïs gevoede lichamen, hun lompheid, hun met muggenbeten overdekte benen. En als de eenvoudige vrouwen zouden zeggen dat ze helemaal uit Mariquita waren gekomen, zouden de mondaine dames vragen: 'Mari-wat?' en gieren van het lachen.

Nee. Deze arme, eenvoudige vrouwen zouden Mariquita nooit verlaten. Ze zouden hier blijven, ondergedompeld in dit dagelijkse bestaan waar zelfs de muffe lucht die ze inademenden dag in dag uit hetzelfde rook; waar iedereen hun naam en hun zwakheden kende; waar niemand rijk of mondain was — alleen minder arm, minder onbeschaafd – en het deed er trouwens niet toe, want uiteindelijk waren ze allemaal gedoemd. Ze zouden hier blijven, in het vagevuur. Want dat was Mariquita. Het vagevuur. Alleen had niemand het zich tot nu toe gerealiseerd. Niemand, behalve de magistraat.

'Ik heb treurig nieuws,' zei Rosalba ongewoon kalm tot de menigte. 'De jongens,' vervolgde ze, en ze observeerde de verbijstering op het gezicht van de vrouwen, die binnen een paar seconden in pijn zou omslaan. Ze begon vervolgens tot in de kleinste details uit te leggen wat iedere jongen was overkomen, of eigenlijk wat de zuster haar had verteld. Ze vertelde de vrouwen over borsten die op geheimzinnige wijze verschenen en over penissen die verschrompelden of plotseling verdwenen. Heel even overwoog ze haar voordeel te doen met deze geïmproviseerde bijeenkomst en de vrouwen te vragen de straten en de stegen te vegen. Door de vele bladeren was het niet veilig om over straat te lopen. Maar toen haar verklaring werd gevolgd door hysterisch geschreeuw, realiseerde Rosalba zich dat een verzoek om de bladeren bijeen te vegen misschien niet het meest kiese was wat ze kon doen.

Ontroostbaar leunde Magnolia tegen een stevige boom en begon te huilen. Niet ver van haar vandaan begroef Luisa haar gezicht in Sandra's boezem. Elvira en Cuba huilden op elkaars schouder uit. Andere vrouwen sloegen hun handen voor hun gezicht en huilden door hun vingers. Wat nu? De vier jongens waren hun enige hoop geweest. Vanaf nu hadden ze helemaal niets meer te verwachten. Ze zouden de dagen in weken zien overgaan en daarna in maanden en daarna in jaren… En dan op een dag, na een leven lang eenzaam te zijn geweest, zouden ze sterven; verbitterde oude vrijsters die nooit zouden weten hoe het voelde om een andere man dan de priester smachtend om hun hals te hebben hangen, zijn borstelige gezicht dat langs hun borsten streek of tussen hun benen.

'Wat is mij overkomen?' riep Magnolia uit, terwijl ze de onschuldige boom schopte en met haar vuisten bewerkte. 'Wat een ramp! Wat een gruwelijke ellende! Ik zal nooit gelukkig worden.' Maar de snikken brachten ook een zekere opluchting: voor de allereerste keer in haar leven werd Magnolia met haar grootste obsessie geconfronteerd. Teder streelde ze de ruwe schors van de boom alsof hij haar man was die haar droevig vaarwel zei. En ze snikte nog wat na.

Op dat moment kwam zuster Ramírez het ziekenzaaltje uit gelopen. Haar gezicht glom en was zweterig en haar ogen lagen diep in hun kassen. Ze werd gevolgd door el padre Rafael, Julia en Santiago. Santiago droeg een groot boek in zijn handen. De zuster ging naast de magistraat op het podium staan en verkondigde dat ze de drie mannen had onderzocht. Maar omdat ze over geen enkel symptoom hadden geklaagd, had ze hun in werkelijkheid alleen maar gevraagd zich uit te kleden en had ze van een afstandje gecontroleerd of alles eruitzag zoals het eruit moest zien en zat waar het hoorde te zitten. 'Niemand van hen mist iets. Ze zijn compleet en intact,' kondigde ze de menigte aan, kennelijk in de veronderstelling dat zij de boodschapper van goede berichten was. Maar haar berichten verlichtten het lijden van de vrouwen niet. Ze hadden Julio en Santiago nooit als mannen beschouwd – en dat gold ook voor Julio en Santiago zelf – en wat el padre Rafael betrof, dat behoorde allemaal tot het verleden; een onsmakelijk, beschamend verleden waar geen van de vrouwen aan herinnerd wilde worden.

Maar de zuster was nog niet klaar. Ze meldde dat ze iets gevonden had. Een aanwijzing, zei ze, in een oud medisch naslagwerk dat een soort bijbel voor haar was. 'Ik vermoed dat onze jongens lijden aan een aandoening die bekendstaat als…' Ze gebaarde Santiago dichterbij te komen met het boek. 'Eens even kijken,' zei ze, en ze sloeg het boek open op een bladzijde waar een maïslies in stak en hield het boek van zich af om de kleine lettertjes beter te kunnen lezen. 'Hier staat het: Babaloosi-Babaloosi. Een geheimzinnige aandoening die één keer is aangetroffen aan het eind van de negentiende eeuw in een afgelegen gebied in Zuid-Afrika. Babaloosi-Babaloosi schijnt zuigelingen van de Zukashasu-stam geleidelijk in uitzonderlijke wezens te hebben veranderd die man noch vrouw waren. De wezens, Babas genaamd, werden uiteindelijk de belangrijkste adviseurs van het stamhoofd vanwege hun onpartijdigheid in alle zaken.'

'Hou alstublieft op,' riep el padre Rafael. 'Dit hele gedoe is absurd. Zijn jullie soms allemaal blind? Zien jullie dan niet dat dit een straf van God is?' Hij liep op de magistraat af met een gezicht dat door spierdystrofie getroffen leek. 'U moet iets doen aan al die onzin,' siste hij haar toe.

'Ramírez, ga alsjeblieft verder,' zei Rosalba tegen de zuster. Woedend deed de priester een stap opzij. Hij sloeg zijn armen over elkaar en schudde herhaaldelijk zijn hoofd. De zuster ging verder.

'Babaloosi-Babaloosi werd vastgesteld door de Engelse arts Harry Walsh, die deze ziekte in het laatste decennium van de negentiende eeuw begon te bestuderen. Helaas stierf dokter Walsh in 1903 aan malaria, zodat zijn theorieën over deze selectieve aandoening nooit werden bewezen. De Zukashasu geloofden dat het een wonder was, maar in de medische annalen werd het gewoon een mysterieuze aandoening met onbekende oorzaak genoemd.' De zuster hield op en vroeg of iemand nog vragen had.

'Waar ligt Afrika?' vroeg Francisca, die haar hand in de lucht stak.

De zuster haalde haar schouders op en keek de menigte rond op zoek naar Cleotilde. De onderwijzeres had op iedere vraag een antwoord.

'Afrika ligt ten zuiden van Europa, tussen de Atlantische Oceaan en de Indische Oceaan,' antwoordde de oude vrouw op de achterste rij. Francisca wilde net vragen waar Europa lag toen de priester begon te spreken.

'Zegt uw boek ook wat er van deze wonderbaarlijke stam is geworden?' Zijn woorden waren vervuld van minachting.

De zuster ging op el padres vraag in, maar negeerde zijn sarcastische toon. Ze keek weer in het boek en las: 'In 1913 zijn de Zukashasu in een stammenstrijd uitgeroeid door hun buren, de Shumitah, waarbij duizenden inheemse Afrikanen om het leven zijn gekomen. Niettemin leven zij voort in de herinnering als een van de succesvolste samenlevingsvormen die men ooit op dat continent heeft gezien.' Ze zweeg even om op te kunnen kijken en zei toen met een naïef meisjesstemmetje: 'Stel je voor: een onpartijdig menselijk wezen, wezens die geen partij kiezen omdat ze man noch vrouw zijn. Ik denk dat de wereld dat soort mensen nodig heeft.' Ze deed het boek dicht in de overtuiging dat ze haar toespraak met een diepzinnige volzin had afgesloten.

Er viel een doodse stilte over de plaza terwijl de vrouwen daarover nadachten. Om te beginnen probeerden ze zich voor te stellen hoe een onpartijdig menselijk wezen eruit zou zien en ze probeerden zich een samenleving in te denken zonder vooroordelen, die rechtvaardig en eerlijk geleid zou worden. Maar er verscheen hun geen beeld voor ogen. Ze hadden geen van beide ooit gezien.

'Niemand is zo onpartijdig als God. Hij veroordeelt ons niet.' De priester onderbrak hun gedachten op hetzelfde saaie en belerende toontje dat hij iedere dag in de kerk bezigde.

'Maar uw God woont niet in dit dorp, padre,' antwoordde zuster Ramírez, die zich aangevallen voelde. 'Hij heeft ons opgegeven en u bent heel koppig dat u nog steeds in Hem gelooft.'

'Jij zult branden in de hel, godslasterlijke vrouw!' schreeuwde de priester. Hij draaide zich om naar de menigte en zei: 'Wees doof voor dwaze sprookjes. De bijbel zegt...'

'De bijbel zegt niets wat we kunnen begrijpen of waarmee we ons kunnen vereenzelvigen,' onderbrak de zuster hem plotseling, haar wangen waren vuurrood van woede. 'Hoe vaak is er manna uit de hemel gevallen als we honger hadden? Hoeveel van onze dode familieleden zijn weer tot leven gewekt? Uw sprookjes zijn niet geloofwaardiger dan de mijne, padre.' Zowel de priester als de zuster wendde zich tot de magistraat alsof ze steun bij haar zochten, en de menigte, die het verrukkelijke vooruitzicht van een serieuze woordenwisseling had bespeurd, keek ook naar de magistraat (niets werkte beter om hun eigen problemen minder erg te maken dan getuige te zijn van de problemen van anderen).

Maar Rosalba gaf niet meteen antwoord. Ze scheen zowel de argumenten van el padre als die van de zuster in overweging te nemen. Ze wist dat wat ze hierna ging zeggen hen of tot bedaren zou brengen of nog woedender zou maken. 'Ik zou zeggen dat we onze eigen bijbel moeten schrijven,' stelde ze uiteindelijk lacherig voor. 'Een bijbel die zich tot ons richt, die vertelt over steden die door guerrilla's en paramilitairen worden verwoest. Over verdoemde dorpen met weduwen en oude vrijsters en penissen die 's nachts verdwijnen.'

Op el padre na – die zijn ogen ten hemel sloeg – en een handjevol vrome weduwen vond de menigte het wel een grappig idee. De vrouwen knikten en mompelden tegen elkaar, en sommige lachten zelfs zachtjes. En dus ging Rosalba, aangemoedigd door de min of meer positieve reacties op haar geestige opmerking, verder: 'Per slot van rekening verrichten we onze eigen wonderen. Voeden we geen grote menigten met een heel klein beetje eten? Lopen we ieder jaar in oktober en november niet over water, wanneer we die afschuwelijke overstromingen hebben?' zei ze gniffelend.

'Het enige wonder dat we nog niet onder de knie hebben is het uitdrijven van demonen,' viel zuster Ramírez haar in de rede, en ze wierp de priester een boosaardige blik toe. De menigte moest hard lachen om deze laatste opmerking.

'Ik wil een bijbel die geen schande spreekt van vrouwen die van vrouwen houden,' eiste Francisca vanuit de menigte.

'Of van mannen die van mannen houden,' echode de Andere Weduwe vanaf de verhoging.

En terwijl steeds meer mensen enthousiast hun ideeën begonnen te spuien voor Mariquita's bijbel begon de priester in het Latijn te brabbelen: 'Sanctus Dominus Sabaoth…' Hij liet zich langzaam op zijn knieën zakken. 'Miserere nobis. Dona nobis pacem.' Strekte zijn armen helemaal uit. 'Pater noster, qui es in caelis…' Hij hief zijn gelaat naar de hemel, in de hoop dat er op dat moment een zware onweersbui zou losbarsten, maar de hemel had er nog nooit zo helder uitgezien.

Later op de dag, toen hij in zijn eentje op de kale vloer van de kapel knielde, vroeg el padre smekend: 'Waarom, geliefde Vader? Waarom laat U hen Uw naam ijdel gebruiken? Ze verzetten zich alleen maar tegen U opdat ze de waarheid niet op een waardige wijze onder ogen hoeven te zien. En waarom staat U Uw nederige schare niet toe vruchtbaar te zijn en zich te vermenigvuldigen? Het enige wat we wensen is Uw mandaat te volgen, Heer, en de aarde aan te vullen met katholieken en de heerschappij uit te oefenen over ieder levend wezen erop. Waarom hebt u ons deze plaag gestuurd om ons te straffen?'

Hij ging maar door met zijn litanie.

Toen gebeurde er iets ongewoons. Terwijl el padre peinzend een scheef aan de muur hangend schilderij van Mozes bestudeerde met de twee stenen tafelen waarop de tien geboden stonden geschreven en bedacht hoe zwaar het voor die arme Mozes moest zijn geweest om met zo'n verantwoordelijkheid belast te worden, viel er een schitterende zonnestraal door het raam naar binnen die hem verblindde en hem tegelijkertijd, op miraculeuze wijze, de waarheid liet zien. Hij herinnerde zich dat God in het Oude Testament Zijn uitverkoren volk van de slavernij bevrijdde door middel van twaalf vreselijke plagen en daarna de wateren van de Rode Zee scheidde zodat ze het land van Egypte konden ontvluchten. Maar natuurlijk! Dat had God ook voorgehad toen hij Mariquita in 1992 die eerste plaag stuurde, de guerrilla's. De rebellen hadden de meeste mannen met geweld gerekruteerd en ontvoerd, zondige wezens die de mis oversloegen en achter de vrouwen aan zaten in dat huis van de zonde, van doña Emilia. Maar natuurlijk! De plotselinge ziekte van de jongens was Gods manier om de vrouwen te straffen voor hun gruwelijke zonden; omdat ze bij elkaar lagen en niet in God geloofden. Alles viel nu op zijn plaats: zijn eigen mysterieuze onvruchtbaarheid, Che's gekrompen penis, Ho Chi Minhs borsten, Vietnams menstruatie, Trotsky's autonome genitaliën… het waren allemaal plagen. De Plagen van Mariquita.

'Het licht!' prevelde hij, terwijl zijn gezichtsvermogen alweer helder was geworden. 'Ik heb het licht gezien!' God had zich weliswaar niet te midden van vlammen geopenbaard of rechtstreeks vanuit de hemel tot hem gesproken (dat was het voorrecht van echte heiligen waar hij niet op mocht rekenen), maar toch had de Heer Zijn wil aan el padre bekendgemaakt. Hij had het via een bescheiden zonnestraal en el padres wonderbaarlijke geest en waarneming gedaan. 'Ik ben door God uitverkoren om de Mozes van Mariquita te zijn,' concludeerde hij extatisch. 'God zij geloofd!'

Overstelpt door zijn nieuwe inzicht, maar onzeker over wat zijn missie in Mariquita zou kunnen inhouden, besloot el padre hulp te zoeken in Gods eigen boek. Hij ging op een kerkbank zitten met de zware bijbel op zijn schoot, en hij begon gretig het tweede boek van Mozes te lezen, dat Exodus heette. Ondertussen begon de menigte op de plaza zich steeds luider te roeren. Hun onbeschaamde rumoer kroop tegen de muren van de kapel omhoog en denderde als een lichting soldaten door de spleten en kieren. El padre kwam overeind en keek door het ijzeren rooster op de plaza. Onder de mangobomen zaten tientallen vrouwen te kwebbelen over nieuwe bijbels, Babaloosi-Babaloosi en Zukashasu. Het zal niet lang meer duren, dacht el padre, of ze gaan afgoden in menselijke vorm aanbidden, zoals die door de plaag bezochte jongens. Of erger nog, afgoden die op dieren lijken, als… zijzelf!

Hij liep terug naar de kerkbank en las met nog meer toewijding verder in Exodus tot hij, in hoofdstuk 32, vers 26 en 27, het antwoord op zijn vraag vond. Vervuld van ontzag bracht el padre abrupt zijn handen naar zijn mond, sloot zijn ogen en bleef zo een paar minuten zitten. Toen stond hij op, rechtte zijn rug en tilde zijn kin op, en terwijl hij zich naar het raam keerde waardoor Gods zonnestraal hem had verlicht, sprak hij zachtjes: 'Uw wil geschiede.'

*

El padre Rafael was geen slecht mens, hij was gewoon dom. Hij had zich een idee in zijn hoofd gehaald. Twee ideeën eigenlijk: hij was een moderne Mozes en hij was op een goddelijke missie gestuurd om de mensen van Mariquita te redden. Om die reden zette hij zijn trots opzij en zocht de magistraat in haar kantoor op.

'Ik wil de jongens een pastoraal bezoek brengen,' begon hij op nogal hooghartige toon. Maar nadat hij de grimmige strakke blik van de magistraat had gezien, stelde hij zijn benadering onmiddellijk bij en sloeg een zachtere toon aan. 'De zuster zei dat u de sleutel hebt van de kamer waarin ze worden vastgehouden, en ik vind het zeer belangrijk dat ze de Heilige Eucharistie ontvangen. Ze moeten zich verzoenen met God, magistraat.'

'U mag daar niet naar binnen, padre,' antwoordde ze vermoeid.

'En waarom dan niet? Komt het omdat u vreest dat mijn aanwezigheid de jongens zal belemmeren in hun mutatie tot...'

'Laat dat sarcasme maar achterwege, padre,' onderbrak Rosalba hem. 'Ik geloof net zomin in die Babaloosi-onzin als u.' Ze stond op en liep langzaam naar het raam. Daar bleef ze staan, met haar armen voor haar borst gevouwen, en staarde voor zich uit.

'Nou, ik ben opgelucht dat te horen!' antwoordde hij. De bekentenis van de magistraat had hem opgebeurd. 'Een briljante gemeenschapsleider als u kan geen geloof hechten aan wereldse verklaringen voor goddelijke mandaten.'

'Ik geloof ook niet meer in uw God, padre,' antwoordde Rosalba onmiddellijk en met stellige overtuiging, alsof ze de eerste regel van de geloofsbelijdenis opzei.

El padre Rafael liep zwijgend rond in de kamer. Hij trok verschillende gezichten en maakte snelle bewegingen met zijn handen en hoofd, wat erop wees dat hij een ernstig gesprek met zichzelf voerde. Hij was niet echt verbaasd over de onthulling van de magistraat. De afgelopen jaren had hij een duidelijke afname van het geloof bij de vrouwen bespeurd. De grote meerderheid ging nog steeds één keer per week naar de mis, maar el padre wist dat op zijn minst de helft van hen dat om een heel andere reden deed. In een kleine gemeenschap van zevenendertig weduwen, vierenveertig oude vrijsters, tien tieners, vijf kinderen, Julia Morales, Santiago Marín en de priester zelf, was het bijwonen van de mis een sociale verplichting. De vrouwen moesten in de kerk worden gezien of zichzelf openlijk als ongelovige afficheren – zoals Francisca had gedaan nadat ze een fortuin onder haar bed had gevonden – en de gevolgen van de excommunicatie ondergaan. Het feit dat de hoogste autoriteit van Mariquita onverbloemd had toegegeven dat ze niet in God geloofde, betekende dat het binnenkort voor iedereen maatschappelijk aanvaardbaar zou worden om de dienst niet meer bij te wonen, met als gevolg dat el padre Rafael niet meer nodig zou zijn. Maar hij liet zich daar niet door ontmoedigen (had Mozes niet een soortgelijke situatie moeten doorstaan?). El padre Rafael had een goddelijke missie door de Heer Zelf opgelegd gekregen en hij zou die tot een logisch einde brengen.

'Magistraat,' zei hij op plechtige toon. 'U zei dat u geen geloof hecht aan het verhaal van de zuster, maar u gelooft ook niet in... míjn God. Mag ik u dan vragen wat voor verklaring u hebt voor de merkwaardige aandoening van de jongens? Want u weet dat hun aandoening echt is.'

'Nee, padre. Ik weet niet of die echt is. Ik heb ze niet gezien. Niemand heeft ze gezien. Ze hebben alleen hun symptomen aan Ramírez verteld en zij heeft ze onmiddellijk opgesloten, zonder hen te onderzoeken. U weet toch hoe overgevoelig en pietluttig ze kan zijn.'

'Dat weet ik maar al te goed. Maar als de jongens al om te beginnen naar haar toe gingen, was dat omdat...' Hij kneep zijn ogen tot spleetjes en vroeg op gedempte toon: 'U wilt toch niet suggereren dat ze het allemaal hebben verzonnen?'

Rosalba haalde haar schouders op. 'Het enige wat ik zeg is dat ze bekendstaan om hun doortraptheid.'

'Tja, er is maar één manier om uw twijfels uit de weg te ruimen,' zei el padre zelfverzekerd.

Rosalba dacht even na over het voorstel van de priester, wendde zich toen af, stak haar hand in haar boezem en haalde de sleutel van het hangslot tevoorschijn waarmee de vier jongens gevangen werden gehouden. 'Ik wil hem over een uur terughebben,' zei ze en ze gaf hem de sleutel.

El padre liep terug naar zijn onderkomen dat achter in de kerk lag. Het was een klein bedompt vertrek met kale muren en een enkel raampje dat al jaren klemde. Er hing geen afbeelding of kruisbeeld. Boven op zijn ladekast stond een mand met kleine arepas en een kan die voor de helft gevuld was met chicha. De maïshapjes en de gefermenteerde maïsdrank werden hem iedere zondagochtend geschonken door de weduwe Morales, die ze bij hem langs kwam brengen. Ze maakte ook zijn kamer schoon.

Van onder zijn bed trok hij een houten kist met allerlei rotzooi tevoorschijn: plastic afwasteiltjes, roestige buizen en ijzeren fittingen, lege flessen van verschillende grootte, een haarstukje dat hij had gebruikt toen hij kaal begon te worden, een pruik die hij had gedragen toen hij al zijn haar kwijt was, een tafellamp en zelfs gloeilampen uit de tijd dat Mariquita nog elektriciteit had. Hij haalde de hele kist overhoop, duidelijk op zoek naar iets. Hij maakte de hele kist leeg voordat hij op het voorwerp stuitte dat hij zocht: een middelgrote fles waarvan de schroefdop stevig met plakband was omwikkeld. Hij hield de fles tegen het licht dat door het raam naar binnen viel. Er zat een of andere vloeistof in. 'Halleluja!' zei hij en kuste de fles. Daarna stopte hij hem in de zak van zijn soutane.

Zonder acht te slaan op de rotzooi die hij op de vloer had gemaakt, liep el padre naar de ladekast. Hij klemde de kan zo dicht mogelijk tegen zijn borst, pakte het mandje met arepas en liep vlug naar buiten, naar het ziekenzaaltje.

Che, Ho Chi Minh, Vietnam en Trotsky waren dolblij toen ze de priester zagen. Ze waren goede katholieken; ze wisten dat als al het andere hen in de steek liet ze altijd nog op God konden rekenen – of in ieder geval op een van zijn afgezanten. El padre vergrendelde de deur onmiddellijk aan de binnenkant en begon de jongens een voor een van top tot teen te bekijken, op zoek naar symptomen van de verschrikkelijke plaag die de Heer hun gezonden had. Afgezien van hun roodomrande ogen en angstige gelaatsuitdrukking zagen ze er volslagen normaal uit. Maar el padre wist wel beter dan op zijn eigen ogen te vertrouwen: de duivel ging bedrieglijk te werk. Hij zette het onschuldige mandje en de onschuldige kruik op een oud bureautje en ging erachter staan, met zijn gezicht naar de jongens. Hij liet ze plaatsnemen en begon over God en Gods wil te praten. Hij sprak in de woorden van de bijbel, een veel te ingewikkelde taal die ze niet begrepen. Iets over duisternis en koninkrijken, waanzin en plagen, verwoesting en chaos. En misschien ook engelen. Hij had het ook over de Heilige Eucharistie. Alweer onbegrijpelijk. Zo onbegrijpelijk dat Ho Chi Minh zich afvroeg of el padre misschien in vreemde tongen sprak. Toen hij was uitgepraat, moest iedere jongen van hem in een hoek gaan staan en drie weesgegroetjes en een geloofsbelijdenis opzeggen. 'Om boete te doen,' zei hij, hoewel hij hun de biecht niet had afgenomen. Ondertussen haalde hij het flesje uit zijn zak en schroefde het open. Heel voorzichtig leegde hij de inhoud ervan in de kan met chicha en zag hoe de vloeistof er onmiddellijk in oploste. Hij schroefde de dop weer stevig op het flesje en stopte het terug in zijn zak.

Nadat al hun zonden vergeven waren, vroeg hij de jongens naast elkaar op een rij voor het geïmproviseerde altaar te gaan staan. Ze stelden zich in volgorde van lengte naast elkaar op. Vietnam, de kortste, stond helemaal links, daarna kwamen Trotsky, Che en tot slot Ho Chi Minh. Ze bogen hun hoofd en ieder van hen vouwde zijn handen voor zijn borst. De priester vond dat ze eruitzagen als engelen. Alleen hadden ze geen vleugels of blond haar. Om echte engelen te zijn moesten ze blond haar hebben.

El padre hief zijn handen en begon een gesprek met de Almachtige. 'Wij komen tot U, Vader,' zei hij, 'en loven en danken u door Jezus Christus Uw Zoon,' Hij sloeg een kruis over het mandje en de kan. Toen voegde hij eraan toe: 'Door Hem vragen wij U deze gaven die wij U als offer aanbieden te aanvaarden en te zegenen.' Hij vouwde zijn handen, sloot zijn ogen en zweeg even.

Toen Ho Chi Minh zag dat de priester op het punt stond het brood te breken, begon hij, die misdienaar was geweest – een middelmatige misdienaar maar toch een misdienaar –, vanzelf te zingen: 'Lam Gods, dat wegneemt de zonden der wereld, ontferm u over ons…'

El padre pakte een arepa uit het mandje en aangezien hij geen hostieschoteltje had om hem op te leggen brak hij hem maar op het bureau. Hij liet voorzichtig een stukje in de kan vallen en mompelde nog wat onbegrijpelijke woorden. Hij pakte de arepa, bracht hem omhoog naar zijn gezicht en vroeg de jongens dichterbij te komen, en nog dichterbij, tot de gehoorzame wezens dicht tegen de rand van het bureau aan stonden en de zurige adem van el padre hun in het gezicht sloeg. Hij pakte een piepkleine arepa uit het mandje en liet die zien. 'Het lichaam van Christus,' zei hij.

'Amen,' antwoordden ze in koor. Een voor een ontvingen de jongens de communie.

Toen pakte de priester de kan met beide handen vast, gaf hem aan Vietnam en zei: 'Het bloed van Christus.'

'Amen,' antwoordden de jongens weer. Ze brachten de kan naar hun lippen, namen een flinke teug chicha – zoet, aromatisch, een tikkeltje peperig – en trokken zich terug in een hoek, waar hij knielde.

'Laten wij bidden,' zei el padre. Hij strekte zijn handen uit en kneep zijn ogen stijf dicht. Maar in plaats van te bidden wachtte hij vol spanning tot de kerkachtige stilte van de kamer werd verbroken door het eerste waarschuwingssignaal.

Vietnams ademhaling ging eerst heel snel, daarna langzaam en onregelmatig. Hij begon met tussenpozen te hoesten.

De priester zong: 'Moge de zegening van de Almachtige God…'

Trotsky kreeg een verlammend gevoel in zijn keel. Zijn hart bonkte onregelmatig tegen zijn vernauwde borstkas. Verbijsterd en bang rukte hij zijn hemd van zich af, bozig mompelend.

'… de Vader…'

Che wilde om hulp schreeuwen – zijn ingewanden stonden in brand – maar zijn kaak voelde stijf aan en de woorden verdronken in zijn keel.

'… en de Zoon…'

Ho Chi Minh gilde het uit van de pijn. Hij braakte hevig en er verschenen zweetparels op zijn gezicht.

'…en de Heilige Geest…'

De vier jongen slaagden erin overeind te komen en een paar passen naar elkaar toe te zetten. Ze wilden niet op hun knieën sterven.

'…op u neerdalen…'

Een voor een zakten ze op de grond in elkaar, waar ze in plassen braaksel lagen te stuiptrekken voordat ze het bewustzijn verloren.

'Ga heen in de vrede van Christus!' gebood el padre, zijn stem een door merg en been gaande kreet. Toen was er stilte. Een stilte die zo begrafenisachtig was dat hij een rilling over zijn ruggengraat voelde lopen. Hij deed zijn ogen open: de kamer was donker, verstoken van leven. Hij kuste haastig het bovenblad van het bureau en maakte de gebruikelijke reverence. Toen liep hij naar de deur. Terwijl hij de sleutel in het hangslot stak, draaide hij zich om en keek even over zijn schouder naar het macabere tafereel: vier jongens met uitpuilende ogen en een paarsige, van zweet doordrenkte huid. Vier jongens, hun mond bedekt met schuim en bloed. Vier onbeweeglijke jongens.

El padre slaakte een lange, diepe zucht.

De sleutel draaide moeiteloos om in het slot.

Het werd ijskoud in de kamer.

En in de nevelige lucht hing een sterke geur van stront en amandelen.

CAMILO SANTOS, 41
ROOMS-KATHOLIEKE PRIESTER

De militaire 'eenheid' die erop uit werd gestuurd om het bloedbad te vergelden bestond uit een tweede luitenant, zes gewapende soldaten, een overgevoelige arts en ikzelf. Ik begreep al snel waarom: het dorp bestond slechts uit een paar bouwvallige huizen bedekt met afbladderende witte verf en een strook aarde zonder bomen of standbeelden die ze een plaza noemden. De geur van de dood wasemde uit iedere hoek.

'Jullie zijn te laat,' mompelde een oude vrouw zonder tanden toen we uit de vrachtwagen stapten. Ze zat geknield achter een bloederige hoop menselijke resten die ze bijeen had geraapt en die ze aan elkaar probeerde te passen alsof het de stukken van een legpuzzel waren. Her en der over de onverharde weg lagen verscheidene verminkte lichamen en lichaamsdelen. De jonge arts zette zijn EHBO-doos en tas met instrumenten op de grond en leunde tegen een boom om over te geven. De soldaten, die wat meer gewend waren aan de gruwelen van de oorlog, liepen rond en stelden nutteloze vragen aan de getuigen die het overleefd hadden, alsof het onze prioriteit was erachter komen welke groepering deze slachting had aangericht.

'Waar zijn de gewonden?' vroeg ik aan dezelfde vrouw.

'Daar kijkt u naar,' antwoordde ze, met haar ene hand wees ze op zichzelf en met haar andere naar een groep vrouwen – weduwen, moeders en zusters, die rondliepen en lichamen op hun rug draaiden, de resten van hun mannen snikkend oppakten. 'Alle anderen zijn dood,' voegde ze eraan toe.

Opeens sprong een klein meisje omhoog vanuit de kleine groep. 'Het hoofd, oma. Ik heb papa's hoofd gevonden!' riep ze bijna enthousiast. Ze liep op de tandeloze oude vrouw toe en gaf haar het bloederige hoofd van een man. De vrouw nam het hoofd met beide handen aan en bekeek het van alle kanten voordat ze het, met het gezicht naar boven, in haar schoot legde.

'De handen ontbreken nog,' zei ze tegen het meisje. 'We kunnen hem niet zonder begraven. Hij had zulke mooie handen...' Het meisje krabde zich op haar hoofd. Ze keek om zich heen en toen naar mij, alsof ze me om raad wilde vragen over wat ze nu moest doen. Ik keek ook om me heen. Ik wist ook niet wat ik moest doen.

De oude vrouw haalde een zakdoek tevoorschijn en begon heel voorzichtig het bloed van het bleke gezicht te vegen dat in haar schoot lag. Toen keek ze op, staarde naar de bijbel in mijn hand en zei: 'Padre, we hebben u nodig om te bidden voor de eeuwige rust van onze mannen. Begint u alstublieft nu met uw gebeden.'

Ik keek naar de hulpeloze vrouw, naar de zieke arts en naar de onverschillige soldaten, en plotseling realiseerde ik me wat ik moest doen. Ik liep terug naar de vrachtwagen en ruilde mijn bijbel tegen een schop.

Soms komt zelfs God op de tweede plaats.

HOOFDSTUK 9

De dag waarop de tijd stilstond

Mariquita, 23 juni 2000

Voor zonsopgang kwam een groepje van tien weduwen stiekem bijeen in de school om te bespreken hoe ze de priester gingen vermoorden. Sommigen hadden messen en zware knuppels van huis meegenomen. Anderen hadden grote stenen van de grond geraapt. Ze konden het niet eens worden over één methode, dus besloten ze dat iedere vrouw op haar eigen manier een bijdrage aan de moord zou leveren. Ze splitsten zich op in twee groepjes van vijf. Het eerste groepje, geleid door de weduwe Sanchez (de moeder van Trotsky), ging naar de hoofdingang van de kerk. Het andere groepje liep onder aanvoering van de weduwe Calderón (de moeder van Vietnam) vastberaden naar de achterkant van het gebouw.

Gewapend met een steen bonkte de weduwe Calderón op de achterdeur die naar de kamer van de priester leidde. 'Kom naar buiten, kindermoordenaar!' schreeuwde ze. 'Kom nu naar buiten, schoft, of wij komen naar binnen!' De andere vier vrouwen deden hetzelfde en riepen de priester allerlei scheldwoorden toe. De groep aan de voorkant van de kerk eiste ook dat el padre naar buiten zou komen en dreigde de kerk in brand te steken als hij dat niet deed.

Doodsbang luidde el padre Rafael uit alle macht de kerkklok, een wanhopige roep om hulp van de brigadier, de magistraat of van zijn meest toegewijde volgelingen, of, misschien, van God. Alleen de eerste twee reageerden op zijn luide gebeier. Magistraat Rosalba en brigadier Ubaldina liepen op de vrouwen af en smeekten hun zich niet door hun woede te laten meeslepen.

'We moeten de dood van onze zonen wreken,' schreeuwde de weduwe Sánchez.

'We laten die smeerlap onze jongens niet ongestraft vermoorden,' echode de weduwe López.

Rosalba vroeg de razende vrouwen in te zien dat het verkeerd was om oog om oog te willen, en dat het al een verschrikkelijke tragedie voor Mariquita was geweest dat ze gisteren hun vier jongens hadden moeten begraven. Ze bleef zo aandringen dat ze ermee instemden el padre niet te vermoorden, op voorwaarde dat hij Mariquita onmiddellijk verliet.

De magistraat en de priester voerden een kort gesprek door het ijzeren roostertje in de grote kerkdeur.

'U moet onmiddellijk vertrekken,' zei Rosalba.

'Dat is niet eerlijk, magistraat,' antwoordde hij met bevende stem. 'Ik heb mij in dienst gesteld...'

'U hebt moreel niet het recht om over eerlijkheid of wat dan ook te praten,' onderbrak Rosalba hem. 'Ik geef u een halfuur om uw kamer te ontruimen, anders laat ik de vrouwen naar binnen gaan om u te grazen te nemen.' Ze voegde zich voor de kerk bij de aanzwellende menigte en keek zwijgend toe hoe de kleine man een opgerold matras naar buiten bracht, een schommelstoel, zijn gigantische bijbel, een kleine krat met kippen, zakken, dozen, bundels en koffers, en die op zijn oude muilezel laadde – die el padre in 1991 van de familie Restrepo had gekregen ter gelegenheid van zijn twintigjarig jubileum in Mariquita. Tegen de tijd dat hij klaar was, kon de muilezel amper nog op zijn poten staan.

Uit angst dat de vrouwen spijt zouden krijgen van hun zwakte en hem alsnog zouden lynchen, aarzelde el padre even voordat hij op hen afliep. Ze hadden zich aan weerszijden van de hoofdstraat opgesteld zodat hij en zijn muilezel amper de ruimte hadden om ertussendoor te kunnen. Hij haalde diep adem, vatte moed en leidde de muilezel heel behoedzaam door de menigte, met zijn kin net ver genoeg naar beneden geduwd om zijn ogen te beschutten tegen de lichte regen die was beginnen te vallen. Terwijl hij langsliep nam de woede van de vrouwen weer toe. De weduwe Calderón spuwde hem in zijn gezicht en barstte daarna in tranen uit. De weduwe Ospina probeerde hem te bespringen, maar twee vrouwen grepen haar bij haar armen. 'Moordenaar! Moordenaar!' schreeuwde ze, met een van tranen verstikte stem. De rest van de vrouwen leverde een opmerkelijke prestatie door hem niet neer te steken, hem niet met hun knuppels neer te slaan of hem met hun blote handen te wurgen. In plaats daarvan baden ze hardop dat hij een langzame, pijnlijke dood zou sterven zonder dat iemand naar hem omkeek.

De priester durfde geen *adios* te zeggen. Zelfs niet tegen de magistraat die zijn kerk al die jaren had gesteund en zijn constante bemoeienis met haar zaken had getolereerd. Zijn gestalte met de ronde schouders en de o-benen werd steeds kleiner tot hij uiteindelijk oploste in de mist die over de weg naar het zuiden neerdaalde. Toen hij weg was, slaakten de dorpelingen een zucht van verlichting. Ze draaiden zich om en liepen langzaam naar de kerk. Naar niets.

Ze ontdekten al snel dat el padre alles had meegenomen wat zijn beest kon dragen, en nog meer. Behalve zijn bezittingen had hij ook kandelabers, beeltenissen, schilderijen, kruisen, kaarsen, de avondmaalsbeker, het gevlochten vouwscherm dat jarenlang als biechtstoel had dienstgedaan, de gerafelde smoking en de versleten trouwjapon meegenomen die sinds 1970 door vrijwel ieder stel was gedragen dat in Mariquita in het huwelijk trad, en als wraak voor de vijandigheid die het hele dorp hem betoond had – de afgezant van de Almachtige Here God – de geboortebewijzen van iedereen die in het dorp was geboren. Hij liet niets anders achter dan de door de houtwormen aangevreten kerkbanken en een grondige afkeer van het katholicisme bij vrijwel iedere vrouw in Mariquita.

Nadat el padre was vertrokken, bleven de paar overgebleven gelovigen net als altijd naar de kerk gaan. Ze liepen rond in het oude gebouw, keken naar de gaten in de kale muren, waar roestige spijkers de beeltenissen van hun geliefde heiligen omhoog hadden gehouden, knielden voor de schaduwen die door levensgrote kruisen waren achtergelaten, fluisterden weesgegroetjes en neurieden gezangen.

Cleotilde Guarnizo, de onderwijzeres, had de taak op zich genomen iedere ochtend om zes uur de kerkklok te luiden, dan weer op het middaguur en nog een laatste keer om zes uur 's avonds. Enkele weken later stond ze op een ochtend voor een probleem: de kerkklok was er de nacht daarvoor om een minuut over twaalf mee gestopt. De onderwijzeres, die nooit een horloge had gehad, wist niet precies hoe laat het was. Ze zocht tevergeefs naar de grote zilveren sleutel om de klok op te winden. Het enige wat ze vond was het lege kistje. El padre, besefte ze, had ook de sleutel meegenomen. 'Die vervloekte padre,' zei ze zachtjes.

Toen ze het slechte nieuws vernamen, droeg de magistraat brigadier Ubaldina op van huis tot huis te gaan op zoek naar een werkend uurwerk of een transistorradio. Ubaldina trof de pendules van alle klokken halverwege een slingerbeweging aan, kapot; de uurwijzers, minutenwijzers en secondewijzers van alle klokken waren stil blijven staan; en alle transistorradio's stonden te verstoffen op planken en hoektafeltjes, met batterijen die al heel lang leeg waren. Een paar weduwen hadden de onderdelen uit hun radio gesloopt. De weduwe Morales had de knoppen bijvoorbeeld gebruikt als knopen op een jurk en ze had armbandjes gemaakt van de metalen onderdelen en snoertjes, die haar dochters op de markt tegen eieren ruilden. De weduwe Villegas had prachtige viooltjes in het karkas van haar radio geplant en die in de vensterbank van haar bescheiden cafeetje gezet, waar de plant vier keer per jaar bloeide naast een oude foto van Paus Johannes XXIII.

Eloisa, de weduwe van de caféhouder, had op soortgelijke wijze de binnenkant van haar polshorloge vervangen door een verbleekt portret van haar vermoorde echtgenoot. Telkens als iemand haar vroeg hoe laat het was, keek ze naar de foto in het horloge, slaakte een diepe zucht en antwoordde dan uiteindelijk op melodramatische toon: 'Het is te vroeg om hem lief te hebben en te laat om hem te vergeten.' De andere vrouwen maakten zich altijd vrolijk om het antwoord van de weduwe. Vaak hielden ze haar op straat even aan, alleen maar om het haar te horen zeggen. Maar Eloisa, een rasechte kapitalist, deed goede zaken met haar uitvinding en veranderde kapotte horloges in fotolijstjes die ze tegen voedsel ruilde.

Vlak voor het invallen van de avond ging de brigadier naar het kantoor van de magistraat om te vertellen wat ze had gevonden, of liever gezegd niet had gevonden.

'Met alle respect, magistraat,' zei Ubaldina. 'Ik stel voor dat u onmiddellijk iemand naar de stad stuurt om een nieuw horloge of batterijen voor de oude radio's te kopen.'

De magistraat stond somber door het raam naar de bewegingloze kerkklok te kijken. Ze stelde zich Mariquita voor, stilstaand in de tijd: een dorp van weduwen en oude vrijsters die nooit meer het gehuil van een pasgeboren baby zouden horen. Een ellendig dorp veroordeeld tot eindeloze armoede. Slechts een paar vervallen huisjes zonder stromend water of elektriciteit, verspreid onder een grote berg die op het punt stond hen te verzwelgen.

'Misschien hebt u gelijk,' zei de magistraat met gefronste wenkbrauwen. 'Misschien zou ik er nu iemand op uit moeten sturen…' Maar toen nam haar gemijmer een andere wending: Mariquita, stilstaand in de tijd, een stad die nooit meer mannen, meedogenloze guerrilla's of misdaad zou kennen. Een stad bewoond door dappere, zelfstandige vrouwen die het land van zonsopgang tot zonsondergang bewerkten, en die het nooit zouden opgeven, zelfs niet in de verschrikkelijkste omstandigheden. Een stad genegeerd door ziekten en tragedies, vergeten door de dood.

Er lag een tevreden glimlach op het gezicht van de magistraat toen ze eraan toevoegde: 'Of misschien kan ik beter nog een paar zonnen wachten.'

Een paar zonnen later ging de brigadier weer naar het kantoor van de magistraat, deze keer om haar te vertellen dat de hanen, stuk voor stuk, gestopt waren met kraaien.

'Ze zijn in de war,' zei Ubaldina op stellige toon.

'Belachelijk,' antwoordde de magistraat op vinnige toon. 'Welke stomme haan weet niet eens wanneer de zon opkomt?'

'Hanen hebben geen hersens zoals u en ik, magistraat,' zei Ubaldina en ze keek even op naar Rosalba's onvriendelijke gezicht. 'Ze waren eraan gewend overdag bedrijvigheid te zien en 's nachts rust. Maar nu is er geen verschil meer tussen de dagen en de nachten.'

Het was waar, in Mariquita was een dag niet langer een dag. Bevrijd van de tirannie van de kerkklok stonden de vrouwen niet allemaal tegelijk te marchanderen op de markt, hun gebeden te zeggen in de kerk of in hun tuintjes te wieden; ze waren zelfs niet allemaal tegelijk wakker. En als de avond viel, lag niet iedere vrouw te slapen of te woelen en te draaien in bed of stiekem de liefde te bedrijven met een andere vrouw, of gebeden te fluisteren in de duisternis. Het verschil tussen dag en nacht verschilde van vrouw tot vrouw en veranderde van moment tot moment. Mariquita was onvoorspelbaar geworden, als een hagelstorm midden in de maand juni – met dat verschil dat niemand nog wist wanneer het juni was.

*

De ochtend nadat de hanen waren gestopt met kraaien, haastte de magistraat zich haar huis uit om de tijdsituatie in ogenschouw te nemen. Ze droeg haar zondagse jurk, die na zoveel zondagen niet langer melkwit zag maar lichtgeel en gerafeld was aan de mouwen. Er was de laatste tijd zoveel gebeurd dat ze niet meer zeker wist hoeveel dagen of nachten er verstreken waren en daarom leek zondagse kledij haar wel gepast. Ze had ervoor gekozen trouw te blijven aan het traditionele systeem van in dagen en nachten rekenen, omdat ze vond dat het haar verantwoordelijkheid was om de gebeurtenissen op zijn minst aan de hand van de kleur van de hemel te kunnen vastleggen. Een witte hond die midden in de hoofdstraat zijn vlooienbeten zat te krabben leek de overtuiging van de magistraat te bevestigen dat alles in Mariquita in orde was.

Wat dan nog als die hanen niet willen kraaien? dacht ze, terwijl ze door de straten liep. We hebben zonder mannen leren leven, dus dan kunnen we ook wel zonder hanen leren leven. Op dat moment kreeg ze een naakte vrouw in het oog die op haar af rende. Ze had lang, glanzend zwart haar, dat vanaf een afstandje leek te zweven en haar slappe borsten bewogen beurtelings als een wip op en neer. Rosalba bleef stokstijf staan, alsof ze een guerrillastrijder op haar pad zag. Maar toen de naakte vrouw dichterbij kwam, herkende de magistraat Magnolia Morales.

'Wat haal jij je in je hoofd,' snauwde de magistraat, 'om zo vroeg in de ochtend naakt als een krankzinnige over straat te dwalen?'

'En hoe weet u dat het vroeg in de ochtend is?' antwoordde Magnolia terwijl ze op adem kwam.

'Nou, de zon is net opgekomen.'

'De tijd bestaat alleen in uw hoofd, magistraat.' Magnolia sprak zo zacht dat haar stem sussend klonk. 'Iemand heeft ons gezegd dat het ochtend is als de zon opkomt, en avond als de zon ondergaat. Iemand heeft gezegd dat we bij zonsopgang moeten opstaan en bij het vallen van de avond naar bed moeten, en dat we op bepaalde tijdstippen het ontbijt, de lunch en het avondeten moeten nemen. Maar magistraat, probeer een mangoboom eens te vertellen dat zijn vruchten pas mogen rijpen als je de sinaasappels op hebt. Probeer een roos maar eens te vertellen niet te verleppen voordat je ogen haar schoonheid moe zijn geworden.' Haar stem werd geleidelijk schriller. 'Vertel een koe maar dat ze meer melk moet geven.' En algauw stond ze te schreeuwen: 'Niemand gaat mij ooit nog vertellen wat ik moet doen! Ik ben bevrijd van de tijd, net als een roos!' En nadat ze was uitgepraat, hurkte ze neer en zonder dat haar ogen het geschokte gezicht van de magistraat loslieten, deed ze haar behoefte op de grond met een glimlach van pure tevredenheid.

De magistraat wilde iets zeggen. Misschien dat mango's en rozen, net als stomme hanen, geen hersens hadden; maar toen ze zich realiseerde wat de vrouw aan het doen was, besloot ze dat Magnolia ook geen hersens had. Vol afschuw liep ze weg, terwijl ze haar ene hand voor haar neus hield en met de andere het zweet van haar voorhoofd veegde.

Rosalba sloeg bij de eerste de beste hoek rechts af en liep haastig door een uitgestorven straat. Ze was nog niet eens halverwege toen ze de oude weduwe Pérez in haar gebruikelijk kleding zag: een zwarte zeer klassieke jurk met lange mouwen en een kanten kraagje, die minstens twee maten te groot was. Ze zat op haar knieën margrieten te plukken in de voortuin van de weduwe Jaramillo.

'Goedemorgen, señora Pérez,' zei de magistraat beleefd. 'Welke dag is het vandaag?'

De oude vrouw keek Rosalba vluchtig over haar schouder aan, alsof de magistraat haar schaduw was. Toen antwoordde ze schouderophalend: 'Als je zo oud bent als ik, leef je iedere dag dezelfde dag.'

'Ik begrijp het,' zei de magistraat op neerbuigende toon, 'maar vertel me eens, is het dag of nacht?'

'Ieder moment is het juiste moment om Christus onze Heer te loven.'

Rosalba rolde met haar ogen en haalde diep adem. Toen probeerde ze het weer. 'Is het tijd voor het ontbijt of voor het avondeten?'

De weduwe haalde nogmaals haar schouders op en haar lippen krulden zich. 'Ziet u die vogels daar?' Met een ruk van haar scherpe kin wees ze naar een paar duiven die onder een boom in een stuk guave zaten te pikken. 'Ik ben net als zij. Ik eet wanneer ik iets te eten vind.' Ze stond op, draaide haar rug naar de magistraat toe en sjokte weg, met een keurig bosje bloemen in haar hand.

Rosalba wist niet wat ze moest zeggen. Ze bleef dicht achter de oude vrouw aan lopen tot haar plotseling iets te binnen schoot.

'Waar gaat u met die bloemen naartoe?'

'Naar de kerk,' antwoordde de oude vrouw zonder zich om te draaien. 'Ik ga ze aan God offeren.' De magistraat probeerde zich te herinneren of zij ooit iets aan God had geofferd. In het verleden was ze een vrome katholiek geweest die bijna elke dag naar de mis ging, bijna elke avond haar gebeden opzei en bijna elk van de tien geboden naleefde.

Maar had ze ooit iets aan God geofferd? Nee, ze was zelfs een paar keer kwaad geworden toen ze beschimmelde stukken maïsbrood of rotte guaves, mango's, uien en tomaten boven op de geïmproviseerde altaars in de kerk zag liggen. 'Het is smerig en onhygiënisch,' had ze tegen el padre gezegd, die beloofd had de altaars vaker schoon te maken om ongedierte tegen te gaan.

'Doet u God een belofte, señora Pérez?'

'Nee.' Señora Pérez klonk geërgerd. 'Ik ga gewoon iedere dag naar de kerk en offer Hem bloemen.'

'Iedere dag? En hebt u daar iets voor teruggekregen?'

De weduwe bleef opeens staan en draaide zich om, op haar vrome gezicht verscheen een zure uitdrukking. Toen zei ze: 'Anders dan u streef ik geen rijkdom of macht na. Mijn beloning is groter: ik verzeker mij van een goede plek in de hemel en als ik overga zal ik een voorkeursplaats naast de meest rechtschapen zielen krijgen.' Nadat ze dit gezegd had, draaide de weduwe zich om en liep weg, terwijl ze een lied tot God kweelde.

De magistraat leunde tegen een lantaarnpaal – of liever gezegd een paal, want het lampgedeelte was al vele jaren geleden gestolen – en zag de oude vrouw geleidelijk kleiner worden. Wat verschrikkelijk triest, zei ze in zichzelf. Die arme vrouw heeft haar leven geleefd met één enkele gedachte: zich voorbereiden op de dood.

De zon leek verstoppertje te spelen met de magistraat. Slechts twee of misschien drie keer had hij zijn gezicht laten zien, maar behalve de magistraat leek niemand in Mariquita er erg in te hebben.

'Goedenavond, magistraat!' schreeuwde Francisca toen Rosalba voorbijliep. Ze was in haar nachtjapon en borstelde haar lange haar voor het open raam alsof de straat een spiegel was. Rosalba gaf geen antwoord. In plaats daarvan hield ze haar hand tegen haar voorhoofd om haar ogen af te schermen en keek naar de zon. Ze bleef een tijdje in die houding staan en liep toen verder.

'Goedemiddag, magistraat!' riep Virgelina Saavedra. Zij en Lucrecia, haar seniele grootmoeder, zaten op krakkemikkige stoelen voor hun huis, het meisje zat een quilt te breien en de oude vrouw, die een dode indruk maakte, deed een dutje. Rosalba wierp hun een flauwe glimlach toe en liep door.

'Goedemorgen, magistraat,' zei Santiago Marín, de Andere Weduwe. Hij zat zonder hemd en blootsvoets op zijn stoep met zijn lange haar los op zijn schouders. Het luchtte Rosalba op om te horen dat er in ieder geval iemand was die het woord 'morgen' zei.

'Jij ook een goedemórgen, Santiago!' kwetterde ze. 'Kun je me ook zeggen hoe laat het ongeveer is?'

'Uhm, eens even kijken.' Santiago stond op, stak zijn hand onder een smerige lap en trok een papieren zak tevoorschijn. Er zaten talgkaarsen in, die hij begon te tellen terwijl hij met zijn hoofd knikte. Toen keek hij even naar de kaars die op de grond stond te branden voordat hij aankondigde: 'Het is vier en driekwart kaars.'

Rosalba wachtte ongeduldig totdat Santiago die onzin over kaarsen in iets begrijpelijks zou omzetten, maar dat leek hij niet nodig te vinden. Hij haalde een kaars uit de papieren zak en stak die aan met de kwijnende vlam van de kaars op de grond. Toen zette hij de nieuwe kaars boven op de oude en glimlachte Rosalba met opeengeklemde lippen toe.

'Nou? Hoe laat is het dan?' vroeg ze weer, en er klonk iets van wrevel door in haar stem.

Pas toen realiseerde Santiago zich dat ze niet bekend was met zijn methode om de tijd te berekenen. Hij liep langzaam op haar af en begon het uit te leggen: 'Kijk, magistraat, in het soort tijd dat ik bijhoud, worden gebeurtenissen afgemeten aan de brandtijd van een kaars.' Hij hield de papieren zak in de lucht. 'Ik brand één kaars tegelijk en meestal verbruik ik elke zon tien kaarsen. Ik steek de eerste kaars aan als ik opsta. Voordat die is opgebrand, ben ik al in mijn moestuin bezig. Vaak brand ik tijdens het werken nog twee kaarsen op, dan weer een kaars terwijl ik het middageten klaarmaak, en dan nog een bij het uitrusten na de lunch. Ik brand nog twee kaarsen tijdens het werken tot zonsondergang en daarna nog twee tot ik naar bed ga.'

'Dat maakt samen maar negen kaarsen,' merkte de magistraat op scherpe toon op.

'De laatste kaars is voor de Maagd Maria.'

'En wat gebeurt er als de wind een van je kaarsen uitblaast en je het niet ziet?'

'Dan gebeurt er niets. Ik steek hem gewoon weer aan als ik zie dat hij uit is.'

'En als je je verslaapt? Als je wakker wordt wanneer de zon al hoog boven je hoofd staat?'

'Dan gebruik ik minder kaarsen,' antwoordde een geërgerde Santiago spottend, daarna streek hij zijn mooie lange haren naar achteren en verdween in zijn huis.

Beledigd, met haar handen op haar heupen, keek Rosalba de straat op en af. Toen ze er helemaal zeker van was dat niemand keek, bukte ze zich, blies Santiago's vijfde kaars uit en liep toen weg terwijl haar enorme achterste bij iedere stap zachtjes in de wind zwaaide.

Cafetería d'Villegas, de enige eetgelegenheid in het stadje, was leeg toen de magistraat er aankwam. De eigenares, de weduwe Villegas, zat opgevouwen in een oude houten stoel en staarde naar tere viooltjes in een bloempot die in de vensterbank stond. De cafetaria bestond eigenlijk alleen voor de vijf families van landarbeiders die niemand hadden die voor hen kookte en die hun maaltijden betaalden met de opbrengst van het land.

'Wat is er voor de lunch?' vroeg de magistraat.

'Ik heb nog niet gekookt,' zei de weduwe bits zonder haar ogen van de plant af te houden.

'Waarom niet? Het is al middag! Uw klanten kunnen elk moment binnenkomen.'

'Nu niet meer. Ze komen wanneer het ze behaagt. De een bestelt een lunch, de ander een ontbijt en een derde wil weten wat voor avondeten er is. Alles gaat achterstevoren in dit vervloekte dorp.' Ze klonk heel boos. 'Ik ben heel boos,' zei ze.

'Ik sterf van de honger,' verkondigde Rosalba. 'Het kan me niet schelen wat u voor me klaarmaakt.' Ze liep naar de toog, schonk water uit een kan in een grote blauwe plastic beker en liep ermee naar een tafeltje naast dat van de weduwe Villegas. Daar ging ze tegenover een oude prent van paus Johannes XXIII zitten.

'Als ik die violen niet had, zou ik ook geen tijdsbesef meer hebben,' zei de weduwe Villegas. 'Weet u dat deze soort viooltjes om de negentig zonnen bloeit?'

'Heb je dan in ieder geval wat rijst gekookt? Mensen eten bij elke maaltijd rijst.'

'Ik heb het hele proces al drie keer meegemaakt en het is elke keer hetzelfde. Het duurt tien zonnen voordat de knoppen in volle bloei staan, nog eens twintig voordat hun kleur verbleekt en daarna nog eens tien zonnen voordat de bloemen verwelkt zijn. Soms zijn ze paarsig, soms blauwig, maar altijd mooi.'

'In Italië eten ze niet veel rijst,' zei Rosalba en ze keek peinzend naar de dikke paus. 'Ze eten dag en nacht spaghetti.' In gedachten zag ze de paus een volle kom spaghetti eten voor het ontbijt. 'Ik weet niet hoe het met jou zit, maar ik houd meer van rijst.'

'Ik houd meer van paarsig,' antwoordde de weduwe. Ze wachtte een paar seconden voordat ze op veel zachtere toon verder sprak: 'Volgens mijn berekeningen zal ik nog zeventien zonnen lang bloemen hebben, en dat betekent dat mijn dochters over vijfentwintig zonnen met ploegen kunnen beginnen. En dan…' Ze stopte even en begon geluidloos op haar vingers te tellen. 'Over drieëndertig zonnen kunnen ze gaan zaaien!' kondigde ze aan. 'Ik kan dat maar beter even opschrijven.' Ze veerde overeind en verdween door een kralengordijn.

Rosalba was razend! Hoe durfde ze het verzoek van de magistraat om eten te negeren! Haar ogen gingen van de volle beker water op haar tafeltje naar de tere viooltjes, van de tere viooltjes naar de paus en van de paus weer naar de volle beker water, steeds maar weer, alsof ze met haar geweten onderhandelde over een moeizame beslissing.

Na een tijdje verscheen de weduwe Villegas weer en constateerde tot haar opluchting dat de magistraat vertrokken was. Opeens zag ze de plastic beker in haar vensterbank liggen, leeg. Ze was kapot van verdriet toen het tot haar doordrong dat haar bloempot vol modderwater zat en dat haar dierbare viooltjes erin zwommen.

Thuis was de magistraat net begonnen met het bereiden van een pan aardappelsoep toen ze bedacht dat ze eerder op de ochtend het zout had opgemaakt. Ze plukte een stuk of vijf mangostans uit haar boomgaard, deed ze in een mandje en liep naar de markt om ze te ruilen tegen zout. Het marktplein zag er deprimerend uit. Een paar kleine tomaten en yucca's en wat droge sinaasappels lagen op lege zakken die over de grond waren uitgespreid. De magistraat liep wat rond en vroeg naar Elvia, de weduwe López, die ook wel bekendstond als de zoutvrouw. Van haar indiaanse voorouders had Elvia geleerd hoe ze zout moest winnen uit een zoutwaterbron op een heuvel nabij Mariquita. Ze kookte het bronwater urenlang in een grote koperen pan tot het verdampte. Als het water was afgekoeld, lagen er ruwe zoutkristallen op de bodem van de pan. Het was korrelig en smaakte bitter, maar het was goed genoeg om voedsel mee op smaak te brengen en te conserveren.

'De zoutvrouw is nog niet geweest, magistraat,' zei een vrouw die al haar voortanden miste.

'Komt ze straks?'

'Ik weet niet wat voor tijd zij erop na houdt,' antwoordde de vrouw schouderophalend.

Dit soort antwoorden over de tijdrekening van de vrouwen begon tamelijk gewoon te worden, en het verontrustte de magistraat dit steeds maar te horen.

Ze ruilde haar mangostans tegen een paar tomaten en liep weg.

Met gebogen hoofd en hangende schouders liep de magistraat vertwijfeld door de lege straten van Mariquita: haar dorp was in een Babel zonder toren veranderd. Hoe kon ze in vredesnaam een gemeenschap besturen waar de tijd een kaars, een plant of desnoods iemands stoelgang was? Hoe zou ze ooit die grote plannen kunnen verwezenlijken die ze voor haar dorp van weduwen had bedacht, als vierennegentig mensen het er zelfs niet over eens konden worden wanneer het ochtend was en wanneer avond? Als ze nu haar ogen zou sluiten en de andere kant op zou lopen, zou ze dit misschien allemaal kunnen vergeten. Misschien was dat wel de enige manier om door het leven te gaan. Ja, misschien had Rosalba het mysterie van het bestaan opgelost; iedere keer als je een obstakel op je pad tegenkomt, hoef je alleen maar je ogen te sluiten en de tegenovergestelde kant op te lopen. Misschien had Rosalba's moeder al die tijd ongelijk gehad toen ze zei dat er geen ergere blindheid bestond dan de blindheid van mensen die weigerden te zien. Misschien hoefde Rosalba niet te zien, niet écht te zien, wat voor verschrikkelijke dingen er om haar heen gebeurden.

Of misschien wel.

Op en neer lopend door de uitgestorven straten, net een mier met haar dunne armen en benen en haar enorme achterste, voelde de magistraat zich een mislukkeling omdat ze het eindelijk zag, écht zag: uitgeputte vrouwen die in de verzengende zon de verdorde velden bewerkten, hun rug ruïneerden opdat hun gezin niet zou omkomen van de honger; oude huisjes die de zwaartekracht trotseerden met hun gescheurde, met onkruid overwoekerde muren; broodmagere honden en katten die op mysterieuze wijze verdwenen als het voedsel schaars werd...

Met gebogen hoofd en hangende schouders liep de magistraat verslagen door de lege straten van Mariquita, omdat ze het eindelijk hoorde, écht hoorde: het klokken van de kippen van de weduwe Sánchez die erin getraind waren hun eieren in het bed van de weduwe te leggen; en het geknor van Ubaldina's varkens die ze allemaal binnenshuis hield zodat ze niet gestolen zouden worden...

Op een zonnige middag op een dag die niemand zich nog kan herinneren, in een dorpje waarvan niemand zich nog het bestaan herinnert, dwaalde een arme magistraat die op een mier leek en zich een mislukkeling voelde in haar zondagse kleren door de straten.

Hij heette Góngora en was maar een achterlijke campesino, net als ik. Maar hij zat al veel langer bij de strijdkrachten en was commandant geworden. Ik was in zijn detachement ingedeeld; daarom was ik getuige van wat ik u nu ga vertellen.

We hadden een aantal dagen een groep guerrillastrijders in het oerwoud achtervolgd en ze leken door de wilde vegetatie te zijn opgeslokt. We stonden op het punt het op te geven en terug te gaan toen we een klein groepje indianen tegen het lijf liepen, vijf of zes mannen. We wisten dat de indianen in dat gebied de rebellen eten gaven en hen vaak in hun reservaten verstopten. De indianen waren naakt en hun lichamen waren beschilderd. Ze zetten het op een lopen toen ze ons zagen, dus schoten we op hun benen. Op één na slaagden ze er allemaal in door het dichte struikgewas te ontsnappen. De felle kleuren op zijn huid maakten hem een gemakkelijk doelwit. Hij was klein en had lang haar, en hij leek zelfs nog kleiner nadat we hem aan een boom hadden vastgebonden. Hij was in zijn linkerdij door een kogel geraakt en zijn gezicht vertrok van de pijn. We gingen opzij en lieten onze commandant doen wat hij het liefste deed.

'Waar zitten de guerrilla's?' vroeg Góngora hem. De indiaan deed zijn mond open alsof hij iets wilde zeggen, maar hij bracht geen geluid uit. Góngora liep op hem af en gaf hem twee klappen in zijn gezicht – er is niets wat een indiaan vernederender vindt dan een klap in zijn gezicht. Góngora stelde hem weer dezelfde vraag. Deze keer bestond het antwoord van de indiaan uit een afschuwelijk gorgelend geluid. Woest sloeg Góngora hem met de kolf van zijn revolver in zijn gezicht. De indiaan maakte weer dat gruwelijke geluid en er verscheen een gepijnigde uitdrukking op zijn gezicht. Het bloed stroomde uit zijn neus en mond, en nog steeds wilde hij onze leider niet vertellen wat hij wilde horen.

Góngora schold de indiaan de huid vol en zette toen de loop van zijn revolver op de wenkbrauw van de indiaan en zei: 'Ik begin mijn geduld te verliezen. Waar houden die vervloekte guerrilla's zich verborgen?' De indiaan begon nog luider en hinderlijker lawaai te maken, en zijn ogen sprongen plotseling vol tranen. De meeste gevangenen zouden ondertussen wel gepraat hebben, al was het maar om hun lijden niet nog langer te rekken: ze weten allemaal dat ze nadat ze het eruit hebben geflapt hoe dan ook vermoord worden. En daarom verwonderde ik me over de loyaliteit en dapperheid van deze indiaan. De geluiden die hij voortbracht, hoe hinderlijk ze ook klonken, leken voor hem de enige manier te zijn waarop hij veilig uiting kon geven aan zijn angst zonder iemand te verraden.

Góngora deed een paar stappen terug en richtte zijn revolver op het hoofd van de indiaan. Ik keek naar de ogen van de indiaan: hij staarde wezenloos langs onze leider, langs ons. Vervolgens keek ik naar mijn kameraden en daarna naar Góngora. Maar toen hij de trekker overhaalde, keek ik de andere kant op.

Later kwamen we erachter dat de guerrilla's de indianen hun tong hadden afgesneden.

HOOFDSTUK 10

De dag waarop de tijd vrouwelijk werd

Mariquita, datum onbekend

De magistraat was al een aantal zonnen met een ernstige depressie aan haar bed gekluisterd. Haar poging Mariquita te besturen was mislukt. Ze was een waardeloze, domme, arrogante, egocentrische vrouw van middelbare leeftijd die de kans van haar leven had gekregen en erbarmelijk had gefaald. De twee belangrijkste gebeurtenissen tijdens haar zogenaamde ambtsperiode – de Voortplantingscampagne en het decreet van de Volgende Generatie – waren rampzalig afgelopen. Het dorp had nog steeds geen stromend water of elektriciteit of een telefoon die het deed, en alle toegangswegen waren nu overwoekerd met dicht struikgewas. Mariquita had net zo goed van de nationale landkaart gevaagd kunnen zijn.

Dit alles veroorzaakte een enorm schuldgevoel bij Rosalba, hoewel ze vooral bang was: bang dat haar aanstelling als magistraat op de tocht stond. Binnenkort zou iemand een complot smeden om haar af te zetten, iemand die jonger, intelligenter en bekwamer was.

Tijdens haar depressie had Rosalba haar weinige vriendinnen en kennissen niet willen zien. Alleen haar kostganger mocht haar kamer binnenkomen. Vaca bracht Rosalba drie keer per zon eten, deed op gezette tijden verslag van de mensen die langs waren gekomen om de magistraat te bezoeken of haar om hulp te vragen, en luisterde ongeduldig naar Rosalba's zelfverwijten. Op een ochtend had Vaca schoon genoeg van Rosalba's gezanik en ging bij de zuster langs.

'De magistraat houdt niet meer van zichzelf,' zei zuster Ramírez na-

dat ze de lange lijst van symptomen had aangehoord die Vaca opsom-
de. Ze schreef acht keer per zon een kop majoraanthee voor, veelvuldi-
ge sponsbaden, en schone kleren en make-up als ze die op de markt
kon vinden. Vaca ging terug naar huis, sleepte Rosalba uit bed en naar
de patio, gaf haar een koud bad en legde haar naakt in de zon, als een
gewassen laken, om te drogen. Toen hielp ze Rosalba een rode jurk aantrekken, draaide haar grijzende haar in een wrong en zette die achter
op haar hoofd vast, vier centimeter hoger dan gewoonlijk zodat Rosalba's nek zichtbaar werd.

Tweeëndertig koppen majoraanthee later…
 De duisternis begon zich loom over Mariquita uit te spreiden. De
magistraat, die zich al wat opgewekter voelde, liep naar buiten en ging
op haar stoepje zitten. De straat was verlaten en in de verte was alleen
een gestaag stampen te horen. De Ospina's waren zeker maïs aan het
malen, dacht Rosalba. Ze stelde zich de robuuste weduwe Ospina voor,
die met een zware stok herhaaldelijk op de maïskorrels in beukte.
 Haar gedachten werden onderbroken door het geluid van voetstappen. Ze leunde naar voren en kneep haar ogen tot spleetjes bij het zien
van de naderende schaduw, tot ze het uitdrukkingsloze gezicht van de
onderwijzeres herkende. Cleotilde was niet één keer op bezoek geweest. Ze had zelfs niet geïnformeerd hoe het met de magistraat ging.
Maar Rosalba kon de oude vrouw haar onverschillige houding jegens
haar niet kwalijk nemen. Als er iemand in het dorp was die kon beweren dat de magistraat haar slecht had behandeld, dan was het Cleotilde.
 'Een goedenavond, señorita Guarnizo,' zei Rosalba op ongewoon
hartelijke toon. De onderwijzeres beantwoordde haar begroeting
slechts met een knikje en liep zo snel langs haar als haar vierenzeventig
jaar en haar jichtige voeten haar toestonden. 'Hebt u zin om een kom
soep te komen eten?' riep Rosalba. 'Vaca maakt altijd wat extra.'
 Cleotilde bleef plotseling staan. Ze wilde ja zeggen, graag, maar ze
was verrast door de uitnodiging – ze kon zich niet herinneren wanneer

de magistraat haar voor het laatst bij zich thuis had uitgenodigd – en hoewel de onderwijzeres van nature zeer welbespraakt was, wist ze nu niets uit te brengen.

'Alstublieft, señorita Guarnizo,' Rosalba klonk bijna nederig. 'Ik heb uw wijze raad nodig met betrekking tot bepaalde zaken die mij dwarszitten.'

Wijze raad, raad, aad, aad… De woorden galmden na in het hoofd van de onderwijzeres. Ze draaide zich om, er niet helemaal van overtuigd of de magistraat het wel tegen haar had. Maar het meelijwekkende tafereel voor haar nam alle onzekerheid weg: moederziel alleen met haar ogen strak gericht op haar eigen voeten – met kloofjes overdekt en gezwollen in de afgedragen sandalen –, en met de verkrotte voorgevel van haar huis als enige achtergrond, maakte de eens zo arrogante magistraat een zeer terneergeslagen indruk. Cleotilde boog haar hoofd een beetje en duwde haar bril met haar wijsvinger naar beneden. 'Het doet me genoegen dat mijn aanbevelingen hier worden gewaardeerd,' merkte ze op.

Rosalba liet een timide lachje horen, richtte zich toen tot de knieën van de onderwijzeres en zei: 'Uw aanbevelingen worden niet alleen gewaardeerd, señorita Guarnizo. Ze worden gekoesterd.'

Gekoesterd, koesterd, oesterd… De vleiende klanken weergalmden in Cleotildes oren terwijl ze door de gang naar Rosalba's eetkamer liep.

Later, nadat ze ieder twee kommen soep hadden gegeten en de magistraat zich verscheidene keren verontschuldigd had voor Vaca's gebrek aan kooktalent, zaten de twee vrouwen in hoge rieten stoelen in de zitkamer koffie te drinken en bespraken ze de 'rampzalige gevolgen', zoals Cleotilde het formuleerde, die het 'tijdsdilemma', zoals Rosalba het formuleerde, voor Mariquita zou hebben als het niet onmiddellijk werd aangepakt.

'Hebt u al mogelijke oplossingen bedacht?' informeerde Cleotilde.

'O, verschillende al,' loog Rosalba. 'Maar ik ben er niet tevreden over en ik dacht dat u en ik… er vanavond misschien een paar zouden kunnen bedenken.'

'Dat zou ik graag doen,' antwoordde de onderwijzeres, 'maar het wordt al laat en ik moet mijn lessen zedenleer voor morgen nog voorbereiden. Ik kom morgenmiddag wel terug.'

Zichtbaar ontstemd kwam Rosalba overeind en begon rondjes te lopen terwijl ze ondertussen een blik wierp op de talloze lijstjes die keurig naast elkaar aan de muren van haar huis hingen: lijstjes met prioriteiten, een herziene telling van de weduwen en meisjes, schema's voor het schoonmaken en desinfecteren van de huizen in het dorp, inventarissen van geneesmiddelen die voor het ziekenzaaltje nodig waren, de administratie van haar eigen onbetaalde en achterstallige salaris, lijsten van loslopende honden en katten met een volledige beschrijving – die van tijd tot tijd werd bijgewerkt, aangezien ze op mysterieuze wijze bleven verdwijnen – en lijstjes van lijstjes. Ze had de volledige geschiedenis van Mariquita vastgelegd sinds de mannen waren weggevoerd, in een dagboek dat uit nutteloze lijstjes bestond.

Opeens kwam de gedachte bij haar op dat ze gefaald had omdat ze iedere dag van haar magistraatschap besteed had aan het plannen van zaken die ze de dag daarna wilde doen. Ze had haar 'vandaag' opgeofferd aan een 'morgen' dat algauw een 'vandaag' werd, en dat vervolgens weer onmiddellijk geofferd werd aan een ander 'morgen', en zo ging het maar door.

'Nee, señorita Cleotilde,' sprak een energieke Rosalba uiteindelijk. 'Mariquita's tijd kan niet tot morgen wachten. We moeten er vandaag aan werken.'

'Maar… hoe moet het dan met mijn les?'

'Ach, laat die toch zitten.'

'Maar mijn leerlingen zullen…'

'Zeg tegen uw leerlingen dat u ziek was of dat u er een ander tijdschema op nahield. In godsnaam, het is maar een les in zedenleer!'

De onderwijzeres fronste haar wenkbrauwen bij deze laatste opmerking.

*

238

De magistraat en de onderwijzeres brachten de avond en meerdere kaarsen door met het nadenken en beraadslagen over de tijd. Ze hadden het over de brandende kaarsen van Santiago Marín en over de bloeiende viooltjes van de weduwe Villegas, en zagen de noodzaak in van het instellen van één systeem waarmee iedereen in het dorp, op gelijke wijze, de duur van gebeurtenissen kon meten.

'Ik vind nog steeds dat u iemand naar de stad moet sturen om een horloge en een kalender te kopen,' merkte de onderwijzeres op. 'Het universele concept van de tijd wordt al honderden jaren met succes gebruikt.' Ze staafde haar aanbeveling door uitgebreid in te gaan op de theorieën van een zekere meneer Isaac Newton en een meneer Albert Einstein, en ze citeerde hen alsof ze hen zo goed kende dat de magistraat aannam dat beide mannen hun hypothesen persoonlijk met de oude vrouw hadden besproken.

'Wat u voorstelt,' zei Rosalba zodra de onderwijzeres haar de kans gaf iets te zeggen, 'is dat we teruggaan naar de traditionele mannelijke opvatting van de tijd, waarin tijd alleen maar om productiviteit draait.'

'In zekere zin wel, ja, maar…'

'Ik weiger dat concept te herhalen, señorita Guarnizo. Wij leven in een man-vrije wereld.' Ze zweeg even alsof ze haar gedachten moest ordenen, en voegde er toen aan toe: 'Weet u wat ik graag zou willen? Ik zou graag een vrouwelijke opvatting van de tijd willen creëren: de Theorie van de Vrouwelijke Tijd van Rosalba viuda de Patiño en Cleotilde Guarnizo.' Onder het praten vloog haar hand door de lucht alsof ze haar woorden op een onzichtbaar oppervlak schreef. Het begon er allemaal iets rooskleuriger uit te zien voor de magistraat. Als ze deze crisis te boven zou komen, dacht ze, kon ze de dorpelingen bewijzen dat ze nog steeds bekwaam en vindingrijk was.

Tijdens het bespreken van de toekomstige opvatting van de tijd besloten de magistraat en de onderwijzeres geen gebruik te maken van de cyclische veranderingen in hun eigen omgeving, zoals trekvogels, de periodieke toename van het aantal muskieten of de voorspelbare metamorfosen van de rood met gele vlinders die hun streek bevolkten. 'Stel dat ze uitgestorven raken?' argumenteerde Rosalba. Ze erkenden dat de afwisseling van dag en nacht een natuurlijke en tastbare methode was om de tijd bij te houden, en dat ze die graag in stand wilden houden.

'En het klimaat dan?' stelde Cleotilde voor. 'We hebben twee behoorlijk constante perioden van regen en droogte.'

'Ik weet het niet,' antwoordde Rosalba. 'De afgelopen jaren is het weer zo onbetrouwbaar geworden dat zelfs de bomen in de war zijn geraakt. Ze weten niet meer of ze hun bloemen tot bloei moeten laten komen of hun bladeren moeten laten vallen.'

En toen kreeg Cleotilde een ingeving.

'Wat dacht u van de menstruatie?' zei ze, en bijna onmiddellijk ervoer ze een gevoel van grote tevredenheid. Ze was ervan overtuigd dat de menstruatie, een exclusief vrouwelijke toestand, heel geschikt zou zijn voor de vrouwelijke opvatting van de tijd zoals de magistraat die voor ogen had. Maar ze stelde het ook voor uit een pervers verlangen om wraak te nemen op Rosalba, die, daar twijfelde de onderwijzeres niet aan, op dit moment in de overgang zat. Twintig jaar geleden had Cleotilde die overgang zelf ook meegemaakt. Ze had het lichamelijke ongemak weten te verdragen dat ermee gepaard ging, maar de emotionele symptomen hadden haar bij verrassing overvallen en een ernstige depressie veroorzaakt. Ze had zich incompleet, een halve vrouw, half af gevoeld. Ze kwam tot de slotsom dat de magistraat zich nu ook zo voelde.

'Hmm!' mompelde Rosalba op het voorstel van de onderwijzeres. 'Ik weet niet of onze gemeenschap zich op menstruatie kan verlaten. Ieders cyclus is anders.' Maar beide vrouwen wisten dat ieders cyclus gelijk liep. Kort nadat de tijd in Mariquita was opgehouden te bestaan, waren de vrouwen gelijktijdig gaan menstrueren. Het kwam onverwacht, alsof de natuur, die de chaotische situatie voorzag die op de afwezigheid van de tijd zou volgen, het als haar plicht beschouwde alle vrouwen een accurate manier te bieden om hetzelfde tijdschema aan te houden. En hoewel de natuur nog niet in haar uiteindelijke doelstelling was geslaagd, hingen sindsdien, om de achtentwintig zonnen, alle waslijnen in Mariquita vol met de witte rechthoekige stukjes stof die de vrouwen in hun ondergoed droegen als ze menstrueerden.

'Als er één ding is in dit dorp waar de vrouwen zich op kunnen verlaten, is het wel hun menstruatie,' zei Cleotilde. 'Maar daar weet u natuurlijk niets meer van.' Ze zweeg even en zond Rosalba een samenzweerderige blik toe voordat ze er op een geruststellende fluistertoon aan toevoegde: 'Wees gerust, magistraat. Ik zal het niemand vertellen. We maken het op een gegeven moment allemaal door.'

Rosalba besloot die sardonische opmerking van de onderwijzeres te negeren. 'Uw idee voegt niets nieuws toe aan de theorie die we willen opstellen,' zei Rosalba. Ze wilde het niet toegeven, maar het enige wat haar niet zinde aan de menstruatiekalender was het feit dat ze dan afhankelijk zou worden van jongere vrouwen – jongere, vruchtbare vrouwen – die haar zouden zeggen of het dag drie of dag twintig was. Was ik maar tien jaar jonger, dacht ze, dan zou ik niet alleen Mariquita's magistraat zijn maar ook zijn wandelende kalender.

'Dat kan wel zijn,' antwoordde señorita Cleotilde, 'maar een kalender die uit dertien maanden van achtentwintig dagen bestaat, maakt de tijdrekening en het vastleggen van de tijd wel heel makkelijk. Daar komt nog eens bij dat als we de tijd laten samenvallen met de schijngestalten van de maan, de kalender van Mariquita tot ver in de toekomst bruikbaar en accuraat zal blijven.'

Rosalba begon te giechelen. 'Denkt u nou werkelijk dat een stelletje vrouwen die langzaam doodgaan in een afgelegen hoek van de wereld enige toekomst hebben?'

'Natuurlijk hebben we een toekomst. Of die goed of slecht is, is een andere zaak.' Ze duwde haar bril terug op haar neus.

'De toekomst ligt alleen in… in de dagdromen waaraan we onszelf overgeven,' zei Rosalba zwaarwichtig.

'Dat is belachelijk!' gromde Cleotilde en ze schudde herhaaldelijk haar hoofd. 'Als we geen toekomst hebben, kunnen we de tijd net zo goed terugdraaien, teruggaan naar het verleden. Dan weten we tenminste waar we heen gaan.'

Deze laatste opmerking, hoe bespottelijk die ook klonk, had een enorme uitwerking op Rosalba. De magistraat keek eerst ernstig, toen nadenkend, daarna onthutst, vervolgens verbluft en toen weer ernstig. Een tijdlang waren de enige geluiden in de kamer afkomstig van de regendruppels die net tegen het raam waren beginnen te slaan. Maar toen riep Rosalba opeens uit: 'U bent geniaal, señorita Cleotilde! Absoluut geniaal! We gaan terug in de tijd. Ja, we gaan de menstruatiekalender gebruiken die u hebt voorgesteld, alleen laten we de tijd dan terugvloeien.'

'Maar, magistraat, we kunnen de tijd niet laten terugvloeien. Dat is...'

'Onze vrouwelijke kalender begint op de laatste dag van december en eindigt op de eerste dag van januari. Ik heb een nog beter idee, we vervangen die saaie maandnamen door dertien van onze eigen namen.' Overdreven opgewonden kwam Rosalba overeind uit haar stoel.

Overdreven bezorgd stond Cleotilde ook op. 'Ik heb slechts een hypothetisch argument aangevoerd, magistraat. Het was niet mijn bedoeling dat u het letterlijk zou nemen.'

'Wat dacht u ervan als we begonnen met de maand Rosalba en dan verder gaan met de maand Cleotilde? Is dat eerlijk? Want als u wilt kunnen we ook met de maand Cleotilde beginnen. Het maakt mij niets uit.'

'Magistraat, wat ik bedoelde te zeggen was dat...'

'Ik weet wat u wilde zeggen, señorita Cleotilde. U bedoelde daarmee te zeggen dat als de tijd achteruit beweegt de mensen een kans hebben om de loop van hun leven te veranderen. Dat is een geweldige gedachte! We gaan terug in de tijd, lossen de vele problemen in onze geschiedenis op en scheppen een gelukkige toekomst voor ons allemaal.'

Hoofdschuddend haalde Cleotilde diep adem.

'Goed, hoe ver zullen we in de geschiedenis teruggaan?' vervolgde Rosalba. 'Om te beginnen wil ik al die stomme burgeroorlogen van ons uitwissen. We hebben echt geen reden om tegen elkaar te vechten. En dat geldt ook voor die stomme onafhankelijkheidsoorlog van 1810. We zullen nooit iemands kolonie zijn, dus hoeft zo'n strijd ook niet plaats te vinden. En hoe zit het met Columbusdag? Een vreselijke dag was dat! Ik zou die hele episode echt het liefst uit onze geschiedenis wissen. We zouden pas over duizend jaar of zo ontdekt moeten worden. Of misschien moeten wij maar degenen worden die Europa ontdekken. Wat denkt u daarvan, señorita Cleotilde?'

Señorita Cleotilde dacht dat de magistraat eindelijk knettergek was geworden. Ze stond op het punt dat te zeggen toen Vaca de kamer binnenkwam met een dienblad waarop twee kommen soep stonden met een paar lepels ernaast.

'Ontbijt,' kondigde ze aan.

'Heerlijk!' zei Cleotilde. 'Ik sterf van de honger. Wat is het?'

'Hete soep.'

'Alweer?' Ze klonk teleurgesteld. 'Ik eet 's morgens altijd een ei. Hebt u geen eieren?'

'Als ik een ei had, zou ik het zelf hebben opgegeten,' zei Vaca. Ze zette het dienblad neer.

'Nou, ik hoop dat er dan tenminste wat vlees in zit,' hield Cleotilde aan. 'Zit er vlees in?'

'Misschien,' antwoordde Vaca en ze haalde haar rechterschouder op.

'Er zit nog meer vlees aan de poot van een muskiet dan in deze soep,' klaagde Cleotilde bitter terwijl ze in de heldere bouillon roerde waarin hier en daar een flinter koriander dreef. Ze probeerde de soep met haar lepel te eten maar er zaten geen vaste deeltjes in. Dus tilde ze de kom maar op en dronk de soep letterlijk in één teug op. Toen ze klaar was, stond de onderwijzeres op en begon haar korte haar met de rug van haar handen glad te strijken.

'U gaat toch niet weg, señorita Cleotilde?' Als de onderwijzeres wegging, dacht Rosalba, zou ze niet voor de volgende zon terug zijn – als ze al terugkwam. Tegen die tijd zou het project zijn momentum hebben verloren.

'Ja, magistraat, ik ga weg. U hebt al een oplossing voor het meest urgente probleem. Dat wil zeggen, als je een achteruit werkende kalender een oplossing voor uw probleem kunt noemen. Ik vertrouw erop dat u de rest zelf wel kunt uitdokteren.'

'Ik vind dat u moet blijven,' zei Rosalba op een toon waar eerder een waarschuwing dan een verzoek in doorklonk. 'Hoe zult u anders kunnen volhouden dat Mariquita's vrouwelijke tijd voor de helft uw idee was als u mij niet helpt met het opstellen van een document met de details?'

Die laatste zin was als een klap in het gezicht van de onderwijzeres. 'Het ís voor de helft mijn idee,' snauwde ze. 'Ik ben ook van plan u met het opstellen van dat document te helpen. Maar ik moet eerst wat slaap hebben voordat we eraan gaan werken.' Ze zette haar bril af en masseerde haar ogen met de buitenkant van haar wijsvingers.

'Doe dan een siësta in mijn bed,' stelde Rosalba voor. 'Dat ligt heel lekker.'

Cleotilde vond het vreselijk om in het bed van andere mensen te slapen. Ze had een heel scherpe reukzin waardoor ze onmogelijk kon slapen als ze lag ondergedompeld in de walgelijke luchten die iemands beddengoed en matras waarschijnlijk uitwasemden. Moe als ze was, besloot ze dat ze liever nu aan dat document ging werken dan in het stinkende bed van de magistraat te moeten slapen. Ze haakte haar handen achter haar rug en liep een tijdje nadenkend heen en weer door de kamer, tot ze uiteindelijk een stuk papier en een potloodstompje over de tafel naar de magistraat schoof en zei: 'Rosalba, ik ga je wat dicteren.'

'Pardon?' vroeg de magistraat. Ze wist niet wat haar het meest schokte: dat ze bij haar voornaam werd genoemd of dat haar gevraagd werd een dictaat op te nemen.

'Schrijf dit maar op, lieve kind: het oprichten van een Tijdcommissie bestaande uit vijf jonge, komma…' Ze wachtte even tot Rosalba de zin had opgeschreven, maar de magistraat, die nog steeds in verwarring was, begon iets onverstaanbaars te mompelen. Cleotilde sloeg geen acht op de verbijstering van de magistraat en ging verder met haar dictaat: '… gezonde, komma…'

'Neem me niet kwalijk, señorita Cleotilde,' probeerde Rosalba tegen te werpen.

'Lieve kind, steek je vinger op als je een vraag wilt stellen of even weg wilt.' De onderwijzeres wachtte een paar seconden tot Rosalba haar hand opstak, maar toen de magistraat dat niet deed, ging ze verder met de volgende zin. Uiteindelijk begon Rosalba de voorwaarden en bepalingen op te schrijven, schrapte weer woorden en herschreef ze tot ze een ontwerp van een wetsvoorstel voor zich hadden waar ze allebei tevreden over waren.

Het in de praktijk brengen van de vrouwelijke tijd zou niet eenvoudig worden, bedacht de magistraat. Vooral nu iedere vrouw er haar eigen rooster op nahield. Het zou moeilijk worden om alle dorpelingen bij elkaar te krijgen om het decreet af te kondigen. Rosalba wist dat ze bij de koppigste dorpelingen op verzet zou stuiten. Ze zou echt haar best moeten doen om hen ervan te overtuigen dat een gemeenschappelijk tijdschema Mariquita's productiviteit zou verhogen en daarmee de levensomstandigheden van iedere familie zou verbeteren. Maar ze zou vooral hard haar best moeten doen om hen ervan te overtuigen dat een maankalender waarin de tijd achteruitging ieder van hen uiteindelijk aan een tweede kans zou helpen.

Maar geloofde ze dat ook echt? vroeg Rosalba zichzelf af. Dacht ze werkelijk dat een archaïsche kalender die achteruitliep voor iedereen goed zou zijn? Misschien niet. Wat voor zin zou zo'n kalender hebben voor iemand als Magnolia Morales, die zei dat de tijd alleen maar in iemands hoofd bestond? Geen enkele zin waarschijnlijk. En zou een systematische kalender de weduwe Pérez aanspreken, die had verklaard dat ze iedere dag dezelfde dag leefde? Zeer zeker niet. Misschien hadden Magnolia en de weduwe Pérez op hun eigen excentrieke manier wel gelijk. Vrouwen waren van nature idealistisch en romantisch ingesteld, en hoewel de mannen die eigenschappen altijd als tekortkomingen hadden beschouwd, werd het nu misschien tijd dat vrouwen die eigenschappen als unieke vrouwelijke kwaliteiten gingen zien en ze in hun dagelijkse leven gingen toepassen. De vrouwelijke tijd, bedacht Rosalba, zou een oneindig aantal individuele interpretaties moeten toestaan, zodat zij tegelijkertijd als het officiële systeem voor de hele gemeenschap én onbegrensd in de idealistische, romantische en vruchtbare geest van iedere vrouw kon bestaan.

De magistraat deelde die laatste gedachten met Cleotilde, die nog steeds op en neer liep in de kamer met haar handen achter haar rug.

'Dat vind ik een goed idee,' zei de oude vrouw, 'maar ik denk dat de dorpelingen op zijn minst één parameter moeten hebben, anders krijgen we tien naakt rondrennende Magnolia's die beweren dat de tijd een... ontblote tepel is, of zoiets. Ik stel voor dat we vragen of iedere vrouw iedere maand een goede eigenschap wil kiezen die ze zich eigen wenst te maken of een tekortkoming die ze wil wegwerken, en dat ze zich daar helemaal voor inzet.' Ze liet zich in een stoel zakken, ervan overtuigd dat ze iets belangwekkends had gezegd waaraan niet te tornen viel.

Kort daarna voerden de twee vrouwen een lang gesprek over zedelijkheid, rechtvaardigheid, geloof, waardigheid, rechtschapenheid, grootmoedigheid, verdraagzaamheid, toewijding, vastberadenheid, geduld, kracht, hoop, verantwoordelijkheid, vertrouwen, optimisme, wijsheid, prudentie, begrip, tact, intuïtie, gevoel, en nog veel meer dingen die ze als deugden beschouwden. Daarna spraken ze over verdorvenheid, zondigheid, kwaad, rancune, scherpte, corruptie, ontaarding, misbruik, boosaardigheid, onrechtvaardigheid, wreedheid, walging, hoogmoed, verloedering, wellust, wrok, verbittering, middelmatigheid, zelfzucht, en nog vele andere eigenschappen die ze als tekortkomingen beschouwden. En na zoveel gepraat over deugden en tekortkomingen besloten Rosalba en Cleotilde dat er niet in maanden en jaren zou worden geteld – die zij betekenisloze woorden vonden – maar dat ze de vrouwelijke tijd in de vorm van 'sporten' en 'ladders' tot zelfverbetering zouden introduceren. Maar anders dan de intimiderende ladders naar succes of roem zoals mannen die hadden bedacht, kon je op deze ladders uitsluitend omlaag gaan, omdat, zoals Cleotilde verklaarde: 'Op God na, niemand daarboven ooit glorie heeft gevonden.' De vrouwen van Mariquita zouden zich nooit gedwongen hoeven voelen om hogerop te klimmen. In plaats daarvan zouden ze worden aangemoedigd om helemaal naar beneden af te dalen, waar hun geest, karakter en ziel de volmaaktheid zouden vinden, en nog veel belangrijker, waar de volmaaktheid zoveel definities zou kennen als er vrouwen waren.

*

Plotseling drongen er geluiden van buiten door: er klonk tumult op straat. Rosalba en Cleotilde hoorden in de verte de schorre stemmen van de vrouwen van Mariquita, die voortdurend dezelfde zin herhaalden.

'Wat zeggen ze?' vroeg Rosalba.

'Ik weet het niet zeker,' antwoordde de onderwijzeres en ze legde haar hand als een kommetje om haar oor, 'maar ze zijn razend.'

Rosalba zuchtte. 'Er is altijd wel iets.'

'Moeten we niet gaan kijken wat ze in de zin hebben?'

'Laten ze elkaar maar vermoorden. We kunnen het huis pas uit als we een aanvaardbaar concept van de kalender hebben.' Ze gaf Cleotilde een stuk papier en begon een potlood te slijpen met een mesje dat zelf geslepen moest worden. 'Kunt u uit de vrije hand tekenen, señorita Cleotilde?'

Voordat de onderwijzeres 'ja, natuurlijk' kon antwoorden, werd er keihard op de deur gebonkt en meteen daarna kwam Vaca de kamer binnengestormd.

'Magistraat, u moet onmiddellijk buiten komen,' bracht Vaca buiten adem uit. Ze legde uit dat een groep dorpelingen misbruik had gemaakt van Rosalba's afwezigheid en naar Cecilia was gestapt en had geëist dat er een stemming zou worden gehouden om een nieuwe magistraat te kiezen. Cecilia had hen op andere gedachten proberen te brengen, maar ze klaagden dat Rosalba geen ene moer voor Mariquita had gedaan, dat wat de grond opleverde lang niet genoeg was om iedereen in het dorp te voeden en dat de meeste mensen al vergeten waren hoe melk smaakte. Bovendien beschuldigden de jongere vrouwen de magistraat ervan dat ze had toegelaten dat el padre Rafael een smerig plannetje kon uitvoeren waarmee hij hen allemaal voor de gek had gehouden, terwijl de oudere vrouwen haar ervoor verantwoordelijk hielden dat ze de priester ongestraft had laten gaan nadat hij hun onschuldige jongens had vermoord. Ze hadden Cecilia zo onder druk gezet dat die een snelle verkiezing had gehouden waarbij brigadier Ubaldina tot de nieuwe magistraat van Mariquita was verkozen. 'Cecilia heeft het zojuist aangekondigd,' zei Vaca. 'Ze marcheren nog steeds rond het plein met Ubaldina op hun schouders en juichen haar toe.'

En van het ene moment op het andere, zonder enige waarschuwing, moest Rosalba haar grootste angst onder ogen zien. Gelukkig lagen de zaken nu wat anders. Voor het eerst in vele zonnen had Rosalba het gevoel dat ze alles onder controle had. Niet alleen had ze haar zelfvertrouwen teruggekregen, ze stond ook al weer op het punt iets uitzonderlijks voor Mariquita tot stand te brengen. Deze keer zou ze het door niemand of niets laten verpesten. Ze zou naar buiten gaan en redelijk met hen praten. De vrouwen zouden haar, daar was ze zeker van, bij acclamatie herverkiezen.

*

Buiten was het verstikkend heet. De motregen die eerder op de dag was gevallen had de lucht zwaar en broeierig gemaakt. De ramen van de meeste huizen stonden wijd open, niet zozeer om het lichte briesje te laten circuleren als wel om de hitte naar buiten te laten. Terwijl ze over straat liep met Vaca en Cleotilde, zag Rosalba niets, behalve twee honden die opgekruld in de schaduw van een boom lagen te slapen en een lange rij hardwerkende mieren. Verder was er geen levend wezen op straat.

Maar toen de drie vrouwen bij de plaza aankwamen, hoorden ze gezang en zagen ze iedereen plezier maken rond Ubaldina. De dorpelingen hadden hun eigen tijdschema's losgelaten en waren samengekomen om met een wild feest de verkiezing van de nieuwe magistraat te vieren. Rosalba probeerde enkelen van hen aan te spreken, maar ze sloegen nauwelijks acht op haar. Ze werd niet afgezet: ze vervaagde gewoon. Rosalba liet onmiddellijk het plan varen om redelijk met hen te praten en ging over op plan B. Ze trok haar pistool uit de holster, richtte in de lucht en vuurde een van de twee overgebleven kogels af. Alsof er magie school in de weergalmende knal, stopten de vrouwen met feestvieren en holden allemaal de kerk in, de enige plaats waar ze zich veilig voelden – vooral sinds er geen priester meer was. Alleen Cecilia Guaraya bleef roerloos midden op de plaza staan. Ze hield een stuk papier omhoog met de resultaten van de stemming.

'Wat heb ik jou misdaan dat je mij verraden hebt?' vroeg Rosalba aan Cecilia. Het gloeiend hete pistool trilde in haar hand.

'Alsjeblieft, Rosalba, word niet boos op me,' smeekte Cecilia, ze sprak tegen het pistool van de magistraat. 'De vrouwen in dit dorp willen absoluut in opstand komen. Ik ben akkoord gegaan met een verkiezing als jouw naam ook op de lijst stond.' Ze stak Rosalba het stuk papier toe. 'Jij bent als tweede geëindigd,' zei ze.

Rosalba griste het uit Cecilia's handen en wierp er een blik op. 'O, geweldig!' zei ze minachtend. 'Ik ben als tweede geëindigd met twee waardeloze stemmen.' Ze verfrommelde het stuk papier tot een prop en gooide die voor Cecilia's voeten neer. Toen stopte ze haar pistool weg en liep naar de kerk, geëscorteerd door Vaca en Cleotilde.

In het huis van God schreed Rosalba waardig over het middenpad. Haar autoritaire houding riep de angst van de vrouwen op, niet hun genegenheid. Het bleef stil en er bewoog niets behalve de knipperende ogen die Rosalba naar de preekstoel volgden, waar ze achter de kale, halfvergane lessenaar ging staan vanwaar el padre Rafael de mis altijd opdiende. Cleotilde ging naast haar staan.

'Ik ben hier gekomen om de volledige verantwoordelijkheid te nemen voor mijn fouten en vergissingen,' begon ze nederig. 'Sinds ik tot magistraat ben benoemd heb ik geworsteld om de orde in ons dorp te handhaven, allerlei obstakels te overwinnen en een nieuw leven voor onszelf zonder onze mannen te creëren. Mijn overtuigingen hebben mij op een dwaalspoor gebracht en sommige dingen heb ik verkeerd gedaan. Er zijn dingen die ik had moeten doen, maar die ik heb nagelaten. Nu zie ik eindelijk in dat het mijn taak is in Mariquita, zij het onbezoldigd, onze gemeenschap te organiseren, ervoor te zorgen dat de familie Morales geen kliekjes overhoudt terwijl de arme weduwe Pérez eet wat ze vindt als ze het vindt. Ervoor te zorgen dat Perestrojka gezond blijft en voldoende melk geeft zodat ieder van ons minstens één keer per week een vol glas kan drinken. Ervoor te zorgen dat iedere familie een huis heeft en dat ieder huis een dak heeft en dat ieder dak de regen buiten houdt. Ik heb veel dingen geleerd waardoor ik nu een veel betere magistraat voor ons dorp kan zijn. Het enige wat ik vraag, is de kans te krijgen om de fouten te herstellen die hersteld kunnen worden en jullie schadeloos te stellen voor de fouten die onherstelbaar zijn. Als jullie vinden dat ik een kans verdien, stap dan alstublieft naar voren.' Ze keek de menigte oprecht aan.

Er viel een lange stilte terwijl de dorpelingen nadachten over de woorden van de magistraat. Sommige vrouwen waren sceptisch. Rosalba's toon riep onaangename herinneringen bij hen op aan hoffelijke politici, verbroken beloften en privileges die weer waren ingetrokken. Maar een paar anderen geloofden wel in Rosalba's oprechtheid en goede bedoelingen, vooral nu de onderwijzeres – wier geloofwaardigheid nog onaangetast was – haar leek te steunen.

'U verdient een tweede kans,' zei Vaca vanaf de eerste rij. Ze liep op Rosalba toe en bleef voor de lessenaar staan.

'Ik steun u, magistraat.' De stem kwam helemaal van achter uit de kerk. 'Voor mij bent u de enige magistraat en dat zult u ook altijd blijven.' Het was Cecilia die Rosalba naar de kerk was gevolgd en nu door het gangpad kwam lopen. Zij bleef ook voor de lessenaar staan. Rosalba wierp haar een hartelijke blik toe.

Na even te hebben gewacht, verscheen doña Victoria viuda de Morales in beeld. 'Wij vinden ook dat u een tweede kans verdient,' riep ze. Ze duwde haar twee oudste dochters – Orquidea en Gardenia – naar voren. 'En u kunt op onze onvoorwaardelijke steun rekenen.' Ze begon nu met de twee jongsten te worstelen – Magnolia en Julia – die bekendstonden om hun koppigheid. Doña Victoria fluisterde de meisjes allerlei dreigementen in het oor, maar ze bleven zich hevig verzetten, zodat de weduwe het uiteindelijk opgaf.

Vervolgens stapten zuster Ramírez en Eloisa viuda de Cifuentes naar voren, gevolgd door Lucrecia en Virgelina Saavedra. Een voor een begonnen nog meer vrouwen zich met schaamtevol gebogen hoofd bij de groep te voegen, terwijl ze Rosalba hun steun betuigden.

Magnolia en Julia Morales, Ubaldina en de moeders van de vier dode jongens hadden zich aan de rechterkant van de kerk opgesteld. Ze stonden daar roerloos en opstandig, met opgeheven hoofd. Rosalba realiseerde zich dat ze haar strategie moest wijzigen als ze de andersdenkenden aan haar zijde wilde krijgen.

'Wat jammer toch,' zei ze op zachte toon, eerder tegen zichzelf dan tegen de vrouwen voor haar. 'Als de geesten van onze geliefde Vietnam, Trotsky, Che en Ho Chi Minh voor ons zouden verschijnen, zouden ze erg teleurgesteld zijn. Ze wilden zo graag dat wij in volmaakte harmonie zouden samenleven.' Ze stopte met haar redevoering en voelde even met haar hand aan haar keel alsof ze moeite had met slikken. Toen ging ze verder: 'In weerwil van hun jeugdige leeftijd hebben zij mij door hun nobele daad geleerd dat loyaliteit, respect en samenwerking het antwoord op succes zijn. Het is erg triest dat zij hun onschuldige leven voor niets hebben opgeofferd. Dat zij het jullie mogen vergeven.'

De moeders van de jongens, verenigd in hun tragedie, pakten elkaars hand vast en begonnen samen te huilen. Uiteindelijk voegden zij zich ook bij de groep vrouwen die Rosalba's gezag erkenden, waardoor Ubaldina geen andere keus restte dan haar ambitie om magistraat te worden op te geven en bij de rest te gaan staan. Teleurgesteld in Ubaldina verlieten Magnolia en Julia de kerk.

Rosalba was tevreden over de manier waarop zij de kritieke situatie het hoofd had geboden. Deze keer stond ze zichzelf echter niet toe dat haar trots haar ervan weerhield de waarheid te zien: dat de opstand geen op zichzelf staand incident was geweest maar een serieuze waarschuwing die aangaf hoe ver de dorpelingen bereid waren te gaan in de strijd voor eten en een dak boven hun hoofd, de fundamenteelste dingen waar een mens recht op had. Ze liep op de vrouwen af en bedankte hen persoonlijk omdat ze haar als het ultieme gezag in het dorp hadden aanvaard. Vervolgens benutten zij en Cleotilde deze geïmproviseerde bijeenkomst om de dorpelingen uit te leggen waar ze mee bezig waren geweest. Ze beloofden dat de vrouwelijke kalender de volgende ochtend klaar zou zijn en dat deze het begin van een nieuw en stralend tijdperk voor Mariquita zou inluiden.

*

Toen ze weer terug waren in Rosalba's huis, nadat ze een maaltijd van gestoofde linzen en witte rijst hadden gegeten, begonnen Rosalba en Cleotilde op een vergeeld stuk papier een schets te maken van de vrouwelijke kalender van Mariquita.

Eerst tekende Rosalba een ladder met dertien sporten en gaf elke sport een vrouwelijke naam, die ze in haar keurige en fraaie schuinschrift noteerde. De bovenste noemde ze natuurlijk Rosalba – deze keer nam ze niet de moeite om de onderwijzeres om toestemming te vragen. Die daaronder noemde ze Cleotilde en daarna, achtereenvolgens, Ubaldina, Eloisa, Victoria, Francesca, Elvia, Erlinda, Rubiella, Leonor, Mariacé en Flor.

Vervolgens tekende ze op iedere sport vier rijtjes met omcirkelde cijfers (zes per rij), te beginnen bij nummer vierentwintig en eindigend bij één. Die stonden voor de zonnen per sport. Een vijfde rijtje met vier lege cirkeltjes symboliseerde de duur van een gemiddelde menstruatiecyclus. Die laatste rij, daar waren ze het over eens, zou de Transitie worden genoemd, en die zou de belangrijkste periode op iedere sport worden.

Een zwakke straal maanlicht schemerde door het groezelige raam en herinnerde de twee vrouwen eraan dat de avond was gevallen.

'Kan ik u een geheim toevertrouwen, magistraat?' zei Cleotilde opeens, en ze zette haar bril af. Rosalba keek op van de tekening en knikte. 'Ik weet nog dat ik me altijd smerig en beschaamd voelde als ik menstrueerde,' zei Cleotilde. 'Er zijn momenten geweest waarop ik me zo schaamde dat ik wenste dat ik een man was.'

Rosalba biechtte ook een van haar geheimen op. 'Mijn echtgenoot sliep in een aparte kamer als ik menstrueerde, alsof ik een besmettelijke ziekte had. Voor mij was menstrueren ook een vloek.'

'Maar van nu af aan zal het geen vloek meer zijn,' zei Cleotilde opgewekt. 'Van nu af aan zal de menstruatie een periode worden waarin de vrouwelijkheid wordt gehuldigd.'

De twee vrouwen kwamen overeind en gingen tegenover elkaar staan, hun lichaam rechtop, hun voeten iets uit elkaar en hun handen langs hun zij. Op de grote tafel tussen hen in lagen de stukken papier die de fundamentele principes behelsden waarop de vrouwelijke tijd voortaan gebaseerd zou zijn, en de definitieve illustratie van de eerste vrouwelijke kalender aller tijden, die bij het aanbreken van de dageraad achteruit in werking zou treden. Zoals ze daar stonden leken Rosalba en Cleotilde net twee standbeelden van nationale heldinnen. Het zelfvertrouwen dat uit hun ogen vlamde leek te onderstrepen dat ook zij vrouwen waren die bewonderenswaardige heldendaden hadden verricht; vrouwelijke uitgaven van Simón Bolívar – Colombia's roemrijke bevrijder en eerste president.

'Zijn er nog dingen waar we het over moeten hebben?' vroeg Cleotilde uit beleefdheid.

De magistraat schudde haar hoofd. Ze tuitte haar lippen om naar de papieren op tafel te wijzen en zei: 'Ik denk dat het tijd wordt om dat alles in de praktijk te brengen.' Ze bood aan om tot halverwege met Cleotilde mee te lopen. Ze haastten zich door de lege straat tot ze bij de kerk kwamen, die er in het licht van de maan onberispelijk uitzag. Daar bleven ze staan en keken elkaar aan zoals ze altijd al hadden gedaan: met rechte rug, gefronste wenkbrauwen en een tartende blik in hun ogen. Alleen werden ze op dit bijzondere moment slechts gescheiden door een paar centimeters en de onzichtbare lucht.

'Hartelijk dank, señorita Cleotilde,' zei Rosalba oprecht, hoewel de strenge uitdrukking op haar gezicht geen waardering verried. 'Zonder u had ik het gewoon niet gered.'

'Het doet mij genoegen u en Mariquita van dienst te zijn geweest,' antwoordde Cleotilde. Zij was op haar beurt ook oprecht. Maar ook zij liet het niet blijken.

De twee vrouwen zeiden elkaar welterusten en begonnen langzaam in tegengestelde richting de uitgestorven weg af te lopen. Hoewel hun lichamen verschillend waren gevormd, wierpen ze twee identieke silhouetten die elkaar steeds dichter naderden naarmate de afstand tussen Rosalba en Cleotilde groter werd; die tegen de witte gevel van het armoedige huis van God omhoogklommen, de toren bereikten waarop roerloos een vergeten klok stond, en die uiteindelijk, toen de twee vrouwen in de duisternis verdwenen, één reusachtige schaduw werden die zich over de hemel van Mariquita uitspreidde en alles en iedereen daaronder in gelijke mate bedekte.

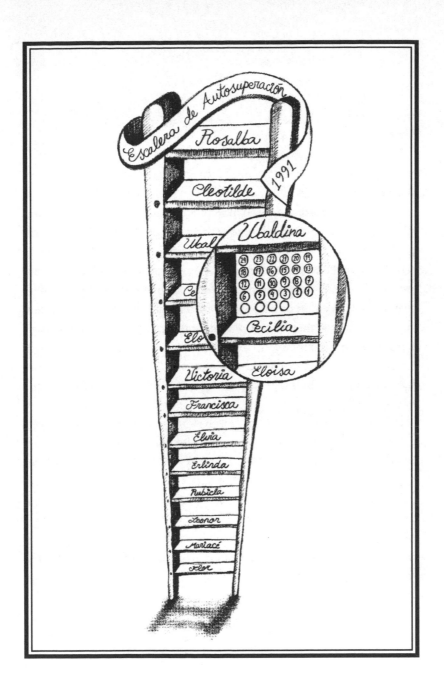

PLINIO TIBAQUIRÁ, 59
BOER

Mijn zoon trok naar de stad zodra hij vijftien was geworden. Hij zei dat hij een baan wilde waarbij hij geen machete om zijn middel hoefde te dragen. Daar ontmoette hij zijn vrienden, de revolutionairen. De volgende keer dat ik iets van hem vernam, zat hij in de gevangenis. Ik reisde een hele dag te voet en nog een dag met de bus om hem een bezoek te brengen, maar toen ik daar aankwam, zeiden ze me dat guerrillastrijders geen bezoek mochten ontvangen. Dieven mochten bezoek ontvangen! Moordenaars mochten bezoek ontvangen! Maar guerrillastrijders niet! Ik vroeg de dienstdoende sergeant te spreken. Ze lieten me buiten wachten. Ze dachten dat ik wel ziek zou worden van de zon en de hitte en naar huis zou gaan. Ik wed dat geen van hen ooit vader van een kind was geweest.

De sergeant zei me hetzelfde: guerrillero's mochten geen bezoekers ontvangen. Ik zei tegen hem: 'Neem me niet kwalijk, meneer, maar mijn jongen heeft me nu meer nodig dan ooit. Ik voel het. Ik ben zijn vader. Ziet u, guerrillastrijders hebben ook vaders.' Ik huilde toen ik deze laatste zin zei. Hij antwoordde niet maar gaf een van zijn mannen opdracht om me naar mijn zoon te brengen. 'Vijf minuten maar,' zei hij tegen de man. Ik volgde een jonge soldaat door heel veel poorten en lange gangen. Aan weerszijden lagen stinkende cellen en achter de roestige tralies waren gezichten, uitdrukkingsloze gezichten, gezichten van mannen die niet mijn zoon waren.

Uiteindelijk wees de jonge soldaat naar een donkere cel. 'Daar,' zei hij. Ik stond voor de tralies en drukte mijn gezicht ertegenaan, maar ik kon niets zien omdat er binnen geen licht was. Daarom fluisterde ik zijn naam, Felipe. Drie keer fluisterde ik zijn naam voordat ik een geluid hoorde, een gejammer. 'Ik ben het, zoon. Je vader. Ik ben hier voor jou.' Hij maakte weer dat gruwelijke geluid, deze keer luider. Hij maakte me duidelijk dat hij heel blij was dat ik er was, maar dat hij zoveel pijn had dat hij niets kon uitbrengen, alleen maar dat geluid. Ik smeekte de soldaat me binnen te laten. Hij zei nee. Ik vroeg hem om een zaklantaarn. Die had hij niet. Trouwens, hij vond het beter zo, want mijn zoon was die dag niet 'toonbaar'. Ik stelde me mijn zoon voor, liggend op de grond, geketend en in elkaar geslagen, gedwongen zichzelf te ontlasten waar hij at en sliep.

De volgende ochtend ging ik terug. Niemand wist iets over mijn zoon. Zijn naam kwam niet in hun dossiers voor. Wist ik wel zeker dat hij zo heette? Het speet ze erg, maar nee, Felipe Andrés Tibaquirá Gutiérrez was daar nooit geweest. En nee, ze hadden mij nooit eerder gezien.

Ik zal het wel gedroomd hebben.

HOOFDSTUK 11

De koe die een dorp redde

Mariquita, Rosalba 5, ladder 2000

De magistraat gedroeg zich die ochtend uiterst beminnelijk. Ze deelde zelfgemaakte waaiers van palmbladeren uit onder de menigte en schonk eigenhandig kopjes koel water in om de genadeloze hitte te helpen temperen. Ze schudde iedere vrouw de hand die nieuwsgierig op de grote tafel toeliep die ze voor het gemeentehuis had neergezet en beloofde hun allemaal dat het ze nooit zou spijten dat ze het twee pagina's tellende document hadden ondertekend waarmee ze zo hardnekkig onder hun neus zwaaide.

'Dit is de Gemeenschapsovereenkomst van Mariquita,' zei ze, de woorden rolden moeiteloos uit haar mond alsof ze hen aan haar beste vriendin voorstelde. 'Door die te ondertekenen stemmen jullie erin toe de gemeenschap van Mariquita te begiftigen met het eigendom van al jullie bezittingen.'

Door de vaagheid van die uitleg veranderde de gelaatsuitdrukking van de vrouwen. De meeste oudere weduwen konden niet lezen en wisten nauwelijks hoe ze hun handtekening moesten zetten; dus als het op het ondertekenen van documenten aankwam, wantrouwden ze iedereen – vooral de magistraat met haar prachtige volzinnen en belachelijke decreten die bijna altijd iemand, zo niet iedereen, in de problemen brachten. Ze bekeken Rosalba achterdochtig en begonnen onder elkaar te fluisteren, waarbij ze afwisselend knikten en hun hoofd schudden. Uiteindelijk waagde de weduwe Solórzano, de eigenares van Perestrojka, te zeggen: 'We zouden graag willen weten wat *begiftigen* betekent, magistraat.'

'O, *begiftigen* is gewoon een mooi woord,' zei Rosalba meteen en ze hief haar handen in de lucht. 'Het is een soort… ruilen, maar dan beter want je hoeft maar één keer te geven, maar daar blijf je de rest van je leven profijt van hebben.' Er verscheen een bijna moederlijke glimlach op haar gezicht.

'Hm…' mompelde de weduwe Calderón. Ze had drie muilezels die ze verhuurde om ladingen oogstproducten te vervoeren in ruil voor de helft van de producten die de muilezels droegen. 'Wat zou ik dan moeten ruilen?'

'Wat u maar bezit, Calderón,' antwoordde Rosalba schouderophalend. 'Wat dan ook.' Ze deed erg haar best om luchtig te kijken en te klinken over de verborgen implicaties van de overeenkomst.

'En wat krijgen we daarvoor terug?' wilde de weduwe Sánchez weten. Zij bezat een flink aantal kippen en broedhennen waarmee ze voor zichzelf, haar dochter en haar oude moeder de kost verdiende.

'Alles wat u niet heeft, Sánchez,' antwoordde Rosalba. Toen deed ze een strategisch slimme zet door het document opzij te schuiven en een waterkan te pakken. 'Begiftigen is voor iedereen een goede zaak,' zei ze, en ze begon de koppen van de vrouwen met fris water te vullen. 'Echt een hele goede zaak voor iedereen.' Ze bleef dat maar herhalen terwijl ze tussen tientallen waaiers van palmbladeren doorliep die ritmisch bewogen in de handen van de vrouwen en Rosalba's woorden de zware, vochtige lucht in bliezen.

Voordat de zon zijn hoogste punt aan de hemel had bereikt, hadden alle dorpelingen, met inbegrip van Rosalba, de Gemeenschapsovereenkomst getekend; of, als ze analfabeet waren, zeiden ze hardop '*Sí, acepto*', in het bijzijn van de onderwijzeres die voor hen tekende en als officiële getuige optrad.

Op de magistraat na gingen alle vrouwen terug naar hun huis om beschutting te zoeken tegen de zon. Rosalba lag liever in de schaduw van een boom op de plaza, in de hoop een onwaarschijnlijk briesje op te vangen. Het deed haar genoegen dat het in tegenstelling tot wat señorita Guarnizo had voorspeld uiteindelijk toch eenvoudig zou blijken om een collectivistisch economisch stelsel in Mariquita te introduceren. Ze begon in gedachten het grote plan te schetsen dat haar zou helpen haar doel te verwezenlijken. Om te beginnen zou ze alle vee en pluimvee verzamelen en ze bij Perestrojka in de achtertuin van de weduwe Solórzano zetten, die Mariquita's eerste gemeenschapsboerderij zou worden. Vervolgens zou ze de landbouwgrond in kavels van verschillende grootte opdelen, die elk aan een groep vrouwen zouden worden toegewezen met specifieke instructies over wat ze moesten verbouwen. Vervolgens zou ze een vroege vergadering houden om de dorpelingen ervan op de hoogte te stellen dat iedereen geacht werd naar eigen kunnen te werken en iets te produceren, voor zichzelf en voor de gemeenschap. Degenen die geen bijzondere vaardigheden bezaten, zoals de halfkrankzinnige weduwe Jamarillo, zouden tot taak krijgen de huizen schoon te maken en kleren te wassen van degenen die die wel bezaten, of straten en stegen moeten vegen. En als een vrouw te oud of lichamelijk gehandicapt was, zoals de weduwe Pérez, zou haar worden gevraagd de dorpelingen iedere avond te vermaken met het vertellen van oude verhalen of sprookjes, zodat Mariquita's tradities behouden zouden blijven. Ze ging zo op in haar gedachten dat ze de meedogenloze middaghitte niet meer voelde, het onuitstaanbare gezoem van de muskieten in haar oren niet meer hoorde en hun pijnlijke steken niet meer voelde, die na zoveel jaren nog steeds etterende wonden op haar lichte huid achterlieten. Mariquita heeft het ergste achter de rug, dacht ze. De storm gaat eindelijk liggen.

Maar toen Rosalba, Cecilia en Cleotilde van huis tot huis gingen om alle dieren te verzamelen, stuitten ze op hevig verzet van de dorpelingen.

'Waag het niet om een van mijn kippen aan te raken of ik draai je nek om,' zei de weduwe Sánchez.

'Op het stuk papier dat ik heb ondertekend stond de naam van Perestrojka niet,' argumenteerde de weduwe Solórzano. Zelfs Ubaldina, de brigadier, weigerde haar varkens af te staan.

Er werden deuren dichtgeslagen. Dreigementen geuit. Beledigingen geroepen.

De volgende ochtend belegde Rosalba een vergadering op de plaza om voor eens en voor altijd duidelijk te maken wat 'de gemeenschap van Mariquita begiftigen met het eigendom van al jullie bezittingen' betekende, en wat de implicaties waren van het ondertekenen van de overeenkomst. Maar de vergadering nam al snel een onaangename wending. Toen de vrouwen in gewone onopgesmukte mensentaal hoorden wat Rosalba's plan inhield, verdeelden ze zich in twee groepen: de meerderheid die niets bezat behalve hun povere garderobe en daarom het plan steunde, en een kleinere groep van zeventien vrouwen die beweerden dat ze waren misleid om een vaag, onwettig document te tekenen dat hun het weinige ontnam dat ze bezaten. En terwijl de eerste groep drie hoeraatjes riep voor de magistraat, kwam de tweede groep in opstand en noemde haar een leugenaar en een dief.

Rosalba bleef kalm tot de spanning wat afnam. Toen deed ze een onverwachte aankondiging: 'Ieder van jullie kan uit twee dingen kiezen: in Mariquita blijven en je schikken naar de regels van de overeenkomst die je hebt getekend, of vertrekken. Als je besluit te vertrekken, geef ik je tot morgen zonsopgang de tijd om je bezittingen bij elkaar te pakken en voor altijd weg te gaan.' Ze zweeg even om de brok die zich in haar keel had gevormd wat losser te maken en voegde er toen aan toe, terwijl ze haar stem enigszins verhief: 'Als jullie besluiten te blijven, weet dan dat jullie deel zullen uitmaken van een welvarende gemeenschap waarin niemand ooit nog een maaltijd zal hoeven overslaan. Aan jullie de keus!'

Onmiddellijk na deze confrontatie kwamen de opstandige dorpelingen stiekem samen in het huis van Ubaldina.

'Als we weggaan, moeten we zo snel mogelijk vertrekken,' merkte Ubaldina op. 'Rosalba is geslepen en wraakzuchtig, en ze zal het dorp tegen ons opzetten.'

'Dat heeft ze al gedaan,' zei de weduwe Sánchez met haar succesvolle stem, de stem van een weduwe die met een enkele broedkip was begonnen en nu twaalf hennen en zeventien kuikens bezat en iedere ochtend minstens tien eieren raapte. 'Ik vind het een verschrikkelijk idee om mijn huis achter te moeten laten, maar ik vind het een nog verschrikkelijker idee om wat ik helemaal in mijn eentje heb verdiend met anderen te moeten delen.'

Er werd commentaar geleverd en uitleg gegeven, er werden vragen gesteld en beantwoord, en uiteindelijk werd er een beslissing genomen: 'We vertrekken voor zonsopgang. Iedereen gaat nu naar huis om te pakken.'

Toen de magistraat hoorde dat de dissidenten een haastig vertrek op touw hadden gezet, hield ze een geheime samenkomst met de onderwijzeres om een plan te bedenken.

'We moeten iets doen om ze tegen te houden, señorita Guarnizo,' begon Rosalba op overspannen toon. 'Als ze gaan, overleeft Mariquita het waarschijnlijk niet. Ze nemen onze melk en kaas en boter, onze varkens en geiten, en onze eieren mee.'

Cleotilde luisterde aandachtig, zonder haar te onderbreken, en toen de magistraat ophield, zei ze: 'Ik geloof dat we deze crisis op een ethische manier kunnen aanpakken door…'

'Het kan me niet schelen of het ethisch is of niet,' barstte Rosalba los. 'Ik heb nog nooit iets in mijn leven tot stand gebracht zonder een beetje te moeten liegen of bedriegen.' Ze draaide Cleotilde de rug toe, richtte zich tot een onbevooroordeelde muur en voegde eraan toe: 'Telkens wanneer ik iets op een integere manier probeerde te doen, mislukte het jammerlijk. Ik probeer tegen iedereen eerlijk te zijn en een leven gebaseerd op morele principes te leiden, maar ik kan het niet.'

'Ach, misschien kunt u uw beruchte overtuigingskracht in de strijd werpen om de dissidenten ertoe over te halen te blijven,' opperde Cleotilde.

Maar de situatie, redeneerde Rosalba, was te kritiek om op een rechtschapen manier aan te pakken, en nadat ze een aantal laag-bij-degrondse manieren had voorgesteld om haar zin te krijgen (variërend van het ontvoeren van de drie meest invloedrijke weduwen tot het gebruiken van de laatste kogel in haar pistool om hen te bedreigen) wendde ze uiteindelijk haar 'beruchte' overredingskracht aan om Cleotilde zover te krijgen dat ze samen met haar een leugen zou vertellen. 'Een klein leugentje maar,' zei ze. 'In het belang van Mariquita.'

Voor zonsopgang haastte een lange optocht zich door de hoofdstraat. Santiago Marín, de Andere Weduwe, zijn moeder en twee zussen, leidden de karavaan, gevolgd door een groep jonge vrouwen die grote bundels maïs en stapels ruwe katoen op hun rug droegen. Ze hadden de zware producten – yucca's, aardappelen, bananen en koffiebonen – in zakken gedaan die ze over de drie muilezels van de weduwe Calderón hadden verdeeld. Achter de muilezels volgde een groep corpulente matrones die opgerolde dekens op hun brede schouders droegen en potten, pannen en ketels hadden vastgebonden waar hun middel had horen te zitten. De weduwe Sánchez worstelde met een kartonnen doos vol kleren op haar hoofd en had zo te zien een hele kippenboerderij op haar lijf verborgen. De weduwe Solórzano trok Perestrojka voort over straat, of misschien trok Perestrojka – afgeladen met de persoonlijke bezittingen van haar eigenares – de weduwe voort. Nog meer weduwen met nog meer huishoudelijke spullen, varkens en geiten, honden en katten, en zelfs een oude papegaai die uiteindelijk nog een behoorlijke soep zou opleveren, stapten de straat door en namen luidruchtig en kleurrijk afscheid van Mariquita.

Aan het eind van de hoofdstraat nam de karavaan een lang smal pad dat naar een heuveltje leidde en bij 'de grens' eindigde, een bijna ondoordringbare wirwar van bomen en struiken die ontstaan waren op de plek waar vroeger de weg lag die naar het zuiden liep en die nu diende om Mariquita af te zonderen van of liever gezegd te verstoppen voor de rest van de wereld. Maar toen Santiago Marín en zijn moeder op het punt stonden het dichte struikgewas in te gaan hoorden zij de onmiskenbaar autoritaire stemmen van Rosalba en Cleotilde. 'Stop! Stop!' schreeuwden ze keer op keer. De twee vrouwen probeerden snel te lopen maar de zolen van hun schoenen waren zo dun dat het voelde of ze op sokken liepen, waardoor ze zich langzaam en onbeholpen over de ongeplaveide weg voortbewogen.

'Wat zouden die van ons willen?' zei Aracelly viuda de Marín.

'Ik vind dat we gewoon door moeten blijven lopen,' opperde een van de meisjes Ospina. 'Het begint bewolkt te worden.'

'Laten we op ze wachten. Misschien willen ze met ons mee,' zei Santiago giechelend.

Ze stemden daar allemaal mee in en begonnen hun bundels en zakken op de grond te zetten.

Toen ze bij de grens waren aangekomen, stelden Rosalba en Cleotilde zich naast elkaar voor de groep op. 'Ten eerste, wil ik jullie allemaal bedanken omdat jullie je... abrupte afreis hebben willen onderbreken,' begon Rosalba op verzoenende toon. Ze hield een groot boek tegen haar borst geklemd. 'Aangezien het ernaar uitziet dat het gaat regenen en ik weet dat jullie voor de avond een veilige plek willen bereiken, zal ik het kort houden. Gistermiddag zaten señorita Cleotilde en ik door een geschiedenisboek te bladeren en kwamen we een hoofdstuk tegen dat een heel belangrijke episode in de geschiedenis van ons dorp vertelt. Zo is het toch, señorita Cleotilde?'

'Hm hm,' zei de onderwijzeres, en ze richtte zich zowel tot de vrouwen als hun dieren, die allemaal luidruchtig en wanordelijk op het heuveltje stonden. 'Het is een prachtig verhaal dat iedere Mariquiteña zou moeten kennen. We willen het u voorlezen voordat u het dorp verlaat.' Santiago en de vrouwen keken elkaar aan met stilzwijgende blikken die zeiden dat ze geen zin hadden om weer zo'n saaie preek van de magistraat aan te moeten te horen. 'Alstublieft,' smeekte de onderwijzeres en ze keek Santiago strak aan. Ze wist dat hij het verzoek van een oude dame niet kon weigeren, vooral als het op zo'n dringende toon werd gevraagd.

Met een geërgerde blik ging Santiago op de grote bundel maïs zitten die hij had gedragen. Dat was voor de vrouwen het teken om hetzelfde te doen. Ze gingen op opgerolde dekens, pannen en dozen zitten, en vormden uiteindelijk een ruwe halve cirkel met hun bezittingen naast zich. Perestrojka en de muilezels gingen wat opzij staan en begonnen van het hoge gras en de bladeren te eten. De magistraat overhandigde het boek dat ze bij zich had aan de onderwijzeres. 'Ik denk dat u beter kunt beginnen,' fluisterde ze. 'Ik ben een beetje zenuwachtig.' Rosalba had haar hele leven lang allerlei leugens aan allerlei mensen opgedist, maar ze kon zich niet herinneren dat er ooit zoiets belangrijks als de toekomst van Mariquita van haar verzinsels had afgehangen. Op dat moment twijfelde ze aan de uitwerking van het verdichtsel dat Cleotilde en zij op het punt stonden te vertellen, en ze had er spijt van dat ze niet iets spectaculairders had bedacht.

Cleotilde reikte naar haar bril, die ze de laatste tijd aan een zilveren ketting om haar nek had hangen, zette hem op, schraapte haar keel, sloeg het boek (een atlas nota bene!) op een willekeurige pagina open en begon het verhaal te vertellen:

'Er leefde eens in een klein dorp genaamd… Taribó, tegenwoordig bekend als Mariquita, een mooi jong meisje dat… Caturca heette, en dat het enige kind was van een beroemd indiaans dorpshoofd. Op een ochtend, nadat ze was teruggekeerd van een wandelingetje in het dorp, ging Caturca naar haar vader en vroeg: "Vader, waarom hebben u en ik restjes op onze tafel liggen als sommige van onze eigen mensen niets te eten hebben?" Haar vader was een man die het goed bedoelde maar niet erg slim was, en dus kon hij geen antwoord geven op Caturca's vragen. Het jonge meisje stelde de adviseurs van haar vader dezelfde vragen, maar die waren ook niet al te slim.'

Cleotilde had haar hele leven al kleine en grote groepen toegesproken. Ze wist wanneer ze haar stem moest verheffen of laten dalen, wanneer ze even moest pauzeren, wanneer ze haar toehoorders moest aankijken en op welke woorden ze de nadruk moest leggen. Het was dan ook niet verwonderlijk dat op dat moment iedereen aan haar lippen leek te hangen.

'De volgende ochtend vertrok Caturca vergezeld van een groep bedienden uit Mariquita op zoek naar antwoorden. Ze reisde door exotische landen waar ze over vele verschillende culturen, gebruiken, overtuigingen en regeringen leerde. Ze verbleef zowel bij de zeer armen als bij de zeer rijken; ze bracht heel wat zonnen door bij de beschaafden en de barbaren, en voerde lange gesprekken met intellectuelen en achterlijke boeren. Toen Caturca uiteindelijk terugkeerde naar Mariquita was ze geen jong, naïef meisje meer maar een ontwikkelde, wijze vrouw. Haar vader, die nu een zwakke oude man was geworden, trad terug en stelde haar aan als het nieuwe dorpshoofd.'

Op dat moment stopte Cleotilde. 'De magistraat zal nu verder lezen,' zei ze. Rosalba pakte de atlas met beide handen vast en sloeg de bladzijde om, alsof ze het vervolg van het verhaal daarin verwachtte te vinden. Met de kaart van Noord-Europa voor zich had ze geen andere keus dan het verhaal verder te vertellen.

'Tijdens Turca's bestuur…'

'Caturca,' onderbrak de onderwijzeres haar. 'Ze heette Caturca.'

Rosalba veinsde een glimlach en begon overnieuw. 'Tijdens Caturca's bestuur veranderde haar dorp in de meest welvarende gemeenschap in de hele omgeving. Ze bevrijdde de slaven en schafte de lijfeigenschap af, en hoewel ze hun dorpshoofd bleef verklaarde ze alle dorpelingen gelijkwaardig. Ze verdeelde het land en de huizen opnieuw zodat iedere familie een huis had om in te wonen en een stuk land om te bewerken. De vrouwen werd gevraagd de mannen te leren koken, schoonmaken en andere huishoudelijke taken te verrichten, en de mannen leerden de vrouwen het land bebouwen, jagen en vissen. Vervolgens bewerkten de mannen en de vrouwen om beurten het land en deden het huishouden, en de dorpelingen werden voorkomender tegen elkaar.'

De vrouwen begonnen rusteloos en afgeleid te raken. De weduwe Sánchez had een nieuwe lijn in haar handpalm ontdekt en vroeg zich nu af wat die haar allemaal zou vertellen over haar toekomst. Ondertussen sloeg Ubaldina met toenemende belangstelling een hond gade die een van haar varkens probeerde te bestijgen.

'Pas toen zette Caturca de laatste stap waarmee ze haar bestuursvorm perfectioneerde: ze hief de positie van dorpshoofd op en werd een gewone indiaanse in het dorp, en tot op zeer hoge leeftijd is ze ook een gewone indiaanse gebleven.'

Rosalba sloeg met een dramatisch gebaar het boek dicht en vroeg, terwijl ze een vrolijk gezicht opzette: 'Zou het niet fantastisch zijn als Mariquita weer teruggreep op Capurca's bestuursvorm?' Ze keek de menigte rond, wachtend op een antwoord. 'Wat denken jullie daarvan?'

'Ik denk dat u de naam van die indiaanse wéér verkeerd hebt uitgesproken,' merkte Santiago Marín genadeloos op. 'Het is Caturca. Catur-ca.' De twee zussen Ospina kregen een giechelbui.

'Weet je misschien ook nog iets… beters op te merken?' vroeg Rosalba op uitdagende toon.

'Jazeker. Ik geloof dat het gaat regenen en dat we door moeten lopen.' Hij stond op en de vrouwen ook, en ze begonnen rustig hun spullen te pakken en hun beesten te verzamelen, met de duidelijke bedoeling hun reis voort te zetten. Voor de magistraat voelde hun onverschilligheid alsof iemand haar in het gezicht had gespuugd. Ze wilde hun allerlei scheldwoorden toewerpen – hun vertellen dat ze harteloze, inhalige gieren waren; dat ze nog veel stommer waren dan Caturca's vader en zijn adviseurs, dat señorita Cleotilde en zij dat ridicule verhaal over Turca, Purca, Catapurca of hoe ze die vervloekte indiaanse ook wilden noemen, zelf verzonnen hadden, en dat ze wat haar betrof allemaal naar de hel konden lopen met hun schriele kippen en stinkende geiten, die egoïstische, lelijke, hebzuchtige takkewijven… maar ze had Cleotilde beloofd dat ze kalm zou blijven en deze bijzondere situatie aan zou pakken met de tact en charme van de voorname en gedistingeerde dame die ze hoorde te zijn.

En zo bleef die arme Rosalba daar lange tijd zwijgend staan. Op haar gezicht stond vermoeidheid te lezen, een gevolg van de spanning die voortkwam uit de confrontatie met de vrouwen en de extreme hitte. Haar lichaam nam een ontspannen, gemakkelijke houding aan, alsof ze wachtte tot de wind haar op zou tillen. Toen de menigte op het punt stond om de reis te hervatten, begon Rosalba plotseling op een zachte maar vastberaden toon te spreken: 'Denken jullie nou echt dat jullie achter die bergen een paradijs zonder geweld of armoede staat te wachten?' Ze schudde een paar keer met haar hoofd. 'Zo'n plek moet je zelf maken. En dat kun je niet met slechts een paar mensen. Daar heb je een hele gemeenschap voor nodig, zoals die señorita Cleotilde en ik voor Mariquita voor ogen hadden. Toen we ons die gemeenschap voorstelden, rekenden we op jullie bereidheid om een klein offer te brengen om hier, waar jullie en jullie kinderen geboren zijn, dat paradijs te scheppen waarvan jullie denken dat het ergens anders op jullie ligt te wachten.

Als jullie nog steeds willen vertrekken, dan wens ik jullie veel geluk, maar bedenk wel dat jullie de ene soort ellende alleen maar inruilen tegen de andere soort ellende, en uiteindelijk zal het kiezen van de soort ellende waarmee je kunt leven de enige vrijheid worden die jullie nog rest.' Rosalba gaf de atlas aan Cleotilde en raakte de schouder van de oude vrouw zachtjes aan in een subtiel gebaar van dankbaarheid omdat ze voor haar gelogen had. Daarna begon ze de heuvel af te lopen, terug naar Mariquita, overweldigd door droefheid.

Cleotilde stond stomverbaasd over de toespraak van de magistraat. Rosalba was berucht om haar incompetentie, haar excentrieke en grillige decreten die geen oplossing brachten en alles ingewikkeld maakten, en haar lange toespraken waarin ze nooit iets belangwekkends zei. Maar de toespraak die ze zojuist had gehouden, kwam van een andere Rosalba – een oudere, wijzere en rijpere Rosalba, die, voelde Cleotilde, zich bewust begon te worden van het slijtage-effect van de voorbijgaande sporten en ladders op haar lijf, maar die, in plaats van steun te zoeken bij onzichtbare goden, zichzelf krachtig met de realiteit verbond, door werk te doen dat haar bestaan rechtvaardigde en dat haar tegelijkertijd de kracht gaf om door te leven.

Opeens begon het te stortregenen. De regen viel snel en in enorme druppels terwijl bliksemschichten de hemel openreten. De vrouwen pakten snel hun bezittingen en renden naar het dichtstbijzijnde gebouw, doña Emilia's leegstaande bordeel, om daar beschutting te zoeken.

En toen gebeurde er iets uitzonderlijks.

Met een abrupt gebaar bevrijdde Perestrojka zichzelf uit de greep van de weduwe Solórzano en begon de heuvel af te lopen achter de magistraat aan, terwijl ze luid loeiend een dik touw dat om haar nek gebonden was over de weg achter zich aan sleepte. Alsof het geloei van de koe een geheim teken was om in opstand te komen, schoten daarna de muilezels, de varkens, de geiten, de katten, de honden, de papegaai en ander loslopend gevogelte de weg over om zich bij Perestrojka en Rosalba te voegen. De vrouwen verlieten de beschutting van het voormalige bordeel en renden achter hun beesten aan, schreeuwend dat ze terug moesten komen. Alleen de honden bleven staan, maar niet om hun gehoorzaamheid te tonen. Ze lieten hun tanden zien, klaar om naar de benen van hun meesteressen te happen als die nog dichterbij kwamen. De overgebleven dieren, die vastgebonden waren, werden verschrikkelijk onrustig. Ze gromden, grauwden, blaften, jankten of maakten andere geluiden om hun openlijke solidariteit met de andere te betuigen. Er ontstond zoveel tumult dat de vrouwen, die vreesden dat het op een ongelukkige tragedie zou uitdraaien, de protesterende beesten losmaakten. De dieren sloten zich onmiddellijk bij de oproerige karavaan aan onder aanvoering van de magistraat.

Rosalba raakte toch wel een tikkeltje ontroerd door zoveel vertoon van loyaliteit. Opeens herinnerde ze zich een beroemd verhaal uit de bijbel dat ze vaak had horen vertellen, en hoewel ze niet meer in God geloofde, stond ze zichzelf even toe zich als Noach te voelen die de dieren naar een veilig oord voert, weg van de zondvloed die de wereld onder water zou zetten. Ze bleef doorlopen, nu met steeds meer zelfvertrouwen en een triomfantelijke glimlach die bij iedere bliksemschicht glinsterde in de duisternis.

Ondertussen was de groep vrouwen weer bij de onderwijzeres gaan staan onder de dakrand van het bordeel. Ze stonden tegen de verkleurde, gepleisterde muren en keken peinzend naar de genadeloze regen die bladeren, takken en boomstammen meesleurde, vermengd met aarde, kiezels en stenen.

'Zoiets heb ik nog nooit gezien,' zei de weduwe Calderón. 'Die honden gedroegen zich alsof ze bezeten waren.'

'We kunnen niet zonder onze dieren vertrekken,' verklaarde de weduwe Solórzano. Ze zweeg even om de overvloed aan water van haar voorhoofd te vegen met de gerafelde mouw van haar jurk. 'Zij zijn de reden waarom we besloten uit Mariquita weg te gaan.'

'Ik weet niet hoe jullie erover denken, maar als Perestrojka hier wil blijven, blijf ik bij haar,' kondigde de weduwe Solórzano aan. 'Ik kan haar melk beter delen dan haar te verliezen.'

De groep viel stil, maar na een lange stilte die alleen gevuld werd met de regen, gaf de weduwe Sánchez haar mening. 'Ik vind dat ze gelijk heeft. Als mijn kippen me niet willen volgen, volg ik hen wel. Het enige wat ik vraag is elke zon drie eieren te krijgen, een voor mij en een voor ieder van mijn dochters. De rest mogen jullie onder elkaar verdelen.'

'Mijn zuster en ik kunnen voor iedereen arepas en tamales maken,' verklaarde Irma Villegas. Ze keek haar zuster vragend aan.

'Jazeker,' antwoordde Violeta Villegas. 'Zolang we maar maïs en vlees kunnen krijgen.'

'Jullie mogen zoveel van onze maïs hebben als je maar wilt,' bood de weduwe Ospina aan.

'Nou, dat geldt dan ook voor mijn varkens,' zei Ubaldina ingetogen. 'Ik denk dat ik hun vlees liever met mijn eigen mensen deel dan dat ik het aan vreemden verkoop.'

'Als iemand tomaten, uien, yucca's of aardappelen nodig heeft, kom dan maar naar ons toe,' bood de Andere Weduwe aan.

Die stemming om alles met elkaar te willen delen leek aanstekelijk te werken. Iedere familie kondigde aan wat ze kon bijdragen: zelf geteelde producten, zelf klaargemaakt eten, thuis vervaardigde goederen en gebreide artikelen. Ze realiseerden zich al snel dat er niet genoeg zou zijn van alles voor iedere vrouw in het dorp en kwamen tot de slotsom dat dat niet eerlijk was. Daarom besloten ze nog meer fruit, voedzame groenten en graangewassen te gaan verbouwen. 'We zullen meer mensen nodig hebben om op het land te werken,' zei de weduwe Ospina en vrijwel onmiddellijk meldden twee stevig gebouwde jonge meisjes zich vrijwillig aan. De vrouwen kwamen ook overeen de productie van vee en zuivelproducten op te schroeven. Misschien konden ze zelfs een boerderij beginnen waarin ze alle dieren onderbrachten, de eieren zouden rapen, kippen, kalkoenen en varkens konden houden, Perestrojka zouden melken, en boter en kaas konden maken. 'Ik wil die boerderij best leiden,' zei de weduwe Solórzano. 'Maar dan heb ik wel…'

Moet je ze zien, zei Cleotilde in zichzelf. Ze praten over het oprichten van een veehouderij, over hun producten met elkaar delen en over samenwerken alsof het hun eigen idee is. Stelletje genieën!

Maar hoe moeilijk het haar ook viel, Cleotilde hield haar gedachten voor zich. Laat ze maar denken dat ze het helemaal zelf bedacht hebben, laat ze maar met de eer gaan strijken. Dat, besloot ze, was wat wijze vrouwen deden; vrouwen als Rosalba en zijzelf.

'Ik geloof dat we iets te inhalig zijn geweest,' zei Ubaldina tegen de groep, met een van spijt vervulde stem. 'Vinden jullie ook niet?'

Op dat moment sloeg de bliksem in vlak bij de plek waar ze stonden. De bliksemflits werd onmiddellijk gevolgd door een oorverdovende donderslag waardoor de vrouwen gingen geloven dat de natuur, op haar eigen furieuze wijze, zojuist antwoord had gegeven op Ubaldina's vraag. In doodse stilte pakten ze hun bezittingen bij elkaar en begonnen zo snel ze konden de glibberige heuvel af te dalen om de grote karavaan in te halen die de hoofdstraat al had bereikt.

Cleotilde klemde de open atlas stevig op haar hoofd en liep de regen in met haar karakteristieke loopje, langzamer dan de anderen maar toch doelbewust en vastberaden. Ze spatte water op terwijl ze over de modderige, moeilijk begaanbare weg liep die alle drieënnegentig vrouwen en Santiago naar een buitengewone plek zou brengen: de bloeiende gemeenschap van Mariquita.

We waren de bergen aan het uitkammen op zoek naar paramilitairen toen we een groep ontheemde indianen tegenkwamen. De ouderen liepen voorop, sleepten hun lichaam het pad op, waarbij sommigen anderen duwden en voorttrokken. Daarachter kwamen de kinderen, allemaal naakt. Ze droegen opgerolde dekens op hun schouders en dreven kleine kudden varkens en geiten voort. Daarna volgden de vrouwen, met hun baby's op de arm, en potten, pannen en stoelen met hennepvezels op hun rug gebonden. Als laatsten in de lange rij volgden de mannen, een stuk of tien. Ze droegen kegelvormige wollen hoeden en kleurige gewaden, en op hun rug torsten ze lasten in grote dekens die ze om hun voorhoofd hadden gebonden.

'Waar gaan jullie allemaal naartoe?' riep Cortéz, onze leider, van een afstand naar de mannen.

De indianen liepen door, stil, alsof ze de vraag niet hadden gehoord of begrepen.

Cortéz brulde hun toe dat ze moesten stoppen. 'Waar gaan jullie godverdomme naartoe?' Hij klonk kwaad.

'Waar dan ook,' antwoordde een wat oudere man met een droevig gezicht en een lege blik in zijn ogen op bedeesde toon, zonder te stoppen of zelfs maar zijn ogen op te slaan. Hij was hun leider. Zijn hoed was groter en hij droeg een wit gewaad, en hij was de enige die een muilezel had om zijn last te dragen.

'Halt!' riep onze leider weer.

De mannen bleven plotseling staan.

Cortéz kwam onverschillig op de groep afgestapt. 'Vluchten jullie voor de paramilitairen of voor de guerrillero's?' vroeg hij aan de indiaanse leider.

De indiaan bleef stilstaan naast zijn muilezel en staarde naar de grond, alsof hij nadacht. Hij wist dat het verkeerde antwoord hem en zijn mensen het leven kon kosten.

'Vluchten jullie voor de paramilitairen of voor de guerrillero's?' herhaalde Cortéz, deze keer op luidere toon, en hij zette de loop van zijn pistool tegen de slaap van de man. De andere indianen keken doodsbang toe.

Het indiaanse stamhoofd slikte een paar keer speeksel door maar kon zich er niet toe brengen antwoord te geven. De kant van zijn gezicht die ik kon zien was overdekt met zweetparels.

Cortéz trok de veiligheidspal van het pistool naar achteren.

'Voor... voor de oorlog, *sir*,' bracht de man uiteindelijk stamelend uit. 'We vluchten voor de oorlog.'

Cortéz greep de hoed van het indiaanse stamhoofd en zette die op de kop van de muilezel. Toen keek hij de andere indianen aan en trok zijn lippen op zodat een paar tanden zichtbaar werden, alsof hij glimlachte.

'Nú mogen jullie gaan,' zei onze leider uiteindelijk en stopte zijn pistool weg.

HOOFDSTUK 12

Verliefde weduwen

Nieuw Mariquita, Ubaldina 1, ladder 1998

Eloisa viuda de Cifuentes stond zoals gewoonlijk voor zonsopgang op en legde zoals gewoonlijk drie grote kussen in het midden van haar bed en bedekte die met beddengoed. Op die manier in het halfduister, vanaf de deur gezien en met haar hoofd een beetje schuin naar rechts, gaf de bobbel haar de illusie dat Rosalba, de magistraat, tussen haar naar lavendel geurende lakens lag.

Ze stond naakt bij de deur naar het silhouet te kijken dat ze had gemaakt en stelde zich voor dat zij en de magistraat zojuist de liefde hadden bedreven. Het was niet ongebruikelijk dat Eloisa het middelste deel van de bobbel omhoog zag komen of het hele geval op haar zij zag draaien. Later, als ze erover nagedacht had, gaf ze voor zichzelf toe dat die bewegingen gezichtsbedrog waren. Maar 's ochtends, voordat ze haar eerste kop koffie dronk, was het heel belangrijk dat ze helemaal in die fantasie opging, hoe krankzinnig het ook leek.

Eloisa was verliefd op Rosalba, maar niemand wist het; zelfs Rosalba niet.

In de verte klonk de kerkklok: vijf slagen die de dorpelingen duidelijk maakten dat het tijd was om op te staan en zich klaar te maken om aan het werk te gaan. In haar keuken legde Eloisa een paar houtblokken op de as in het fornuis en zette water op. Op dat moment voelde ze iets warms en vochtigs langs haar benen sijpelen. Ze gleed met haar hand langs de binnenkant van haar rechterbeen en zag, tot haar grote ongerustheid, dat haar menstruatie één zon te vroeg was begonnen.

Eloisa was lid van de Tijdcommissie. Een van haar taken bestond erin de magistraat om de achtentwintig zonnen haar eerste bloeding te melden, die met die van de vier andere commissieleden diende samen te vallen. Nadat ze een kop koffie had gedronken liep Eloisa naar de patio met een handdoek over haar schouder. Ze bleef staan voor de grote ton die ze gebruikte om het regenwater in op te vangen en zag dat hij leeg was. Ze herinnerde zich dat ze had gezien dat hij de avond daarvoor nog bijna vol was geweest. Haar huurster, de egoïstische weduwe Pérez, was eerder opgestaan en had al het water voor zichzelf gebruikt.

Eloisa had de weduwe Pérez in huis moeten nemen nadat een storm enkele sporten geleden het hutje van de oude vrouw had verwoest. Ze vond het vreselijk om haar huis te moeten delen – vooral met de weduwe Pérez –, maar ze klaagde niet omdat zij, Eloisa, die vervloekte Gemeenschapsovereenkomst had getekend, en ze was een vrouw die zich aan haar woord hield. Volgens het document 'bezat niemand iets omdat iedereen alles bezat', dat had Eloisa tenminste opgemaakt uit Rosalba's toespraak. Voor Eloisa betekende het ondertekenen van dat stuk papier ook dat ze, samen met drie andere vrouwen, een stuk land moest bewerken dat braak had gelegen sinds de mannen verdwenen waren. Dankzij het harde werk van de vier vrouwen beschikte de gemeenschap over koffiebonen, avocado's, papaja's en pompoenen, en ze produceerden zelfs nog wat extra, dat samen met andere droge voedingswaren en vezels om dekens van te maken werd opgeslagen in een lemen graanschuur die de magistraat op de ruïnes van een leegstaand huis had laten bouwen. Maar de nieuwe wet was zo slecht nog niet. Zo hoefde Eloisa niet meer tegen andere vrouwen op te bieden om voedsel te vergaren. Ze hoefde zelfs niet meer te koken. Iedere ochtend overhandigde de magistraat drie matrones een grote mand verse groenten, fruit en granen, en ook eieren en vlees als dat er was. Zij maakten het ontbijt en het avondeten klaar. Bij het middageten werden alleen rauwe groenten gegeten.

Nadat ze de weduwe Pérez in gedachten had vervloekt liep Eloisa terug naar haar slaapkamer. Ze maakte de handdoek vochtig met het drinkwater dat ze op haar nachtkastje had staan en boende haar lichaam waar het geboend moest worden. Daarna ging ze op weg, naakt als ze was, om haar te vroege menstruatie aan de magistraat te melden.

Een paar sporten geleden was Eloisa de eerste weduwe die spiernaakt over straat liep. 'Het heeft duizenden jaren geduurd voordat het vrouwelijk lichaam er perfect uitzag. Waarom moeten we het dan verstoppen onder een kostuum?' had ze aangevoerd.

De magistraat had haar voor naaktlopen in het openbaar kunnen straffen, maar haar eigen lichaam raakte verlamd en haar mond werd droog van bewondering en begeerte bij het zien van Eloisa's borsten. Rosalba vond ze schitterend: hun lichtbruine kleur, hun stevigheid, hun grootte en vorm als een in tweeën gesneden rijpe grapefruit. Ze waren zo prachtig dat het heel goed mogelijk was dat ze er duizenden generaties over hadden gedaan om zo'n staat van perfectie te bereiken.

Eén keer, nadat ze door de vroomste vrouwen van het dorp onder druk was gezet, had Rosalba Eloisa op straat aangehouden en haar duidelijk gemaakt dat bepaalde delen van het vrouwelijk lichaam bedekt dienden te worden, al was het alleen maar omdat ze zo gevoelig waren. Maar Eloisa had de magistraat ontwapend met haar antwoord: 'Ik kan geen vrouwelijk lichaamsdeel bedenken dat minder gevoelig en meer misbruikt is dan het achterste, en toch hebben vrouwen dat door de geschiedenis heen altijd bedekt.'

Volledig gekleed gaan begon algauw vreemd en onnatuurlijk te lijken. Voor sommigen was het gewoon een keurige en praktische oplossing voor het groeiende probleem dat het te veel energie kostte om nieuwe kleren te weven, maar voor anderen was het gewoon niet meer voorstelbaar dat vrouwen de enige wezens ter wereld waren die de boven- en onderkant van hun lichaam moesten bedekken. De oudere vrouwen waren voorzichtig. Zij geloofden dat naaktheid slechts een modeverschijnsel was – net als minirokjes dat ooit waren geweest – en ze waren niet van plan de risee van het dorp te worden met hun uitgedroogde achterwerken en leeggelopen borsten, waarvan de tepels ter hoogte van hun navel hingen. Ze knipten de mouwen van hun blouses en haalden een stuk van hun rokken af, maar verder wilden ze niet gaan.

De kerkklok werd weer geluid. Twee keer vijf slagen om aan te geven dat het tijd was voor de dorpelingen om naar de gemeenschapskeuken te lopen waarbij ze waren ingedeeld, om hun eerste maaltijd te halen. Het systeem met het klokgelui was bedacht door de onderwijzeres, die ook had aangeboden de klok te luiden, tot ze geen kracht meer overhad om aan het lange klokkentouw te trekken.

Eloisa, die honger had, vond dat het rapporteren van haar menstruatie best even kon wachten en haastte zich in plaats daarvan naar de keuken van Morales verderop in de straat. Ze kwam tegelijk met de magistraat aan, die willekeurig in alle drie de gemeenschapskeukens at om zich van de kwaliteit van het geserveerde eten en de snelle service te vergewissen. Tot Eloisa's genoegen en verbazing verscheen de magistraat spiernaakt, hoewel ze haar kruis met haar agenda bedekte. Eloisa had Rosalba sporten lang zitten bewerken. Telkens als de magistraat Eloisa complimenteerde met haar olijfkleurige indiaanse huid en de talrijke mooie moedervlekjes op haar lichaam, antwoordde Eloisa koket dat ze er zeker van was dat de magistraat veel mooiere moedervlekjes onder haar kleren verborgen hield. Geleidelijk aan waren Rosalba's kleren hier en daar wat korter beginnen te worden en uiteindelijk was ze in haar ondergoed gaan lopen.

'Uw lichaam stelt de blauwe ochtendhemel in de schaduw, magistraat!' zei Eloisa enthousiast. Diezelfde regel – of een kleine variatie daarop – was door Eloisa's echtgenoot gebruikt in een gedicht dat hij voor haar geschreven had. Rosalba keek omhoog naar de blauwe ochtendhemel. Er viel niets te zien behalve een luie zon en een zwerm witte vogels die in kringetjes boven het dorp vloog. Toen keek ze weer naar beneden en lachte nerveus, en ze had het gevoel dat haar naaktheid een soort uitslag was die zich plotseling over haar hele lichaam had ver-

spreid. Eloisa deed een stap opzij en maakte een gebaar met haar uitgestrekte arm. 'Na u,' zei ze. Rosalba liep zijwaarts door de deur met het
boek stevig tegen haar buik geklemd en ging aan de eerste tafel zitten
die ze zag, op de voet gevolgd door Eloisa.

De lange tafel was voor een deel bedekt met een stuk wit plastic en
een aantal zwarte vliegen die erop vastgeplakt leken. Orquidea, de
oudste dochter van de weduwe Morales, kwam uit de keuken in een
van haar ouderwetse bruine blouses met lange mouwen en een bijpassende lange rok, ze droeg drie grote manden gevuld met arepas. Ze
bleef abrupt stilstaan voor de magistraat en schudde afkeurend haar
hoofd. Ze verdeelde de manden bijna symmetrisch over de tafel en
schoot snel weer in de keuken in. Een seconde later gluurden haar zusters Gardenia en Magnolia en de weduwe zelf door de deuropening en
moesten grinniken. Rosalba had er geen erg in, want Eloisa was met
haar in gesprek geraakt over de geschiedenis van de hartvormige geboortevlek die zij, Eloisa, onder haar rechterborst had zitten.

Een klomp boter die op een afgeschilferd bordje danste en twee
kommen hete eiersoep werden door Julia, het jongste kind van de weduwe Morales, voor de magistraat op tafel gezet. Ze droeg een strakke
rode jurk met een onthullende halslijn (hoewel er niets te onthullen
viel) en ze had een verse paarse orchidee achter haar oor gestoken. Nadat ze de twee kommen op tafel had gezet, gaf Julia Rosalba een tikje op
haar schouder en maakte haar met een paar eenvoudige gebaren en
haar expressieve ogen duidelijk dat ze er zonder kleren prachtig uitzag;
dat zij – Julia – de beslissing van de magistraat voor honderd procent
steunde; en dat zij – Rosalba – geen aandacht moest schenken aan haar
zusters omdat die dikke, lelijke, valse en jaloerse oude vrijsters waren,
of iets in die geest.

De eetkamer raakte al snel vol. In tegenstelling tot wat Rosalba had
verwacht, trok haar naaktheid nauwelijks aandacht. De vrouwen die
niet vroeg genoeg arriveerden om aan een van de drie tafels plaats te
nemen, droegen hun eten naar buiten en zochten lege emmers en
bloempotten, die ze als stoelen gebruikten. Die ochtend stond de keu-

ken niet op de lijst om melk te krijgen, dus dronken ze hun koffie allemaal zwart. Francisca deed net alsof ze haar blote donkere tepels in haar kopje leegkneep. Het was een oude grap, maar het bracht de mensen nog steeds aan het lachen.

Er klonken drie keer achter elkaar vijf slagen, waarmee de dorpelingen opdracht kregen naar hun specifieke werkplaatsen te gaan. De zusters Morales begonnen de tafels af te ruimen, terwijl de vrouwen gedisciplineerd opstonden, zonder hun luide gesprekken en lachsalvo's te onderbreken. Eloisa en Rosalba besloten te blijven zitten tot de anderen waren vertrokken. Eloisa greep die gelegenheid aan om de magistraat, op enigszins bedroefde toon, te melden dat zij die ochtend haar menstruatie had gekregen. De wet schreef voor dat ieder lid van de Tijdcommissie dat onregelmatig ging menstrueren, onmiddellijk vervangen diende te worden en nooit meer in aanmerking kwam voor die taak. Ze zag erg op tegen de publieke vernedering die zeker zou volgen als ze werd weggestuurd.

'Maak je maar geen zorgen,' fluisterde Rosalba in Eloisa's oor. 'Voor deze ene keer zal ik de wet overtreden.'

Terwijl Rosalba dat zei, belandde haar met sproeten overdekte hand op Eloisa's naakte dij en gleed razendsnel naar haar knie, en vloog daarna weer even snel terug naar de tafel. Ze bedoelde het als een streling, maar voor Eloisa voelde het alsof de magistraat kruimels van haar been veegde.

In haar kantoor liep de magistraat te ijsberen, vechtend tegen haar geheime gevoelens voor Eloisa. Was het alleen maar lichamelijke aantrekkingskracht? Een bevlieging? Liefde? Wat het ook was, het was niet goed. Rosalba was van mening dat seks tussen twee vrouwen onnatuurlijk was. Ze wist dat sommige vrouwen in haar dorp sóms met elkaar sliepen, en ze had besloten dat ze zich zolang ze discreet waren niet met hun seksuele activiteiten zou bemoeien. Dat was voordat ze Eloisa's borsten had gezien. Die borsten, dacht ze, zouden de emblemen van Nieuw Mariquita moeten worden. Ze zouden op de vlag van

Nieuw Mariquita horen te staan en op het wapen. Eigenlijk zouden ze zelfs het hele wapenschild moeten vullen. Misschien, dacht Rosalba, moest ze zich niet zoveel zorgen maken over haar gevoelens voor Eloisa. Per slot van rekening was het bewonderen van Eloisa's lichaam, het gadeslaan van de sensuele manier waarop ze haar lippen met haar tong bevochtigde als ze iets zei en het gevoel van Eloisa's huid die tijdens het ontbijt langs de hare streek, niets anders dan een bescheiden bron van genot, net als het leggen van knoopjes in een draad voordat je een sjaal gaat weven. Rosalba had nog nooit een sjaal geweven, maar ze was er al tientallen keren aan begonnen. Vooral de knoopfase schonk haar veel genoegen; het leggen van de kleine verdikkingen langs de wollen draden. Het weven zelf zou haar genoegen zelfs bedorven hebben. Misschien moest ze de situatie met Eloisa maar op dezelfde manier aanpakken: doorgaan met de kleine dingetjes waaraan ze genoegen beleefde, maar niet overgaan tot het weven zelf.

Ze was helemaal opgegaan in haar dagdroom toen Cecilia haar kantoor binnenkwam. 'De weduwe Solórzano kwam net langs,' zei Cecilia. 'Ze kwam melden dat een van de geiten vanmorgen een gezond jong ter wereld heeft gebracht.'

'Ceci, mijn beste, er is iets wat ik je zou willen vragen,' zei Rosalba zonder acht te slaan op het nieuwtje. 'Stel dat je voor iemand, om het even wie, bepaalde gevoelens zou koesteren, maar die gevoelens zijn van een tegennatuurlijke aard. Wat zou je dan doen?'

'Jij koestert gevoelens voor Eloisa, hè?'

Het had geen zin het te ontkennen tegenover haar scherpzinnige secretaresse. 'Ja, ik denk... ik denk van wel.' Rosalba's stem klonk vervuld van schuld, alsof ze een misdaad opbiechtte.

Cecilia begon Rosalba instructies te geven. Ten eerste: 'Geef haar een bos bloemen.' Ten tweede: 'Stuur haar een gedicht op geparfumeerd papier.' En ten derde en dat was het belangrijkste: 'Vertel het aan niemand.'

Ondertussen waren Eloisa en Francisca, met grote manden om hun middel gebonden, begonnen met het plukken van koffie in de velden. Eloisa was een ervaren plukster, die iets meer dan tweeëndertig kilo bessen per zon kon plukken, twee keer zoveel als de andere koffieplukssters.

'Je vraagt het me wel niet, maar ik denk dat de magistraat verliefd op je is,' zei Francisca op zachte toon. De twee vrouwen stonden aan parallelle rijen te werken. Omdat de struiken tussen hen in stonden, konden ze elkaars gezicht bijna niet zien.

'Je hebt gelijk,' antwoordde Eloisa. 'Ik vraag het je niet.'

Francisca negeerde dit botte antwoord. 'Ik vraag me af hoe het voelt om verliefd te zijn op een andere vrouw,' zei ze. 'Denk jij dat het verkeerd is?'

'Nee. Liefde is iets moois en kan nooit verkeerd zijn, net zoals haat nooit goed kan zijn.'

Francisca zweeg. Ze bleef een tijdje stil en zei toen opeens, alsof haar mond de woorden niet langer kon binnenhouden: 'Cecilia en ik zijn stapelverliefd op elkaar.' Toen Francisca zichzelf dat hardop hoorde zeggen, gaf het haar een bevrijdend gevoel. 'Cecilia en ik zijn stapelverliefd, Cecilia en ik zijn stapelverliefd,' herhaalde ze keer op keer tot ze Eloisa voor zich zag staan, onbedaarlijk lachend. Ze legden hun manden op de grond en Francisca begon Eloisa over haar langdurige romance met de secretaresse van de magistraat te vertellen. 'We zijn al één ladder, zes sporten en dertien zonnen samen.' Het was al voor het Nieuwe Mariquita begonnen, vertelde Francisca, toen ze nog huishoudelijk werk deed voor Cecilia in ruil voor kost en inwoning. 'Op een zon was ik bezig Cecilia's haar te ontwarren toen de kam brak en een stuk ervan in haar boezem viel. Ik begon te lachen en we maakten er gekke grapjes over, maar toen daagde Ceci me uit om het stukje kam eruit te halen. Ik zei tegen haar: natuurlijk, maar alleen als ik het met mijn tanden mag doen. Sindsdien zijn we samen.' En toen de Gemeenschapsovereenkomst in werking trad, vertelde Francisca dat zij en Cecilia een verzoek hadden ingediend om samen onder hetzelfde dak te mogen blijven wonen omdat ze zo goed met elkaar konden opschieten en het huis en de huishoudelijke taken gelijk konden verdelen. 'Maar er is wel een probleem,' voegde Francisca eraan toe. 'Terwijl ik midden op de plaza dolgraag zou willen uitschreeuwen dat Cecilia en ik verliefd zijn, wil Cecilia het geheim houden. Ze denkt dat wat wij doen een zonde is.'

Toen Francisca klaar was met haar verhaal, bekende Eloisa dat zij diepe gevoelens voor Rosalba koesterde. 'Maar er valt niets te vertellen,' zei ze. Ze beloofden elkaar dat ze het geheim zouden houden tot de omstandigheden voor hen alle vier gunstig zouden zijn.

De magistraat besloot te doen wat haar secretaresse had voorgesteld, alleen draaide ze de volgorde van de stappen om. Een gedicht, dacht ze, zou de volmaakte manier vormen om Eloisa het hof te gaan maken. Ze bracht de hele middag in haar huis door met het schrijven en herschrijven van liefdesregels. Voor ze naar bed ging, las ze ze nog eens en kwam tot de conclusie dat het alleen maar een rijmend lijstje was van de dingen die ze mooi aan Eloisa vond. Ze probeerde ze opnieuw te schrijven en kwam opnieuw met een lijstje, anders dan het eerste en zelfs welluidend, maar toch niet meer dan een lijstje. Ze zat op de rand van haar bed en probeerde zich gedichten voor de geest te halen die ze misschien ooit had geleerd of gehoord. Ze kon zich er maar twee herinneren: patriottistische verzen waarin steeds hetzelfde werd herhaald, die ze op school had gedeclameerd.

Als ze vroeger naar bed was gegaan, had ze misschien nooit gedacht aan de verzen die haar overleden echtgenoot voor haar had geschreven toen hij haar het hof begon te maken. Rosalba had ze bewaard, samen met de oude brieven en telegrammen die hij haar had gestuurd als hij weg was, wat heel zelden voorkwam. Ze was ervan overtuigd dat die vergeelde stukken papier voor de toekomstige generaties het enige bewijs zouden vormen dat er ooit mannen hadden gewoond in het dorp dat nu Nieuw Mariquita heette. Ze trok een zware kist onder haar bed vandaan en keek de brieven door, er zorg voor dragend dat ze die kostbare documenten niet verkreukelde of scheurde. De brieven waren saai, maar de gedichten wisten haar nog steeds te bekoren. Ze veroorzaakten een brandend verlangen in haar om weer te beminnen en bemind te worden. Eén gedicht trok vooral haar aandacht, en ze vond dat het haar gevoelens voor Eloisa mooier en duidelijker omschreef dan alles wat ze zelf ooit zou kunnen schrijven. Het was een gedicht van twee coupletten met de titel 'Geef me je jawoord', in keurig schuinschrift geschreven en ondertekend met 'Hoogachtend, Napoléon'.

Rosalba schreef het gedicht woord voor woord over op naar lavendel geurend papier. Toen ze klaar was, rolde ze het velletje op, bond er een rood lint omheen en legde het in een lade. Toen ging ze naar bed en viel in een diepe slaap.

UBALDINA, EERSTE ZON VAN DE TRANSITIE

Het onophoudelijk luiden van de kerkklok kondigde het begin aan van de periode van vier zonnen die de Transitie werd genoemd. De vrouwelijke tijd schreef voor dat de vrouwen op de eerste zon van de Transitie hun persoonlijke doelstellingen voor de volgende kalendersport noteerden en tijd namen om zichzelf te evalueren.

Op deze ochtend werd Eloisa niet wakker van de kerkklok maar van een hard geklop op haar slaapkamerdeur. Voordat ze de kans kreeg om te reageren kwam haar kostganger de kamer in.

'De magistraat kwam eerder op de ochtend langs en vroeg me je dit te geven,' zei de oude vrouw, en ze smeet het opgerolde vel papier op het bed. Toen sloeg ze de deur weer dicht en maakte zich schielijk uit de voeten om de dagelijkse uitbrander te vermijden over hoeveel genoegen ze leek te beleven aan hard met de deuren slaan.

Eloisa maakte haastig het lint los en begon het gedicht te lezen.

Geef me je jawoord
(Een gedicht opgedragen aan de zeer bevallige Eloisa)

Je charmes hebben mij overwonnen,
mijn liefste, ik moet het weten,
hou je van me, hou je van me,
net zoveel als ik van jou?

Ik bid je, geef me je jawoord,
zeg dat je altijd de mijne zult zijn,
zeg dat je van me houdt, en dat je me wilt,
en dat we samen de hemel bereiken.

Hoogachtend,
Rosalba viuda de Patiño
(Magistraat van het dorp Nieuw Mariquita)

Eloisa las het gedicht drie keer en iedere keer huilde ze van blijdschap. Iedereen die haar gevoelens op zo'n romantische manier wist te verwoorden, moest wel een geweldige minnares zijn. Net als de magistraat bewaarde Eloisa ook de brieven en gedichten die Marco Tulio, haar overleden echtgenoot, haar had geschreven. Ze geloofde dat je liefdesbrieven en gedichten, net als bloemen, niet zomaar weg kon gooien, maar ze moest vervangen door verse, en tot vanmorgen had ze geen verse liefdesbrieven of gedichten meer ontvangen, laat staan een bos madeliefjes om de verwelkte te vervangen.

Nadat ze het gedicht had gelezen, besloot Eloisa dat ze deze ochtend geen namaak-Rosalba zou maken van haar kussens en dekens. Ze stapte onmiddellijk uit bed en liep al dansend naar de patio, alsof ze een onzichtbare partner vasthield.

Later, op de koffievelden, vertelde Eloisa Francisca het nieuws over het gedicht dat Rosalba haar had gestuurd. Ze zaten te giechelen en maakten er grapjes over alsof ze een stel schoolmeiden waren. 'Ik heb altijd gedacht dat de magistraat een ongevoelige vrouw was,' bekende Francisca, 'maar nu ik hoor wat ze jou geschreven heeft, twijfel ik er niet aan dat zij hartstochtelijk en romantisch is.' En toen zei ze welke twee dingen Eloisa nu moest doen. Ten eerste: 'Beantwoord haar gedicht met een zelfgeschreven gedicht op geparfumeerd papier.' En ten tweede: 'Geef haar een bos vers geplukte bloemen.'

Achter haar bureau in haar kantoor was de magistraat haar persoonlijke doelstellingen voor de volgende kalendersport aan het opschrijven. *Een: Ervoor zorgen dat Eloisa het laatste is wat ik zie als ik ga slapen. Twee: Ervoor zorgen dat Eloisa het eerste is wat ik zie als ik wakker word.*

O, maar dat mocht niet. Haar twee doelstellingen impliceerden dat ze dan met Eloisa zou slapen en mogelijk seks met haar zou hebben, en dat, herinnerde ze zich, zou net zo erg zijn als het weven van een sjaal. Tenzij Eloisa en zij samen zouden slapen zonder elkaar aan te raken. Of misschien mochten ze elkaar een heel klein beetje aanraken: een arm mocht lichtjes langs een andere arm strijken; een been mocht zachtjes tegen een ander been aan wrijven; hun lippen, lichtjes getuit, mochten elkaar vederlicht beroeren en onmiddellijk weer loslaten zonder dat smakkende geluid te maken waardoor het een kus zou worden. *Niet kussen.* Een kus stond gelijk aan het door elkaar weven van twee draden, en Rosalba had geen zin om te weven. *Nee, dank je wel.*

Terwijl ze aan haar doelstellingen dacht, werd de magistraat nog zenuwachtiger en verwarder. Ze had nog niets van Eloisa gehoord en haar ongerustheid sloeg om in een angst voor afwijzing die ze niet meer had gevoeld sinds ze een jong meisje was. Misschien had ze wat overhaast gehandeld door het gedicht te sturen. Misschien had Cecilia gelijk gehad en had Rosalba Eloisa beter eerst bloemen kunnen geven. Of misschien was het wel één grote vergissing geweest en had Rosalba nooit moeten denken dat Eloisa, een aantrekkelijke jongere vrouw met schitterende borsten, er zin in zou kunnen hebben om met een ouder en onbevallig mens met dun grijzend haar en een enorm achterste te willen slapen.

Ze stond op en keek uit het raam naar de maïs- en rijstvelden in de verte. Twee ladders geleden waren die er nog niet geweest. Toen zag ze alleen maar ellende en troosteloosheid als ze uit haar raam keek. Ze herinnerde zich dat ze een aantal Transities lang dezelfde doelstelling op haar lijstje had staan: *Vanuit het raam van mijn kantoor een veld vol grote goudkleurige maïskolven zien*, in een tijd dat de meeste dorpelingen zich ten doel stelden de kracht te vinden uit Mariquita weg te trekken en ergens anders een nieuw leven te beginnen, of hun oude echtgenoot of een nieuwe te vinden.

Het enige dat Rosalba indertijd nodig had gehad om haar doel te bereiken waren een stel sterke handen en doorzettingsvermogen. Maar nu lag het anders. Voor het verwezenlijken van haar huidige doelstelling, dacht ze, zou ze jeugd en charme nodig hebben die ze niet langer bezat. Hoe zou ze kunnen wedijveren met de schoonheid en bevalligheid van jongere vrouwen als Virgelina Saavedra?

Ze stond bij het raam te huilen toen ze een klopje op de deur hoorde, gevolgd door het gekraak van roestige scharnieren, gevolgd door lichte voetstappen, gevolgd door een vraag met een aarzelende stem die Rosalba niet herkende: 'Magistraat, ben u daar?'

Rosalba veegde met de rug van haar hand de tranen uit haar ogen. 'Wie is daar?'

'Francisca, magistraat. Mag ik binnenkomen?' De laatste keer dat Francisca in het kantoor van Rosalba was geweest, was ze om raad komen vragen nadat ze een fortuin onder haar bed had gevonden.

'Wat wil je?' riep de magistraat vanuit haar kantoor, maar Francisca deed de deur van het kantoor al open. 'Moet je niet aan je persoonlijke doelstellingen werken, Francisca?'

'Ik ben alleen even gekomen om u dit te geven,' zei ze, en ze overhandigde haar een opgevouwen stuk papier.

'Wat is dat?'

'Een brief van Eloisa, magistraat, maar ik zweer dat ik niet weet wat erin staat.'

Rosalba griste de brief uit haar hand en smeet hem in een la. 'Nou, dank je wel,' zei ze zakelijk. 'Zou je me nu willen excuseren, ik moet nog doelstellingen opschrijven.'

Rosalba wachtte tot ze de deur dicht hoorde gaan, pakte toen de opgevouwen brief uit de la en begon hem te lezen.

Kus me zacht
(Dit gedicht draag ik met heel mijn hart op aan de altijd mooie en opgewekte Rosalba viuda de Patiño, magistraat van het dorp Nieuw Mariquita)

Gisternacht droomde ik van jouw kussen.
O! Zo zoet smaakten ze op mijn mond
dat toen ik mijn ogen opendeed
ik suiker op mijn lippen vond.

Ik kan niet wachten tot de avond naakt
daarom ga ik maar een dutje doen.
Als je me alleen maar in mijn dromen kust,
kus me dan zacht, zodat je me niet wakker maakt.

Met de meeste hoogachting,
Eloisa viuda de Cifuentes
Persoonsbewijs # 79.454.248 van Ibagué

Rosalba las het gedicht en drukte het velletje papier toen in een teder gebaar tegen haar boezem. 'Ze vindt me leuk,' zei ze. 'Natuurlijk vindt ze me leuk. Ik ben een geweldige vrouw.' Hoe zou een intelligente vrouw als Eloisa weerstand kunnen bieden tegen een nacht met Rosalba? Hoe zou het haar niet kunnen opvallen dat de magistraat slim en dapper, teder en proper was? En nee, Rosalba's borsten waren eigenlijk helemaal niet zo slap, niet voor haar leeftijd tenminste. En ja, haar achterste was inderdaad groot, maar dat gold ook voor haar hart.

Op de tweede zon van de Transitie werd van de vrouwen verwacht dat ze hun doelstellingen zouden delen met een door henzelf gekozen mentrix die *madrina* werd genoemd, en van wie verwacht werd dat ze haar protegee zou adviseren hoe ze haar doelstellingen ten uitvoer kon brengen.

Thuis, in hun tweekamerwoning met twee voorramen waar zware gordijnen voor hingen die voortdurend gesloten waren, lagen Cecilia en Francisca in hun tegen elkaar geschoven bedden hun doelstellingen aan elkaar te vertellen.

'Mijn nieuwe doelstelling is aan iedereen bekendmaken dat we verliefd zijn,' zei Francisca.

Cecilia ging rechtop zitten en draaide haar gezicht naar haar geliefde toe. 'Francisca, we hebben het hier al eerder over gehad, nietwaar? Wat in dit huis gebeurt, gaat niemand iets aan. Als je ons geheim aan iemand vertelt, zweer ik bij God dat het je zal berouwen. Je bent gewaarschuwd, en daarmee uit!'

Maar daar was het niet mee uit. Francisca kwam overeind en ging met haar armen over haar borst gekruist voor Cecilia staan met haar rechterbeen iets naar voren. 'Ik heb het aan Eloisa verteld,' zei ze.

Cecilia stond op en keek Francisca snakkend naar adem aan. 'Hoe heb je het gewaagd Eloisa over ons te vertellen terwijl ik je gezegd heb dat je dat niet moet doen? María Francisca Ticora Rodríguez viuda de Gómez, je hebt mijn vertrouwen beschaamd.' Ze begon heen en weer te lopen in de kamer, met haar hoofd tussen haar handen. Toen zei ze, vanuit een hoek van de kamer: 'Dit vergeef ik je nooit.' En vlak daarna, vanuit de tegenoverliggende hoek, voegde ze er bitter aan toe: 'En ik ben niet van plan je vieze voeten ooit nog te masseren.'

'Mooi!' antwoordde Francisca met de handen in de zij. 'Dat doe je toch al slecht. En nu is het uit!' Ze stormde de kamer uit.

En daarmee was het, althans voor die zon, echt uit.

Eloisa en Rosalba waren, ieder apart, bloemen voor elkaar gaan plukken. Eloisa herinnerde zich dat de madeliefjes die haar echtgenoot tussen haar borsten stopte uit de voortuin van de weduwe Jaramillo kwamen, dus ging ze daar weer heen. Onder het plukken van de bloemen stelde ze zich voor hoe haar lange, slanke vingers elke bloem tussen de borsten van de magistraat stopten, op dezelfde tedere manier als Marco Tulio ze in haar decolleté had gelegd. Toen ze genoeg madeliefjes had, besloot ze de bos persoonlijk bij het huis van de magistraat af te leveren.

Terwijl ze orchideeën aan het plukken was in het bos, bedacht Rosalba dat Eloisa misschien wel net zo dacht als Napoléon, haar overleden echtgenoot. Hij had nooit bloemen geplukt voor Rosalba maar gaf haar potten met bloeiende violen. 'Als God de intentie had gehad bloemen als accessoires te laten dienen,' zei hij altijd, 'had Hij ze wel achter de oren van vrouwen laten groeien.' Op haar binnenplaatsje had Rosalba violen, camelia's en begonia's staan. Ze zou de pot met de meeste bloemen naar Eloisa brengen.

Vaca stond stil onder de aloë die permanent boven de deur hing en geluk bracht. Behalve haar geprononceerde kaak – die altijd in beweging was – bewoog er niets aan haar. Ze was de belichaming van haar bijnaam geworden. Haar echte naam had indiaanse wortels: lang en onuitspreekbaar. De mensen kenden haar als Vaca, maar in haar aanwezigheid noemden ze haar alleen maar doña.

'*Buenas y santas, doña,*' begroette Eloisa haar met haar welluidende stem.

Vaca keek naar beneden met haar grote ogen en vestigde haar blik op de bos madeliefjes die Eloisa tegen haar borsten hield. 'Wat kan ik voor u doen?'

'Ik ben gekomen om de magistraat te bezoeken.'

Vaca dacht daar even over na en zei toen: 'De magistraat heeft een kantoor en een secretaresse. Rosalba heeft een huis en een kostganger. Wie van de twee wilt u spreken?'

'Ik ben op zoek naar Rosalba.'

'Die is hier niet.'

'Zou u haar deze madeliefjes van mij willen geven?'

Zonder hoorbaar te antwoorden pakte Vaca het bosje bloemen van Eloisa aan, draaide zich snel om en ging het huis binnen.

'Zet ze alstublieft in vers water!' riep Eloisa vanaf de deur, maar de volumineuze gestalte was al uit het zicht verdwenen.

De bezorging van de plant van de magistraat bij het huis van Eloisa was ook al geen aangename ervaring.

'In godsnaam, hou eens op met dat bonken op de deur!' brulde de weduwe Pérez van binnen in het huis voordat ze in de deuropening verscheen. Rosalba stond op de stoep en hield met beide handen een grote bloempot vast met een kleine cameliastruik, die in bloei stond met opvallende gele bloemen. De weduwe Pérez, die volledig gekleed was, bekeek de naakte magistraat van top tot teen en rolde met haar ogen. 'Ja?'

'Ik kom voor Eloisa, señora Pérez.'

Señora Pérez zette haar gebalde vuisten in haar zij en wierp Rosalba een afkeurende blik toe. 'Is dat alles? Komt u mij storen in mijn gebeden omdat u Eloisa wilt spreken?'

'Eigenlijk wil ik haar deze cameliastruik geven. Is hij niet mooi?'

De weduwe Pérez zuchtte diep. 'Eloisa is hier niet, dus u en uw struik kunnen haar ergens anders gaan zoeken.'

'Ik laat de struik liever bij u achter. Als u dat niet vervelend vindt, tenminste.'

'Nou, dat vind ik wel,' snauwde de vrouw. 'Breng hem zelf maar naar binnen en zet hem maar waar het u behaagt.' Ze liep foeterend het huis in.

Rosalba zette de bloempot in de gang en ging weer weg.

In het begin van de vrouwelijke tijd hadden de magistraat en de onderwijzeres erop aangedrongen dat iedere vrouw op de derde zon van de Transitie bij zichzelf moest nagaan welke karaktertrek haar ongelukkig maakte en daaraan moest werken. Maar de vrouwen waren ertegen geweest en vonden dat, tenzij die karaktertrek hun relaties met anderen zou verstoren, ze zichzelf gewoon moesten accepteren zoals ze waren. Rosalba en Cleotilde waren niet gelukkig met die beslissing, maar aangezien de meerderheid het ermee eens was geweest, hadden ze niet verder aangedrongen. Als gevolg daarvan hadden de dorpelingen op de derde zon van de Transitie een halve zon voor zichzelf.

Rosalba wist dat Eloisa in haar vrije tijd graag ging zwemmen. Op weg naar de rivier stelde Rosalba zich voor dat Eloisa uit het water kwam, met de zon die op haar natte huid scheen, haar lange zwarte haar dat koel water over haar rug deed druipen. Toen Rosalba er was aangekomen, ging ze op de oever staan, naast een groot rotsblok, en speurde het water af op zoek naar de vrouw die ze wilde zien. Ze ontwaarde vijf hoofden die als grote bellen op het wateroppervlak dreven, de lichamen waar ze aan vastzaten waren vervormd in het water. Eloisa was er niet bij.

'Kom in het water, magistraat,' riep Virgelina Saavedra. 'Het is heerlijk warm.'

Rosalba zwaaide naar haar en glimlachte, maar ze kwam niet in beweging. Virgclina, dat magere kleine meisje dat ooit een eind had gemaakt aan de Voortplantingscampagne van el padre Rafael, was tot de mooiste vrouw van Mariquita uitgegroeid. Rosalba besloot terug naar huis te gaan, maar toen ze zich omdraaide zag ze Eloisa de weg af komen.

'Ik wist niet dat u van zwemmen hield, magistraat,' zei Eloisa.

'O, maar ik houd van zwemmen. Ik kom er alleen nooit aan toe.'

'Laten we dan gaan zwemmen.'

Rosalba werd al snel omringd door zes vrouwen die jonger waren dan zijzelf, wat haar een heel ongemakkelijk gevoel gaf. Ze hield haar lichaam zo laag als ze kon en liet alleen haar hoofd boven het water uitsteken; zelfs haar armen niet, omdat ze zich plotseling heel erg bewust werd van de hardnekkig schommelende losse huid die van haar bovenarmen hing. Haar lichaam, herinnerde ze zich nostalgisch, was hetzelfde lichaam dat de drie vrijgezellen van Mariquita gek had gemaakt, zó gek dat ze kruis of munt hadden gegooid om te beslissen wie van hen als eerste de kans zou krijgen om Rosalba te benaderen. Het was hetzelfde lichaam dat haar echtgenoot Napoleón thuis had gehouden, aan haar zijde, terwijl de meeste getrouwde mannen zich gingen bezatten in El Rincón de Gardel of een bezoek brachten aan de prostituees van La Casa de Emilia. Dat lichaam was nu ouder geworden, zachter, wat vierkanter en breder bij de heupen. Wat was het dom van haar geweest om naar de rivier te gaan! Ze wilde in het water oplossen. Maar dat kon niet, dus liet ze zich maar door de stroming een eindje van de groep afdrijven. Eloisa zwom achter haar aan.

'Dank u wel voor de prachtige camelia, magistraat.' Het heldere water bedekte haar lichaam tot vlak onder haar borsten, waardoor hun vorm en kleur nog beter uitkwamen.

'Jij bedankt voor het gedicht en de mooie madeliefjes, Eloisa. En noem me alsjeblieft Rosalba.'

'Ik zou je liever iets anders noemen.'

Rosalba bloosde. 'En wat zou dat dan zijn?'

'Ik weet het niet... misschien Corazoncito?'

'Haha!' Rosalba veegde het water met beide handen van haar gezicht. 'Ik denk dat ik het leuker zou vinden als je een woord verzon. Een woord dat alleen voor mij is bestemd.'

'Waarom? Corazoncito is toch het liefste woordje op de hele wereld?'

'In de wereld die jij met Marco Tulio deelde,' antwoordde Rosalba en ze voelde enige afgunst jegens Eloisa's dode echtgenoot.

Eloisa dacht daar even over na. 'Je hebt gelijk,' zei ze. 'Zo heb ik het nog nooit bekeken. Wat vind je van... Ticú? Nee, Ticuticú. Wat vind je van Ticuticú?'

'Ticuticú? Betekent dat iets?'

'Ik heb het net verzonnen. Het betekent mijn allerliefste, schattige Rosalba.'

'Nou, dan vind ik het heel mooi.'

Eloisa legde haar handen op Rosalba's schouders, ze telden tot drie en gingen samen onder water als kleine meisjes. Eloisa vormde een kommetje met haar handen en liet ze langzaam naar beneden glijden, waar ze Rosalba's borsten omvatten die rond en zacht in het water dreven, en het was heel bijzonder en opmerkelijk hoe perfect handen en borsten in elkaar pasten. Eloisa's vingers drukten wat harder, voelden Rosalba's vlees kloppen en lieten toen los, waarbij ze tien lichte afdrukken achterlieten, die dadelijk weer verdwenen op Rosalba's lichte huid.

Hun hoofden kwamen nu boven water en hun lippen trilden toen ze nerveus tegen elkaar glimlachten. Onder water vonden hun handen elkaar en om de beurt streelden ze of werden ze gestreeld, snel, onhandig, waarbij ze zich lieten leiden door een impulsieve onstuimigheid die ze niet meer konden bedwingen: Eloisa en Rosalba waren twee verliefde weduwen.

UBALDINA, VIERDE ZON VAN DE TRANSITIE

Op de laatste zon van de Transitie werkte niemand. Zelfs de kokkinnen werkten niet: de dorpelingen werden aangemoedigd om dan verse vruchten en rauwe groenten te eten. Bij zonsondergang werd iedereen verzocht naar de plaza te komen om deel te nemen aan een viering ter ere van de vrouwelijkheid. Rosalba lag rusteloos in haar bed en besloot dat ze niet in de stemming was om iets te vieren. Ze was zich gaan realiseren dat haar gevoelens voor Eloisa veel sterker waren dan ze aanvankelijk had gedacht, en dat vervulde haar van angst en enige boosheid. Ladderslang had haar obsessie met het leggen van kleine knoopjes in een draad zonder er ooit een sjaal van te weven goed gewerkt, maar nu ze datzelfde idee probeerde toe te passen op haar gevoelens voor Eloisa, kwam ze tot de ontdekking dat het gewoon onmogelijk bleek alleen de kleine dingen te doen die haar genoegen verschaften, zonder verder te willen gaan. Ze wilde nu verrukkelijk de liefde met haar bedrijven. Maar dat was tegennatuurlijk. *Is dat echt zo?* En ze was magistraat, een openbare figuur. *Maar ik heb gevoelens, net als ieder ander.* Ze bleef de hele zon in bed liggen, terwijl ze een oplossing voor haar probleem probeerde te vinden. Uiteindelijk vond ze die.

Iedere sport was een ander huisgezin verantwoordelijk voor het organiseren van de viering. Vanavond was de familie Ospina aan de beurt, en zij hadden alle verwachtingen overtroffen. De plaza was helder verlicht, aan vier zijden omringd door talgkaarsen en versierd met bloemenslingers: paarse orchideeën, gele margrieten en witte lelies hingen aan de onderste takken van de mangobomen.

Toen de vrouwen arriveerden, verdeelden ze zich in vier groepen die op het eerste gezicht willekeurig leken maar die in werkelijkheid al lang geleden door de vrouwen zelf waren ingedeeld naar leeftijd en, minder vaak, naar het soort werk dat ze deden, hun voorliefde voor aardappelen of hun afkeer van uien, het aantal of het soort ziektes dat hen voortdurend trof, en nog vele andere factoren.

De viering verliep heel voorspelbaar en deze sport ging het niet anders. Het begon, zoals altijd, met een drankje. De vrouwen stonden in de rij om een volle kop chicha bij de weduwe Villegas te halen. De weduwe bereidde de gegiste maïsdrank minstens vijf zonnen voor het feest begon, zodat de drank zijn karakteristieke scherpe, peperige smaak kreeg. Vervolgens bracht de onderwijzeres iedereen aan het geeuwen door gedichten van een zekere Alfonsina Storny voor te lezen. Zodra Cleotilde klaar was, vestigde de aandacht zich op Francisca, die het publiek vermaakte met haar gebruikelijke grappen en imitaties. 'Doe de leraar eens,' vroeg een vrouw dan, en Francisca liep langzaam met kaarsrechte rug en naar voren gestoken nek, met twee vingers een onzichtbare snor krullend. Deze keer imiteerde Francisca de weduwe Pérez, Vaca, Julia Morales, de magistraat en, hoewel niemand daarom vroeg, een vrouw die al lang geleden vertrokken was: doña Emilia, de hoerenmadam van het dorp. De muziek werd door het 'orkestje' van de gezusters Morales verzorgd. De meisjes kenden maar een stuk of vijf liedjes, die ze keer op keer speelden op hun merkwaardige instrumenten die van afgedankte potten, pannen en deksels waren gemaakt. De vrouwen zongen mee en dansten op het levendige ritme van het orkest. Wanneer de muziek ophield, gingen de vier groepen vrouwen snel zitten om de gebruikelijke toespraak van de magistraat aan te horen. Ze begon altijd met dezelfde zin: 'Een nieuwe sport vangt aan, en daarmee ook een nieuwe kans om onszelf als individu te verbeteren...' De meeste vrouwen kenden de zin ondertussen uit hun hoofd.

Rosalba stond op en liep langzaam naar voren naar de eerste rij, vanwaar ze haar toespraak zou houden. Voordat ze van huis was weggegaan had ze haar hele lichaam met eucalyptusolie ingesmeerd om de muskieten en andere insecten af te weren. Toen ze tussen de vrouwen door liep, weerspiegelde het flikkerende licht van de talgkaarsen op haar glanzende huid, waardoor ze eruitzag als een mythische godin die op het punt stond in vlammen op te gaan.

Ze bleef met een verzaligde uitdrukking op haar gezicht voor de menigte staan, en begon te spreken: 'Ik wil mijn dankbaarheid betuigen aan de familie Ospina voor de moeite die ze zich heeft getroost om de viering van de vrouwelijkheid deze keer te organiseren.' De variatie in haar toespraak deed de dorpelingen onmiddellijk vermoeden dat de magistraat iets in de zin had. 'Ik geloof niet dat onze plaza er ooit zo mooi heeft uitgezien of zo'n gezellige sfeer had als vanavond.' Ze keek om zich heen en glimlachte charmant naar de slingers van gemengde bloemen aan de bomen. 'Ik wil ook graag een aankondiging doen,' vervolgde ze. De dorpelingen waren er nu zeker van dat Rosalba op het punt stond hen te verrassen met een schokkende mededeling: misschien wel weer een afschuwelijk nieuw decreet. Ze hielden hun adem in en luisterden aandachtig.

'Ik ben verliefd op Eloisa,' zei ze onomwonden en met opgeheven hoofd. De vrouwen staarden haar zwijgend en perplex aan, en bogen toen langzaam hun hoofd, alsof ze zich steeds meer gingen schamen.

'En ik ben verliefd op Rosalba,' riep Eloisa vanaf de achterste rij. De vrouwen draaiden hun hoofd om, alweer langzaam, in de richting waar de stem vandaan kwam. Hun nieuwsgierige ogen volgden Eloisa toen die op Rosalba toeliep en een kus op haar mond drukte.

'Ik ben verliefd op Cecilia,' zei Francisca hardop.

Deze keer draaiden de vrouwen hun hoofd niet naar de geliefde die er openlijk voor uitkwam, maar naar haar vrouw. Cecilia voelde zich zo onder druk gezet dat ze geen andere keus had dan op te staan en met haar ogen op de grond gericht haar zonde op te biechten: 'Ik ben... verliefd op... Francisca.'

'Virgelina en ik zijn ook op elkaar verliefd,' verklaarde Magnolia Morales. Beide vrouwen stonden overeind en sloegen glimlachend hun arm om elkaars middel.

'En Erlinda en ik ook!' zei zuster Ramírez. Ze stak haar hand uit naar de weduwe Calderón, en samen stonden ze op.

Andere stelletjes gaven verlegen ook hun geheim prijs en toen dat achter de rug was, begonnen een paar alleenstaande vrouwen elkaar hun liefde te verklaren. Het gevoel was zo aanstekelijk dat sommigen op datzelfde moment besloten dat ze verliefd waren op de vrouw naast hen en dat ook tegen haar zeiden. Zelfs de stokoude vrouwen die in geen tijden iemand bemind hadden of bemind waren, voelden de kracht van de hartstocht weer in hun verschrompelde lichaam branden.

De nieuwe stelletjes en ook de oude begonnen langzaam achter deuren te verdwijnen of losten op in de duisternis van de nacht. En de paar vrouwen die alleen bleven, wel of niet uit vrije keus, gingen al snel terug naar hun huis, naar hun slaapkamer met hun lege bed en schone lakens die nooit besmeurd zouden worden met het bloed of het zweet van iemand anders dan zijzelf.

Alleen Santiago Marín en Julia Morales bleven op de plaza achter, omringd door orchideeën, margrieten en lelies, en door de stervende vlammen van de talgkaarsen. Ze lagen op de grond naar de hemel te staren, wachtend tot ze het fonkelende lichtje van een ster zagen schijnen en ze een wens mochten doen. En toen de sterren eenmaal aan de hemel verschenen, wenste Santiago dat hij ooit, ergens, herenigd zou worden met Pablo. Julia wenste dat de zon zou aanbreken waarop zij ook, net als de vrouwen vanavond hadden gedaan, kon schreeuwen dat ze verliefd was – maar dan op een man.

De vlammen die de plaza omringden, doofden een voor een, met een sissend geluid en in een snelle opeenvolging van blauwe en gele vonken.

De smeltende talg stolde op de grond en liet een sterke geur van verbrand vet achter, die algauw oploste in de ijle lucht.

En de nacht, die nu vol sterren was, verzwolg het heftige gekreun van de hartstochtelijke vrouwen van Nieuw Mariquita en het zachte gemurmel van zijn verliefde weduwen.

GERARDO GARCÍA, 21
RECHTSE PARAMILITAIR

Er was een massagraf gegraven en bijna alle lichamen van onze vijanden waren erin gegooid. Op de grond lag alleen nog een uiteengereten lichaam te wachten om geïdentificeerd te worden. Ik zat er op mijn knieën naast. Iets verder rechts van me zat 'Matasiete', een commandant die berucht was om zijn wreedheid, een sigaret te roken. (Hij was een oorlogsmachine die guerrillastrijders doodde en dan naast hun dode lichamen zijn rantsoen ging zitten eten.) Ik had de taak de lichamen uit te kleden, ze op identiteitsplaatjes of persoonsbewijzen, geboortevlekken, kleur ogen, haarkleur en andere kenmerken te controleren en dat aan Matasiete te melden, die de gegevens in een groot notitieboek opschreef ten behoeve van onze eigen archieven.

Het lichaam dat ik nu voor me had liggen was klein, van een jongen. Beide benen ontbraken vanaf de knieën en ook de linkerarm, en ik kon niet veel opmaken uit het gezicht, dat tot moes was geslagen. 'Jong,' zei ik tegen Matasiete. 'Zeventien, misschien nog jonger.' De jaszakken waren leeg, maar een Zwitsers legermes dat onder de broekriem verborgen zat, was op miraculeuze wijze ontsnapt aan de soldaten die op zoek waren geweest naar waardevolle voorwerpen. Ik liet het in mijn zak glijden.

'Kleed hem maar uit,' zei Matasiete onverschillig. Ik trok het gescheurde jack van de jongen uit en wat er over was van zijn broek. Het grootste deel van zijn romp was besmeurd met opgedroogd bloed. Een klein gelamineerd plaatje van een kindje Jezus hing aan een koord om zijn nek. Dat was niet ongebruikelijk (wij soldaten dragen allerlei talismannen en amuletten), alleen zag deze er precies zo uit als die van mij: net zo groot en net zo lang, hetzelfde bruine leren koord en, op de achterkant, dezelfde zwart-witfoto van mijn moeder.

298

Mijn moeder had mij en mijn kleine broertje dezelfde amuletten gegeven toen we klein waren, om ons tegen ongeluk te beschermen. Plotseling kreeg ik een brok in mijn keel. Hij was nog maar net zestien geworden. (Wanneer had hij zich bij de vijand aangesloten? Waarom had ik geen contact met hem gehouden?) Ik kon niet bekennen dat hij mijn broer was – dan zou ik als informant van de guerrilla's zijn bestempeld en zeer waarschijnlijk geëxecuteerd worden – maar ik kon hem ook niet de zoveelste 'niet-geïdentificeerde persoon' laten worden op onze steeds langer wordende lijst.

'García Vidales,' mompelde ik, terwijl ik net deed alsof ik een identificatieplaatje las.

'Wat? Praat eens wat harder,' zei Matasiete op bevelende toon.

Ik slikte moeizaam, wachtte even, en zei toen: 'García Vidales Juan Diego. Geboren in 1982.' Mijn stem trilde een beetje. Matasiete noteerde de informatie, stond toen op en gebaarde dat ik het lijk in het graf moest gooien. Ik wilde opeens bloemen ruiken, afrikaantjes en anjers, omdat mijn kleine broertje nu begraven ging worden en omdat christelijke begrafenissen zo roken. Ik rook alleen maar bloed en dood.

'Vergeef me, Dieguito,' fluisterde ik. Ik wist dat hij me kon horen. Ik sleepte hem naar de rand bij zijn ene arm en gaf hem een zacht zetje met de toppen van mijn vingers. Ik keek hoe zijn lichaam langs de rand naar beneden tuimelde en onbeholpen boven op zijn kameraden terechtkwam.

Toen begon ik aarde in zijn graf te scheppen terwijl ik in gedachten het onzevader zei.

HOOFDSTUK 13

De nieuwsgierige gringo

Nieuw Mariquita, Francisca 20, ladder 1996

De hele ochtend had Julia Morales midden op de plaza in een hangmat tussen twee bomen haar haar om haar vinger liggen winden en zwaar ademhalend naar het zuiden gekeken. Ze droeg een strakke, verschoten blauwe jurk die haar dijen bloot liet. Van tijd tot tijd zwaaide ze heen en weer, doordat ze zich met een van haar elegante voeten lui afzette tegen de grond. Eén keer, toen een zonnestraal op haar gezicht scheen, stond ze op en droeg de ene kant van de hangmat naar een andere boom, ging toen weer liggen en staarde verlangend naar het zuiden, in de richting waar de geur vandaan kwam.

Een voor een waren haar drie oudere zusters al langs geweest om te zeggen dat ze moest ophouden met fantaseren en aan het werk moest. 'Geur? Wat voor geur?' vroeg haar oudste zuster Orquidea op scherpe toon. 'Het enige wat ik ruik is jouw luiheid.' Gardenia pakte het wat agressiever aan. 'En nu opstaan, luie koe. Ik zal je iets geven om te ruiken. Hier, ruik hier maar aan,' zei ze, en ze liet Julia haar blote achterste zien. En Magnolia, die de gave had om alles op zichzelf te betrekken, zei: 'Ik ruik niets. Als er iets viel te ruiken, zou ik de eerste zijn die het ruikt.'

Julia trok zich helemaal niets aan van wat haar zusters zeiden. Ze wist wat ze rook, ook al kon niemand anders de geur opvangen: een krachtige, ietwat scherpe, verleidelijke, prikkelende mengeling van limoenschillen, minerale zouten, zweet en muskus… heel veel muskus. De geur vulde de lucht en werd sterker naarmate de zon krachtiger begon te schijnen. Ze twijfelde er niet aan dat er een man op het dorp afkwam en ze was vastbesloten om de eerste te zijn die hem in het dorp Nieuw Mariquita zou verwelkomen.

*

De Amerikaanse journalist droeg een licht *guayabera*-shirt dat hem te groot was en een ruim vallende kakibroek die onder de knie was afgeknipt en rafelde. Over zijn linkerschouder hing een veldfles die voor de helft gevuld was met water. Hij had lang blond, vettig haar dat in een staart bijeen was gebonden en hij had een vlasblonde stoppelbaard van twee weken. Zijn gympen gingen half verborgen onder lagen verse en oude modder waardoor de kleur of het merk onmogelijk viel uit te maken. Hij had blaren op zijn voeten, vooral op de linker, waardoor hij met zijn ene been trok. Zijn gezicht had iets verfijnds en intellectueels, hij had een behoorlijk verbrande huid, felblauwe ogen en een smalle neus. De afgelopen zes maanden was hij door het land getrokken en had hij guerrilla's, para's en soldaten van het nationale leger geïnterviewd, en ook burgers die slachtoffer waren geworden van de strijd in Colombia. Hij was eenendertig jaar en heette Gordon Smith.

Voor hem uit liepen een jongen op blote voeten en een graatmagere muilezel, die een middelgrote gele plunjezak torste. De jongen wilde graag Pito worden genoemd en zijn muilezel heette Pita. Pito droeg een sombrero met een afgekloven rand en een gescheurde korte broek. Verder niets.

'Iets langzamer,' riep Gordon tegen Pito. 'Alsjeblieft.'

'We zijn er bijna, don míster Gordo,' zei de jongen. Hij stond met zijn voeten naar buiten gedraaid, weggezonken in plakkerig oranjekleurig slijk, en vroeg zich af waarom die gringo met dat grappige accent met alle geweld 'Gordo' genoemd wilde worden, terwijl hij toch niet dik was.

Gordon keek op zijn horloge; ze waren bijna zeven uur onderweg. 'Dat heb ik je al drie keer eerder horen zeggen,' antwoordde hij, en hij wierp de jongen een achterdochtige blik toe.

Pito negeerde zowel het commentaar als de blik. 'Wilt u niet weer even op Pita rijden? Ze is wel oud maar nog steeds heel sterk.'

'Gracias.' Gordon schudde zijn hoofd. Rijden op dat beest had hem gespannen en duizelig gemaakt, maar hij was te trots om dat toe te geven. In plaats daarvan had hij tegen de jongen gezegd dat de muilezel er helemaal niet sterk uitzag en dat hij medelijden had met het beest, en dat was nog waar ook. Pita zag er uitgehongerd uit, leek zwak op haar benen te staan en te weinig drinken te krijgen, en het hoefijzer aan haar rechter achtervoet zat los.

Ze vervolgden hun reis door de heuvels, door uitgestrekte bossen en smalle, zelden gebruikte paden die kriskras door elkaar heen liepen en vaak in een modderspoor veranderden, waardoor de reis nog onvoorspelbaarder en ingewikkelder werd. Van tijd tot tijd haalde Gordon een stuk papier uit zijn borstzakje met een slecht getekende kaart van de omgeving waar ze doorheen trokken. Hij staarde ernaar, hield hem ondersteboven, keek om zich heen en stopte hem weer in zijn zak.

Nog maar twee dagen geleden, toen hij in het dorp Villahermosa een overgelopen communistische guerrillastrijder interviewde, was Gordon voorgesteld aan een wat oudere, neurotische man met een roze gezicht, die beweerde dat hij een stam van woeste vrouwelijke krijgers kende die in een klein dorpje diep in de *cordillera* leefden. Nieuwsgierig geworden had Gordon hem een paar drankjes betaald in ruil voor het hele verhaal.

'Het zijn amazones,' zei de krankzinnig ogende man, verwoed nagelbijtend. 'Moet je horen: varkens, koeien en paarden zijn verdwenen, maar ook mannen zoals u en ik. Ja-ja, allemaal van de aardbodem gevaagd nadat ze gezien waren in de buurt waar die wezens wonen. De boeren zijn doodsbang van hen. Hele indiaanse stammen zijn naar het zuiden getrokken om hun uit de weg te gaan. Zelfs guerrilla's en para's komen niet bij hen in de buurt. Geloof me, gringo. Ze zijn rechtstreekse afstammelingen van de amazones.' Bij ieder biertje dat de man dronk werd het verhaal fantastischer. Toen het gesprek was afgelopen had Gordon, een tikje aangeschoten, het besluit genomen om de cordillera in te trekken, op zoek naar een stam van zonderlinge, mannenhatende, ketterse, kannibalistische vrouwen van gigantische afmetingen.

De volgende dag, toen hij weer nuchter was, besefte Gordon dat het een absurd verhaal was. Toch bevatte het een element dat hem fascineerde, iets wat heel aannemelijk leek in een land dat al bijna veertig jaar in oorlog verkeerde: het bestaan van een dorp dat uitsluitend door vrouwen werd bewoond. Hij ging naar het huis van de neurotische oude man en betaalde hem wat geld om een kaart te tekenen van het gebied waar de stam zou wonen. Daarna huurde hij een jongen en een muilezel om hem ernaartoe te brengen.

Op dit moment, na een zeven uur durende tocht, vond Gordon dat de kaart er vanuit iedere hoek hetzelfde uitzag. Gelukkig had Pito geen kaart nodig. Hij kende alle paden en kortere weggetjes omdat hij het vee er al van kindsbeen af langs leidde en de laatste vier jaar geheime gecodeerde berichten bij de guerrillagroepen bezorgde die her en der verspreid zaten in dit bergachtige gebied. Hij was de snelste en betrouwbaarste koerier die de guerrilla's ooit hadden gehad. Maar onlangs waren de guerrilla's gedwongen de streek te verlaten vanwege de nadrukkelijke aanwezigheid van het nationale leger, en Pito was werkloos geworden, daarom had hij ermee ingestemd Gordon de bergen over te brengen.

Ze hadden al een flinke afstand afgelegd toen ze bij een uitgestrekte vlakte aankwamen. De muilezel begon sneller te lopen en algauw begreep Gordon waarom: een smal beekje stroomde bijna geruisloos door het vlakke land. Ze wasten hun gezicht en dronken wat van het water, dat een metalige smaak had.

'Goed, dit is het dan,' zei Pito. 'Ziet u die bossen daar?' Hij wees naar een dicht opeenstaande groep bomen en struiken aan het eind van een indrukwekkend steile helling.

'Wat is dat?' vroeg Gordon en hij kneep zijn ogen tot spleetjes om beter te kunnen zien waar de jongen naar wees.

'De ingang! Die man zei dat die aan het eind lag van de eerste heuvel na de Tres Cruces-vlakte. Dit is de Tres Cruces-vlakte, dus dat daar moet de ingang zijn.'

Gordon stond even nadenkend naar het uitzicht te kijken. 'Het ziet ernaar uit dat we machetes of zoiets nodig zullen hebben om erdoorheen te komen. Het lijkt ondoordringbaar.'

'Don míster Gordo,' zei Pito, en hij sloeg een plechtige toon aan. 'U hebt mij ingehuurd om u heelhuids naar deze plek te brengen, niet om u te helpen dáár te komen.'

Dat schoffie wil meer geld, dacht Gordon. Uit zijn kruisstreek trok hij een plastic zakje tevoorschijn waarin hij opgerold en vastgezet met een stevig elastiek een stapeltje bankbiljetten bewaarde. Hij begon het bundeltje los te maken.

Toen de jongen doorkreeg wat de gringo aan het doen was, schudde hij zijn hoofd. 'Ik ga daar niet naar binnen, ook al geeft u me nog zoveel geld. Ik heb gehoord wat daar is. Die vrouwen eten mensen zoals u en ik voor het avondeten.'

Gordon begon luidkeels te lachen. 'Kom op, dat geloof je toch niet.'

'Jawel. En u zou het zelf ook maar beter geloven. U weet helemaal niets van dit land.' Met een waardige uitdrukking op zijn kleine indiaanse gezicht laadde hij de plunjezak van Pita's rug en gaf die aan Gordon.

Na het uitwisselen van muchas gracias en het vastpakken van handen die enkele keren werden geschud, deed Pito een stap opzij. Hij zag Gordon langzaam de helling op hinken met de zak op zijn rug. 'God zij met je, don míster Gordo,' fluisterde hij in zichzelf. Hij liep naar Pita en pakte de teugels vast, maar hij steeg niet op. Hij bleef naar Gordon staan kijken, in de hoop dat de gringo tot inzicht kwam en terug zou keren naar de stad. Als hij dat deed, besloot Pito, zou hij hem voor de helft van de prijs terugbrengen.

Maar Gordon bleef niet staan. Hij was niet zo ver gekomen om op het allerlaatste moment terug te krabbelen. Bovendien had hij een nieuw verhaal nodig, iets interessants en opwindends. Met die gedachte in zijn hoofd begon hij zich een weg door de struiken te banen, rukkend aan de stengels met zijn grote, gevoelige handen, de dichte wirwar van bladeren en takken en bossen opzij duwend tot hij erin verdwenen was.

*

Tijdens het ontbijt die ochtend had doña viuda de Morales haar dochter bij Rosalba verontschuldigd door te zeggen dat Julia zich niet lekker voelde. Haar drie andere dochters, beloofde ze, zouden Julia's werk in de gemeenschapskeuken overnemen tot ze weer beter was.

Orquidea protesteerde toen ze onder elkaar waren: 'Dus nou moet ik de hele ochtend zwoegen bij de schrijnwerker en tussen de middag ook nog eens terugkomen om het werk van die nietsnut te doen?'

'Zo is het,' bevestigde doña Victoria, en terwijl ze een mand vol rode uien met een klap op het aanrecht zette, voegde ze eraan toe: 'Hier, hak die maar fijn voordat je weggaat.'

Orquidea was onlangs van haar moeders keuken naar het atelier van de schrijnwerker overgeplaatst in het kader van een nieuwe campagne waarmee de gemeenteraad van Nieuw Mariquita was begonnen. Deze hield in dat iedere arbeidster ervoor werd opgeleid om een aantal verschillende taken uit te voeren. Gardenia was naar de velden gestuurd en Magnolia was ingedeeld bij het dakdekkersteam. Maar Julia mocht keukenwerk blijven doen omdat doña Victoria de vijf gemeenteraadsleden ervan had weten te overtuigen dat Julia's speciale talent alle schotels uit haar keuken zo verrukkelijk maakte.

Julia Morales, de mooiste van de vier gezusters Morales, werd door haar zusters veracht omdat ze zo knap was. Ze had grote, ronde lichtbruine ogen met grijze vlekjes erin, die gloeiend afstaken tegen haar bruine huid. Ze had een kleine neus die aan het puntje een klein beetje omhoogwipte, als die van een pop, en ze had volle, fraai gevormde lippen. Ze had zo'n opvallende manier van lopen dat haar alleen over de plaza te zien wandelen vaak het moment van de zon was waar iedereen het meest naar uitkeek. Julia was langer dan de meeste andere vrouwen van het dorp en ze had zeer verfijnde manieren. Ze had ook prachtig zwart haar dat in grote golven tot op haar middel viel, en ze had een grote penis tussen haar benen hangen.

Julia's verbazingwekkende transformatie was het product van haar eigen zelfdiscipline, doorzettingsvermogen en toewijding. Ze had zonnenlang achter haar moeder en zusters aan gelopen, goed gelet op de manier waarop zij bewogen, en hun vrouwelijke manieren overgenomen en geperfectioneerd. En hoewel Julia geen geluid kon voortbrengen, luisterde ze aandachtig naar de manier van praten van haar zusters, die ze in een reeks soepele en verfijnde bewegingen van haar lichaam en ledematen vertaalde. Het resulteerde in een subtiele en precieze gebarentaal die in de ogen van een onbekende de indruk wekte dat Julia Morales een mysterieuze dans uit een ver land opvoerde.

*

Vanwaar hij stond zag Gordon een onwezenlijk dorp van witte huizen met feloranje en felrode dakpannen, bloeiende mangobomen, een paar duidelijk zichtbare wegen en een kerk waarvan de torenspits de overigens perfecte harmonie van het uitzicht doorbrak. Groene heuvels rezen achter het dorp op; verscheidene lapjes grond met maïs, rijst en koffie en de uitlopers van aardappelplanten bedekten de uitgestrekte velden op de heuvels.

Er waren geen amazones te zien, of vrouwen, of iets wat op een van beide leek. Gordon keek naar zijn handpalmen: ze waren bebloed. Zijn geschramde armen en benen en gescheurde broek getuigden van zijn worsteling door het dichte struikgewas. Hij veegde zijn handen aan de voorkant van zijn guayabera-shirt af en voelde de bloedende wonden langs de stof schuren. Zijn gezicht was ongehavend; hij had zijn plunjezak gebruikt om zich te beschermen tegen de harde, doornachtige stengels en de reusachtige bladeren die bedekt waren met stekels die steeds maar terugveerden.

Langzaam voortlopend hoorde Gordon geluiden en gelach van vrouwen in de verte, maar hij zag niemand. Hij stelde vast dat de huizen een normale hoogte hadden, wat de minieme kans een reuzin tegen het lijf te lopen uitsloot. Hij liep behoedzaam de heuvel af en overwoog wat hij zou zeggen als hij de eerste groep vrouwen tegenkwam en hij vroeg zich af wat voor ontvangst hem ten deel zou vallen. Ze zouden zeker stomverbaasd zijn, maar zouden ze hem welkom heten of hem met minachting begroeten? En als ze nou vroegen wat hij hier kwam doen? Zou hij moeten zeggen dat hij een journalist was? Dan zouden ze in de verdediging kunnen schieten. Misschien moest hij maar beweren dat hij verdwaald was en hun zijn bebloede handen laten zien; ze zouden een gewonde man toch niets doen.

Ondertussen was hij in het dorp aangekomen en strompelde door een smalle straat. De huizen waar hij langskwam zagen er allemaal identiek uit: ze hadden witte gevels met een voordeur en een groot raam waarvan de kozijnen groen waren geschilderd. Alle deuren en ramen stonden open, en Gordon had het merkwaardige gevoel dat hij door de gordijnen werd gadegeslagen. Hij hoorde niet langer het geschreeuw en het gelach dat hij eerder had gehoord. Opeens zag hij verderop langs de weg iets bewegen: tussen twee bomen hing een grote bundel met iets levends erin. Gordon bleef doorlopen, een tikkeltje ongerust, terwijl hij keer op keer achteromkeek. Voordat hij bij de bocht was, had hij al gezien dat de bundel een hangmat was waar een knappe vrouw in lag te slapen. Gordon kwam wat dichterbij, zachtjes en geruisloos, omdat hij haar niet wakker wilde maken. Op dat moment hoorde hij een luide kreet achter zich. Toen hij omkeek zag hij een leger van naakte vrouwen woest schreeuwend uit hun huizen stormen en op hem af rennen, gewapend met stokken en stenen.

Toen Gordon wakker werd, zag hij alleen maar het verblindende wit van een plafond. Hij dacht dat hij dood was, zijn ziel zweefde in de lucht tussen de wolken. Stukje bij beetje begon hij in gedachten de volgorde van de gebeurtenissen terug te halen die tot dit moment hadden geleid. De vrouw in de hangmat. De kreet. Het leger van naakte krijsende vrouwen. Daarna duisternis.

Maar waar was hij nu? Er was maar één antwoord mogelijk: de vrouwen hadden hem gevangengenomen en hij zat in het cachot.

Zwak zonlicht viel door twee asymmetrisch geplaatste kleine raampjes. Nog steeds duizelig ging Gordon rechtop zitten en onderzocht zijn lichaam. Ze hadden hem geen pijn gedaan; hij had geen nieuwe verwondingen en hij kon al zijn ledematen nog bewegen. Hij keek om zich heen en zag een grote, lege ruimte. Het leek absoluut niet op een gevangenis. Eigenlijk had het meer weg van een kerk, maar dan eentje zonder banken, kruisen, beelden of religieuze afbeeldingen. De muren waren kaal en de cementen vloer waarop Gordon lag was brandschoon en rook naar lavendel. Terwijl hij daar in zijn smerige kleren en schoenen lag, met zijn wonden waar nog steeds bloed uit sijpelde, bedacht Gordon dat hijzelf het enige wanordelijke element in dit vertrek was.

Toen hij zich realiseerde dat hij alleen was, stond hij op en liep naar de deur, waarbij hij zich aan de muren vasthield om steun te zoeken. Hij bukte zich een beetje om naar buiten te kijken door het ijzeren roostertje en zijn ogen sperden zich wijd open bij het onalledaagse tafereel: aan de overkant van de straat stond een grote menigte vrouwen op gedempte toon te kwebbelen. Sommigen van hen hielden elkaars hand vast alsof ze geliefden waren. Een kleiner groepje van vijf oudere vrouwen, van wie er vier naakt waren, was bezig Gordons plunjezak te doorzoeken. Hij zag hoe een van hen zijn T-shirts er een voor een uit haalde, ze tegen het licht hield alsof het negatieven waren en ze vervolgens aan de andere vrouwen doorgaf. Ze leken geen belangstelling te hebben voor Gordons minicassetterecorder. Ze bekeken hem van alle kanten, haalden hun schouders op en legden hem opzij, zonder te weten hoe ze hem moesten gebruiken. Een blikje Coca-Cola veroorzaakte een hoop opwinding. Ze hielden het met twee handen horizontaal vast en draaiden het met een brede goedkeurende glimlach om en om. Gordon sloeg dit alles nieuwsgierig gade, maar was tegelijkertijd op zijn hoede.

Een oorverdovende kreet weerklonk en alle hoofden, ook dat van Gordon, draaiden zich in de richting van het geluid. Het gebrul was afkomstig van het jonge meisje in de strakke blauwe jurk dat hij eerder in de hangmat had zien slapen. Twee vrouwen grepen het meisje vast terwijl een derde haar de mond probeerde te snoeren met behulp van een zakdoek. Het meisje kronkelde als een worm, schopte om zich heen, knarste met haar tanden en bracht woeste keelklanken voort. Gordon vond haar weergaloos mooi. Opeens hield het meisje op met worstelen en haar woede veranderde in een langgerekte, wanhopige jammerklacht. De twee vrouwen, die moe waren geworden van hun pogingen haar tegen te houden, verslapten hun greep. Het meisje maakte zich onmiddellijk van hen los en gooide hen daarbij tegen de grond. Toen rende ze naar de voordeur van de kerk.

Gordon had nog net tijd om een stap opzij te doen voordat het meisje met een woeste beweging de deur openduwde. Ze wierp een snelle blik door de lange, lege ruimte en toen ze hem in het oog kreeg, wierp ze zichzelf op hem, haakte haar handen om zijn nek en kuste hem hartstochtelijk op de mond. Op dat moment kwamen de andere vrouwen in kleine groepjes het gebouw binnen, duwend en dringend om de kans te krijgen de blauwogige vreemdeling van dichtbij te bekijken terwijl het rebelse meisje zich aan hem bleef vastklampen.

'Julia Morales,' schreeuwde een majestueus geproportioneerde matrone met brede heupen, terwijl ze zich met haar ellebogen een weg door de menigte baande. 'Laat de míster los en stap opzij. Nu!' Het meisje gehoorzaamde, maar ze keek wel boos en perste haar lippen op elkaar. De matrone ging met haar armen over elkaar voor Gordon staan, die als verlamd was.

'Wie bent u, waar komt u vandaan, wie heeft u gestuurd en wat brengt u hier?' zei ze tegelijk, alsof alle vier de vragen even belangrijk waren.

Gordon zei niets. Hij was zo verbluft en verbijsterd dat hij niets kon uitbrengen in zijn eigen taal, laat staan in het Spaans. In plaats daarvan observeerde hij nieuwsgierig de harmonieuze naaktheid van de vrouwen – hun gebruinde borsten, die in grote, chocoladekleurige tepels eindigden; hun lange torso's en donkere buiken, sommige plat, andere naar voren uitstekend; hun schaamstreek, nauwelijks bedekt met korte, donkere haartjes, en hun gladde, sterke armen en benen. Hij vond hen een bijzonder fraai ras.

'Nou?' zei de vrouw met de brede heupen, ze draaide haar gezicht naar de menigte. 'Het lijkt erop dat onze vriend doofstom is.'

Pas toen realiseerde Gordon zich dat zij een van de vijf vrouwen was die zijn plunjezak had doorzocht. Ze straalde ontegenzeggelijk autoriteit en vastberadenheid uit. Als ze die eigenschappen tentoon kon spreiden terwijl ze naakt rondliep, zo redeneerde hij, moest dat betekenen dat ze deel uitmaakte van de rechterlijke macht. 'Ik ben niet doofstom,' antwoordde hij op sussende toon.

'Ooo,' fluisterde de menigte in koor.

'Wie ben je dan?' vroeg de vrouw opnieuw.

'Mijn naam is Gordon Smith,' antwoordde hij. Dat ontlokte hier en daar wat gegiechel aan de toeschouwers.

'Kom maar mee naar het gemeentekantoor, señor Esmís,' zei dezelfde vrouw. 'U moet aan onze wijkraad melden wat u hier komt doen.'

Ze liep voor hem uit en dwong de nieuwsgierige vrouwen uit de weg te gaan. Gordon hinkte achter haar aan, met spieren, gewrichten en botten die pijn deden. Deze keer had hij, met toenemende bewondering, meer oog voor de plaza, in de schaduw van enorme mangobomen en omringd door houten bankjes, waarvan de ene helft op het oosten lag en de andere helft op het westen; de homogene stijl van de huizen, met hun gekalkte voorgevels en de felgekleurde bloemen die uit de ramen hingen; de properheid van de stoepen en de onverharde straten. En te midden van dat bijna utopische tafereel verscheen het meisje dat Julia heette. Ze liep met de menigte mee, iets voor Gordon uit, en wierp hem van tijd tot tijd over haar schouder een kokette blik toe. Hij vond dat ze tere, heel verfijnde gelaatstrekken had, net als de vrouwen van zijn eigen ras. Maar er school iets wilds, bijna dierlijks in haar ronde lichtbruine ogen met grijze vlekjes erin, iets verleidelijks in haar dikke blauwzwarte haar en glanzende bruine huid. Hij wenste dat zij ook naakt was.

Toen hij het gebouw binnenkwam, wierp Gordon een snelle blik om zich heen. Het bestond uit twee kamers, de ene was klein en leeg en in de andere stond een lange rechthoekige tafel met vier banken, die allemaal van ruw hout waren vervaardigd, dat niet was ontschorst. Midden op de tafel stond een lamp. De muren waren kaal, op de achterste na. Die was voor de helft bedekt met een grote vochtplek, die, zo legde de matrone uit, een terugkerend probleem vormde dat de loodgieters nog niet onder de knie hadden gekregen. 'Hebt u toevallig verstand van loodgieterswerk, señor Esmís?' vroeg ze. Gordon zei dat hij dat niet had en verontschuldigde zich daarvoor. De gemeubileerde kamer had ook een raam waarin al verscheidene jonge gezichten verschenen en weer verdwenen, die hem kusjes toebliezen en giechelden. Gordon herkende Julia en zwaaide flirterig naar haar. De vrouw met de brede heupen liep haastig naar het raam om het dicht te doen, waarmee ze niet alleen de flirtzieke meisjes maar ook de laatste zonnestralen buitensloot.

Ze pakte de lamp en nam de glazen bol eraf om de pit aan te steken. 'Ik heet Rosalba,' zei ze plotseling. 'Ik was vroeger de magistraat van het dorp. De enige die beslissingen nam. Nu zijn we met zijn vijven. Een raad noemen we het.' Ze stak de pit aan en zette de glazen bol weer terug. 'Dit was vroeger mijn kantoor, maar dat zag er veel mooier uit dan dit. Mijn bureau was van massief mahoniehout gemaakt. Heel mooi. Het stond altijd daar.' Ze tilde de lamp met haar ene hand op en wees met de andere naar de muur met de vochtplek. Gordon keek naar de muur en trok op een vage manier zijn wenkbrauwen op, wat zowel op bewondering als op pure onverschilligheid kon duiden. Kort daarop hoorden ze op de deur kloppen. 'Dat zullen de anderen zijn,' zei Rosalba. Er kwamen drie vrouwen binnen, twee van hen droegen Gordons plunjezak, die ze aan hem gaven. Een vierde vrouw, oud en volledig gekleed, die een bril met dikke glazen op had en op een stok leunde, volgde hen in haar eigen tempo. 'Dames, neemt u alstublieft plaats,' zei Rosalba. Ze gingen zitten, twee aan iedere zijde van de tafel. Rosalba zat aan het hoofd en gebaarde Gordon dat hij tegenover haar moest plaatsnemen. 'Señor Esmís,' begon ze. 'Wij zijn de raad van Nieuw Mariquita: dit is Cecilia, daar zit señorita Cleotilde, dat is politiebrigadier Ubaldina, hier zit zuster Ramírez, en ik ben de voormalige magistraat Rosalba.'

'Aangenaam kennis te maken,' zei Gordon ingetogen, en hij maakte een buiging met zijn hoofd. Dat hoffelijke gebaar leek op iedereen een goede indruk te maken behalve op de indiaans ogende vrouw genaamd Ubaldina, de brigadier.

'Wat brengt u hier, señor Gordonmís?' informeerde Ubaldina, en ze wierp hem een achterdochtige blik toe.

Hij bestudeerde even de gezichten van de vrouwen en besloot dat ze, op de brigadier na, vriendelijk overkwamen. Hij zag geen reden om tegen hen te liegen. 'Ik ben journalist,' zei hij. 'Ik werk als correspondent en schrijf nieuwsberichten en artikelen voor tijdschriften en kranten. Ik doe al een hele tijd verslag van uw oorlog. Ik heb guerrillero's, para's en legersoldaten geïnterviewd, en ook hun families, en daar verhalen over geschreven. Die verhalen verkoop ik aan kranten en tijdschriften, vooral in de Verenigde Staten, maar ook…'

'Door wie bent u hierheen gestuurd?' onderbrak Ubaldina hem. 'En wat wilt u van ons?'

'Een paar dagen geleden liep ik een man tegen het lijf, een krankzinnige man die me een hoop leugens over u en uw dorp vertelde. Hij zei dat er in dit dorp reusachtige, mannenhatende, masculiene vrouwen woonden die baarden en snorren lieten groeien en zichzelf konden bezwangeren. Hij zei dat jullie ketters waren en dat jullie je vijanden graag folteren voordat je ze levend opeet. Ik geloofde er niet veel van, maar ik dacht wel dat het deel van zijn verhaal dat dit een dorp was dat alleen door vrouwen werd bewoond, op waarheid berustte. En dat leek me een heel interessant onderwerp om over te schrijven: een dorp van vrouwen in een land van mannen.' Hij zweeg even om het wat dramatischer te laten klinken. 'Dus ik vroeg hem een kaart voor mij te tekenen en me de weg te wijzen, en hier ben ik dan.' Hij stopte, keek op en liet zijn blik snel over de vijf paar ogen gaan die strak op hem gericht waren. 'Dat is de volledige waarheid, dames,' zei hij met zijn rechterhand opgeheven alsof hij een eed in een rechtbank aflegde.

De vijf vrouwen leken niet verbaasd te zijn over Gordons verhaal. Ze keken elkaar herhaaldelijk aan, zonder dat er iets op hun gezicht te lezen viel, en zeiden niets.

'Dus... nu ik een verklaring heb gegeven voor mijn aanwezigheid hier, zou ik u toestemming willen vragen om korte tijd in uw gemeenschap te mogen verblijven,' zei Gordon. 'Ik zou graag een verhaal over uw dorp schrijven en ik ben bereid te werken in ruil voor kost en inwoning.'

'Hoe heet de man die u over ons verteld heeft?' vroeg Ubaldina, terwijl ze het verzoek van de journalist negeerde.

'Rafael. Rafael Bueno. Hij zei dat hij vroeger priester was en dat dit dorp lange tijd zijn parochie is geweest, tot jullie hem levend probeerden op te eten.'

De vrouwen keken elkaar weer aan. Er lag nu een uitdrukking van pure woede op hun gezicht.

'Verderfelijke ellendeling,' zei de oudste vrouw, de señorita, en ze sloeg met haar stok op de grond.

'We hadden hem volledig in elkaar moeten tremmen.'

'We hadden die klootzak moeten vermoorden.'

'Ja, en hem aan de honden moeten voeren.'

'Of aan de varkens.'

Het was zonneklaar voor Gordon dat Rafael Bueno deze vrouwen iets heel verschrikkelijks had aangedaan. Maar hij wilde niet vragen wat. Voorlopig niet, in ieder geval. Op dit moment kon hij alleen maar hopen dat zijn verzoek bij de raad was overgekomen en dat hun antwoord positief zou uitvallen.

'We moeten het verzoek van deze man bespreken,' zei Ubaldina. Toen richtte ze zich tot Gordon en voegde eraan toe: 'Onder ons.' Hij pakte zijn plunjezak en liep op de deur af.

'Julia Morales gaat hem levend opvreten zodra hij naar buiten gaat,' zei Rosalba waarschuwend tegen de raad. Gordon bleef onmiddellijk staan en draaide zich om. 'Ik bedoelde het niet op die manier, señor Esmís.' Ze moest even lachen. 'Ik kan u verzekeren dat wij ons niet te goed doen aan menselijke wezens.'

Toen ze zich realiseerden dat er alleen maar meer ophef zou ontstaan als ze de journalist naar buiten stuurden, vroegen de raadsleden of Gordon binnen wilde blijven terwijl zijzelf naar buiten gingen. Hij keek naar hen door een spleet in de deur. Ze stonden onder een mangoboom, omringd door de rusteloze menigte, en discussieerden, waarbij ze heftig met hun hoofd bewogen als een stel opgewonden kippen. Na een tijdje kwamen ze het gemeentekantoor weer binnen, met een plechtige uitdrukking op hun gezicht, en namen plaats in hun respectievelijke stoelen zonder de journalist iets te laten blijken van de beslissing die ze hadden genomen. In tegenstelling tot wat hij had gedacht, was Ubaldina, en niet Rosalba, degene die uiteindelijk opstond en begon te spreken.

'Ik zal het kort houden en meteen ter zake komen, señor Gordonmís. Ik ben verantwoordelijk voor het handhaven van de vrede en de veiligheid in onze gemeenschap. Uw ongewenste aanwezigheid heeft de boel hier behoorlijk op stelten gezet en eerlijk gezegd hoeven we niet veel goeds te verwachten van een individu dat gestuurd is door de man die vier van onze kinderen heeft vermoord. We zouden u eigenlijk willen vragen om nu al te vertrekken, maar het wordt donker en iemand die zo wit is als u kan gemakkelijk worden opgemerkt door allerlei gevaarlijke nachtwezens. We hebben besloten u tot zonsopgang morgen de tijd te geven onze gemeenschap te verlaten, en we hopen u nooit meer terug te zien.'

'Mevrouw Upaultina, ik kan u verzekeren dat ik…'

'Ubaldina,' zei ze. 'Ik heet Ubaldina.'

'Ik kom in vrede, mevrouw Ubaldina. Ik ben een goed mens.'

'Door dat kreupelhout is nog nooit iets goeds gekomen,' antwoordde Ubaldina vinnig, en toen ging ze zitten met haar armen over elkaar gekruist, om aan te geven dat de discussie was afgelopen.

Voordat Gordon nog iets kon zeggen, vroeg zuster Ramírez of hij haar naar het dorpsziekenhuis wilde volgen. 'Ik ben verantwoordelijk voor de gezondheidszorg in dit dorp en dus zal ik uw wonden en zweren schoonmaken en verbinden.'

'Daarna gaat u met mij mee,' zei degene die Cecilia heette. 'Ik ben verantwoordelijk voor het dagelijks eten in de gemeenschap, en ik neem u dus mee naar een van onze gemeenschapskeukens, waar u een warme maaltijd zult krijgen.'

'Ik ben de administrateur,' zei Rosalba. 'Ik houd toezicht op alles, maar vooral op het boerenbedrijf en de huisvesting in ons dorp. Ik zal ervoor zorgen dat u een schone kamer krijgt, voorzien van alles wat u voor vannacht nodig heeft.'

'En ik ben verantwoordelijk voor het onderwijs in de gemeenschap en voor de kerkklok,' zei de oude señorita Cleotilde. 'Met andere woorden, ik ben de klok van Nieuw Mariquita. Ik zal erop toezien dat u vroeg genoeg opstaat om voor zonsopgang ons dorp te verlaten.'

Nadat hij uit het ziekenzaaltje was ontslagen, werd Gordon naar de op een na beste keuken van de gemeenschap gebracht: die van de familie Villegas. De keuken van Morales was het best, vertelde Cecilia, maar ze had opdracht gekregen om hem van Julia Morales weg te houden.

Toen Gordon en Cecilia aankwamen, zaten er maar drie stellen in de eetzaal, die elkaar de restjes van hun maaltijd voerden. Flor (voorheen de weduwe Villegas) en haar echtgenote Elvia (voorheen de weduwe López), die bij elkaar passende schorten over hun naakte lijven droegen, verwelkomden Gordon en zetten hem helemaal in zijn eentje aan een hoektafeltje. De journalist vond deze gemeenschap met zijn bestuur, zijn mensen en zijn gewoonten uitermate boeiend. Aangezien Ubaldina hem had verboden om meer dan het hoogst noodzakelijke tegen de dorpelingen te zeggen, dicteerde hij zijn gedachten in het Engels in zijn minicassetterecorder. Cecilia had daar geen bezwaar tegen. Ze deed ongewoon vriendelijk en aardig tegen hem, en algauw begreep Gordon waarom.

'Señor Esmís, u zei dat u guerrillastrijders hebt geïnterviewd. Ik vroeg me af of u... misschien mijn zoon ook bent tegengekomen. Hij heet Ángel Alberto Tamacá, en hij heeft zich heel lang geleden bij de guerrillero's aangesloten. Hij is lang en...'

'Weet u zeker dat hij... dat hij nog leeft?'

'Mijn hart zegt me dat hij nog leeft,' zei ze. 'Weet u of er een manier is waarop ik hem kan laten weten dat ik ook nog leef?'

315

'Ik heb wel wat connecties. Schrijf hem een briefje en geef me zijn gegevens. Ik zal mijn best doen om het aan hem te laten bezorgen. Als hij tenminste in de buurt is.'

De weinige eters die er zaten, wierpen Gordon nieuwsgierige blikken toe, alsof het hun verbaasde om te zien dat hij hetzelfde at als zij: een maaltijd van rijst, gebakken yucca en een klein stukje van een geroosterd, sterk smakend vleesachtig iets, waarvan hij niet durfde te vragen wat het was omdat hij het antwoord vreesde. Toen hij klaar was, maakte hij de kokkinnen een compliment. Elvia zei dat het een eer was om zo'n chique heer in hun nederige keuken te ontvangen.

Gordon en Cecilia stonden op het punt te vertrekken toen Julia Morales binnenkwam. Ze droeg nu een rode jurk met stippen. Het was een ouderwetse jurk en hij was hier en daar versteld, maar hij sloot op de juiste plaatsen strak aan. Het meisje stond bij de deur met haar handen op haar heupen en wierp Gordon een uitdagende blik toe, gevolgd door een verlegen glimlachje dat hem van zijn stuk bracht. Het leek allemaal onderdeel uit te maken van een uitgekiend verleidingsplan, dat uitstekend werkte. Zijn ooglid begon te trekken en dat symptoom, evenals een erectie, die niet zichtbaar was vanwege zijn ruimvallende broek, gaf duidelijk aan hoe verschrikkelijk hij haar begeerde. Cecilia ging haastig voor de journalist staan, alsof haar kleine gestalte de langbenige man kon verhinderen iets te zien. 'Opschieten, jongen,' zei ze tegen Gordon, hoewel ze het tegen Julia had. 'Rosalba zit op ons te wachten in de kerk.' Julia deed haar armen over elkaar, leunde met haar rug tegen de deurpost en maakte ruimte voor hen zodat ze erlangs konden. In het voorbijgaan wist Gordon haar alleen een knipoogje toe te werpen. Hij liep door met Cecilia vlak naast hem en bedacht dat Julia het meest exotische wezen was dat hij ooit had gezien.

Achter in de kerk was een hangmat opgehangen, met een deken erin. Daarnaast, op een omgekeerd houten krat dat als nachttafeltje diende, stond een aangestoken lamp, en er lagen ook een doek en een stuk zeep.

'Is er hier ook een toilet?' vroeg Gordon.

'Nee, míster Esmís. Niet hier,' antwoordde Rosalba. 'We hebben slechts één badruimte in het dorp. Dat is het gemeenschappelijke badhuis met tien douches en tien latrines, en onvoorstelbaar schoon.'

'Geweldig! Kunt u me wijzen waar het is?'

'Het spijt me, míster Esmís, maar daar mag u geen gebruik van maken. Ook al een raadsbesluit. U zult die lege emmer moeten gebruiken.' Ze wees op twee emmers, waarvan er een gevuld was met water en wat apart was gezet. 'Er liggen nog meer dekens in die hoek als u ze nodig heeft. De nachten worden nu veel kouder. Ik hoop dat u een goede nachtrust zult genieten en morgen een veilige terugreis heeft.' Terwijl ze dit zei speelde er een flauwe glimlach om haar lippen. Haar lippen gingen vaneen alsof ze nog iets wilde zeggen maar het niet kon. Ze wachtte op Gordons antwoord – een glimlach met samengeknepen lippen –, draaide zich toen om en liep met een enigszins droevige blik naar de deur.

Hij volgde haar met zijn ogen tot ze het gebouw uit was en realiseerde zich tot zijn verbazing dat hij geen acht had geslagen op haar naaktheid. Wonderbaarlijk hoe snel het menselijk oog zich aanpast, dacht hij, en hij stelde zich voor dat hijzelf en honderden andere mensen naakt over Fifth Avenue in New York liepen, zo nu en dan hun pas inhoudend om hun genitaliën en achterste weerspiegeld te zien in de hoge etalages van chique winkels die alles verkochten behalve kleren. Hij moest erom grinniken en liep toen naar de lege emmer en piste erin. Daarna trok hij zijn smerige schoenen en sokken uit en ging in de hangmat liggen, waarbij zijn lange benen er aan weerszijden uit hingen, met een beduimeld exemplaar van *Honderd jaar eenzaamheid* van García Márquez, dat hij al enige tijd aan het lezen en herlezen was. Daar lag hij lang uitgestrekt naar het witte plafond te staren, waarop het licht van de lamp een reusachtige zon in zachte geeltinten had gecreëerd. Hij las een tijdje, deed toen de lamp uit en schommelde zichzelf in het pikkedonker lichtjes met zijn voeten, tot de beweging hem geleidelijk in slaap deed vallen.

Gordon werd midden in de nacht zwetend wakker, trok instinctief zijn kleren uit en lag spiernaakt te draaien en te woelen in de hangmat terwijl hij moeizaam ademhaalde en kreunde. Hij was ziek. Opeens voelde hij een zachte kleine hand op zijn gloeiend hete voorhoofd en wangen. Daarna een natte doek die zijn gezicht en hals, zijn armen en zijn borst depte. Het was vast een droom dacht hij in zijn delirium. Er vielen een paar druppels water op zijn lippen, die van elkaar gingen om ze naar binnen te laten glijden. Hij voelde nog meer deppen op zijn gezicht en in zijn hals, nog meer water op zijn lippen vallen, en toen een kus: gladde, vlezige lippen drukten zich lichtjes tegen de zijne, bewogen naar zijn oor, naar beneden langs zijn hals en weer terug naar zijn mond, waar ze bleven treuzelen. Een wilde geur in de lucht deed hem aan Julia denken en hij realiseerde zich onmiddellijk dat hij niet droomde. Ze sprong in de hangmat en hij voelde hoe haar lichte en gladde naakte lichaam worstelde om boven op hem te blijven zitten. Ze kronkelde als een kat met haar benige heupen. Gordon kronkelde ook met zijn heupen, eerst hartstochtelijk en daarna woest – want hij had zojuist een onverwachte en onwelkome zwelling midden op het lichaam gevoeld dat over hem heen lag. Ze leverden een verwoed gevecht, een gevecht van opgehitste heupen, waarbij Gordon, misleid door zijn libido, uiteindelijk alle weerstand liet varen. De zachte en kleine handen die daarnet nog zijn voorhoofd hadden gestreeld, kwamen nu stevig op zijn borst te liggen waar ze steun vonden, terwijl een paar gespierde kuiten zijn middel omsloten en schommelende bewegingen begonnen te maken. Julia zat op zijn schaamstreek en begon verleidelijk te dansen, trok alles in hem naar zich toe, steeds krachtiger, alsof iets binnen in haar hem opeiste. En hij begon in haar te bewegen en ze kermde en ze wriggelde en ze kronkelde, en haar gespierde kuiten sloten zich nog strakker om zijn middel terwijl ze zichzelf tegen hem aan perste. Ze bewogen samen in een onzichtbare mambo, de hangmat zwaaide heen en weer onder het gewicht van hun rusteloze lichamen, hij kreunend, zij kermend, tot ze explodeerden, hij in haar en zij op zijn buik, en de verder lege ruimte vulde zich onmiddellijk met een woeste katachtige geur.

Julia liet zich over Gordons lichaam heen glijden en legde zachtjes haar hoofd op zijn borst, luisterend naar het bonken van zijn hart. Hij streek met zijn lange vingers door haar lange, dikke haar. 'Hoe heet je echt?' vroeg hij. Ze gaf geen antwoord. Of misschien antwoordde ze in haar eigen taal van elegante bewegingen, die Gordon niet zag omdat er geen licht was om ze te zien. En zo lagen ze daar in een koortsachtige stilte, luisterend naar elkaars hartslag, totdat Gordon in een diepe slaap weggleed, waardoor hij niet de klik van de deur hoorde toen ze wegging.

*

Voor zonsopgang trof de onderwijzeres Cleotilde Gordon naakt en rillend buiten voor de kerk aan. Een leger van rode mieren omringde zijn lichaam, vastbesloten om het naar hun nest te dragen. De oude vrouw knielde bij hem neer om zijn voorhoofd te voelen: hij gloeide van de koorts. Zijn lippen trilden en hij klappertandde terwijl hij iets onverstaanbaars mompelde. Ze greep hem bij een van zijn armen vast met de bedoeling hem het gebouw in te trekken, maar haar botten waren te oud en die van hem te zwaar. Ze fronste haar wenkbrauwen achter haar dikke brillenglazen, niet zozeer begaan met de journalist, maar eerder bezorgd over de onmogelijkheid hem voor zonsopgang de stad te doen verlaten, zoals hem was opgedragen. Ze ging de kerk binnen en luidde de klok, ten teken dat het tijd was om op te staan. Toen ging ze naar het huis van Rosalba en Eloisa en vertelde hun dat de journalist ziek was. 'Ik stel voor dat we een raadsvergadering bijeenroepen om te beslissen wat we met die man moeten doen,' zei ze.

'Er is geen tijd voor vergaderingen,' antwoordde Rosalba op haar vroegere magistratentoon, die tot grote ergernis van de andere raadsleden van tijd tot tijd onwillekeurig de kop op stak. 'Eloisa en ik zullen míster Esmís bijstaan. Ga jij maar naar zuster Ramírez,' zei ze op gebiedende toon tegen Cleotilde. 'En snel een beetje.' Cleotilde kon niet meer de moed opbrengen om de confrontatie met Rosalba aan te gaan, zoals ze vroeger wel deed. Ze liep weg, tikkend met haar stok onder het mompelen van een lange, onverstaanbare klaagzang. Buiten de kerk veegde Rosalba de mieren van Gordons lichaam, en greep hem toen bij zijn benen terwijl Eloisa hem bij zijn armen vastpakte. Samen droegen ze hem naar binnen, waarbij beide vrouwen steelse blikken op het grote geslacht van de man wierpen, maar zich gedroegen alsof ze iedere zon penissen en testikels zagen. Ze konden Gordon niet in de hangmat tillen, dus stapelden ze in een hoekje een paar dekens op elkaar, legden hem erop en probeerden hem met een dun blauw laken te bedekken, maar hij zweette overdadig en wilde het niet. Hij klaagde over een ondraaglijke hoofdpijn, pijn in zijn spieren en gewrichten, en achter zijn ogen.

Kort daarna arriveerde Cleotilde met zuster Ramírez, die alleen een masker en een paar handschoenen droeg die ze lang geleden van een afgedankt plastic tafelkleed had gemaakt, in een dessin van een bonte mengeling vruchten en groenten. Ze had het oude medische handboek van haar echtgenoot meegenomen, een tas vol instrumenten, en een notitieboekje waarin ze haar eigen bevindingen en geneeskrachtige kruiden tegen elke ziekte die ze had gezien en behandeld, had opgeschreven. Toen de zuster de naakte man op de stapel dekens zag liggen, bleef ze vol ontzag staan kijken. De enige naakte man die ze ooit had gezien was haar overleden echtgenoot. Na zoveel ladders maakte de aanblik van een andere man opeens iets in haar wakker, een soort begeerte die leek – hoewel het niet helemaal hetzelfde was – op wat ze periodiek voor haar huidige partner Erlinda voelde. Het verschil school in de intensiteit ervan. De begeerte die ze nu voelde was veel sterker, bijna onstuitbaar, beschamend. Ze deed haar uiterste best om het niet aan de drie andere vrouwen in het vertrek te laten merken. Met zwetend voorhoofd en trillende handen knielde zuster Ramírez naast Gordon en onderzocht hem zo goed als ze kon, en dat stelde niet veel voor. En toen ze haar oor tegen de borst van de man drukte om zijn hartslag te beluisteren, streken haar geprikkelde tepels langs zijn koortsige huid, waardoor ze de controle over haar eigen vitale delen verloor. Ze stelde vast dat de man een versnelde hartslag, een lage bloeddruk en hoge koorts had. (Ze kon niet precies zeggen hoe hoog de koorts was omdat de streepjes en cijfers boven de veertig graden op de thermometer van haar echtgenoot door de tand des tijds en door veelvuldig gebruik waren vervaagd.) Toen ze klaar was met haar onderzoek bedekte ze Gordon vanaf zijn middel met een laken en stelde hem een reeks vragen, waarvan sommige volstrekt irrelevant waren voor zijn aandoening, zoals: 'Is iedereen in jouw land zo bleek als jij?' Ze noteerde alle antwoorden in haar notitieboekje, met inbegrip van: 'Nee, die zijn bleker', en vergeleek ze toen met eerdere notities en met het medisch handboek. Uiteindelijk sprak ze door het stuk plastic dat haar mond bedekte haar diagnose uit: dengue.

'Zeg alsjeblieft dat het niet besmettelijk is,' zei Rosalba.

De zuster antwoordde dat dat niet het geval was. Het denguevirus kon alleen maar via de beet van een geïnfecteerde muskiet worden overgebracht, en een muskiet kon alleen maar besmet worden met het virus nadat hij een geïnfecteerd mens had gebeten. Daarom moesten ze er alleen zorg voor dragen dat de míster niet door muskieten werd gebeten.

'Is het de hemorragische variant van dengue?' vroeg Gordon met zwakke stem. Hij wist dat dat type dengue vaak dodelijk was.

Ze antwoordde dat dat niet zo was, maar dat het wel kon gebeuren als ze niet voorzichtig waren. Ze zou een drankje bereiden om de intensiteit van de symptomen te verlichten, maar hij moest wel weten dat er geen specifieke behandeling tegen dengue bestond. Hij moest rusten en heel veel drinken tot hij hersteld was en dat zou zo'n tien tot vijftien dagen duren.

Rosalba gaf Cleotilde opdracht om het schoonmaak- en onderhoudsteam te vragen de twee ramen in de kerk dicht te maken en een grote klamboe over Gordons geïmproviseerde matras te hangen. Eloisa excuseerde zichzelf en vertrok naar haar werk. Ze gaf leiding aan een team stevig gebouwde loodgieters die de zo goed als onmogelijke taak op zich hadden genomen om het oude aquaduct te herstellen. Zuster Ramírez vroeg Rosalba of ze alsjeblieft even op de míster kon letten. Zij moest de kruiden gaan zoeken die ze voor het drankje nodig had en daarna langsgaan bij de weduwe Pérez, die had laten weten dat ze deze keer wérkelijk doodging.

'Gaat u maar, zuster Ramírez,' zei Rosalba. 'Doe wat u moet doen. Ik zorg voor míster Esmís tot u terug bent.'

Toen ze hoorde hoe Gordon eraan toe was, toog Julia Morales naar de kerk met een pan soep en gebaarde tegen Rosalba dat ze zich vrijwillig wenste aan te melden om voor hem te zorgen.

'We hebben geen hulp nodig om voor hem te zorgen,' zei Rosalba door het kleine ijzeren roostertje tegen Julia. 'Laat de soep maar op de stoep staan als je wilt. Ik zorg er wel voor dat míster Esmís weet dat die van jou komt.'

Julia schudde haar hoofd. Ze wilde hem de soep eigenhandig voeren. Ze sloeg drie keer met de palm van haar hand op haar borst.

'Ik heb het je al gezegd, Julia. Laat de soep maar op de stoep staan en ga weer aan je werk.'

Het meisje werd rood van woede. Ze begon een aantal snelle bewegingen met haar vrije hand te maken – en vooral met haar middelvinger – en eindigde met een reeks wonderlijke klanken op een ondraaglijk hoge, schelle toon. Uiteindelijk ging ze op de stoep zitten met de pan soep tussen haar benen en begroef huilend en snikkend haar hoofd in haar handen.

Vermurwd door dat deerniswekkende tafereel stelde Rosalba voor haar binnen te laten op voorwaarde dat ze weer weg zou gaan zodra Gordon de soep op had. Julia stemde daarmee in en liep naar binnen, een en al glimlach na haar woedeaanval. Ze legde een deken naast Gordon onder de klamboe en voerde hem heel langzaam zodat ze langer kon blijven om hem te verzorgen. Ze gaf hem de ene na de andere kop donker druivensap te drinken, dat door het echtpaar López-Villegas was langsgebracht. 'Een natuurlijke virusdoder,' had Flor Villegas gezegd. Gordon viel in slaap en toen hij weer wakker werd staarde hij Julia onverschillig aan alsof ze op de muur was geschilderd. Maar daardoor raakte ze niet ontmoedigd; ze bleef zijn zonverbrande gezicht deppen met een vochtige lap en zorgde voor verlichting van zijn rode, gezwollen ogen en zijn uitgedroogde, gebarsten lippen.

Vanuit de tegenoverliggende hoek, gezeten op een houten klapstoel met haar armen over haar buik, sloeg Rosalba het naïeve meisje vol sympathie gade. Arm dwaas meisje! dacht ze. Zodra die gringo genezen is, vertrekt hij en jij blijft achter met een gebroken hart. Ook al vindt hij je nu leuk, als hij ontdekt wat er tussen je benen hangt, zal hij je verachten omdat je daar hetzelfde ding hebt als hij.

Voordat ze naar huis ging, drukte Julia een hartstochtelijke kus op Gordons mond – een verspilde kus die niet werd gevoeld of opgemerkt, omdat de ontvanger ervan lag te ijlen en Rosalba op de stoel in slaap was gevallen. Even later, toen Rosalba wakker werd, zag ze Gordon op zijn knieën met de klamboe worstelen en pogingen doen om op te staan. Ze liep snel op hem af.

'Wat bent u aan het doen, míster Esmís? U zult zichzelf nog pijn doen.'

'Ik moet pissen,' mompelde hij en hield zijn ene hand voor zijn geslacht.

'Hier, doet u het hier maar in.' Ze greep de emmer die al naar Gordons urine van de nacht daarvoor stonk, tilde een hoekje van de klamboe op en gaf die aan hem.

Hij pakte de emmer met zijn ene hand vast, draaide zich om op zijn knieën en haalde diep adem. Een luid, lang aanhoudend gespetter vulde de ruimte.

'Het wordt donker hierbinnen,' zei hij terwijl hij de emmer aan het voeteneinde van het matras zette, binnen de klamboe. 'Hoe laat is het?'

Die vraag was Rosalba al in geen ladders meer gesteld. 'Het is bijna het eind van een werkdag.' Ze zag dat Gordon in zijn tas rommelde en iets zocht. Hij haalde er een onderbroek uit en trok die snel aan. Hij had een helder moment, dacht ze, maar voor de avond viel zou hij weer gloeien van de koorts.

Nog steeds op zijn knieën begon Gordon iedere hoek van de enorme ruimte in ogenschouw te nemen. 'Wat maakt dit gebouw tot een kerk?'

vroeg hij plotseling. 'Er staat helemaal niets in wat me aan God doet denken.'

Rosalba keek ook om zich heen en glimlachte, duidelijk ingenomen met de leegte van het beeld. 'We noemen het een kerk uit gewoonte,' zei ze, 'omdat het dat ooit geweest is. Net zoals we God God noemden en de hemel de hemel.'

'Hoe noemen jullie God nu?'

'We hebben er helemaal geen naam meer voor. Het is gewoon een leeg woord, net als deze kerk.'

'En de hemel?'

'Ook leeg. Zonder God is er geen hemel, of hel. Zo is het leven beter.'

Gordon staarde haar nieuwsgierig aan. 'Vereren jullie dan niets?'

'De natuur. We hebben geleerd de schoonheid en opbrengst van ons land, onze planten en dieren ten volle te waarderen.'

Gordon ging op het matras zitten met zijn rug tegen de muur. Hij was te moe om een discussie over het geloof te voeren. 'Waar is ze heen?' vroeg hij.

'Wie?' Rosalba reikte naar de lamp.

'Het meisje dat hier zojuist was.'

'Julia? Ik denk dat ze weer aan het werk is gegaan.' Ze stak de lamp aan en zette die op het omgekeerde krat naast hem.

Door de nabijheid van het licht had Gordon een beperkt zicht buiten de klamboe, maar daarbinnen kon hij alles duidelijk zien. Hij zag dat er verscheidene gaten in de stof zaten. 'Ze kan niet praten, hè?'

'Nee.'

'Hoe heet ze in werkelijkheid? Ik bedoel, hoe heet híj in werkelijkheid?'

Rosalba staarde de journalist strak aan door de gazen stof, alsof ze iets persoonlijks en unieks over hem te weten wilde komen. Dus hij weet het van Julia, dacht ze. Misschien was hij dan toch een heel ander soort gringo: hij is nieuwsgierig, iemand die bereid was met nieuwe dingen, nieuwe gewaarwordingen te experimenteren. Niet alle gringo's zijn bekrompen, materialistisch en vervuld van zichzelf.

'Julio,' zei Rosalba nadrukkelijk. 'Hij heet Julio nog wat. Ik weet zijn middelste naam niet meer. We noemen hem al zo lang Julia dat ik…'

'Hoe lang al?'

'Hmmm.' Ze haalde haar schouders op. 'Ik heb het niet bijgehouden. Het enige wat ik nog weet is dat het begon op de dag dat de mannen verdwenen.'

'De mannen, aha. Hoe zijn die verdwenen?'

'Guerrillero's.'

'Hebben de guerrillastrijders hen allemaal vermoord?'

'Dat hadden ze net zo goed kunnen doen.'

'Ze hebben ze zeker meegenomen?'

'Het is een heel lang verhaal,' zei ze en ze deed haar best om vermoeid en onverschillig te klinken.

Ze deed opzettelijk zo moeilijk; Gordon was er zeker van. Maar dat spelletje kon hij ook spelen. 'Maakt niet uit,' zei hij. 'Misschien een andere keer.' Hij liet zich langs de muur naar beneden glijden tot hij plat op zijn rug op het matras lag en zijn lichaam gedeeltelijk met het dunne blauwe laken was bedekt. Vlak daarna kondigde de kerkklok het eind van de werkdag aan: vijf daverende en weergalmende slagen die binnen in de lege kerk klonken als het begin van het einde van de wereld.

Terwijl de echo van de laatste slag nog in hun oren nadreunde, schreeuwde Rosalba: 'Wil je werkelijk horen hoe onze mannen zijn verdwenen?'

'Alleen als u zin hebt om het te vertellen,' schreeuwde hij terug, met een geslepen glimlach op zijn gezicht.

Ze rechtte haar ruggengraat tegen de rugleuning van de stoel en ging wat verzitten met haar matroneachtige overgewicht. Ze keek omhoog naar het witte plafond alsof ze daar inspiratie zocht en begon toen aan haar verhaal.

'De dag waarop de mannen verdwenen begon als een doodgewone zondagmorgen in Mariquita…'

Eloisa, zuster Ramírez en haar echtgenote Erlinda Calderón kwamen na het eten even langs. Ze droegen poncho's van oude zakken die de oude Lucrecia, de naaister van de gemeenschap, voor iedere dorpsbewoonster had genaaid om op kille avonden te dragen. Eloisa gaf haar Ticuticú een kus en overhandigde haar een bord met haar avondeten en een extra poncho.

'Hoe gaat het met de míster?' vroeg de zuster. Ze hield een klein aardewerken potje in haar handen.

'Het grootste gedeelte van de middag was hij behoorlijk levendig,' zei Rosalba. 'Ik heb hem zelfs een verhaal verteld, en hij vond het prachtig. Nu ligt hij weer te ijlen.'

'Dat is een typisch symptoom van dengue,' verklaarde de zuster. Ze liep naar Gordon toe en zag tot haar opluchting dat hij nu een onderbroek droeg. Ze voelde zijn voorhoofd en onderzocht zijn lichaam op uitslag, dat, zo legde ze uit, ook kenmerkend was voor deze ziekte. Had hij overgegeven? Nee? Heel goed! Had hij over hoofdpijn geklaagd? Tja, dat hoorde erbij. Spierpijn? Natuurlijk, dat hoorde er ook bij. Zuster Ramírez schonk een beetje van het middeltje dat ze had bereid in een kopje – een aftreksel van chrysant, kamperfoelie, marihuana, muntblaadjes, klis en anijszaadjes – en dwong Gordon het drabbige mengsel door te slikken. 'Ik kom hem morgen wel verzorgen,' bood ze aan.

'Goed,' zei Rosalba. 'Ik zorg er wel voor dat hij veel sapjes te drinken krijgt en misschien zelfs lekkere soep uit de keuken van de familie Morales. En na het eten kom ik langs om hem nog een verhaal te vertellen.' Ze deed de lamp uit en zong: 'Goedenacht, míster Esmís.' Vlak daarop waren ze weg.

Nadat hij het eerste verhaal had gehoord, zei Gordon tegen Rosalba dat hij graag een boek over Nieuw Mariquita wilde schrijven. En zo nam Rosalba de taak op zich om Gordon iedere avond, elf zonnen lang, een verhaal te vertellen over haar dorp van weduwen, en Gordon nam de taak op zich ernaar te luisteren en het op de band op te nemen en, als hij zich fit genoeg voelde, aantekeningen te maken. Rosalba's bevoorrechte geheugen besloeg het grootste gedeelte van Mariquita's geschiedenis, lang voordat de mannen waren verdwenen, maar haar verhalen waren wel enigszins onbetrouwbaar; een zonderling samenraapsel van haar eigen ervaringen gecombineerd met een aantal verschillende versies en – dat was het onbetrouwbare deel – veronderstellingen die ze erbij had gevoegd als er geen feiten voorhanden waren. Gelukkig kon Gordon gemakkelijk merken wanneer Rosalba begon te speculeren omdat ze dan geen hartstocht in haar stem legde en geen details gaf, maar ook omdat Rosalba – die verder een zelfverzekerde verhalenvertelster was – dan over haar woorden begon te struikelen of hem niet aankeek onder het vertellen. Iedere keer als Gordon door twijfel werd bevangen, zette hij onopgemerkt een vraagteken naast de verdachte regel, of laste een waarschuwend woordje in op de band als hij het opnam. Hij was van plan haar versie te vergelijken met die van Julia – zijn speciale vriend – als hij de kans kreeg.

Elke avond werd Rosalba talloze malen onderbroken in haar verhaal. Raadsvrouw Ubaldina kwam bijvoorbeeld vaak op bezoek om Gordon te onderzoeken en te beoordelen of het al beter ging met hem. Opgehitste vrouwen van allerlei leeftijden kwamen ook iedere avond na het eten langs, in de hoop een glimp van de halfnaakte man op te vangen, en ze brachten hem bloemen, mango's, sinaasappels, bananen, versterkende soepjes, bloedworsten en bloedpudding – waarvan alleen de aanblik Gordon al misselijk maakte. Hijzelf onderbrak Rosalba vaak om een woord te herhalen dat hij niet kende of niet had verstaan, om haar specifieke vragen over het verhaal te stellen, om een warrige anekdote op te helderen of haar nog eens een stuk van het verhaal te laten vertellen dat hij mooi vond. Het gebeurde meer dan eens dat Rosalba van het ene verhaal naar het andere sprong of van haar onderwerp afdwaalde en eindeloze gesprekken over zichzelf begon. Als dat gebeurde, moest hij haar op de subtiele wijze die journalisten eigen is, weer op het onderwerp zien te brengen: 'Dat klinkt heel boeiend, señora Rosalba, maar u was aan het zeggen dat…'

En zo kwam Gordon te weten hoe de mannen van Mariquita verdwenen waren en hoe Julio in Julia was veranderd, maar hij hoorde ook over de crisissituatie die was ontstaan nadat de mannen uit het dorp waren weggevoerd: de langdurige droogte, de elektriciteit die werd afgesloten, het tekort aan voedsel en water, de griepepidemie die tien mensen het leven kostte, en de geleidelijke uittocht van de helft van de volwassen bevolking en hun kinderen. Rosalba vertelde hem over de voorbijtrekkende militaire commissie die haar tot de nieuwe magistraat van het dorp had benoemd; en over de hardnekkige pogingen van de bordeelhoudster om haar bedrijf gaande te houden in een dorp van weduwen en oude vrijsters. Hij hoorde over de mysterieuze onderwijzeres die weigerde geschiedenis te geven, en hoe Santiago Marín de Andere Weduwe van het dorp was geworden. Over de huichelachtige priester die eerst een voortplantingsschema ontwikkelde en later de vier enige jongens in het dorp vermoordde. Over de weduwe die een fortuin onder haar bed vond, net op het moment dat de economie van het dorp langzaam overging op een ruilhandelsysteem. Over de dag waarop de tijd ophield en de zonnetijd vrouwelijk werd, en hoe een koe genaamd Perestrojka de economische, politieke en sociale plannen tot wederopbouw van de magistraat redde, waardoor een ellendig, armoedig dorpje in een welvarende en autonome gemeenschap veranderde.

Zoals Rosalba de taak op zich had genomen om de journalist iedere avond een verhaal te vertellen, zo nam Julia Morales het op zich samen met Gordon nog een ander verhaal te creëren waarover hij kon schrijven: het hunne. Iedere avond nadat het dorp was gaan slapen repte Julia zich langs de verlaten straten naar de kerk. De eerste nachten stelde ze zich ermee tevreden de toppen van haar slanke vingers over Gordons lichaam te laten glijden in de aardedonkere ruimte, terwijl hij lag te slapen door het narcotische effect van het brouwsel van de zuster. Maar toen de gezondheid van de man vooruit begon te gaan, eiste het meisje meer van zijn handen en vingers, van zijn heupen en tong en lippen. En als ze elkaar kusten of de liefde bedreven, zoog ze hem naar binnen, ademde de lucht in die hij uitademde, en vulde zichzelf met hem, nacht na nacht na nacht.

*

Twaalf zonnen later meldde zuster Ramírez aan de raadsleden dat Gordon volledig van zijn ziekte was hersteld. Ze deed die aankondiging tijdens het ontbijt in de gemeenschapskeuken van de familie Morales.

'Goed, dan zal ik hem maar meteen naar het kreupelhout begeleiden,' zei Ubaldina. 'Ik ben van plan ervoor te zorgen dat hij hier voorgoed vertrekt.' Ze legde de arepa neer die ze aan het eten was en stond op.

'Ik heb een voorstel,' zei Rosalba opeens. Ze keek Ubaldina aan en wees naar de houten bank ten teken dat ze weer moest plaatsnemen. De andere drie vrouwen keken Rosalba vorsend aan. 'Zoals we allemaal weten, is míster Esmís de eerste echte man die we in vele ladders hebben gezien.' Rosalba's hoofd schoot naar voren en ze ging zachter praten zodat de mensen aan het tafeltje ernaast haar niet hoorden. 'Sommige van onze mooiste vrouwen hebben natuurlijk hun belangstelling voor hem laten blijken. Ik stel voor dat we ons voordeel doen met zijn aanwezigheid hier en een paar vrouwen door hem laten bezwangeren. Ik weet zeker dat míster Esmís ons graag een plezier doet na alles wat wij voor hem hebben gedaan.' Ubaldina keek alsof ze op het punt stond bezwaar te maken, en daarom ging Rosalba nog even verder en noemde op fluistertoon allerlei redenen waarom de raad haar voorstel in overweging zou moeten nemen. 'Onze bevolking wordt ouder; met het verstrijken der ladders verliest iedere vrouw in onze gemeenschap haar vermogen om kinderen te baren. Over veertig ladders zijn onze jongste meisjes in de overgang en zijn wij allemaal dood, en dan zal er niemand zijn om voort te zetten wat wij begonnen zijn.' Opnieuw probeerde Ubaldina haar afkeuring te laten blijken maar Rosalba was nog niet uitgepraat. 'En trouwens, kunnen jullie je voorstellen hoe mooi de kinderen van míster Esmís zouden worden, met zijn gouden haar en blauwe ogen? Met zijn fijne neus en blanke huid? Vooral met zijn blanke huid. Ze zouden er werkelijk beeldschoon uitzien!'

De zuster en Cecilia keken naar de kleur van hun eigen ledematen en buik en vouwden verlegen hun armen over elkaar heen, waarmee ze een klein deel van hun bruine naaktheid met nog meer van hetzelfde bedekten. Cleotilde zei niets. Zij zat al te lang in haar huid om zich er plotseling voor te schamen. Maar Ubaldina, de donkerste en meest indiaanse van de vijf, leek zich te storen aan Rosalba's opmerking. 'Ik ben erg blij dat ik er zo uitzie,' zei ze op waardige toon en met haar kin een tikje opgeheven, zodat haar indrukwekkende jukbeenderen in al hun pracht zichtbaar werden. 'Ik beschouw het als een zegening van de goden en ik ben de stellige overtuiging toegedaan dat onze toekomstige generaties op ons moeten lijken: met zwarte haren en bruine ogen, en met net zo'n kromme neus, en hun huid moet donker zijn zodat hij de felste zon kan weerstaan, en dik zodat hij langer meegaat.'

Nu voelde Rosalba zich gediscrimineerd omdat haar lichte huid en groene ogen werden uitgesloten van Ubaldina's prototype van Mariquita's vrouw van de toekomst. 'Ik noemde míster Esmís alleen maar omdat ik hem toevallig een knappe man vind, maar als jullie het daar niet mee eens zijn, dat vind ik dat best hoor. Ik vind nog steeds dat iemand hier een paar mannelijke kinderen ter wereld moet brengen als we willen dat onze gemeenschap blijft voortbestaan.'

'Ik vind dat we het nog eens met onze twee mannen moeten proberen,' zei Ubaldina. Ze doelde op die keer, twee ladders terug, toen Santiago Marín en Julio Morales ertoe waren overgehaald een poging te wagen om een vrouw van hun keuze zwanger te maken. Santiago had Magnolia Morales uitgekozen, terwijl Julio, alsof hij daarmee een wederdienst bewees, Amparo Marín had gekozen, de jongste zuster van Santiago. De twee vrouwen waren door hun eigen moeders geïnstrueerd om heel zacht te zijn voor de mannen, omdat Santiago en Julio alleen op tederheid en liefde zouden reageren. De ontmoetingen vonden plaats op de eerste wassende maan van de ladder, wanneer de kans dat de vrouwen zwanger zouden raken het grootst was. Magnolia en Amparo haalden alles uit de kast om hun respectievelijke mannen te prikkelen maar hun charme en vriendelijkheid in het begin noch hun sensualiteit en geilheid later wisten ook maar enige reactie uit te lokken.

Rosalba lachte gemaakt. 'Doe dat vooral. Probeer het nog maar eens met die twee.' Ze duwde het bord met haar onaangeroerde ontbijt van zich af. Op datzelfde moment kwam Julia Morales naar hun tafeltje met een pot verse koffie en wilde hen bijschenken.

'De míster moet vandaag vertrekken,' zei Cleotilde met klem. Julia's hand, de hand die de koffiepot vasthield, begon te trillen, maar de raadsleden gingen zo op in hun gesprek dat ze de aanwezigheid van het meisje niet eens opmerkten. 'Maar we moeten wachten tot na het ontbijt, als de vrouwen aan het werk zijn, anders loopt zijn vertrek uit op een oproer.'

Zuster Ramírez en Ubaldina knikten dat ze het met Cleotilde eens waren. Cecilia zei nog steeds niets, bleef neutraal. 'Goed, op jullie verantwoordelijkheid dan,' zei Rosalba terwijl ze haar handen in de lucht wierp. En Julia, die verdween snel door de keukendeur naar buiten.

*

Gordon keek op en zag dat de hemel zich met reusachtige donkere wolken vulde. Hij zat op een bankje op de plaza met zijn plunjezak op schoot en liet zijn armen erop rusten, als een gelaten reiziger die op de bus wacht. Hij had zich gewassen en geschoren en schone kleren aangetrokken, die Julia voor hem had gewassen. Zijn gympen waren ook door het ijverige meisje schoongemaakt, zodat het Nike-logo, de verschoten blauwe kleur en de zware slijtplekken weer zichtbaar waren geworden. De donkere wallen onder zijn ogen waren weggetrokken en er lag een gezonde roze kleur op zijn wangen.

De geur van versgezette koffie hing nog steeds in de lucht, hoewel het ontbijt allang achter de rug was. Dat van hem was bij de kerk afgeleverd door de keuken van de familie Morales, en er had een kleine verrassing bij gezeten: een keurig opgevouwen briefje verstopt onder een dikke vette arepa. Het briefje was van Julia en er stond in: 'Vandaag is het onze dag.'

Dus toen Gordon Ubaldina om de hoek zag verschijnen met een spottende glimlach op haar onvriendelijke gezicht, met in haar kielzog Rosalba, Cecilia, zuster Ramírez en Cleotilde, was hij absoluut niet verbaasd.

'Uw tijd zit erop, míster!' riep Ubaldina van een afstandje. Met de rug van haar handen maakte ze steeds dezelfde snelle wegjagende bewegingen. Gordon bleef onbeweeglijk op de bank zitten, onverstoorbaar en kalm, en staarde naar de kleine indiaanse vrouw, die steeds dichterbij kwam. Hij wist dat zijn zelfverzekerdheid haar nerveus maakte en dus besloot hij dat dat zijn kleine wraakneming zou zijn voor haar constante en ongerechtvaardigd vijandige houding jegens hem. Maar de vrouw, die al aanvoelde dat Gordon niet veel goeds in de zin had, bleef op een paar meter van hem staan en trok het lelijkste, meest angstaanjagende gezicht dat ze maar kon: haar schuinstaande ogen puilden uit hun kassen, haar mond sperde zich zo wijd open dat de vier, vijf tanden die ze nog overhad zichtbaar werden – zo puntig en wijd uit elkaar staand dat ze eerder als wapens leken te dienen dan voor het kauwen – en haar lange tong kwam naar buiten, maakte een weerzinwekkend kronkelende beweging, schoot weer naar binnen en daarna weer naar buiten, als die van een hagedis.

Gordon vond het wel een grappig gezicht. 'Ik vertrek nu, señora Ubaldina,' kondigde Gordon aan. Hij zette zijn tas op de bank en stond op. 'Maar eerst wil ik afscheid nemen van de señora's achter u.'

'Nou, doe dat dan maar snel,' zei Ubaldina op een zachtere toon. 'Het ziet ernaar uit dat het gaat regenen.' Ze deed een stap opzij en maakte Gordon met een beleefd gebaar kenbaar dat hij veilig langs haar heen naar de vrouwen kon lopen.

Er was niets uitzonderlijks aan het afscheid van de journalist. Hij maakte voor iedere vrouw een eerbiedige buiging – ook voor Ubaldina – en kuste haar de hand waarbij hij iedere keer 'Gracias' zei. Cecilia gaf hem een brief die hij aan haar zoon Ángel Alberto Tamacá moest overhandigen, en een zak eten die net zo groot was als zijn hoofd. 'Dat moet voldoende zijn voor een paar dagen.' Ze klonk moederlijk en zag er ook zo uit. Gordon kuste haar voor de tweede keer de hand. Hij liep naar de bank, pakte zijn plunjezak en begon naar de heuvel te lopen. De vijf vrouwen bleven onderaan staan. Voordat hij het dichte struikgewas in liep, keek Gordon nog één keer naar Mariquita, alsof hij het dorp in zijn geheugen wilde griffen om zich ervan te vergewissen dat hij het zich niet verbeeld had. Tegen de grauwe hemel leek het dorp net een veelkleurig schilderij. Hij zag ieder rood dak, ieder wit huis en iedere askleurige weg, de groene plaza en de ivoorkleurige kerk, de veldjes met maïs, rijst en koffie, en de vrouwen die ze aan het bewerken waren. De takken van de hoogste bomen zwaaiden in de wind en heel even dacht Gordon dat alle vrouwen van Nieuw Mariquita waren gestopt met wat ze aan het doen waren en naar hem zwaaiden. Hij zwaaide terug.

*

Het stortregende. Julia Morales trok haar wijde rok op tot boven haar knieën en waadde door het bruine water en de bladeren en de takken die door de onweersbui langs de kleine helling naar beneden stroomden. Vastgebonden om haar middel droeg ze een bundeltje kleren en een nog kleiner bundeltje eten die ze beide met de onderkant van haar opgevouwen rok bedekte. Ze had ook een machete in een schede bij zich. Ze liep snel, hoewel niemand haar achternazat. Toen ze de top van de heuvel had bereikt, keek Julia om. Na vandaag zou niets hiervan nog bestaan; ze zou nooit meer op en neer lopen door dezelfde smalle straten omzoomd met simpele mangobomen. Achter het struikgewas, aan de andere kant van de wereld, waren vele grote steden met duizenden brede, geplaveide boulevards omzoomd met statige bomen en omgeven met indrukwekkende gebouwen. Ze zou haar zusters zeker missen en vooral haar moeder, die liefdevolle vrouw die haar halve leven aan de verzorging van haar kinderen had gewijd. Maar Julia miste hen liever verschrikkelijk, dan dat ze zo zou eindigen als haar zusters, verbitterde ouwe vrijsters die hun leven sleten in de hoop op betere zonnen, of liever gezegd, in de hoop te sterven.

De regen viel nu heel snel en heftig naar beneden, beukte bij vlagen tegen haar gezicht. Julia draaide zich om en keek naar het pad dat Gordon eerder die ochtend had uitgehakt. Als ze kon spreken, zou ze op dit moment Gordons naam roepen. Schreeuwen. Alleen om hem nog een keer te horen zeggen: 'Ik kan een pad voor je vrijmaken, Julia, maar ik kan je niet helpen om door het struikgewas heen te komen. Dat zul je zelf moeten doen. Alleen als je sterk en dapper genoeg bent om de andere kant van de wereld te bereiken, zul je er klaar voor zijn om daarin te leven.' Hij was een goed mens, Gordon. Een goed en eerlijk mens die had erkend dat hij iets heel speciaals voor Julia voelde; een soort liefde die niet te beschrijven viel – zelfs niet voor een schrijver als hijzelf –, die hij weigerde te benoemen. Hij had Julia beloofd dat hij hun relatie een kans zou geven en dat hij haar zou helpen om daar een nieuw leven te beginnen.

Voordat ze het pad betrad, keek Julia nog een laatste keer om: midden in de woeste stortbui zag haar dorp er nu wazig, vaag en onscherp uit. En op dat moment, voor haar ogen, begon Nieuw Mariquita langzaam maar zeker te vervagen tot Julia alleen nog maar de torenspits van de lege kerk kon zien, die snel zou verdwijnen.

Ze draaide zich om, maar in plaats van Gordons pad te volgen, liep ze ervan weg, naar rechts, tot ze voor het struikgewas stond, voor die dichte groep bomen en struiken die haar ladderslang de weg naar een nieuw leven hadden versperd. Ze trok de machete uit zijn schede en testte de scherpte ervan op de rug van haar hand, hief toen het lange blad hoog boven haar hoofd, boven haar rechterschouder, en begon vastberaden haar weg door de dichte begroeiing te hakken om haar eigen pad vrij te maken.

Ik zat tegenover de boom achter de struiken verstopt toen ik een guerril-lastrijder mijn kant op zag komen. Hij was ongeveer een kop groter dan ik, gespierd, een sterke kerel. Hij liep langzaam, keek voortdurend in bei-de richtingen, alsof hij oefeningen deed met zijn nek. Ik dacht dat dit mijn geluksdag was omdat de man recht voor me stond. Het enige wat ik nog hoefde te doen was de trekker overhalen en dan had dit land een guerrillastrijder minder. Maar ik wachtte. Ik wilde er zeker van zijn dat dit geen smerige guerrillatruc was, en dat hij echt alleen was. Opeens barst-te de man in tranen uit. Zomaar. Die grote sterke kerel liet zijn Galil val-len, ging met zijn rug naar de boom op de grond zitten en begroef zijn ge-zicht in zijn handen, huilend door zijn vingers als een vrouw. Ik sloeg hem stilletjes gade, vroeg me af of hij van zijn groep gescheiden was geraakt of gewoon een plek had gezocht waar hij ongestoord kon gaan zitten huilen (wij mannen doen dat soms).

Ik wachtte een tijdje en schreeuwde toen: 'Handen omhoog.' De guer-rillero stak zijn handen in de lucht. Ik liep behoedzaam op hem af. Hij keek angstig. 'Je huilt,' zei ik op ruwe toon, alsof ik hem van iets afschu-welijks betichtte. 'Waarom?' De guerrillastrijder gaf geen antwoord. Ik deed een stap achteruit en liet mijn geweer zakken. 'Waarom huil je?' vroeg ik nog eens en deze keer klonk mijn stem verrassend zacht. Hij ver-telde dat zijn moeder was overleden. Ze was drie maanden geleden ge-storven maar hij had het die ochtend pas vernomen. 'Gelul, dat verzin je maar,' zei ik, en ik bracht mijn geweer omhoog. Hij schudde zijn hoofd en vroeg me toestemming om zijn hand in zijn zak te mogen steken. Daar had hij, zei hij, een brief van zijn zuster zitten. 'Goed,' zei ik. Hij gooide een opgevouwen stuk papier voor mijn voeten en ik pakte het op en begon te lezen. 'Dat spijt me voor je,' zei ik. Toen vertelde ik hem dat ik mijn moeder nooit gekend had, dat ze me op een kerkbank had achtergelaten toen ik drie dagen oud was. Hij zei dat zijn vader hetzelfde was overkomen en begon me het verhaal te vertellen alsof we oude vrienden waren. Al-gauw zat ik naast hem op de grond, onder de boom, en luisterde naar zijn verhaal terwijl ik hem het mijne vertelde. We lachten om onszelf, om de oorlog, om het leven, om onze geweren die heel even vergeten op het gras lagen.

Opeens hoorden we voetstappen dichterbij komen. We grepen onze geweren. Ik klom de boom in en hij kwam razendsnel achter me aan. Pas toen we in de boom zaten, realiseerden we ons dat we niet alleen waren, dat er nog een andere man in de boom verstopt zat, een paramilitair. Al die tijd had hij hier verstopt gezeten in zijn groene uniform en ranger-hoed, had hij ons gadegeslagen en naar onze verhalen geluisterd. Hij glimlachte tegen ons, liet zijn geweer zakken en legde zijn rechterhand op zijn hart in een teken van vrede. We moesten die glimlach, die hand, dat teken vertrouwen. We konden niet anders.

Wij drieën bleven daar stil zitten, hielden onze adem in, onze kin net voldoende ingetrokken om vier mannen in een groen uniform door het struikgewas onder ons te zien sluipen. Waren het soldaten? Guerrilla-strijders? Paramilitairen? We zouden het nooit weten en lieten hen on-gehinderd doorlopen.

Van boven af zagen we slechts vier mannen, mannen als wij, die weg-renden op zoek naar een plek waar ze ongestoord konden huilen.

HOOFDSTUK 14

De mannen die om een tweede kans vroegen

Nieuw Mariquita, Eloisa 13, ladder 1993

De dageraad brak langzaam aan boven de vallei en de maan stond nog steeds aan de hemel. In huis nummer één, dat het hele blok beslaat waar vroeger het gemeentehuis en het politiebureau stonden, lagen vijftien vrouwelijke stellen te slapen in de privacy van hun compartiment. In het compartiment dat het dichtst bij de deur lag, schrok Virgelina Saavedra plotseling wakker.

'Magnolia,' riep ze zachtjes tegen haar partner, en haar zachte stem weerkaatste in de leegte van de kamer. Hun compartiment was alleen gemeubileerd met een groot bed van planken, met daarop een handgemaakt matras gevuld met katoen en stro.

'Wat?' antwoordde Magnolia slaperig.

'Hoorde jij buiten iets?'

'Nee.'

Virgelina liep naar het raam en tuurde naar buiten. 'Ik zie schaduwen rond de plaza bewegen,' fluisterde ze.

'Het zullen wel honden zijn.'

'En ik hoor stemmen.'

'Ik hoor alleen de jouwe. Kom terug in bed.'

'Mannenstemmen.'

Geschrokken ging Magnolia haastig overeind zitten. Samen zaten Virgelina en zij hand in hand te luisteren naar de lage, onduidelijke stemmen die door de wind werden meegevoerd.

Ondertussen lagen in huis nummer twee, tegenover hen, waar vroeger het ziekenzaaltje en de oude kapperswinkel waren gevestigd, eenendertig vrouwen en Santiago Marín in diepe slaap.

Huis nummer twee is een langgerekte en reusachtige ruimte, die afgezien van het spaarzame meubilair geen afscheidingen heeft. Achter in het gebouw hangen drie rijen hangmatten evenwijdig aan elkaar met ongeveer een meter tussenruimte. Alle hangmatten hangen aan haken die in stevige rechtopstaande palen zijn verankerd. De palen dienen ook om het geraamte van het gebouw te verstevigen en de haken fungeren als hangers voor manden of tassen, die de enige persoonlijke eigendommen van de dorpelingen bevatten: armbanden, kettingen, stukjes stof die tijdens de Transitie worden gebruikt, kleding (als ze die al hebben), foto's en andere overgebleven voorwerpen die de dorpelingen aan hun overleden geliefden herinneren.

De bewoonsters van huis nummer twee waren de jongste vrouwen van de gemeenschap, stuk voor stuk ongebonden en luidruchtig, plus Santiago Marín en zijn moeder Aracelly, die de keuken deden. De slaapzaal van het huis was helemaal achterin geplaatst zodat het constante gekwek van de jongste vrouwen niet hoorbaar was in de twee andere huizen. Misschien is dat de reden waarom op de ochtend van Eloisa 13, 1993 niemand in huis nummer twee de mannen hoorde of zag terugkomen.

Even later maakte in huis nummer drie, tegenover de kerk, Cleotilde Guarnizo Ubaldina wakker, die in de hangmat naast de hare lag te slapen. Ubaldina gromde iets onverstaanbaars en draaide zich op haar zij. 'Het is je plicht jegens de gemeenschap. Kom onmiddellijk uit bed!' schreeuwde Cleotilde.

'Ja, ja, ik kom al,' antwoordde Ubaldina vinnig. Ze gaapte en krabde zich op haar hoofd. Acht kleine, identiek ingelijste foto's hingen aan de muur voor haar. Het waren foto's van Ubaldina's familie: haar zeven stiefzonen en haar echtgenoot, allemaal weggehaald door communistische guerrillastrijders. Ze liep naar de eerste foto toe en slaakte een zucht. Op de foto glimlachte haar jongste stiefzoon, Campo Restrepo jr., die een treurig uitziende taart aansneed. 'Mijn lieve kind, luister naar me,' fluisterde ze. 'Nooit gaan slapen zonder de indiaanse gebeden te hebben gezegd die ik je heb geleerd.' Ze bewoog zich langzaam langs de muur en mompelde een moederlijk advies tegen elk van de eerste zeven foto's: 'Vergeet niet je tanden te poetsen.' 'Eet je groenten op.' 'Niet op je nagels bijten.' 'Zorg dat je genoeg slaap krijgt.' 'Blijf glimlachen.' 'Zorg voor je broers.' Toen ze voor de laatste stond, die van haar echtgenoot, zei ze: 'Rust in vrede.'

'Schiet op!' schreeuwde Cleotilde vanaf de andere kant van de rij. 'Door jou maak ik nog een slechte indruk.' Cleotilde was nu te oud en te zwak om de kerkbel nog te luiden. Maar haar biologische klok was nog steeds intact, dus was het nu haar taak om ervoor te zorgen dat iemand, wie dan ook, de kerkbel de hele zon door op tijd luidde. Vandaag had Cleotilde voor de derde achtereenvolgende morgen Ubaldina gekozen als degene die de klok moest luiden op het tijdstip waarop de gemeenschap moest opstaan en zich klaar moest maken om aan het werk te gaan.

Heel even overwoog Ubaldina om in opstand te komen tegen Cleotildes onrechtvaardige behandeling. Waarom kon ze niet iemand anders kiezen om de ochtendklok te luiden? 'Ik kom eraan,' zei ze rustig, en ze schoot een poncho van jute aan en griste een lamp mee. Lopend tussen de twee rijen hangmatten vol slapende en snurkende vrouwen, werd Ubaldina plotseling overvallen door een verlangen naar haar eigen huis, of op zijn minst haar eigen slaapkamer. Op de volgende vergadering, besloot ze, zou ze ten overstaan van de hele gemeenschap haar toenemende behoefte aan privacy uitspreken. Ze kon de antwoorden van de vrouwen al bijna horen: 'Wat voor nut heeft een gemeenschapshuis als de bewoners in afzonderlijke compartimenten leven? Privacy is alleen gerechtvaardigd voor stellen.' Als het tussen haar en Mariacé Ospina nou maar beter was gegaan, dan zouden ze nu een eigen kamer in huis nummer één hebben gedeeld. Maar nadat haar pogingen om met Mariacé te vrijen tot twee keer toe mislukt waren, had

Ubaldina besloten dat ze gewoon niet in staat was om van een andere vrouw te houden. Niet op de manier waarop Eloisa en haar 'Ticuticú' elkaar beminden.

Ze liep door de rest van het aardedonkere huis en trok de buitendeur helemaal open. Aan de overkant van de straat stonden vier gestalten die net geesten leken, zodat ze zich wild schrok. Ze hief met een trillende hand de lamp in de lucht. 'Wie is daar?' riep ze.

'Goedemorgen, señora,' zei de gestalte aan de linkerkant met een schorre mannelijke stem. Hij nam als teken van respect een soort van hoed af. 'Neemt u ons niet kwalijk dat wij u zo vroeg storen, maar…'

'Als jullie guerrillero's of para's zijn, dan ben je aan het verkeerde adres,' onderbrak ze hem. 'Hier zijn geen mannen.' Ze had onmiddellijk spijt van die laatste vier woorden. Een dorp van vrouwen klonk als een gemakkelijk doelwit voor bandieten.

'Wij zijn geen van beide, señora. Wij zijn goede mensen.'

'Hoeveel is wij? Waar hebben de anderen zich verstopt?' Ze keek langs hen heen en knipperde herhaaldelijk met haar ogen.

'Alleen wij,' verklaarde dezelfde stem. 'Alleen wij vieren.'

'Ja, ja,' mompelde ze achterdochtig, terwijl ze om zich heen bleef kijken. 'Wat willen jullie?'

'We zijn verdwaald, señora. We zijn op weg naar Mariquita. Weet u welke kant wij op moeten?'

Het antwoord van de man maakte haar bang en haar hart begon razendsnel te bonken 'Nee,' zei ze instinctief, in de veronderstelling dat ze door die slechte man, el padre Rafael, waren gestuurd. 'Wie zijn jullie trouwens?'

'Mijn naam is Ángel Alberto Tamacá,' antwoordde dezelfde man, wiens gezicht nauwelijks zichtbaar was. De naam klonk Ubaldina bekend in de oren maar voordat ze hem kon plaatsen, sprak een andere man op een wat jongere, melodieuzere toon.

'David Pérez,' zei hij, en hij raakte met zijn hand de rand van zijn hoed even aan.

'Jacinto Jiménez jr. hier,' zei de derde man. Hij stak alleen zijn hand in de lucht om aan te geven waar hij stond.

'En ik ben Campo Elías Restrepo, uw nederige dienaar,' zei de laatste man, en hij maakte een buiging met zijn hoed op.

Toen ze de naam van de laatste man hoorde, schoot er een elektrische schok door Ubaldina's lichaam. Ze tuurde ingespannen om hem beter te kunnen zien, maar in het zwakke schijnsel van de lamp kon ze alleen zijn kleine gestalte ontwaren. Dit kan niet waar zijn, dacht ze. Het moet een kwaadaardig toeval zijn, een vergissing. Ze begon langzaam de straat over te steken, met de lamp in de lucht, in de hoop niets te herkennen aan de vier gestalten die door de nevel van het ochtendgloren werden omhuld. Toen ze dichterbij kwam, namen de mannen duidelijk menselijke trekken aan. Hier verscheen een bestofte arm, daar een been, toen torso's en halfverlichte gezichten van mannen die een zekere gelijkenis vertoonden met de mannen die Ubaldina eens had gekend. Ze liep iets naar rechts, naar de laatste man, wilde hem goed zien. Hij was ouder dan de anderen, krom en met een witte baard, een vooruitstekende onderlip en ogen die bijna schuilgingen onder overhangende borstelige wenkbrauwen. En hoewel hij zijn hoed laag over zijn voorhoofd droeg, was er boven zijn linkerwenkbrauw een litteken in de vorm van een tilde zichtbaar. Een oud litteken, wist Ubaldina, veroorzaakt door een steen die toen hij nog jong was tijdens een straatgevecht naar hem was gegooid. Ze had het verhaal al vele malen gehoord van dezelfde man die nu voor haar stond, ouder geworden en bijna gebroken, haar echtgenoot.

Ze liet de lamp met een harde klap vallen, haar hele lichaam beefde alsof ze het koud had, en ze begon onhandig achteruit te lopen, struikelend over onzichtbare voorwerpen, haar dreunende passen luid in de rust van de dageraad. Toen ze het huis had bereikt, hield ze zich vast aan de deuropening en zei op een zachte, smekende toon: 'Ga alsjeblieft weg.'

Verbijsterd door haar houding gaven de vier mannen geen antwoord.

'Ga weg. Alsjeblieft,' zei ze weer.

Maar ze bleven roerloos staan.

'Ga weg,' zei ze steeds opnieuw en telkens klonk haar stem luider.

Haar smeekbede ging over in een brullende schreeuw die de hele gemeenschap precies op tijd wakker maakte.

*

De meeste inwoners van Nieuw Mariquita zouden het ermee eens zijn dat van alle dertien sporten op de ladder Eloisa de prettigste is. De regens zijn dan al voorbij maar het droge seizoen is nog niet echt begonnen. De temperatuur is mild en aangenaam. De bladeren aan de bomen zijn onweerstaanbaar groen. 's Morgens is de lucht koel van de dauw en zweeft de geur van gras en wilde bloemen door het dorp. Tijdens de sport van Eloisa wordt er in Nieuw Mariquita meestal buiten gekookt. Bij zonsopgang, nadat de kerkklok voor de eerste keer geluid is, worden er midden op de plaza drie grote vuren aangestoken. Drie koks – een uit ieder huis – en hun assistentes brengen maïsdeeg, eieren, gehakte uien en tomaten naar buiten. Boven het vuur worden potten en pannen dicht tegen elkaar aan geschoven. Er wordt koffie gezet, er worden arepas gekneed en gefrituurd en omeletten gebakken. Tweemaal vijf slagen van de kerkklok roepen de dorpelingen op voor het ontbijt. Alle drieën-negentig inwoonsters hurken rond de potten neer. Het ontbijt wordt op handgemaakt aardewerk van uitstekende kwaliteit opgediend. Sommigen eten met hun handen of houden hun bord tegen hun lippen; anderen gebruiken uit hout gesneden bestek. Sommigen richten een dankgebed tot hun goden; anderen praten over de droom die ze die nacht hebben gehad. Sommigen luisteren; anderen lachen. De kerkklok wordt weer geluid en de dorpelingen lopen naar hun werkplekken.

*

Op Eloisa 13, 1993, werden de drie kookvuren pas aangestoken toen de zon al hoog aan de hemel stond en de grote opwinding die was ontstaan door de terugkeer van de vier mannen wat was afgenomen.

Onmiddellijk nadat ze Ubaldina's uitzinnige geschreeuw hadden gehoord, waren de dorpelingen hun huizen uit komen rennen. Tamacá, Pérez, Jiménez en Restrepo hoorden eerst hun schrille kreten en zagen de vrouwen daarna vanuit alle hoeken van de plaza opduiken, naakt, zwaaiend met zware knuppels en vissperen. De mannen gingen dichter bij elkaar staan, ieder met hun gezicht naar een andere kant gekeerd, ieder tegenover een andere groep wilde wezens, en stonden uiteindelijk verstomd in het midden van de grote kring die de woest ogende vrouwen om hen heen hadden gevormd. Tamacá en Pérez dachten dat ze in een stam van woedende inheemse indianen verzeild waren geraakt. Jiménez verbeeldde zich dat hij hallucineerde als gevolg van zijn extreme uitputting en zwakte. Restrepo was te geschokt om te kunnen nadenken.

De dorpelingen begonnen om de indringers heen te lopen, rustig en behoedzaam, namen hun gezichten nauwkeurig op alsof de mannen tot een ander ras behoorden, dat ze nooit eerder hadden gezien. Opeens liet Cecilia Guaraya, die zojuist Ángel Tamacá in het oog had gekregen, haar speer vallen en bracht met een dramatisch gebaar haar handen naar haar gezicht.

'Ángel!' riep ze uit en deed een paar stappen in zijn richting. Ze had hem onmiddellijk herkend, ondanks de diepe holte waar Ángels rechteroog ooit had gezeten, waardoor die kant van zijn gezicht er nu als een doodskop uitzag. Hij was kaal geworden op een paar slierten haar na die op een merkwaardige manier langs de zijkant van zijn gezicht krulden. Hij droeg armoedige kleren, gescheurd en smerig, en vochtig door een mengeling van zweet en dauw. 'Ángel Alberto!' schreeuwde ze weer, alleen maar om zich ervan te verzekeren dat alle aanwezige vrouwen haar goede nieuws hadden gehoord; dat na al die ladders de vroegere onderwijzer van Mariquita, haar zoon, van de oorlog was teruggekeerd. 'Ik ben je moeder, herken je me niet?'

Hij schudde zijn hoofd en ging iets achteruit. Wie was deze krankzinnige vrouw die beweerde dat ze zijn moeder was? Wie waren deze andere naakte indiaansen die zo dicht om hem heen stonden? Waarom keken ze hem zo verbaasd aan? Waar was hij?

'Ik ben je moeder, Ángel,' zei ze opnieuw. 'Cecilia Guaraya.'

Ángel bestudeerde het gezicht van de vrouw zorgvuldig; toen sloeg hij plotseling zijn armen om haar heen en barstte in tranen uit. 'Het spijt me, mamá,' snikte hij terwijl er overvloedig veel tranen uit zijn ene oog drupten. 'Het spijt me zo.' Cecilia huilde niet, zei niets. Ze hield hem alleen maar stevig vast en wiegde hem terwijl hij weende. Haar arme zoon had zijn halve leven verspild aan het vechten voor een hopeloze zaak en het enige bewijs daarvan vormde zijn lege rechteroogkas.

De dorpelingen kwamen nu met toenemende belangstelling op de mannen af.

'Jacinto Jiménez, ben jij dat?' vroeg Marcela nadat ze de zoon van de vroegere magistraat van Mariquita eens beter had bekeken. 'Ik ben Marcela. Marcela López.' Ze sloeg zich met de palm van haar hand herhaaldelijk op de borst en kuste hem toen op de lippen alsof de verbijsterde man zich haar alleen kon herinneren door haar kussen. Toen Jiménez uiteindelijk had begrepen dat hij in zijn geboortedorp was en dat het meisje dat hem kuste echt zijn verloofde was, was zijn eerste opwelling haar naakte lichaam met zijn hemd te bedekken. Hij wilde niet dat de drie andere mannen de borsten en fraaie vormen van zijn meisje zouden zien. Ze aanvaardde het hemd opgewekt maar weigerde het dicht te knopen. Dit bracht Jiménez van zijn stuk en vormde de aanleiding voor de eerste ruzie van het stel.

Het ontstemde Marcela toen ze merkte dat haar verloofde alleen een fysieke verandering had ondergaan: hij was langer, zijn gezicht was magerder geworden en zijn lichaam zag er sterker uit in het mouwloze T-shirt dat hij droeg. Zijn haar was dunner geworden en hij begon kaal te worden, en zijn huid toonde de gevolgen van overmatige blootstelling aan de moorddadige tropische zon. Maar Jacinto's karakter was onveranderd gebleven: opvliegend, jaloers en bezitterig.

Ondertussen hadden de dorpelingen de twee andere mannen ook al geïdentificeerd: David Pérez, de kleinzoon van de oude Justina, en Campo Elías Restrepo, de echtgenoot van Ubaldina en een van de rijkste mannen van het vroegere Mariquita. Rosalba nam onmiddellijk de leiding: 'Welkom in Nieuw Mariquita. Ik ben Rosalba vidua de Patiño.' Een paar andere vrouwen stelden zich opnieuw voor, maar de meeste kozen ervoor om niets te zeggen. De mannen knikten alleen maar, worstelend om de fors gebouwde naakte gestalten voor hen te rijmen met de beelden van de vrouwen die in hun hoofd zaten.

Nadat ze de mannen opnieuw hadden leren kennen, begonnen de dorpelingen zich meer op hun gemak te voelen in aanwezigheid van de bezoekers, en na een tijdje gingen ze op de grond zitten om de ontroerende verhalen te horen over wat de mannen hadden meegemaakt, stelden hun vragen en beantwoordden die van hen. Het stemde Jiménez droevig toen hij vernam dat zijn moeder en twee zussen waren weggetrokken kort nadat de mannen uit Mariquita waren verdwenen. Pérez was blij dat zijn grootmoeder Justina, de weduwe Pérez, weliswaar verschrikkelijk oud, kreupel door de artritis en krankzinnig was geworden, maar nog steeds leefde. David Pérez was nu negenentwintig en hij was een knappe man: lang, met grote ogen en een olijfkleurige huid. Zijn smalle gezicht en golvende, glanzend achterovergekamde haar gaven hem een verfijnd, bijna elegant voorkomen, waardoor hij zich onderscheidde van de drie andere mannen.

Rond het middaguur werd een stevig maal van wortelgewassen, rijst en gezouten vlees opgediend. Jacinto Jiménez zat naast zijn koppige verloofde en zei nog steeds niets tegen haar, en David Pérez zat naast zijn geesteszieke grootmoeder, die gevoerd moest worden omdat haar vingers stijf waren geworden. Ángel Tamacá zat naast zijn moeder, met zijn knieën tegen zijn smalle borstkas gedrukt, zijn droevige linkeroog strak op de grond gericht. Hij voelde zich bijzonder ongemakkelijk over zijn moeders naaktheid, die in de hitte nog verder leek uitvergroot – gezwollen, zwaar doorhangend, kleverig. Cecilia, die eerder nauwelijks een woord had gezegd, werd nu bijzonder spraakzaam en bij iedere zin die ze zei, zakte Ángels mond verder open: '… En daarom kwam el padre Rafael met het belachelijke idee op de proppen om met alle jonge vrouwen de liefde te bedrijven… Hij heeft in naam van God alle vier de jongens vergiftigd... Zij tweeën kwamen met het concept van een vrouwelijke tijd, en...' Ángel zat daar stilletjes en uitdrukkingsloos voor zich uit te kijken, en dacht: wat is er gebeurd met het Mariquita dat ik kende? 'Toen Francisca en ik beseften dat we verliefd op elkaar waren geworden, besloten we...' Wat is er met mijn moeder gebeurd?

Campo Elías Restrepo zat tussen Rosalba en zuster Ramírez in en werd overspoeld door de scherpe lucht die de lichamen van de twee vrouwen uitwasemden. Hij wist dat hijzelf ook niet bepaald fris rook, maar hij had te voet in de genadeloze zon een gigantische afstand afgelegd, steile bergkammen beklommen en door ondoordringbaar struikgewas gelopen. Deze vrouwen waren net met hun dag begonnen en roken nu al als paarden.

Restrepo was kwaad. Zijn vrouw had zich sinds zijn komst in huis opgesloten en weigerde categorisch in te gaan op iedere smeekbede om naar buiten te komen en met hem te praten. Hij was in haar ogen de brenger van een droevige tijding: haar jongste stiefzoon, Campo Elías Restrepo jr., was enkele jaren daarvoor verdronken, nadat het vlot waarop hij en zijn vriend aan de guerrilla's waren ontsnapt in een draaikolk terecht was gekomen en was omgeslagen. Ubaldina was er eerder niet bij geweest toen hij het droeve bericht aan de dorpelingen had verteld. Restrepo vermoedde dat Ubaldina het verhaal ondertussen van iemand anders had gehoord en hem voor de tragedie verantwoordelijk hield. Misschien moest hij het huis heimelijk binnensluipen en haar voor het blok zetten. Of misschien kon hij maar beter wachten, haar een tijdje laten treuren en dan eisen dat ze haar echtelijke plichten zou hervatten.

In huis nummer drie lag Ubaldina in haar hangmat. Ze had het schokkende nieuws over haar stiefzoon inderdaad al vernomen en lag nu stilletjes huilend naar de foto van de jongen aan de muur te staren. Waarom haar lieve jongen en niet haar echtgenoot?

Ubaldina's huwelijk was een grote schijnvertoning. Ze was het dienstmeisje van de familie Restrepo toen de vrouw van Campo Elías overleed. Hij had haar zo gek gekregen dat ze met hem trouwde, alleen maar om zich van een kindermeisje, een dienstmeid en een kokkin te verzekeren. Ubaldina realiseerde zich dit al snel na hun huwelijk, maar in plaats van tranen met tuiten te huilen, wijdde ze zich aan zijn zeven zoons, die allemaal van haar gingen houden alsof ze hun echte moeder was. Wat Campo Elías betrof, hij wijdde zich aan de twaalf meisjes van La Casa de Emilia, waar hij de meeste nachten doorbracht. Het was zelfs zo dat de guerrilla's hem daar, in het bordeel, hadden aangetroffen op die noodlottige zon toen ze de mannen wegvoerden.

En nu, na al die ladders, moest ze niet alleen de dood van haar stiefzoon verwerken maar ook de terugkeer van haar echtgenoot.

De vier mannen brachten hun eerste nacht in de voormalige kerk van Nieuw Mariquita door. Rosalba en haar partner Eloisa gaven hun hangmatten, dekens, lappen, emmers water en een lamp. Ze droegen de mannen op een gloeiend stuk brandhout uit het vuur te pakken dat nog steeds op de plaza brandde en dat voor het slapengaan onder hun hangmat te leggen om hen de hele nacht warm te houden. Zodra de twee vrouwen waren vertrokken, bespraken de mannen hun eerste indrukken van Nieuw Mariquita.

'Mijn god, het is waar dat ik niet had verwacht dat een stel vrouwen het dorp draaiende zou kunnen houden, maar ik had evenmin verwacht dat ze Mariquita kapot zouden maken en de klok zouden terugdraaien,' zei Restrepo op minachtende toon. 'Ze leven als wilden. We zullen nog een hoop werk moeten verrichten als we dit dorp leefbaar willen maken.'

'Ik ben niet erg enthousiast over al die veranderingen,' zei David Pérez op achteloze toon. 'Maar ik vind het aan de andere kant ook niet echt slecht. Ze leiden wel een eenvoudig leven, maar…'

'Eenvoudig leven?' onderbrak Jiménez hem. 'Ze rennen verdomme spiernaakt rond! En zag je hoe ze elkaars hand vasthielden en elkaar aflikten? Het zijn lesbiennes, verdomme! Ik ben het met Restrepo eens: we hebben die vrouwen nog heel wat te leren.'

'Jullie zijn dwazen als je denkt dat wij hun iets kunnen leren,' zei Ángel Tamacá. 'Ze redden het uitstekend zonder ons. Wie zijn wij trouwens om na zestien jaar terug te keren en te eisen dat ze hun manier van leven veranderen?'

'Wie wij zijn?' snauwde Jiménez. 'Wij zijn de enige mannelijke overlevenden van dit verdomde dorp. Dát zijn we! Mariquita behoort ons toe en wij moeten de leiding weer overnemen.'

'We kunnen nergens anders heen, Jiménez,' zei Pérez. 'Overal in dit land worden we als misdadigers beschouwd. Misschien moeten we ons aanpassen aan het leven hier.'

'Ik heb me anders al genoeg aangepast aan die verdomde guerrillero's,' antwoordde Jiménez kwaad. 'Ik laat me door geen enkele vrouw de wet voorschrijven. Ik accepteer nog liever de amnestieregeling van de regering. Dan kan ik tenminste met een schone lei beginnen en kan ik ergens gaan wonen waar de vrouwen de mannen respecteren en gehoorzamen.'

'Ga dan en accepteer de amnestieregeling maar,' zei Tamacá met een onechte glimlach op zijn gezicht. 'Verhuis maar naar Bogotá en laat je daar maar in een smerig opvangtehuis stoppen. Laten ze je maar een blanco strafblad geven en je daarna de straat op schoppen om vermoord te worden of te verhongeren. Denk je nou echt dat er iemand in die stad is die jou een kamer wil verhuren? Of je in dienst wil nemen? Of zelfs maar met je bevriend wil zijn? Zodra ze erachter komen dat je een paar maanden geleden nog bruggen en oliepijpleidingen opblies, en indianen en boeren vermoordde die de para's steunden, ben je in hun ogen weinig meer dan een stuk hondenstront.'

'De kern van de zaak is dat we hier zijn,' viel Campo Elías Restrepo hen in de rede. 'Maar wat gaan we nu doen?'

Op Restrepo's vraag volgde een lange bedachtzame stilte die tot de volgende ochtend duurde.

Ondertussen waren de dorpelingen achter in huis nummer twee weer bij elkaar gekomen om Ubaldina morele steun te bieden en hun eerste indrukken over de terugkomst van de mannen met elkaar uit te wisselen.

'Ik wens die man absoluut niet te spreken,' zei Ubaldina op ruzie-achtige toon. 'Hij was een slechte echtgenoot en vader. Hij verdient mij niet noch een van zijn zoons.' Ze begon te snikken.

'Maar je hebt niet met hem gepraat, Ubaldina,' zei de weduwe Morales op zachte, eerbiedige toon. 'Misschien is hij een ander mens geworden nadat hij een van zijn zoons heeft verloren.' Doña Victoria sprak uit eigen ervaring. Het onverwachte vertrek van haar dochter Julia had haar veranderd. Ze miste Julia heel erg en huilde iedere nacht alsof ze het nieuws zojuist had vernomen, maar Julia's afwezigheid, zei ze vaak, had haar een betere moeder voor haar drie andere dochters gemaakt.

'En ik ben nu ook een andere vrouw geworden,' antwoordde Ubaldina opstandig.

'Het gaat er vooral om hoe lang ze van plan zijn te blijven,' redeneerde de oude señorita Guarnizo.

'Nee,' zei Ubaldina. 'Het gaat er vooral om hoe lang ze van ons hier mogen blijven.'

'Jij wilt dan misschien dat je echtgenoot weer vertrekt, Ubaldina, maar ik wil mijn zoon bij me hebben,' wierp Cecilia tegen. Vervolgens richtte ze zich tot Marcela López en zei: 'Wil jij niet dat je verloofde blijft?'

'Wacht eens even, alsjeblieft!' riep Rosalba voordat Marcela de kans kreeg om te antwoorden. 'Er is geen reden om daar nu al over te discussiëren. We kunnen niet zonder meer aannemen dat de mannen van plan zijn om hier te blijven. Om te beginnen moeten we hun laten zien wie wij nu zijn. We hebben ons eigen systeem en onze eigen regels. Misschien willen ze wel niet blijven.'

Cecilia stelde voor om de mannen een volle ladder te geven om de gemeenschap te leren kennen. Zuster Ramírez zei tien zonnen. Ubaldina vond vijf zonnen wel genoeg. Maar het was de meestal zwijgende Santiago Marín, de Andere Weduwe, die de bijeenkomst afsloot door de hele groep ervan te overtuigen dat drie zonnen – één per huishouden – voor de mannen volstonden om de gemeenschap te leren kennen, en omgekeerd. Als beide partijen daar belang bij hadden, zei hij, konden ze een langer verblijf overwegen.

De gemeenschap van Nieuw Mariquita heeft geen leider of bestuur. Belangrijke beslissingen worden bij consensus genomen, tijdens een plenair besluitvormingsproces waaraan iedereen deelneemt en waarin alle drieënnegentig inwoonsters een stem hebben. De kleinere van zon tot zon te nemen beslissingen worden door de verantwoordelijke van elke aparte afdeling genomen. Ieder huis heeft bijvoorbeeld een verantwoordelijke voor de maaltijden en een assistent. Zij koken de drie maaltijden en zorgen ervoor dat hun huisgenoten al het voedsel krijgen dat ze nodig hebben. De voedselvoorraden voor elke keuken worden gelijk verdeeld door degene die verantwoordelijk is voor de voorraden, die ook het graan dorst of van het kaf ontdoet, eventuele overschotten aan vlees en vis droogt, en allerlei soorten voedsel in grote aardewerken potten opslaat. Op dezelfde wijze worden de producten van het land door de verantwoordelijke voor de boerderij verzameld en naar de voorraadschuur gebracht. Zij houdt toezicht op de gemeenschapsboerderij, op het planten en oogsten van de gewassen, en besluit, met inbreng van de gemeenschap, welke gewassen er geproduceerd moeten worden en welk vee er gefokt moet worden. De positie van iedere verantwoordelijke, alle taken en karweitjes, rouleren per ladder tussen de dorpelingen. Wol en katoen worden aan oude vrouwen gegeven die belast zijn met de taak van het spinnen en weven.

Iedereen handelt zelfstandig, maar als een vrouw (of Santiago Marín) met een probleem zit, wordt ze aangemoedigd om de kwestie aan het besluitvormingsproces van de gemeenschap te onderwerpen.

De vier mannen, die nog steeds in het guerrillaritme leefden, stonden enige tijd voor zonsopgang op. Ze gebruikten de lappen en het water in de emmers om hun gezicht en hun lijf te wassen, en nadat ze dezelfde kwalijk riekende kleren hadden aangetrokken die ze al droegen sinds ze hun kamp waren ontvlucht, gingen ze buiten op de treden van de kerk zitten en keken zwijgend toe hoe het dorp geleidelijk duidelijke vormen en kleuren begon aan te nemen en de zon overal op begon te schijnen.

De plaza lag nog steeds enigszins in de schaduw toen de deur van het huis recht tegenover de plaats waar de mannen zaten openging en een gestalte verscheen. Ze had een lange, vormeloze witte lap stof helemaal om zich heen gewikkeld, waardoor ze er in de verte uitzag als een geestverschijning, en als een geestverschijning schreed ze langzaam over de plaza op de kerk af. Toen ze dichter bij de mannen kwam, boog ze snel haar hoofd en versnelde haar pas, en ging via de achteringang de kerk binnen. De vier mannen keken elkaar aan en haalden hun schouders op, ze snapten niets van haar merkwaardige gedrag. De vrouw luidde de kerkklok en kwam vlak daarna weer tevoorschijn. Deze keer kwam Restrepo overeind en volgde haar, in de veronderstelling dat het zijn vrouw was. Ze liep snel, maar Restrepo was nog sneller en had haar al gauw ingehaald. Hij greep haar vast zodat ze niet weg kon komen, gaf een harde ruk aan de lap stof en trok hem met geweld van haar lichaam. Maar het was niet zijn vrouw die naakt voor hem stond, het was de weduwe Morales, en ze begon op hysterische toon om hulp te schreeuwen.

Uit alle drie de huizen kwamen vrouwen toegesneld om de onteerde vrouw bij te staan. Ze wikkelden haar snel in dezelfde lap die ze had gedragen en brachten haar even snel naar huis nummer één, dat het dichtst bij het incident lag.

Korte tijd later begon de kerkklok onophoudelijk te luiden en riep op tot een spoedvergadering. De deuren van alle drie de huizen gingen wijd open en maakten ruimte voor drie legers naakte vrouwen die vastberaden en in doodse stilte op de mannen af stapten. Dat onverwachte en intimiderende beeld maakte dat de mannen onmiddellijk opstonden en dicht bij elkaar gingen staan. Ze stonden daar kaarsrecht en zwijgend, alsof ze het bevel hadden gekregen om zich in het gelid op te stellen, en wachtten in spanning af terwijl de vrouwen steeds dichterbij kwamen en uiteindelijk, nauwelijks een paar meter voor hen, bleven stilstaan.

'Mag ik alsjeblieft even uitleggen wat er gebeurd is,' haastte Restrepo zich te zeggen. Hij maakte een nerveuze indruk terwijl hij de menigte afspeurde op zoek naar Ubaldina. Zoveel kon ze niet veranderd zijn.

'U hoeft niets uit te leggen, señor Restrepo,' antwoordde Rosalba zelfverzekerd. Ze stond in de voorste rij. 'Wij weten precies wat er is gebeurd en de redenen die u daartoe brachten. Dat gezegd hebbende, dulden wij niet dat enige buitenstaander een van onze mensen met geweld uitkleedt, ongeacht de redenen die hij daarvoor heeft. U moet begrijpen dat het dorp waarin u ooit gewoond hebt, niet langer bestaat. U bevindt zich nu in Nieuw Mariquita, een onafhankelijke uitsluitend uit vrouwen bestaande gemeenschap met... speciale maatschappelijke, culturele en economische kenmerken, en een nauwe band met de natuur.' Deze definitie had ze nog niet zo lang geleden bedacht toen ze voor zichzelf probeerde uit te leggen wat hun dorp nu precies was geworden. Maar dit was de eerste keer dat ze het hardop zei. Ze vond het verheven en heel bijzonder klinken. Ze had geen beter moment kunnen kiezen om het te introduceren. 'Het is zelfs zo dat we er niet eens over piekeren om een van jullie in onze gemeenschap op te nemen tenzij we ervan overtuigd zijn dat hij hier past en bereid is zich naar onze manier van leven, onze idealen en onze regels te voegen.' Ze bekeek de mannen een voor een onder het spreken en deed haar best om elk van hen zo neutraal mogelijk aan te kijken. Ze was een rechtvaardige vrouw. 'Laten we beginnen met u, señor Jiménez. Vertel ons eens wat u hier gebracht heeft en wat u van ons wilt.'

Jacinto Jiménez jr. deed een halve stap naar voren. Hij was de langste en meest gespierde van de vier. Hij keek eerst naar zijn kameraden en toen naar de dorpelingen, en besloot zich uiteindelijk tot een paardenbloem te richten die de ochtendwind uit iemands tuin had meegevoerd en die nu half geknakt vlak bij Rosalba's blote voeten lag.

'Ik wil niets van jullie,' begon hij. 'Ik ben hier gekomen om zelf een nieuw leven te beginnen en daarvoor heb ik van niemand toestemming nodig. Ik begin zo snel mogelijk met de wederopbouw van mijn vaders vroegere huis. Daarna ga ik met Marcela trouwen en gaan we in míjn huis op míjn terrein wonen.' Hij deed een halve stap terug en ging weer bij zijn kameraden staan.

Rosalba dacht even na over de botte verklaring van de man, en zei toen: 'Meneer Jiménez, klopt het dat u Marcela's naaktheid afkeurt?'

'Dat doe ik zeker,' antwoordde hij kwaad. 'Wat jullie allemaal doen moet je zelf weten. Voor mijn part mogen jullie allemaal op je tieten gaan staan, maar ik wens niet dat mijn vrouw zich aan iemand naakt vertoont behalve aan mij.' Hij sloeg zijn armen uitdagend over elkaar en wachtte haar antwoord af, maar op datzelfde moment stapte Marcela, met haar handen op haar heupen, naar voren. Ze trok het hemd uit dat Jiménez haar de zon daarvoor had gegeven.

'Je bent geen spat veranderd, Jacinto,' zei ze smalend. 'Je bent nog even arrogant en pretentieus als altijd. Helaas ben ik niet meer dezelfde. Ik ben heel erg veranderd sinds jij bent weggevoerd. Jij kunt je gewoon niet voorstellen wat ik allemaal heb meegemaakt waardoor ik hier vandaag kan staan, tegenover jou, en geen schaamte, schuld of angst voel.' Ze werd knalrood in haar gezicht toen ze eraan toevoegde: 'Ik blijf nog liever de rest van mijn leven een oude vrijster dan dat ik ook maar een seconde jouw vrouw wordt.' Ze smeet het hemd voor zijn voeten neer alsof het hun verlovingsring was en ging weer in de menigte staan, woedend nagestaard door Jiménez.

Met een zelfvoldaan glimlachje riep Rosalba de volgende man.

David Pérez zei, op een beleefdere toon dan Jiménez, dat hij graag naar het stukje land van zijn grootouders wilde terugkeren. 'Ik wil ons huis voor mij en mijn grootmoeder opknappen. Jullie hebben allemaal uitstekend voor haar gezorgd en daar dank ik jullie voor, maar nu ben ik terug en klaar om mijn verantwoordelijkheden te nemen.' Hij erkende dat hij zich ongemakkelijk voelde over sommige van de veranderingen die in Mariquita hadden plaatsgevonden, en hij voegde eraan toe: 'Ik weet niet of ik in staat zal zijn me aan al jullie "speciale kenmerken" aan te passen, maar ik ben wel bereid om het te proberen. Jullie moeten niet vergeten dat we hier gisteren zijn aangekomen. Het zal enige tijd gaan kosten.' O, en tussen haakjes, hij was van plan een gezin te stichten. Was er soms iemand die belangstelling had om met een dappere, liefhebbende man te trouwen?

Niemand was op dat moment geïnteresseerd. Niettemin werd Davids antwoord hartelijk onthaald.

Campo Elías Restrepo stapte naar voren voordat Rosalba zijn naam kon roepen.

'Wat hebt u voor uzelf te zeggen, señor Restrepo?' zei Rosalba.

'Zoals jullie allemaal weten,' begon hij, 'bezat ik ooit een aantal huizen in het dorp en een flinke lap grond. Goed, ik ben terug en ik geloof dat het alleen maar rechtvaardig is dat die aan mij worden teruggegeven door degenen die ze op dit moment bewerken of in gebruik hebben. Ik zal jullie geen achterstallige huur vorderen.' Hij was de enige die lachte om zijn eigen grapje en sprak toen verder: 'Net als kameraad Jiménez en Pérez wil ik mijn huis opknappen en... nou ja, mijn vrouw met me meenemen. Want ze is nog steeds mijn vrouw, of niet soms? Of gaan jullie dames me soms vertellen dat Ubaldina ook een... je weet wel... is geworden.' De menigte staarde hem vol minachting aan.

'Waarom vraagt u het haar zelf niet, meneer Restrepo?' zei Rosalba op honende toon en wees naar een kleine indiaanse vrouw die al die tijd op de eerste rij had gestaan, met een kaarsrechte rug en haar handen vlak onder haar navel samengevouwen.

Restrepo wierp een blik op de vrouw en fronste zijn wenkbrauwen. Hij keek verward naar Rosalba en toen weer naar de vrouw die zijn echtgenote moest zijn. Ze stond op een stel welgevormde benen en leek, als een standbeeld, in brons te zijn gegoten. Twee grijzende vlechten omlijstten haar ronde gezichtje. Ze had schuinstaande bruine ogen en zware oogleden, een brede indiaanse neus en volle lippen. Haar borsten, dacht Restrepo, zagen er schuchter uit, maar toch stevig en bevallig voor haar leeftijd.

'Ubaldina?' vroeg hij ongelovig.

Ze knikte.

'Je ziet... er anders uit,' hakkelde hij. 'Goed. Je ziet er goed uit.'

'Weet u wel dat dit de eerste keer is dat u wérkelijk naar me kijkt,

Campo Elías?' zei Ubaldina. 'O, dat vergat ik even, dón Campo Elías. Vergeeft u mij mijn oneerbiedigheid alstublieft.' Ze lachte spottend.

Hij stond daar stilletjes en herinnerde het zich. Hij was met Ubaldina getrouwd omdat hij wilde dat zijn zeven zoons een moeder zouden hebben, en zij hadden Ubaldina altijd als familie beschouwd. Hun meester-dienstmeidrelatie was sinds hun huwelijk nauwelijks veranderd. Geen enkele keer had Restrepo Ubaldina met andere ogen gezien dan met die van een werkgever. De paar keer dat hij de liefde met haar bedreven had, was hij dronken geweest of te moe om naar het bordeel te gaan. Hij had haar al die jaren niet gemist. De zeldzame keren dat hij wel aan Ubaldina had gedacht, had hij zich een huiselijke vrouw met een schort voorgesteld die zwijgend kookte of schoonmaakte, en altijd naar beneden keek. Maar de vrouw die hij zo slecht behandeld had, had haar schort lang geleden afgelegd. Nu hij vandaag naar haar keek, zag hij een rijpe, bezadigde, aantrekkelijke vrouw die door hem misleid, bedrogen en beschimpt was, en die hem terecht verstootte. Niets wat hij nu zei of deed, zou kunnen veranderen wat hij in het verleden had gedaan.

'Heb je niets te zeggen?' vroeg Ubaldina, die de man in zijn herinneringen onderbrak.

Restrepo kon geen woorden vinden waarmee hij uit kon drukken wat hij nu begon te voelen. Hij schudde zijn hoofd.

'Het is beter zo,' verklaarde ze.

Hij deed een stap terug en liet zijn hoofd hangen.

Na een korte, gevoelige stilte werd Ángel Tamacá naar voren geroepen om zijn intenties aan de dorpelingen duidelijk te maken. Toen de gebroken man naar voren stapte, vroeg Rosalba zich onwillekeurig af wat hij – de enige die zich vrijwillig bij de guerrilla's had aangesloten – in godsnaam van hun gemeenschap zou willen. Hij had geen huis meer om op te bouwen of land dat hij kon opeisen. Misschien zijn vroegere onderwijzersbaan? Maar wat zou hij hun kunnen leren? De deugden van het socialisme? Daar leefden ze al naar.

'Het enige wat ik u vraag is mij een tweede kans te gunnen,' zei Ángel nederig tegen de menigte zonder iemand in het bijzonder aan te kijken.

'Een tweede kans?' vroeg Rosalba. 'Waarvoor?'

'Om mens te worden,' antwoordde hij.

De dorpelingen knikten welwillend: Ángels verzoek maakte een oprechte indruk. Hij verdiende een tweede kans. Amparo Marín werd bijzonder geroerd door Ángels smeekbede, door zijn mannelijke stem, zijn beleefdheid en de droevige uitdrukking op zijn gezicht. Hoe kon een man zijn gevoelens op zo'n gevoelige manier uitdrukken in zo weinig woorden en met slechts één glinsterend oog?

Voordat de vergadering werd ontbonden, vertelde Rosalba de vier mannen wat er daarna ging gebeuren. 'We hebben in het verleden ook bezoekers gehad; meestal voorbijtrekkende reizigers en ontheemde gezinnen die op weg waren naar de stad. Niemand heeft een poging gedaan om te blijven. Dit is allemaal nieuw voor ons en over uw aanvaarding door onze gemeenschap zal gediscussieerd moeten worden tot we consensus hebben bereikt. Pas wanneer we consensus hebben bereikt, kunnen we u een antwoord geven.'

'Een antwoord waarop?' schreeuwde Jiménez. 'We hebben vragen gesteld noch verzoeken ingediend. Of wel soms? Wij zijn van plan om hier te blijven, en die consensus van jullie kan ons geen ene reet schelen. Jullie vergeten steeds maar dat Mariquita ook ons dorp is.'

'Señor Jiménez,' zei Rosalba kalmpjes. 'Kijk eens om u heen en vertel me dan of dit hetzelfde dorp is waar u naar eigen zeggen thuishoort.'

Hij keek nergens naar, behalve in haar ogen, met van woede bevende lippen. 'Wij bezitten hier eigendommen. Wij gaan nergens heen.' Hij keek de drie andere mannen even aan om steun bij hen te vinden.

'Wij zijn vredelievende mensen hier, señor Jiménez, maar vergis u niet: wij zullen alles doen wat nodig is om onze gemeenschap en onze principes tegen brute indringers als u te verdedigen.' Er lag nu een dreigende toon in Rosalba's stem.

Hij lachte honend. 'Dat zou ik wel eens willen zien. Een zootje zwakke vrouwen die het tegen vier genadeloze strijders als wij willen opnemen. Weet jij wel hoeveel mensen wij hebben vermoord? Honderden!

Duizenden! Een handjevol van jullie zal echt geen verschil uitmaken voor ons strafblad.'

'Spreek voor jezelf, Jiménez,' zei Ángel Tamacá plotseling. 'Ik heb genoeg van dat vechten. En jij ook dacht ik.' Hij deed een stap opzij en ging apart staan van de drie anderen. David Pérez keek eerst naar Restrepo, toen naar Jiménez, haalde ten slotte zijn schouders op en ging bij Tamacá staan.

'Jullie zijn toch godverdomme niet te geloven!' zei Jacinto tegen Tamacá en Pérez. 'Na al die ellende die we hebben doorgemaakt om aan de guerrilla's te ontsnappen, laten jullie je nu door een stelletje vrouwen berechten alsof jullie criminelen zijn.' Hij schudde keer op keer zijn hoofd, daarna richtte hij zich tot Restrepo en vroeg: 'Keer jij je ook al tegen me?'

Restrepo legde zijn hand op Jiménez' schouder. 'Ik moet het risico nemen, jongen,' zei hij op gedempte toon. 'Ik ben te oud om ergens anders opnieuw te beginnen.'

'Laat je niet voor de gek houden,' fluisterde Jiménez terug. 'Je weet toch hoe vrouwen zijn. Ze willen alleen maar wraak op ons nemen omdat we al die tijd zijn weggeweest, alsof we iets te kiezen hadden.'

Maar Restrepo had zijn besluit genomen. Hij boog het hoofd en ging bij de twee anderen staan. Jacinto stond daar helemaal alleen en staarde zijn kameraden aan. Zijn ogen vulden zich met tranen en zijn gezichtsuitdrukking verzachtte. Maar net toen iedereen dacht dat hij toe zou geven en zich bij de drie anderen zou voegen, schreeuwde hij tegen hen: 'Jullie kunnen allemaal naar de hel lopen, waardeloze verraders! Blijf maar hier, rot maar weg in dit godvergeten gat met die primitieve lesbiennes. Dit wordt jullie gevangenis!' De tranen begonnen over zijn gezicht te stromen, maar hij bleef schreeuwen en zijn stem was verstikt door de emotie. 'Ik? Ik ga met een schone lei beginnen. En ik word een respectabele burger. En dan zal ik veel beter af zijn dan jullie, verraders!' Terwijl hij dat zei, begon hij de weg af te lopen, achteruit, zodat hij hun gezichten zag vervagen en kleiner worden en uiteindelijk verdwijnen, snikkend en keer op keer 'verraders' schreeuwend, en zijn uitzinnige geschreeuw vermengde zich met het gekrijs van een zwerm kraaien die op dat moment over het dorp vloog.

*

Achter de drie grote gemeenschapshuizen van Nieuw Mariquita liggen de overblijfselen van het oude dorp: huizen zonder dak, of beter gezegd rechthoeken van klei zonder dak omdat alles wat ze ooit tot huizen had gemaakt – deuren, ruiten en kozijnen, en zelfs de vloer – was weggehaald en in de nieuwe onderkomens benut. De binnenkanten van deze lege rechthoeken werden aanvankelijk overwoekerd door agressief onkruid dat tot groteske vormen uitgroeide en extravagante afmetingen aannam, als aberraties van de natuur. Maar toen de vlijtige vrouwen de bouw van de drie hoofdhuizen eenmaal voltooid hadden, richtten ze zich op de resten van het oude dorp. Samen besloten ze alle binnenmuren van de vroegere huizen af te breken en elk karkas om te vormen in een omsloten akkertje. De resulterende perceeltjes werden omgeploegd en veranderden al snel in vruchtbare tuinen.

Als u op een zon het geluk hebt Nieuw Mariquita vanaf een heuveltop te aanschouwen, zult u het gevoel hebben alsof u boven op een reusachtige deken staat die uit allerlei restjes stof in verschillende groentinten is samengesteld.

*

De zon stond al hoog aan de hemel toen de houtvuren zoals gewoonlijk midden op de plaza werden aangestoken. Het ontbijt werd klaargemaakt en opgediend, en zodra de dorpelingen klaar waren met eten, werden ze naar de kerk geroepen.

De drie mannen bleven op de plaza achter, wachtend tot er over hun lot was beslist. In Tamacá's oren klonk het woord 'verraders' nog steeds na en dat herinnerde hem eraan dat het Jiménez' idee was geweest om aan de guerrilla's te ontsnappen. Jiménez had zijn plan eerst met Tamacá besproken, toen met Pérez en ten slotte met Restrepo. Alle vier hadden ze gezworen samen te blijven en trouw te zijn aan hun plan, en meer dan een jaar lang spraken ze er in het geheim over, namen ze iedere stap van de ontsnapping door en overwogen de ernstige gevolgen die het voor hen zou hebben als hun plan ontdekt werd. Jiménez regelde iets met een plaatselijke boer, en op een dag, voor zonsopgang, kwamen ze alle vier samen in de hut van de man, trokken burgerkleren aan, aten wat de vrouw van de boer voor hen had klaargemaakt, namen wat eten mee voor onderweg en begonnen toen de met rotsen bezaaide oever van de grote rivier te volgen, die hen uiteindelijk naar hun definitieve bestemming leidde.

Misschien, dacht Ángel, voelden Pérez en Restrepo zich ook schuldig omdat ze Jiménez hadden laten vallen. Als ze nu eens samen de verbazingwekkende dingen gingen bezichtigen die de dorpelingen voor de gemeenschap tot stand hadden gebracht (en die zijn moeder hem tot in de details had beschreven) dan zouden ze zich misschien wat standvastiger voelen over hun beslissing. 'Laten we een wandeling door het dorp gaan maken,' stelde hij voor.

Rondwandelend in Nieuw Mariquita voelde Ángel zich net een kleine jongen in een pretpark. Hij wees met toenemende opwinding op elke bloeiende tuin aan weerszijden van de straat. 'Moet je kijken, yucca!' riep hij. 'En moet je hier zien, pompoenen!' Hij ging maar door, alsof zijn enige oog opeens de gave had verworven dingen te zien die de andere mannen niet konden zien. Restrepo was het meest onder de indruk van het aquaduct van de gemeenschap: een vakkundig aangelegd kunstmatig kanaal op de plek waar vroeger La Casa de Emilia stond, en dat de drie gemeenschapshuizen, de gemeenschappelijke badruimte en de kleine wasserij van stromend water voorzag. Het was zo ingenieus bedacht dat zelfs het afvalwater benut werd voor de latrines die op palen boven het stromende water waren gebouwd. De overdekte gemeenschappelijke badruimte verraste Pérez: tien individuele douches en latrines gebouwd op een verhoging waar vroeger de markt stond. Het hele gebouw was opgetrokken uit prachtig hout dat met hars was behandeld. Ze bekeken de ziekenzaal, de graanschuur en het veebedrijf van de gemeenschap, maakten toen een wandeling door perceeltjes met maïs, rijst en koffie op de heuvels achter het dorp.

Toen ze klaar waren met hun bezichtiging, liepen ze terug naar de plaza en gingen in de schaduw van een mangoboom liggen. Ze waren moe en de zon maakte hen slaperig, maar ze zaten zo in spanning dat ze niet in slaap konden komen.

Binnen in de kerk, in een grote kring, probeerden de dorpelingen consensus te bereiken over het eerste punt van overweging. 'We kunnen niet iedere man apart bespreken,' zei Cleotilde, de moderator, 'totdat we het er allemaal over eens zijn geworden om mannen in onze gemeenschap op te nemen.' In het verleden was er over alle beslissingen van de gemeenschap een stemming gehouden, waardoor het proces snel verliep maar er altijd een groep ontevreden mensen overbleef. Cleotilde had onlangs het idee van consensus geïntroduceerd. 'Ons doel is niet stemmen te tellen maar door middel van beschaafd discussiëren tot een unaniem besluit te komen waarmee we allemaal kunnen leven,' had ze gezegd op de wijze toon die ze zich met het ouder worden had aangemeten. Ironisch genoeg werd Cleotildes aanbeveling in stemming gebracht, maar een grote meerderheid keurde het idee snel goed.

Op dit moment was een grote meerderheid voor het opnemen van mannen, maar twee vrouwen waren nog steeds tegen het idee: Ubaldina en Orquidea Morales.

'Dit is misschien onze laatste kans om afstammelingen te krijgen en onze gemeenschap te laten voortbestaan,' zei Rosalba tegen de dissidenten. Ze bracht Ubaldina in herinnering dat die lang geleden Rosalba's voorstel om don míster Esmís een paar vrouwen te laten bevruchten had verworpen op grond van het feit dat hij blank was. 'Deze mannen hebben jouw eigen kleur, Ubaldina. Denk er eens over na. Het hoeft niet Campo Elías te worden.'

Cecilia smeekte Orquidea Morales toe te stemmen. 'Alsjeblieft, Orquidea, ontzeg mij niet de kans om bij mijn zoon te zijn,' snikte ze. Francisca, Cecilia's partner, koos voor een agressievere strategie tegen de koppige vrouw. 'Bedenk wel dat je onze toestemming nodig hebt als je zusje Julia ooit vraagt of ze terug mag komen.'

Uiteindelijk ging Ubaldina akkoord. Orquidea daarentegen zei dat ze er nooit mee zou instemmen dat er mannen in hun gemeenschap kwamen wonen en eiste dat de dorpelingen zouden ophouden om haar proberen over te halen, en dat de vergadering moest stoppen of dat ze het ergens anders over moesten hebben. Orquidea was een van de oudste oude vrijsters van de gemeenschap en ontegenzeggelijk de onaantrekkelijkste.

Maar net toen het ernaar uitzag dat er een beslissing zou worden genomen en er geen mannen in Mariquita mochten komen wonen, kwam de Andere Weduwe, alweer, met een oplossing die na enige beraadslaging de hele groep tevreden stelde: 'Waarom helpen we de mannen niet om een nieuwe gemeenschap vlak in de buurt te stichten, waar degenen die dat wensen bij hen kunnen gaan wonen? We kunnen het aanbod laten afhangen van hun bereidheid om onze voorwaarden te accepteren.' Het idee werd verwelkomd met een diepe, dubbelzinnige stilte die zowel op stomme verbazing als op onversneden scepsis kon duiden.

'En waar zouden die voorwaarden dan uit bestaan?' wilde Ubaldina weten.

'Die moeten we definiëren,' zei de Andere Weduwe.

'Wie zou er trouwens met hen willen samenleven?' zei Orquidea Morales.

'Nou, laten we eens kijken,' antwoordde de Andere Weduwe. 'Is er iemand hier die in een geïntegreerde man-vrouwgemeenschap zou willen wonen en werken, met dezelfde kenmerken als die van ons?'

Algauw sloeg iedere vrouw in de kerk aan het fantaseren over hun zustergemeenschap. Amparo Marín stelde zich voor dat ze daar zou leven, gelukkig getrouwd met Ángel Tamacá, zwanger van zijn kind. Pilar Villegas ging nog een stapje verder: in gedachten zag zij zichzelf en

David Pérez, omringd door hun zeven kinderen. Die gedachte bracht een glimlach op haar gezicht. Cecilia zag zichzelf en Francisca, ieder met een mandje bloemen, hand in hand naar de aangrenzende gemeenschap wandelen om een bezoek te brengen aan haar zoon Ángel en zijn vrouw. Rosalba zag zichzelf al als de verantwoordelijke voor de voorraden die het overschot aan gerst van haar graanschuur ruilde met haar collega in 'het andere Nieuw Mariquita'. Virgelina Saavedra probeerde, bij wijze van ongevaarlijke oefening, zich voor te stellen dat ze daar zou wonen en haar bed met een naakte man zou delen in plaats van met Magnolia, maar het enige beeld dat haar voor ogen kwam was dat van el padre Rafael die haar besteeg. Ze zette die gedachte snel van zich af en pakte met een schuldig gevoel Magnolia's hand en bracht die naar haar lippen, waarbij ze een smakkend geluid maakte. Zelfs Orquidea Morales liet haar fantasie de vrije loop. Ze stelde zich voor dat ze in de nieuwe gemeenschap zou wonen en een besluit dat de mannen toestond naakt te lopen zou torpederen.

'Ik zou het wel willen,' kondigde Amparo Marín plotseling aan met haar zachte stem.

'Ik zou het ook wel willen,' zei Pilar Villegas, met haar wijsvinger hoog in de lucht.

'Ik ook,' riep Cuba Sánchez vanaf de andere kant van de ruimte.

Santiago's voorstel bereikte tijdens de eerste ronde al consensus, en dat gold ook voor alle andere voorstellen die daarmee verband hielden en die die middag enthousiast besproken werden. Voor het einde van de zon werden de drie mannen uitgenodigd in de kerk om de beslissing van de dorpelingen te vernemen.

Ángel Tamacá glimlachte, duidelijk vergenoegd. David Pérez haalde berustend zijn schouders op, en Campo Elías Restrepo fronste zijn wenkbrauwen wantrouwend in de richting van Santiago toen deze laatste de consensusverklaring oplas. De voorwaarden, zei Santiago, waren gespecificeerd in een contract dat de mannen na afloop van de vergadering moesten ondertekenen.

'Hoe luiden die voorwaarden?' vroeg Restrepo.

'Nou,' haastte Rosalba zich te zeggen, 'gelijkheid tussen individuen en tussen de seksen staat bovenaan.'

'Wat nog meer?'

'De nieuwe gemeenschap moet hetzelfde administratieve systeem hanteren als wij. Geen enkel individu mag iets bezitten, de middelen van bestaan van ieder...'

'Maar hoe zit het dan met míjn bezittingen? Ik zou toch op zijn minst een soort compensatie moeten ontvangen. Ik heb mijn hele leven hard gewerkt en nu ik oud ben...'

'Uw levensonderhoud is gegarandeerd tot de dag waarop u de laatste adem uitblaast, señor Restrepo. Dat is uw compensatie.'

'Hm...'

Santiago legde het project tot in de details uit, gaf antwoord op de vragen die de mannen stelden en gaf hun een voorlopig schema (waar ze niet veel van begrepen omdat het in de vrouwelijke tijd was opgesteld). Restrepo's wenkbrauwen ontspanden zich een beetje en Peréz glimlachte zelfs. De mannen en de dorpelingen spraken af hun geschillen bij te leggen en zo snel mogelijk aan de slag te gaan om het nieuwe dorp te bouwen.

De volgende ochtend vonden de drie mannen een partner en maakten de paren verschillende verkenningstochten om een locatie voor de nieuwe gemeenschap te zoeken: Ángel Tamacá bood Amparo Marín zijn arm, en samen liepen ze naar het noorden. Pilar Villegas nam David Pérez bij de hand en ging naar het westen. Campo Elías Restrepo vroeg Sandra Villegas – nadat Ubaldina tot drie keer toe nee had gezegd – en zij liepen naar het oosten. Ze hadden twaalf tochten nodig om de meest geschikte plek te vinden: een koeler grasachtig stuk land dicht bij de rivier, met hier en daar bomen, dat geleidelijk overging in bos. Toen de plek eenmaal ontdekt was, werd hij binnen een zon goedgekeurd, en gingen de dorpelingen er samen met de mannen heen, gewapend met machetes en messen om onkruid te wieden en perceeltjes te ontginnen, maar zonder één enkele boom om te hakken.

Twee zonnen later begon een team van twaalf sterke vrouwen en drie mannen met de bouw van het nieuwe dorp: de gemeenschap van Nieuwer Mariquita.

*

De gemeenschap van Nieuwer Mariquita is een kunstwerk dat in anderhalve ladder is gebouwd. Het bestaat uit twee gemeenschapshuizen; een gemeenschappelijke eetzaal waar iedere zon twee maaltijden verkrijgbaar zijn; een kleine plaza met slangendennen en vier uit grote boomstammen gehakte banken; een onafhankelijk werkend aquaduct; een grote gemeenschappelijke badkamer; een graanschuur; een gemeenschapsboerderij; en een veebedrijfje met zes kippen, twee kalkoenen, acht konijnen en een jonge opstandige haan die de hele dag door kraait.

De identieke huizen liggen tegenover elkaar en zien er van de buitenkant uit als rechthoekige tempels met hoge plafonds. Het ene in aparte vertrekken verdeelde huis heet Casa del Sol, het andere, dat één grote ruimte omvat, heet Casa de la Luna. Beide huizen zijn ruim veertig meter lang en tien meter breed. Het geraamte bestaat uit gelakte houten palen en bamboestokken die met ijzerdraad en touw aan elkaar zijn vastgebonden. De muren zijn bekleed met boombast, en op de puntdaken liggen palmbladeren. Aan de binnenkant heeft ieder dak een hangende tuin: paarse orchideeën, gele madeliefjes witte lelies en viooltjes hangen aan het plafond in aardewerken potten. Ieder gebouw heeft twee deuren. De deur aan de voorkant komt op de plaza uit, en de deur aan de achterkant biedt toegang tot de paden naar de rivier, het bos en de zustergemeenschap Nieuw Mariquita, die krap een kilometer verderop ligt.

*

Op de ochtend van 7 Mariacé van ladder 1992 liet Ángel Tamacá weten dat zijn partner, Amparo Marín, ging bevallen. Eloisa begon de klok te luiden en een kreet van vreugde werd gehoord in de hele gemeenschap en over de kleine vallei. De dorpelingen stopten met wat ze aan het doen waren en dromden samen op de plaza, zingend en dansend en elkaar feliciterend.

Rosalba en Cecilia haastten zich naar de voorraadschuur en vulden twee manden met de grootste sinaasappels, de mooiste papaja's, de roodste mango's en de beste repen gezouten vlees. Ze pakten de manden en samen met alle dorpelingen liepen ze naar Nieuwer Mariquita.

Amparo Marín en Ángel Tamacá woonden in Casa del Sol. Tot die morgen was Amparo twee opeenvolgende sporten de verantwoordelijke voor de maaltijden geweest. Ángel was de verantwoordelijke voor het veebedrijf. Ze deelden het huis met twee andere stellen – Pilar Villegas en David Pérez, die nog maar kort geleden besloten hadden om te gaan samenwonen na een verkering van tien sporten, en Magnolia Morales en Virgelina Saavedra, die aan verandering toe waren en twee sporten eerder uit Nieuw Mariquita waren weggetrokken, nadat Virgelina's grootmoeder was overleden.

Tegenover hen, in Casa de la Luna, woonden zes mensen: Campo Elías Restrepo, de onderhoudsman, die zijn vrouw Ubaldina een keer per sport zag en die tot nu toe nog geen enkel vriendelijk woord van haar had gehoord maar hoopte dat hij op een dag haar hart zou kunnen winnen; Cuba en Violeta Sánchez, die hadden geholpen met de bouw van het nieuwe dorp en nu verantwoordelijk waren voor de schoonmaak; en Sandra Villegas en Marcela López die boezemvriendinnen waren, en die samen met Pilar, David, Magnolia en Virgelina de gemeenschappelijke boerderij, de groentetuin en de boomgaard onderhielden. De zesde inwoner was Davids grootmoeder, de weduwe Pérez. Zij sleet haar dagen buiten in een schommelstoel, werktuigelijk haar gebeden prevelend. Ze was allang vergeten wat ze bad en tot wie.

Terwijl ze door een smalle strook bos het voetpad afliepen, begonnen de vrouwen namen voor de nieuwe baby te verzinnen. Die zouden ze voorstellen aan Amparo en Ángel.

'Als het een meisje is, moet ze naar haar twee grootmoeders worden genoemd: Cecilia Aracelly,' zei de oude, bijna seniele señorita Cleotilde.

'Nee,' antwoordde Cecilia. 'Als het een meisje is, hoort ze Mariquita te heten. Per slot van rekening is zij de eerste baby die Nieuw en Nieuwer Mariquita ooit hebben gehad.'

'Daar ben ik het mee eens,' zei Aracelly.

Rosalba zweeg. Tot nu toe had ze niet eens rekening gehouden met de mogelijkheid dat de baby een meisje zou kunnen zijn. Vanaf het moment dat ze had vernomen dat Amparo zwanger was, had Rosalba besloten dat het een jongen zou worden. Het moest een jongen zijn zodat hun gemeenschap een kans kreeg om voort te bestaan. Ze begreep niet hoe de dorpelingen zo irrationeel konden zijn. De nieuwe baby zou naar zijn grootvaders of zijn vader of zijn oom of neef of een andere man genoemd worden. Het deed er niet toe, zolang het maar een mannelijke naam was omdat de baby een jongen zou zijn. Bij een bocht in de weg, vlak voor de helling die naar het nieuwe dorp afliep, zei Rosalba uiteindelijk: 'En als het nou een jongen is?'

'Ángel!' antwoordde Cecilia onmiddellijk. 'Dan zou hij Ángel worden genoemd naar zijn vader en zijn grootvader.'

'Wat vinden jullie van Gordon?' vroeg Rosalba. 'Net als míster Esmís.'

'Gordon Tamacá?' zei Francisca hardop. 'Dat klinkt verschrikkelijk grappig.' De vrouwen begonnen keihard te lachen en begonnen algauw hun eigen suggesties te roepen, de namen van hun vertrokken zonen, echtgenoten, vaders en andere mannen wier leven zij wilden vereeuwigen.

'Wat vinden jullie van Pablo?' zei de Andere Weduwe. Dit was de eerste keer dat Santiago in het openbaar de naam van zijn geliefde noemde sinds die overleden was. De vrouwen stopten en zeiden niets meer, alsof de herinnering aan Pablo om een moment van stilte vroeg. Maar Rosalba ging zo op in het verzinnen van mannelijke namen dat ze Pablo's naam niet eens hoorde noemen. Ze liep door met de mand bungelend aan haar arm en stopte pas toen ze het gedeelte van het pad bereikte waar Nieuwer Mariquita in zicht kwam. Daar bleef ze staan, vervuld van spanning, in afwachting van het ophanden zijnde nieuws over het geslacht van de baby, terwijl ze haar liefdevolle blik liet rusten op het prachtige landschap van hoge bergen en schier eindeloze bossen en vegetatie, ontoegankelijke berghellingen en valleien, uitgestrekte graslanden met hoog gras en wilde bloemen, geploegde akkers, tuinen, en een piepklein dorpje dat in de hitte lag te sluimeren. Toen zag ze Ángel in de verte. Hij stond op en neer te springen van opwinding en zwaaide met zijn handen in de lucht. De baby was geboren. Rosalba drukte de mand met beide handen stevig tegen haar lichaam en hield haar adem even in tot ze Ángels kreten hoorde. 'Het is een jongen! Het is een jongen!' schreeuwde hij, en zijn woorden weerkaatsten door de hele vallei.

Op datzelfde moment verdwenen alle hoge bergen voor Rosalba's ogen. De uitgestrekte massa bomen en woeste vegetatie, de ongerepte berghellingen en valleien, alles verdween, als bij toverslag. Er bleef alleen nog een open, heldere horizon over tussen Nieuwer Mariquita en de rest van de wereld. Rosalba staarde ingespannen naar het fantastische tafereel, ervoer de buitengewone eenvoud en uitgestrektheid ervan. Ze was zich ervan bewust dat het slechts een visioen was, dat de feitelijke transformatie niet in het uitzicht maar in haarzelf school en hoe ze de wereld nu zag. Het universum had haar nieuwe ogen geschonken, en die had ze gebruikt om nieuwe opvattingen over leven, werken en onafhankelijkheid te ontdekken, nieuwe landschappen vol harmonie en regelmaat, overal waar ze maar keek. Ze begreep nu dat Nieuwer Mariquita niet alleen een gebiedsuitbreiding in de kleine vallei zou betekenen, maar ook een verbreiding van de filosofie van hun gemeenschap: hun vrouwelijke opvatting van de tijd en hun sterke gevoel voor rechtvaardigheid en hang naar vrijheid, en dat dit het begin van een communaal bestuurssysteem inluidde dat zich uiteindelijk over de bergachtige geografie van het land zou uitbreiden, over de afgeplatte heuvels, de vlakten en oerwouden en woestijnen en schiereilanden, tot het einde der tijden.

Rosalba was bezig de tranen uit haar ogen te vegen toen de groep haar inhaalde. Ook zij hadden Ángels kreten gehoord en renden nu naar hem toe, onder luid gejuich voor de nieuwe jongen en zijn ouders, voor de twee Mariquita's. Rosalba nam Eloisa's hand in de hare en samen liepen ze langzaam, vervuld van geluk, achter het groepje aan de helling af naar Nieuwer Mariquita.

Hun volk had een tweede kans gekregen.